Best Time

白马时光

不离

西子绪 著

百花洲文艺出版社
BAIHUAZHOU LITERATURE AND ART PRESS

图书在版编目（CIP）数据

不离 / 西子绪著 . — 南昌 : 百花洲文艺出版社，2019.10
ISBN 978-7-5500-3375-7

Ⅰ . ①不… Ⅱ . ①西… Ⅲ . ①长篇小说－中国－当代 Ⅳ . ① I247.5

中国版本图书馆 CIP 数据核字（2019）第 196338 号

不离

BU LI

西子绪 著

出 品 人	李国靖
特约监制	夏 童
责任编辑	刘 云 李 瑶
特约策划	夏 童 张 丝
特约编辑	张 丝 茶小贩
封面设计	蜀 黍
版式设计	赵梦菲
内文插图	木可柒
出版发行	百花洲文艺出版社
社 址	南昌市红谷滩世贸路 898 号博能中心Ⅰ期 A 座 20 楼
邮 编	330038
经 销	全国新华书店
印 刷	三河市兴博印务有限公司
开 本	710mm × 980mm 1/16
印 张	20
字 数	371 千字
版 次	2019 年 10 月第 1 版第 1 次印刷
书 号	ISBN 978-7-5500-3375-7
定 价	45.00 元

赣版权登字：05-2019-228

发行电话 0791-86895108
网 址 http://www.bhzwy.com

白月狐

生自山间原为天地子，
下至人间做一烟火神。

陆清酒

能掌世间至美之味，
愿守一方水土安宁。

目　录

contents

目 录

contents

第一章

白月狐

陆清酒从火车上下来的时候，天已经完全黑了，他提着沉重的行李本想去打个出租，可谁知出租车司机一听他想去的地方纷纷拒绝了。

“水府那地儿太偏了，不去。”出租车司机上下打量着陆清酒，眼神里多了点警惕的意味。

陆清酒被打量得莫名其妙，他道：“师傅，加钱也不去吗？”

司机犹豫片刻：“你是从外地回来的？”

陆清酒点点头：“对啊，A 城回来的。”他说着指了指自己旁边的行李箱。

司机看了看陆清酒的行李箱，咬牙道：“你加到多少钱？”

陆清酒算了算路程，道：“两百行吗？”

司机这才松了口：“行吧，你上来。”

陆清酒心里一松，赶紧把行李放进后备厢，坐进了副驾驶的位置。

这会儿时间已至凌晨，街道上空荡荡的，只偶尔开过几辆匆匆忙忙的出租车，刚刚入春的天气还有些凉，穿着短袖的陆清酒搓了搓自己有些发凉的手臂。

这里离 A 城很远，属于本省远郊，经济发展远没有 A 城好，周围大多都是比较低矮的建筑，透着一股子陈旧的味道。

司机开着车，嘴里问着些有的没的，陆清酒一问一答，这才知道了司机不愿意去水府的原因。

水府是个比较偏远的村落，离他们的县城还有段距离，前段时间那儿死了两个出租车司机，凶手至今都还没被找到。后来又有些谣言说那两个司机根本不是人杀的，是因为冲撞了脏东西，所以这一片的出租车司机都不爱去那儿了，特别是在这黑漆漆的大晚上……

要不是陆清酒加到这两百块钱，他今天还真得在县城住上一晚上。

“从A城回来做什么呢？”司机看着前面和陆清酒聊天，“老家在这儿吗？”

陆清酒道：“是啊，在外面不顺，干脆辞了职，想着家里不还有几块田嘛。”

司机道：“这穷乡僻壤哪有那么好生存，年轻人，我看你在这儿待不下去。”

陆清酒闻言也只是笑了笑，没有应声。这次回来，他是经过深思熟虑的，并非一时的意气之举。

车一路往前，驶过窄小的乡间小路，周围的环境越来越偏僻，到最后一点亮光也看不到了，只余无尽的夜色。

陆清酒坐了一天的火车，和司机聊了一会儿便有些困了，眼睛一搭一搭马上就要睡着的时候，司机却突然来了个急刹车。

陆清酒猛地惊醒，疑惑地问了句：“怎么了？”

“你……你看得到前面那东西吗……”此时司机的脸色难看得要命，眼睛瞪得溜圆，浑身上下还在微微颤抖，一副随时可能会晕过去的模样。

“什么？”陆清酒一愣，朝前方看去，当他看清楚了车辆前面的东西时，露出了和司机一样的表情。

只见狭窄的山路上飘着一个白色的东西，因为距离有些远，看不太清楚，但依稀可以看出是个人……

“这是什么玩意儿？”司机的语气简直像是要哭出来了，要不是这里实在是太窄没法倒车，他估计会马上掉头就跑。

陆清酒：“……”

“啊啊啊啊，那玩意儿飘过来了！”司机吓得一把抓住了陆清酒的手臂。

陆清酒：“你冷静一点，世界上是没有鬼的！”

他刚说完这话，身边的司机又惨叫了起来，道：“那东西在朝我们靠近！”

陆清酒扭头看去，发现那白色的人影居然真的在朝着他们靠近，身侧的司机叫得跟杀猪似的，这么一搞还真有点恐怖片里的气氛。

“那好像是个人啊！”白影靠近后，陆清酒看清了，那白影的的确确是个人，虽然长相看不太清楚，但应该不是什么怪力乱神的东西。

“是个人。”陆清酒觉得自己的手臂都快被司机抓断了，嘴里嗞嗞道，“师傅，您别抓我了，那真是个人。”

“人？”司机似乎冷静了一些。

人影缓缓走到了他们的面前，借着车灯，陆清酒终于看清了白影的模样，这竟是个穿着一身白衣的男人，模样十分俊美，脸上没什么表情，他停在出租车副驾驶的位置旁。

“先生，”确定这是人而不是什么奇怪的脏东西后，陆清酒心下微松，他将车窗摇下，露出半张脸，开口道，“这么晚了这地方又这么偏，你有什么事情吗？”

那男人看了眼陆清酒，又看了眼陆清酒旁边瑟瑟发抖的出租车司机，微微笑了笑，道：“没事，我晚上睡不着，出来找点东西吃。”

陆清酒心想：这么晚了你在这荒郊野岭能找到什么吃的。不过哪里都有怪人，他也不好对人家的爱好置喙，于是便礼貌地笑了笑：“是吗？那你注意安全。”

男人闻言，却是忽地伸出手在出租车门上拍了一下，随后便转身离开，身影渐渐隐没在了黑暗的夜色里。

直到他消失，陆清酒左边的司机才再次打着了火，继续朝着目的地开去。只是他大约是被吓狠了，后面半程路几乎都没怎么说话。

陆清酒倒是没把这个插曲放在心上，他下车后给司机道了谢，从钱包里掏出两百块钱递给了司机。

司机接过钱一句话也没说，开着车就走了，一副被鬼追的样子，看来应该很长一段时间不会再接去水府村的单子了。

看着他落荒而逃的模样，陆清酒哑然失笑。

此刻正是天最黑的时候，周围的建筑隐匿在黑暗之中，只听得到轻微的虫鸣声，陆清酒拖着行李，凭借着记忆，朝自家老屋的位置走去。他已经三年没有回来了，最近的一次还是参加姥姥的葬礼，之后老屋就荒废了下来，也不知道此时变成了什么模样。

周围的建筑略微有些变化，但大致方向还是对的，走了二十多分钟，陆清酒终于找到了自己的目标。

老屋果然如他所料的那般一片荒芜，红色的大门上，挂着锈蚀的锁，陆清酒掏出钥匙，插进去扭了好几下才把锁打开，伸手一推门，便有大片大片的灰尘落下，让他忍不住咳嗽了几声。

“好久没回来了。”低低地念叨了一句，陆清酒打开了小楼一层的门。因为提前让邻居帮忙交了电费，所以还是有电可以用的。陆清酒打开电灯，看清楚了屋内的摆设。

没什么太大的变化，和他记忆中的几乎别无二致，只是所有的家具上面都铺上了一层厚厚的灰。陆清酒简单地清理了一下床铺，便想着先在这里凑合一晚上。他躺在硬硬的木床上，看着头顶挂满了蛛网的天花板，想着明天得多花点时间把屋子打扫一下……

鼻腔里充斥着陈旧的气味，陆清酒睡了过去。

第二天，陆清酒睡到九点多才自然醒。灿烂的阳光透过窗户投射在他身上，迷迷糊糊地睁开眼，便看见了充斥在光线中的无数微小尘埃。他坐起身，揉了揉眼睛，甩掉了蒙眬的睡意，随便吃了点东西，便开始整理屋子。

几年没有住，屋子需要彻底打扫一遍，早些年水府村连自来水都没有，还得村民们去山上挑，好在前两年政府出资帮这里通了水，省了不少麻烦。

陆清酒在屋子的角落里找到了已经挂满蜘蛛网的扫帚，正打算撸起袖子清理一下，却感到手臂上一阵刺痛，他有些疑惑，挽起自己左手的袖子，在看清了自己左手疼痛的部位后，不由自主地倒吸了一口凉气。

只见他的左手手臂上出现了五个紫红色的圆印，在他小麦色的肌肤上显得格外醒目，他用手轻轻碰了一下，火辣辣地疼。

“在哪儿碰了，”陆清酒嘟囔了句，“还是被虫给爬了？”他有些迷惑，仔细思考后，脑子里冒出了一个不可思议的想法——好像昨天晚上碰过他手臂的……就只有那个出租车司机，难道是那司机太过害怕，所以把自己的手臂抓出了这么个印子？

陆清酒干笑一声，觉得自己的想法有点扯。

不过这几个印子似乎除了疼之外也没什么其他的影响，陆清酒看了一会儿，便放下袖子继续打扫房间，他今天还有很多事要做。

“咚咚咚。”大约十点，正在低头扫地的陆清酒听到了敲门声，他走到门边，拉开一看，是一张熟悉的面孔。

“清酒，回来啦？昨天晚上到的吗？”和陆清酒打招呼的是个比陆清酒略微矮些的青年，他一笑，露出一颗俏皮的虎牙，“怎么没给我打电话？”

陆清酒看见青年，也跟着笑了起来：“小寻，好久不见。”

眼前这人名为尹寻，正是陆清酒幼年时的玩伴，但自从陆清酒离开水府村后，两人已许久未曾见面。

“昨天晚上到得太晚了，就没和你说。”陆清酒扬了扬手里的扫帚。

“哦。”尹寻点了点头，“你在打扫卫生？我来帮你！”

陆清酒道：“你家农活儿做完了？”

尹寻说：“差不多了，昨天刚把秧子插下去，下个月才上肥。”

陆清酒笑道：“行啊，那就麻烦你了。”

尹寻挽起袖子，拿起一块旧抹布开始帮陆清酒清理家具，一边做事一边和陆清酒聊天。

两人虽只是幼年玩伴，倒有说不完的话题，尹寻还是有些奇怪陆清酒为什么要从大城市辞职回到这里。

陆清酒诚恳道：“我老板和我说，工作如果不刻苦，不如回家卖红薯。我想了想，觉得好像回家卖红薯也挺好的，就回来了。”

尹寻：“……真的假的？”

陆清酒瞪着他的大眼睛：“真的。”

尹寻：“……”他假装信了。

两人搞了一上午的卫生，屋子大致被清理干净了，尹寻见时间差不多了，便招呼着陆清酒一起去村里的小饭店吃午饭，陆清酒欣然应允。

水府村是个很小的村庄，村头吵架村尾都能听见声儿，这村里也没什么商业，就开了两家小餐馆，一家卖家常菜，一家卖各种口味的米粉。

“你才回来，想吃什么？我请客！”尹寻大咧咧道。

“吃米粉吧。”陆清酒小时候吃过那家的米粉，味道很好，现在想起来颇有些怀念的感觉。

“行啊，走着。”尹寻带着陆清酒朝着米粉店走去。

那米粉店老板看见尹寻打了声招呼，又看到了站在他旁边的陆清酒，上下打量一番后，才有些不确信地问了句：“这是陆家的那个小孙孙？都长这么大啦！”

陆清酒笑着点了点头。

“佘叔，要两份牛肉粉，多放辣子。”尹寻说，“再给我加一把韭菜，清酒你要吗？”

“行啊。”陆清酒也吃韭菜。

老板“哎”了声，便转身进屋煮米粉去了。

陆清酒则观察起了这间小店，店不大，桌子都是摆在外面地上的，摆设虽然陈旧，但打理得非常干净，并不让人觉得脏乱。陆清酒收回目光时，看到桌子底下有什么东西一闪而过，这东西速度极快，陆清酒只能勉强认出它外皮是红色的，似乎是什么昆虫。

“在看什么呢？”尹寻问道。

“好像有只虫子。”陆清酒回道。

“虫子？”尹寻说，“是啊，这春天到了，虫子越来越多，待会儿我去家里拿点草药给你，你拿回家点上吧……你昨天晚上睡那儿居然没被咬啊？”

陆清酒摇摇头：“没有啊。”

尹寻闻言眨眨眼睛，顺手把自己的裤腿撸了起来，只见他腿上三五个红色的包十分醒目，尹寻道：“喏，昨天晚上我就在外面走了一会儿，就被叮了一腿的包。”

陆清酒想了想：“可能是我运气好？”

尹寻咧开嘴笑了起来，唇边那颗俏皮的虎牙格外可爱：“可能吧。”

两人正聊着天，老板把煮好的米粉端了上来，散发着浓郁的香气。

陆清酒拿起筷子，尝了第一口便感叹道：“还是小时候的味道啊。”这米粉没加食用胶，吃起来软糯弹牙，吸附了骨头高汤浓郁鲜美的味道，里面的调料很简单，上面还撒了一把炒得焦香的辣子和绿油油的韭菜，韭菜被高汤烫熟之后十分清香，正好抵消了骨头汤的油腻感。

两人本就有些饿了，食物一上来就不再说话，只剩下吃米粉的声音，等到陆清酒把一碗米粉全吃完了，还喝了几口汤，才满足地长叹一口气。

“好饱啊。”尹寻打了个嗝，满足地摸了摸自己的肚子。

“好吃。”陆清酒也挺满足的，他擦了擦嘴，随口道，“对了，昨天我到这边的时候打了辆出租车，听出租车司机说这边死了两个出租车司机了？”

“哦，你说这个啊。”尹寻说，“是啊，是没了两个，不过不是司机，是乘客啊。”

陆清酒：“……”

尹寻没注意到陆清酒的表情有些不对劲，只当聊八卦似的道：“不过也不一定是死了，尸体还没找到，只找到了他们的行李。”

“不是水府村的人吗？”陆清酒问。

“不是。”尹寻说，“是别的村的，只是路过水府村……你问这个做什么？”

陆清酒道：“哦，只是听别人说了一点。”

尹寻不以为意：“咱们水府村的治安还是挺好的，连个小偷小摸都没有，比其他地方强多了。”

两人一边说话，一边回到了屋子，清洁才做了一半，还得继续呢。

这一天下来，老宅总算是有了个能住人的样子，只是院子还需要再多花点时间打理一下。

老宅其实挺大，加上后院几乎是栋小别墅了，只是因为常年没人居住，所以能住人的房间比较少，不少屋顶和墙壁都需要重新加固一下。

老宅的后院还有一口井，傍晚的时候，陆清酒去井口看了看，发现井里还有水，似乎还能继续使用，只是上面打水的绳索已经老化，得换一根。

“我还记得小时候经常用这水冰西瓜呢。”尹寻坐在井口边上，支着脑袋往里面看，“你这次回来准备干点什么啊？种地吗？”

“养点动物种点田吧。”陆清酒道，“我还有点积蓄，到时候把旁边的牲畜棚修一下……”

这村里几乎每家每户都会养点动物，鸡什么的是常备，条件好的还会多养几头猪或者牛。

“行啊。”尹寻道，“我明儿和木匠说一声，让他来你家把棚子给修修，你要买什么？明天去镇上赶集，咱俩可以一起去瞅瞅。”

“好，谢谢你了。”陆清酒感激道。

“客气。”尹寻摆摆手，有些无所谓地说，“咱俩这关系，还说这个干吗，天不早了，我就先回去了。”

“好。”陆清酒道，“注意安全。”

尹寻转身出了院子门，陆清酒看他走远了才重新回到自家老屋里。

老屋虽然有电视机，但还没开信号，陆清酒只好拿出手机爬上了床，点开 APP 看起了新闻。

他看了一会儿，却是忽地想起了什么，手指点开搜索栏输入了几个字——水府村出租车乘客失踪。片刻后，搜索结果便跳转了出来，陆清酒把新闻大致浏览了一遍，发现这新闻和尹寻说的差不多，只是更详细一些。大概就是有人突然失踪，家属报警，最后在水府村附近找到了他们丢失的行李，接着经过警方的调查，发现这些人都是上了一辆出租车……

看到这里，陆清酒放下手机，挽起自己左臂的袖子，被袖子遮掩住的肌肤上，五个紫色的圆点清晰可见。他伸手碰了一下，嘴里轻轻地咝了一声，这红点还是疼得厉害。

他此时已经意识到昨天晚上那个出租车司机似乎有些不对劲，但幸运的是，他安全地离开了出租车，没有出现什么意外。

陆清酒想着想着，睡意涌了上来，白天忙了一天，他也有些累了，闭上眼睛几乎是片刻的工夫便睡了过去。

这种睡眠质量他上班的时候想都不敢想，毕竟他们公司可是要求员工二十四小时开机，特别是他这种做企划的，项目有问题随时都得被叫去公司，虽然工资够高，但人也被搞得心力交瘁。

陆清酒本以为自己会一觉睡到天亮，但是到了凌晨，他却听到了一种十分微妙的响动，像是有什么东西在瓦片上扒拉，弄得陆清酒头顶咔嚓咔嚓直响。

陆清酒在睡梦中被这响动吵醒，睁开蒙眬的睡眼，看见了自己头顶上一道微弱的光，这光让陆清酒愣住了，脑子一时间没转过来，过了一会儿，他才猛地意识到了什么，眼睛瞬间瞪圆——屋顶的瓦片竟是被什么东西给掀开了，皎洁的月光洒落在被单上，像是一块滚烫的印记。

“咔嚓，咔嚓。”头顶的声音再次响起，陆清酒第一个反应是野猫之类的生物跑到楼顶上去了，可就在他脑子里冒出这个想法的时候，一对圆形的东西却出现在了屋顶的漏洞处，陆清酒看清了那对圆形东西的模样，那是一双红色的眼睛，瞳孔大张，白色的瞬膜滑过眼球，在上面留下湿润的液体，陆清酒认出，这是一双属于爬行类动物的眼睛。

看到这双眼睛，陆清酒的呼吸一滞，甚至以为自己出现了幻觉。那双眼睛似乎透过缝隙看到了屋内的陆清酒，流露出强烈的贪婪之色。

陆清酒愕然道：“我是在做噩梦吗……”

问题还没有得到回答，头顶那双可怕的眼睛便不见了踪影。然而陆清酒还未缓过来，便看见一条细长的粉色舌头，顺着那小洞钻了进来。

那舌头极长，上面还附着透明的黏液，朝着陆清酒所在的位置就弹射了过来，好在陆清酒反应迅速，往床下一扑，躲过了舌头的攻击。他踉跄着推开门，跑向了屋外，这才看清楚了自己屋顶上的东西，整个人僵在了原地。

那是一只巨大的爬行类动物，皮肤呈灰黑色，眼球突出，四肢轻易地固定在湿滑的砖瓦上——分明就是一只巨大的壁虎！

那壁虎也察觉了陆清酒的动作，慢慢地扭过了脑袋，朝陆清酒看了过来。陆清酒见状不妙，转身欲逃，可下一刻却听到自己身后传来了破空之声，似乎有什么东西朝着他刺了过来！

陆清酒还未反应过来，便感到腰上一紧，整个人的视线都倒转了过来，他“啊”了一声，便被那巨大的壁虎用舌头给卷了起来。

壁虎吃东西，向来都是如此，只要用舌头卷住了活物，便要将那活物吃进口中。陆清酒眼睁睁看着自己离那巨大的壁虎越来越近，毫无办法。就在他即将被那东西含进口中的瞬间，壁虎却突然僵住了动作，巨大的眼瞳里透出骇然的神色。

陆清酒也因此停留在了半空中，光怪陆离的一切让他一时间无法完全消化，但求生的本能还是让他做出了正确的抉择，趁着壁虎愣神的工夫，他掏出放在自己裤子口袋里的钥匙串，对着缠住他的舌头狠狠地划了下去。

也不知道是吃痛还是别的原因，那壁虎竟是真的放下了陆清酒。陆清酒从半空中跌落在地上，看见自己头顶上不知何时浮起了一团浓郁的黑雾。

黑雾之中仿佛隐藏着什么东西，只是陆清酒看不清楚。

壁虎似乎怕极了那团黑雾，转身跳下屋顶便欲逃窜，但那黑雾却迅速地蔓延过去，将壁虎笼罩住了。

接着，陆清酒听到了咀嚼肉类般的声音。被黑雾盖住的壁虎只露出了一小段尾巴在外面，陆清酒便眼睁睁地看着那尾巴不断地扭动挣扎，然后动作越来越小，最后没了动静。

咀嚼肉类的声音也渐渐小了，取而代之的是咬碎骨头的嘎吱声，陆清酒慢慢从地上爬起来，打算趁着这个工夫离开这里，但刚往前走两步，便感到一阵眩晕，整个人都软在了地上。在彻底晕过去之前，他似乎看见了一只橙黄色的大眼睛……

第二天，陆清酒被敲门声吵醒，他从床上爬起来，呆了一会儿才摇摇晃晃地去开门。

“怎么啦，清酒？脸色这么难看！”尹寻看见开门的陆清酒，被他的脸色惊到了，“你昨天半夜抓鬼去了？！”

一提到“鬼”这个字，陆清酒的脸色更难看了，他道：“我昨天晚上好像做了个很恐怖的梦。”他说着，抬头看了一眼屋顶，并没有在上面看到任何损坏的痕迹。

“恐怖的梦？”尹寻道，“你是不是太累了……”

陆清酒神情恍惚：“有……有可能吧。”

“那今天镇上的集市你还去吗？”尹寻问，“不然在家里休息一天？”

“去吧。”陆清酒甩甩头，让自己清醒了一点，“我还要买点生活用品。”

“那行，咱们直接走吧，去镇上吃早饭。”尹寻看了眼自己的表，“陈伯他们的车正好要去镇上。”

水府村离镇上挺远的，走路得走一整天，坐车也得花上两个多小时。他们村里就两台小货车，平时村民们想要去镇里了，可以等到车主进货的那天去蹭蹭车，给点车费就行。被尹寻叫作陈伯的就是其中之一，他家的田地比较多，这次去镇里是打算买些肥料回来。

两人走到村口，和陈伯打了个招呼就坐进了驾驶室。

陆清酒给了车钱后尹寻又笑眯眯地递了根烟过去，陈伯接过来点上，闲聊着问陆清酒想买点什么东西。

“我想养头猪崽子。”陆清酒说，“再买点种子。”

陈伯道：“行啊，镇上有卖猪崽的，到时候我帮你一起挑挑，别被人坑了。”

陆清酒笑着道谢。

接着陈伯又问了问陆清酒的近况，得知他准备在这里长期待下去后，又叮嘱了一些他需要注意的地方，比如地得马上耕了，这样才好下种，农耕就讲究个时令，浪费时间错过了春天，就得等到下个季度了。

陆清酒听着，时不时点头称是。这远亲不如近邻，水府村本来就小，大家有个什么事儿都能互相帮衬着。

小货车驶过山路，到达了镇上的集市。和夜晚的寂静不同，白日的小镇热闹非凡，道路两边都是卖各种各样玩意儿的小商贩，有吃的，有用的，还有许多种子和家畜。

陈伯说自己要先去备货，让尹寻和陆清酒先把自己要买的东西买了，然后三人再在卖猪崽的地方集合。

陆清酒点头称好，和尹寻一起进入了集市里。

“你想吃什么？”尹寻道，“那家小笼包味道挺好的。”

陆清酒说：“那尝尝？”

尹寻道：“哎，走着。”

陆清酒跟着尹寻到了集市旁的一个小店，点了两笼热气腾腾的小笼包，又要了两碗豆浆和两根油条。

陆清酒夹起小笼包，咬了一半便“嗯”了声：“好吃。”这小笼包是酱肉馅的，皮薄馅大，咬开就是充盈的肉汁，里面还放了切碎的藕丁，冲淡了肉的油腻感，味道很是不赖。

“好吃吧！”尹寻道，“每次我来他家都能吃个几笼，这个蘸料你试试？”

陆清酒闻言便又蘸了蘸蘸料，蘸料里面有辣子有醋，还撒了葱花，蘸上之后又是完全不同的味道，香辣可口，肉香浓郁，让人根本停不下来。

陆清酒满足地眯起眼睛笑了起来：“你一个人能吃多少啊？”

“我？”尹寻道，“三四笼没问题……就是吃多了不好吃午饭。”

“噢。”陆清酒又夹了一个，正准备往嘴里塞，却感觉到一束目光停留在了自己的后背上，他疑惑地扭头，看见一个白衣男人站在他的身后，正目光灼灼地看着他。

那男人的长相陆清酒再熟悉不过，正是那天他坐出租车时在山路上遇到的那个男人。

“你……你好。”被这样的眼神盯着，陆清酒默默地放下了手里的筷子，“你……”他想要说什么，但又不知道怎么开头。

在他犹豫的时候，男人已经走到了他的身边。

尹寻小声道：“这谁啊？”这男人长相俊美，眼角微微下垂，一副慵懒的模样，薄薄的嘴唇抿成一条弧线，所有的注意力似乎都在陆清酒身上……不，不是在陆清酒身上，尹寻反复确认后，才发现男人似乎在盯着陆清酒面前的小笼包看。

陆清酒：“……”他也发现了男人的目标，于是犹豫片刻后，客气地问了句，“吃吗？”

男人看了眼陆清酒，果断地点点头。

陆清酒赶紧又叫了两笼小笼包，男人也不用筷子，伸手拿起一个便往嘴里送去，陆清酒本来还想提醒他小笼包有些烫，但看他这模样，似乎完全没有被影响到，一个接一个，动作不见片刻停留。

陆清酒小声地问了句：“好吃吗？”

男人动作一顿，点点头。

陆清酒：“还要吗？”

男人又点点头。

陆清酒便又叫了两笼，他虽然不知道男人到底是什么人，但是他隐约感觉，那天晚上就是眼前的人救了他一命。

一笼，两笼，三笼……面前的蒸笼叠得越来越高，尹寻的眼睛也瞪得越来越大。

“我 ×，他都吃了二十笼了。”尹寻毛骨悚然道。

陆清酒强装镇定：“没事，他应该不会撑坏的。”

尹寻：“这是撑坏的问题吗……”

陆清酒：“那是什么问题？”

尹寻：“你身上带够了钱没有……”

陆清酒：“带够了……吧？”

这里的小笼包一笼八个十二块，白衣男人吃了快二十笼了，陆清酒怀疑他再来个二十笼也没什么问题，于是他只能摸着钱包安慰自己四百多块买条命还是很值的。

男人吃得太多，连带着周围的人都朝这里投来了诧异的目光，陆清酒和尹寻看着面前高高的蒸笼哑口无言，最后就在陆清酒让老板再上五笼的时候，男人才摆了摆手，示意不用了。

“饱了？”陆清酒道，“你不用担心，这顿饭我还是请得起的，吃饱了再走啊。”

“吃饱？”男人闻言，忽地扭头认真地盯住了陆清酒，“我好久都没有吃饱了。”

陆清酒：“……”

男人道：“你能让我吃饱吗？”

“哈哈，我努力一下？”不知为何，被男人那双黑色的眼睛盯着，陆清酒后背居然起了一层白毛汗，他不敢直接推托，只能比较委婉地表达了一下自己的想法。

“哦。”男人道，“那挺好。”

陆清酒松了口气，但这口气还没完全松下去，男人就来了句：“我叫白月狐，我会来找你的。”他伸出手将一个小小的布袋扔在了桌子上，“这是订金。”

陆清酒愣住了，然而就在他愣住的片刻工夫里，男人已经站起来，就这样消失在了人群之中。

“这是什么？”尹寻有些好奇地摸过了桌子上的口袋，“这是什么？不会是钱吧？”

陆清酒把口袋打开，一看到里面的东西表情就僵住了，半晌没吭声。

尹寻看陆清酒的表情很是奇怪，支了个脑袋凑过去，在看见黑色布袋里的东西后呆了呆：“这是什么？虫子？”

陆清酒摇摇头，但也没有解释布袋里的到底是什么，而是顺手把袋子给封上了。或许其他人认不出来这东西，但陆清酒可是清楚得很——那是一根壁虎的尾巴，还在微微跳动，似乎是刚从壁虎身上截下来的。

他昨天晚上经历的那一切果然不是梦。

尹寻在旁小声嘟囔："那男的说要来找你，是在开玩笑吧？"

陆清酒瞅了尹寻一眼："是……吧。"

两人说完这话对视一眼，却都在对方眼里看到了某种担忧的意味，他们两个都有一种不妙的预感……

男人走后，陆清酒拿着自己的钱包镇定地去结了账，然后跟着尹寻去挑种子。

陆清酒家里一共有八亩田地，全都租给了别人，今年有两亩租期到了，陆清酒便准备先种些菜供自己食用。

"那你种什么呢？"尹寻问。

"什么都种点吧。"陆清酒对种田没啥心得，想着今年就先拿两亩地练练手，"玉米、番茄、黄瓜，什么平时吃得多就种什么。"

"行啊。"尹寻一边问一边给陆清酒挑种子，"你刚开始啥都不懂，先练练手也行，反正两亩地不算多。"

陆清酒点点头，两人便各种种子都选了一些，让老板包起来装进了背包里。

选好种子后，陆清酒又去买了些生活用品，比如厨房里的锅啊还有调料什么的，尹寻叫他去买点纱窗把窗户糊上，这夜里的蚊子可毒了，陆清酒则表示自己完全没有被蚊子咬。

尹寻还是不信，之前可以说是巧合，但这都几天了陆清酒还好好的，那可真是邪门了。谁知道找遍陆清酒的手臂，他都没有发现一个蚊子叮出来的包，于是只能含恨表示这些蚊子可真是山猪不会吃细糠，皮肤光滑的陆清酒不咬，要来咬他……

陆清酒却是想起了自家屋顶上那只巨大无比的壁虎。嗯，好像壁虎的主食就是蚊子吧。

把该选的东西选好，差不多也到了去找陈伯的时间。

陆清酒和尹寻提着东西去了集市旁边卖猪崽的地方，这地方是个小型的牲畜交易市场，陆清酒一进去就看见一家卖小牛犊的。

尹寻道："走这边，你准备买几头？"

“两头吧。”陆清酒道，“一头太孤单了。”

尹寻闻言脚步一顿，看向陆清酒，认真道：“我有个事情提醒你，你买猪回去可千万别给它起名字。”

“这我知道。”陆清酒说，“取了名字就有感情了，你小时候不就给你家猪取了个名字叫小花吗？”

“是啊。”尹寻陷入回忆，感慨道，“我那时候可喜欢小花了，每天都给它打最嫩的猪草。”

陆清酒：“是啊，最后小花被你爸宰了你还哭了一下午。对了，他们是怎么哄好你的？”

尹寻：“给我做了一碗红烧肉。”

陆清酒：“……”

尹寻：“真香。”

陆清酒：“……”这也行?

说话间两人走到了买猪崽的地方，看见陈伯已经在和卖猪崽的老板聊天了，陈伯看见陆清酒他们来了便招招手，唤道：“这里来！我给你挑了两只！”

陆清酒走过去，看见陈伯身边已经捆了两只小猪崽，小猪崽刚出生不久还挺干净，粉粉嫩嫩的，正躺在地上哼哼唧唧，看起来倒是很可爱。

尹寻在旁边看着猪崽来了句：“真嫩啊……”

陆清酒：“……你是想起小花了吗？”

尹寻：“伤心往事莫再提。”

陆清酒心想：你吃红烧肉的时候可不是这么说的。

“这批猪崽质量不错。”陈伯说，“自家养的猪数量少，也不用讲究那么多，你是自己吃还是拿来卖肉啊？”

“自己吃。”陆清酒道。

“哦，那行。”陈伯点点头。

现在养猪的规格严了，超过一定的数量就得办养殖证，不过像他们在水府村那么偏远的地方倒是没有那么严苛的规定，特别是陆清酒这样养来自己吃的就更是了。

对陈伯挑的猪很满意，陆清酒掏出钱包准备付款走人时，却听到旁边传来了一声凄厉的猪叫，这叫声十分刺耳，将所有人的注意力全都吸引了过去。

第二章

两头猪

“那是什么？”陈伯疑惑道，“老板你搞了头野猪崽啊？”

卖猪的老板摇头道：“哪里是我去搞的，就是前两天在马路边无意中捡到的，好像是被车撞晕了，喂它东西也不吃，看着活不了多久了，就想着拉来卖了算了。”

“野猪啊？”陆清酒来了兴趣，道，“能看看吗？”他还没见过真的野猪呢。

老板挥挥手示意陆清酒自便。

几人便朝着猪叫的地方走了几步，看见围栏的角落里缩着两团黑乎乎的小肉球，稍微大点的那团肉球此时正发出凄惨的叫声，陆清酒和它的目光对上，发现那双不大的眼睛里竟含满了悲伤的泪水。

“它这是在哭啊？”陆清酒没想到猪也这么有灵性。

“是吧。”尹寻道，“不过这东西是野猪吗？怎么这么小就有獠牙了？”正常情况下野猪的獠牙是慢慢发育出来的，不可能在一出生的时候就有。

“是啊，这猪长得有点奇怪，可能是变异了吧。”老板在旁边没把这当回事儿，“而且是一公一母呢，母的也有獠牙。”

那两只肉团子本来缩在角落里，此时却好似听懂了他们的对话一般，都开始朝着这边张望，嘴里的叫声也小了点，也不知道是不是陆清酒的错觉，他竟是听出了一点讨好的味道。

“老板，这两只猪你打算怎么处理啊？”陆清酒问。

老板说：“他们不肯吃东西，实在卖不出去就杀了吃肉呗。”

陆清酒道：“这么小能有多少肉啊。”

老板道：“怎么，你想买？”

陆清酒道：“看这俩可怜，能不能我加点钱，你把这两只一起卖我算了。”

老板有些犹豫。

陈伯在旁边搭腔道：“老徐，这猪本来就没几个肉，看着还病恹恹的，吃着也不放心，还不如便宜卖了呢。”

被老顾客这么一劝，老板松了口，答应把两只黑猪崽搭在一起便宜点卖给陆清酒。陆清酒付了钱，把黑猪崽从圈里提出来，和其他两只猪崽一起放进了陈伯的货车里。

那两只黑色的肉团子似乎对另外两只猪崽十分嫌弃，根本不愿意靠近自己的同类。陆清酒坐在旁边看着这两只黑猪崽的小动作，无奈地伸手轻轻揪了一下小的那只的耳朵，道：“都是同类还嫌弃什么？”

小的那只哼哼两声，居然又流下了泪水，表情委屈得不得了。

大的那只见状对着陆清酒凶巴巴地哼唧了起来，只是此时它的小身板再凶也就那样，陆清酒伸手弹了一下它的额头，道：“你还凶我？是我把你们两个从那里救出来的，我可是你们的救命恩人，你们就这么对你们的救命恩人？”

尹寻见状哈哈大笑：“酒儿，你和猪说什么道理？它们难道还能听懂不成？”

话音未落，便看见那只大的小黑猪崽弯下前腿对着陆清酒拜了一拜。

尹寻笑容僵住：“我 ×，这猪成精了？？”

陆清酒：“……好像是。”

尹寻：“那……这猪精……”

陆清酒：“？”

尹寻：“好吃吗？”

陆清酒：“……”说实话，当年小花真是死得不冤。

带着四头小猪崽，陆清酒和尹寻坐着陈伯的小货车又回到了水府村。

到家后，陆清酒先把猪崽送进了猪圈里，猪圈他已经提前打扫干净了，地上还铺上了干净的稻草。按照尹寻的说法，猪其实挺爱干净的，住的地方舒服了才容易长肉。

陆清酒在食槽里放了干净的猪草和水。那两只小白猪一进去就扭着肥嘟嘟的小屁股开心地吃了起来，但两头小黑猪却犹犹豫豫地站在猪圈门口没动。

“怎么了？”陆清酒见他们不肯动，疑惑道，“这猪圈哪里不合你们的意吗？”

听到陆清酒的问话，大的黑猪崽居然点了点头，伸出自己小小的猪蹄子指了指那两只正在欢快地吃东西的小白猪。

陆清酒：“你是不是不想和它们住在一起？”

黑猪崽哼唧了一声。

陆清酒狐疑地看着猪崽：“你真的是猪？你别不是人变的吧？”

黑猪崽满脸无辜地看着陆清酒，仿佛不明白他在说什么，陆清酒严重怀疑它是在故意装无辜。不过这黑猪崽应该不会是人变的，毕竟如果是人，发现有人愿意和自己交流肯定马上就暴露出来了，不至于像它这样故意装傻。

陆清酒想了想，便从旁边拿了块木板过来，把两只黑猪崽和两只白猪崽从中间隔了开来，这样一来两只小猪崽才踮着脚尖小心翼翼地走进了猪圈，打量一番后，趴在了干净的稻草上开始休息。

陆清酒见状也没有再管它们，转身回了屋子。

尹寻在厨房里忙上忙下，把陆清酒买的东西一一摆放好。陆清酒进来问他晚上想吃点什么。

“什么都可以啊。”尹寻挺随便的，“我去地里摘点菜咱们吃个火锅？”

“行啊。”陆清酒道，“我先熬锅汤……对了，这猪草去哪里弄啊，还是只用喂饲料就行了？”

“猪草啊，可以让村里的小孩儿帮你采。”尹寻道，“五毛一箩筐，他们赚点零花钱，你也不用往山上跑，饲料你就看着喂，里面加点猪需要的维生素什么的，猪不容易生病，不过别太多，猪吃多了肉就没那么香了。”

陆清酒闻言点点头示意自己知道了。

“我去摘菜了，你先熬汤吧。”尹寻去自家地里了。

陆清酒则把今天从集市里买来的骨头放进锅里，点火开始煮，又切了一些买来的肉。

老屋是有冰箱的，只是长期没有使用，制冷效果不是很好，陆清酒把剩下的食材塞进冰箱，拿起蔬菜走到院子里正准备清洗一下，却听到了扑通一声巨响，像是重物落水的声音。

这声音是从后院传来的，陆清酒闻声微愣，随即放下手里的菜便急匆匆地跑到了后院。

后院还没怎么清理，四周都是枯萎的树木和凌乱的杂草，墙壁上还挂着白色的蜘蛛网，眼前这口黑色的井在其中显得格外突兀。

陆清酒刚刚清楚地听到了东西落入水中的声音，他害怕是村里的小孩儿不小心掉进了井里，所以赶紧走到了井口边上，朝里面张望。

井里黑洞洞的，看不到尽头，陆清酒喊了几声，没有听到里面传来任何求救的动静。

“有人吗？是不是有人掉进去了？”陆清酒继续喊道，“有人就叫一声——”

井内静悄悄的，一片死寂。

陆清酒又唤了几句，依旧没有任何回应，他心想：不是人掉进去了，那是什么东西掉进去了？这时，身边传来尹寻的喊声：“清酒？清酒？你人呢？”

“我在后院呢。”陆清酒应了声。

“你在后院干吗？”尹寻道，“我摘了菜回来，这黄瓜真甜……”

陆清酒看了眼井口：“我刚刚听到有东西落水的声音，就过来看看。”

“哦，那有东西吗？”尹寻站在后院门口，手里抓着啃了半截的黄瓜，远远地看着陆清酒。

“没有。”陆清酒道。

“那别管了。”尹寻说，“可能是谁家小孩儿在墙外面乱扔石头，不小心扔进井里了吧。”

陆清酒想了想，觉得落进井里的不是人就行，便没有再管，离开后院走到了尹寻身边，他们一起朝着前院走去。尹寻看着陆清酒，又咬了口黄瓜，嘎吱嘎吱嚼碎了，含糊道：“你背上是什么东西啊？”

“我背上？”陆清酒扭头看自己身后，“什么东西？”

尹寻手一伸，从陆清酒后背拿下了一团黑乎乎的东西：“这……”

陆清酒看清楚了尹寻手里的东西，那居然是一团黑乎乎的头发，不知什么时候粘在了他的后背上。

“这是头发？我×！”尹寻看清楚了自己手里的东西是头发后赶紧扔到了一边，“什么玩意儿，好恶心。”

陆清酒：“……”他沉默着看了眼后院的井，心里升起一种不妙的预感。

“别怕别怕，没事的。”尹寻道，“农村嘛，地方偏，总有点奇奇怪怪的事……”

陆清酒惊呆了：“奇奇怪怪的事？比如？”

尹寻沉默片刻，小声地和陆清酒说：“去年夏天的时候，刘家小的那个娃被淹死了。”

“淹死？”陆清酒说，“在村里的小溪里？那小溪不是很浅吗？”他们这地方河流不多，以他的了解，村子附近有水的地方就是一条没过膝盖的小溪，那小溪流水不急，也没有水草，就算在里面跌倒了也很容易站起来。

“不。”尹寻道，“如果是在那儿也不算是什么特别奇怪的事，他是在……林子里被淹死的。”

陆清酒一时间没明白，疑惑地重复了一句：“林子里？”

“对啊。”尹寻小声道，“就是林子里，周围一点儿水都没有。当时刘家就报警了，结果尸检之后警察说是淹死的。”

陆清酒道：“……那最后怎么样了？”

“最后还能怎么样？”尹寻说，“就这么算了呗，其实这种奇怪的事情其他村子也有，不过不多，几年有个一两件吧。”

陆清酒无话可说，他以前在城里上班的时候其实也遇到过这种事，没想到换个地方还是有这样奇奇怪怪的事。

“所以以后遇到了就当作没看到吧。”尹寻说，“眼不见，心不烦。”

陆清酒心想：“眼不见心不烦”是这么用的吗？

尹寻递给陆清酒一根黄瓜，两人便蹲在前院里开始继续洗菜。

黄瓜的味道不错，清脆甘甜，一点苦味也没有，水分又很充足，吃起来和水果差不多，陆清酒吃完黄瓜，感觉心里好受了点，道：“那你有没有遇到过什么奇怪的事？”

尹寻咧嘴乐了，那颗可爱的虎牙又露了出来：“可能遇到过吧，我没注意。”

陆清酒心想：神经粗可真好。

尹寻摘了不少菜，洗好之后陆清酒往炖好的骨头汤锅底里加入了从城里带回来的火锅底料，烧开之后端到了院子里，两人开了几瓶啤酒，美滋滋地开始一边吃火锅一边喝啤酒。

火锅很简单，好在食材新鲜，所以味道倒也不赖，骨头汤浓郁的香气灌满了整个园子，尹寻小酌几杯，脸颊上浮起两团红晕，看起来有点醉了。

陆清酒也生出了浓郁的醉意，他已经很久没有醉过了，平日里加班加得意识模糊，哪有时间停下来和朋友一起喝两杯，还是老家让人舒服，也不用想着明天还要去打卡上班。正这么想着，陆清酒看见坐在他面前的尹寻突然伸出手，指着他身后，含糊道："好……好黑啊。"

"什么？"陆清酒道，"不是开了灯吗？"

尹寻歪着头，表情十分困惑："可是还是很黑。"

陆清酒以为尹寻是彻底醉了，直到他也扭过头，看向自己身后，才明白了尹寻话中的含义。只见离他们不远的地方，立着一个黑色的人影。陆清酒重重地揉了揉自己的眼睛，这才彻底看清楚，那个黑影竟是一团人形的头发。

"你知道我最害怕什么吗？"耳边响起的，是女人的轻声询问。

或许是酒精麻痹了神经，陆清酒居然没有太多的恐惧，他看着那团头发，听见女人又问了一遍："你知道我最害怕什么吗？"黑色的头发离他们近了些。

陆清酒嘴唇微微动了动："你最害怕……"

"什么？"

"最……最害怕秃顶？"喝醉了的陆清酒说得很认真，还觉得自己的逻辑很完美，感觉并没有什么不对，不然她长那么多头发干什么……他说着话，还摸了摸自己的头发，有点悲伤地感叹，"还好我辞职早，不然我也逃不掉……"

黑影抖动了两下，也不知是不是被陆清酒的答案震撼了，毕竟这么久了，她第一次听到这样的答案，眼前的男人好清纯、好不做作，和其他的妖艳贱货一点都不一样。

黑影似乎还想说话，院子周围却忽地出现了一团黑色的浓雾，她感觉到了什么，下一刻便消失在了陆清酒的眼前，只在地面上留下一片暗淡的水渍。

陆清酒觉得自己是真的喝醉了，不然那东西怎么会就这么不见了呢？他对面的尹寻咋咋呼呼地又开了一瓶，给他满上一杯。

"喝……"尹寻大着舌头道，"继续喝……"

陆清酒拿起杯子一口干掉了，道："喝！"

之后发生的事，他就有些记不清楚了，再次有记忆已经是第二天早晨了，他和尹寻在院子里躺了一晚上，起来之后腰酸背痛，人都快散架了。特别是脑袋，宿醉之后疼得简直快要爆炸了，陆清酒呆呆地从地上爬起来，推了推在旁边睡得眼歪嘴斜的尹寻。

“哎……哎哟……”尹寻睁开眼就叫了起来，“我全身都好疼啊，酒儿，你昨天晚上是不是趁我喝醉了揍我啦？”

陆清酒：“……我也很疼好吗？”

尹寻道：“不行了不行了，全身都疼得厉害，特别是屁股。”他揉揉自己的屁股，狐疑地看向陆清酒，“你真没对我做什么吗？”

陆清酒：“镜子在屋子里，你去照照自己的脸清醒一下。”

尹寻：“我长得这么好看。”

陆清酒：“好看个屁，你都要肿成猪头了。”

尹寻面露疑惑，踉跄着进屋找到了挂在厕所里的镜子，接着陆清酒就听到一声来自他的惨叫：“陆清酒——你昨天晚上绝对趁着我睡觉打我了！”

陆清酒：“我没有！”

尹寻：“那为什么我肿了你没肿啊？”

陆清酒：“可能是因为我长得好看吧。”

尹寻：“……”你是真的不要脸。

玩笑归玩笑，这脸突然肿了还是得去看看，于是两个人搀扶着一瘸一拐地去了村里的卫生所。认识他们的一个大婶看到两人这么惨的样子都乐了，开玩笑说：“怎么着，是昨天半夜去偷苞谷被人抓住打了一顿吗？”

尹寻哭丧着脸道：“婶儿，你就别开我的玩笑了。”

到了卫生所，医生检查之后说尹寻是对什么东西过敏了，不是被人揍的，陆清酒这才洗脱嫌疑。

“对什么过敏啊？”尹寻没想明白，“我吃的不都是平日吃的吗？”

陆清酒想了一会儿，不确定道：“难道你是对我带来的火锅料过敏？”

尹寻目瞪口呆：“……不能吧！还有对火锅底料过敏的？！”

“有可能。”陆清酒仔细分析了一下，“那火锅料里有不少香料，有可能会过敏……当然也只是有可能，你还是我见过的第一个对火锅料过敏的人。”

尹寻流下了悲伤的泪水。

医生见尹寻症状不是特别严重，开了点药让他回去吃，说不碰过敏源过两天就好了。

然后两个残障人士又搀扶着回了家。

陆清酒回家之后在床上躺了半天才感觉好了一些，起床收拾前院的东西时，他看了眼后院的位置，似乎隐约想起了什么，但一时间又理不出头绪，最后实在想不起来，他也懒得想了，反正不是什么大事。

把家里收拾好，随便吃了点东西，陆清酒把种子用温水泡了起来，打算下午先种一部分，温水泡种子能让种子更容易发芽，这还是尹寻告诉他的。把种子泡好之后他去了隔壁邻居李叔家，走到院里看见邻居李叔家的小孩儿正坐在院子里编草绳。邻居李叔见过小时候的陆清酒，和他姥姥关系也不错，陆清酒来的第二天就给他送了一筐红薯过来，陆清酒诚恳地道了谢。

“小陆这是有什么事？”邻居李叔问道。

“我想问下小鱼有事儿没有，”陆清酒说，“我家里需要打点猪草。”

小鱼是邻居家小孩儿的名字，全名叫李小鱼。他听到这话，赶紧点点头，把手里的麻绳一扔，道：“我没事儿，你要几筐啊？”

“几筐都行。”陆清酒觉得李小鱼这年龄应该已经上小学了，“打猪草的地方危不危险？小孩子去得吗？”

“没事儿。”李叔一听是这事儿就笑了，无所谓道，“他们从小就在那儿野惯了，还不谢谢你陆哥哥。”

“谢谢陆哥。”李小鱼高兴地站起来，看得出这小孩儿很乐意得这些零花钱，家里人也不反对。

“你不上学吗？”陆清酒问了句。

“就上半天。”李叔无所谓道，“反正以后也是回家种田的，上那学有啥用？又不是人人都能和你一样成为大学生。”

陆清酒给了李小鱼两块钱，看见他背着竹筐和镰刀高高兴兴地出门去了。

看着他的背影，陆清酒欲言又止，说到底这是人家的家务事，他也不好去掺和。

之后陆清酒拿着用温水泡好的种子撒进了田里，这次他没有种太多，种的大多都是些黄瓜、番茄之类平日里吃得多的蔬菜种子，当然也没忘记种点白菜，还顺便埋了一些土豆的块茎进去。

反正也是第一次试手，陆清酒不是很讲究，种得很是随便。按照尹寻的说法，如果他不讲究产量也不拿去卖，其实差不多了，没必要太费心费力地伺候。

陆清酒弄了不到半亩田，天就已经差不多黑了，他出了不少汗，衣服几乎都湿透了，感叹只有亲自动手种田才能明白什么叫作“汗滴禾下土”。

陆清酒见天色不早，便回了家，洗澡换了身衣服，然后把昨天买来的包子放在蒸锅里蒸了蒸打算当晚饭吃。

就在包子蒸得差不多的时候，前门被人敲响，陆清酒过去开门一看，才发现是去后山打猪草的李小鱼回来了，他手里提着一大筐用绳索捆好的猪草，满脸笑容："陆哥，草给你割好了，反正我也没事，帮你把猪也喂了吧。"

陆清酒刚想拒绝，便看见这小孩儿一路飞奔朝着猪圈就去了，拦也拦不住。

无奈之下，陆清酒只好转身回了屋子，把刚蒸好的包子给小孩儿包了几个，想了想，又从自己的行李箱里摸出了一条巧克力。

陆清酒拿着东西去了猪圈，还没走到猪圈便听见李小鱼咋咋呼呼地叫着："陆哥，你家这猪长得好可爱呀！"

陆清酒走过去一看，看见被李小鱼夸奖的小黑猪崽此时正骄傲地挺起胸膛，一副"小孩儿你很有眼光"的表情。

陆清酒："……"他为什么在猪的脸上看出了表情？

"我可以给它取个名字吗？"李小鱼扭头看向陆清酒。

陆清酒："……"他想到了尹寻的惨剧，但是面对李小鱼渴望的眼神，他只能想着要是有个万一，他一定要把红烧肉做得好吃点，"行吧。"

"你叫小花好了。"李小鱼指着大的那只猪说道。

陆清酒："……"这是命运的抉择？他委婉道，"为什么要叫它小花呢？叫其他的名字不好吗？"

李小鱼道："可是它的背上是花的呀。"这猪后背上是一层软软的绒毛，花纹像松鼠似的，黑棕相间。

陆清酒："……"他居然无法反驳。

李小鱼道："你叫小黑。"他又给小的那只取了名字，"你们是我见过的最可爱的猪！"

陆清酒想，也可能会是最好吃的……

李小鱼看着小花、小黑吃饱了，小小的肚子鼓了起来，这才满意地和陆清酒告别，并且不好意思地询问下次打猪草能不能也让他去。陆清酒点头同意，还把手里的包子和巧克力给了李小鱼。

看着小孩儿一蹦一跳地离开，陆清酒瞅了眼正在给小黑舔毛的小花，道："小黑，小花，要好好长大啊。"

小花：你叫谁呢？谁叫小花？！它作为一头优秀的雄性猪怎么可能承认这样的名字？

小黑：啥啥啥？它哥在说啥？嗯……猪草真好吃，吧唧吧唧吧唧吧唧。

小花：你还吃，吃胖了第一个把你杀了吃肉！

小黑委屈极了：哥，你好凶……而且刚才你明明也吃得很开心嘛。

小花：闭嘴！不准说话！

站在猪圈旁边的陆清酒自然听不懂这两只小黑猪的对话，只能听到它们一阵哼唧，权当这是它们吃开心了的表现。他转身回老屋时，想着有时间还是去买点小鸡回来养着吧，这样院子里也热闹点……

老屋平日里需要使用的房间基本全都打理出来了，只有几间屋子陆清酒没去动，那些房间年久失修，屋顶都有些破了，况且他平时也用不到，想着等空闲下来再找人把整栋屋子彻底修缮一下。

陆清酒到这里之后几乎沾床就着，往日困扰他的失眠再也不见了踪影。

农村的空气好，特别是早晨，陆清酒七点多钟起来，简单地吃了早饭之后把昨天晚上提前泡好的豆子从水里拿了出来，提着一大包豆子去了村头的大磨盘。

今天他和尹寻说好了磨点豆子点豆花吃，豆子还是昨天尹寻从他家里拿来的。

水府村里的人大多都知道了陆清酒从城里回来的消息，这一路上村民们热情地和陆清酒打招呼，态度十分亲切，看起来很是喜欢这个从外面回来的大学生，陆清酒也一一回应，他还要在这里住很久，和村民们搞好关系不是什么坏事。

到了磨盘那儿时，尹寻已经在磨盘旁边坐着了，他手里拿着把炒好的冬瓜子在嗑，见陆清酒来了，站起来和他打了个招呼："来啦？"

"嗯。"陆清酒道，"你这么早？"

"昨天脑袋肿得厉害没睡太好。"尹寻道，"早上起来脸才好了点。"

陆清酒看着尹寻，发现他的脸的确是消肿了，这才放了心，道："你来放豆子吧，我来推磨。"

"行。"尹寻也没和陆清酒争。

于是两人分工，飞快地磨起了豆子。

这磨盘在村里好几十年了，陆清酒有小时候爬到磨盘上玩被姥姥扭下来打屁股的记忆。他小时候可皮了，跟着一群小伙伴漫山遍野胡跑，几乎是跑遍了村子的每个角落。

只是现在村里的小伙伴几乎都走得差不多了，就剩下尹寻这么一个发小还待在村子里。

豆子是尹寻家自己种的，品质很好，磨出来的豆浆又白又细，散发着一股豆子的清香。待会儿带回去煮沸，然后点上卤水，等到豆浆凝结成块，豆花就算是做好了。

一盆豆子全变成了乳白色的豆浆，尹寻把豆渣也装进了袋子，这豆渣是喂猪的好东西，可不能就这么丢了。

两人一前一后，尹寻拿着豆渣，陆清酒提着豆浆，回到了老宅。

“我去把猪喂了啊。”尹寻扬了扬手里的东西。

“去吧。”陆清酒想了想，还是开口道，“对了，昨天邻居家的小孩儿给那两只小野猪取了名字。”

尹寻道：“李小鱼？他给猪取了啥名字？”

“大的叫小花，小的叫小黑。”陆清酒回答。

“为什么叫小花？！”尹寻道，“你偏要提起我的伤心事吗！”

“是小孩儿取的，我也不好和他争。”陆清酒无奈地同尹寻解释。

“哦。”尹寻听完后也没再说什么，只是满脸沧桑地来了句，“那大的肯定比小的好吃……”

陆清酒：“……”求求你快闭嘴吧。

趁着尹寻喂猪的工夫，陆清酒把豆浆倒进了锅里，然后点上火，大火烧开之后小火慢煮，一边煮一边往里面加卤水，然后用勺子压实。点豆花是个技术活儿，压狠了豆花太老，压轻了豆花成不了形。陆清酒之前在家里也弄过，所以还算有经验，一锅豆浆已经开始慢慢变成固态。

正在弄着豆花，院子里却传来了尹寻的喊声：“清酒！有人找！”

“谁啊？”陆清酒应道，“谁找我？”

“你出来看就知道了。”尹寻回答。

陆清酒把火压小，转身去了院子，看到尹寻站在院子里，不过吸引住他目光的，却是尹寻旁边的男人。

“你……你好。”陆清酒本想同他打个招呼，可手上却还拿着个勺子，于是只能尴尬地挥了挥手里的勺子。

“你好。”男人开了口，他的声音很轻，但却能听得很清楚。

“你有什么事吗？”被男人这样盯着，陆清酒莫名地局促起来。男人生得十分好看，依旧是前几日见过的那种慵懒模样，眼睛是独特的丹凤眼，鼻梁高挺，整个人充满了水墨般的古典美。

“我说了我会来找你。”男人道，“我来了。”

陆清酒：“……”

他记得男人的名字叫白月狐，也记得之前两人在集市里相遇时男人说的话，只是没有想到他会真的找上门来。

“怎么，你忘了？”白月狐盯住陆清酒的眼睛。

“没……没忘呢。”陆清酒道，“来……来了就来了，吃豆花吗？”

白月狐道：“豆花是什么？”

陆清酒道：“好吃的东西……你有行李吗？先放进屋子里？”

白月狐点点头，陆清酒便领着他去了刚打扫出来的客房，见白月狐进去了，心里才松了口气。

尹寻在旁边看得目瞪口呆，伸手拉了陆清酒一把，小声道：“喂，你就这么把人请进来了？”

“他是好人。”陆清酒道。

“你咋知道？”尹寻瞪眼。

陆清酒道：“因为他长得好看。”

尹寻：“……”

陆清酒当然是在开玩笑，事实上他敢把白月狐叫进屋子里是因为白月狐给他的那个布袋，布袋里的壁虎尾巴证实了陆清酒的某些猜想，那天晚上发生的一切并不是梦境，而是真实存在的事实，如果没有这个男人，他或许早已经成了那只巨大壁虎的盘中餐。

“你不用担心我，我一个大男人，能出什么事儿啊。”陆清酒拍了拍尹寻的肩膀，安慰着自己的好友。

尹寻瞅了眼陆清酒，又瞅了眼屋里的男人，嘟囔着：“男人怎么了，这年头男人也不安全啊，虽然不安全的那个不一定是你……”

陆清酒惊了：“……你什么意思啊？”

尹寻：“你听错了，我什么都没说。”

“我懒得和你说了，豆花还在锅里呢，你去把肉切了，待会儿我炒回锅肉吃。”陆清酒把尹寻拎回了厨房。

这肉是尹寻早晨买的，正宗的猪五花，用来炒回锅肉香得很。陆清酒把豆花点好了，便将五花肉切成均匀的三指宽，烧热油之后加上蒜苗豆瓣爆炒。肉和油接触之后散发出独属于肉类的浓郁香气，白色的肥肉部分被炒出了油脂，变成了诱人的金黄色，五花肉整片都卷曲了起来，还没尝便能知晓味道肯定不赖。

尹寻迫不及待地用筷子夹了一块，咀嚼两下便感叹道："好好吃啊，这肉也太香了。"

"你端出去，我再煮个白菜蛋花汤。"陆清酒伸手擦了一下自己下巴上的汗珠，道，"把饭和豆花也盛出来吧，我待会儿打个豆花的作料。"

"好嘞。"尹寻美滋滋地做事去了。

陆清酒把剩下的东西弄好，外面两个人已经乖乖坐在桌子面前，眼巴巴地等着他了。尹寻就罢了，陆清酒居然也从白月狐的脸上看出了期待的味道。

陆清酒把手里的东西放到桌子上，道："吃吧。"

旁边的尹寻和白月狐闻言一起拿起了筷子，冲着肉就去了。

陆清酒也夹了一筷子回锅肉，尝了尝觉得味道的确不错，他的厨艺其实挺一般的，可能是食材的原因，做出来的回锅肉格外香，五花肉上的肥肉炒出来一点也不腻，反而很是弹牙软糯，香得不得了。

陆清酒又尝了点豆花，豆花做得也很成功，绵软扎实，蘸一点专门准备的作料非常下饭，陆清酒一个人能吃一大碗。

他吃了两碗饭就差不多饱了，尹寻也吃得差不多，但看白月狐的架势却是一点儿没打算停下，最奇的是他吃饭的动作相当优雅，仿佛不是在吃什么家常小菜，而是在吃异国珍馐。

尹寻摸摸自己的肚皮，道："我饱了。"

"我也饱了。"陆清酒道，"月狐，待会儿你把碗洗了吧。"

白月狐闻言动作自然地点了点头，似乎已经完全融入了这个大家庭。

陆清酒也没觉得让他洗碗有哪里不对，虽然不知道他为什么想要住在这里，但是既然住进来了那肯定得习惯做这些事。

尹寻吃饱了便起身告辞，说要回家去睡个午觉。

白月狐则拿起碗筷，撸起袖子去了厨房。陆清酒也准备睡一会儿，便搬了个椅子到院子里，准备晒着太阳睡觉。初春的太阳比夏日的温柔许多，透过云层照在人身上只觉得浑身都暖洋洋的。

陆清酒坐在躺椅上迷迷糊糊快要睡过去的时候，感觉什么东西滴在了自己的脸上，他猛地惊醒过来，才发现不知何时，头顶上原本灿烂的太阳不见了踪影，只余下一片黑压压的乌云，细小的雨滴从云层中落下，淅淅沥沥地滴落在了他的脸颊上。

要下雨了？陆清酒伸手摸了一下自己的鼻尖，感觉到了一点湿意，他从椅子上爬起来，正欲往屋子里走，却听到了一种怪异的声响——嘭！嘭！嘭！仿佛是有人在用石头重重地砸着什么东西。

陆清酒缓缓移动脚步，绕过了墙角，看见了笼罩在雨幕中的后院：一个男人背对着他，手里抱着一块沉重的石头，石头上面沾满了鲜红的血迹，他弯着腰，一下又一下，用力地砸着面前的东西。陆清酒虽然隔得远，但也看清楚了他在砸什么，那是一个已经血肉模糊的人，那人的脸已经看不清楚了，绝对不可能还活着！

看到这样一幕可怖的景象，陆清酒呼吸顿了一下，大声呵斥："你在做什么？"

那人的动作一顿，显然是听到了陆清酒的喊声，他缓缓转过头，让陆清酒看到了他的脸。随后男人发出凄厉的惨叫，被一团黑影拖进了井里。

"扑通！"又是一声重物落水的声音，陆清酒却如被人当头棒喝，整个人瞬间清醒了过来。他这才发现自己还躺在长椅上，洗完碗的白月狐站在他的旁边，此时正面无表情地看着他。

"我好像做了个梦。"陆清酒含糊地说。

"是。"白月狐道，"你做了个梦。"

陆清酒说："梦到后院井里有个死人。"

白月狐看着他没说话。

陆清酒道："真的有吗？"

白月狐沉默片刻，不答反问："那你回到这里是为了什么呢？"

陆清酒蹙眉："我只是觉得在城里很累，想回来。"

白月狐道："只是如此？"

陆清酒闭了嘴，事实上他回到这里的原因他并不想提，因为太过荒诞，荒诞得仿佛说出来都是个笑话。

陆清酒不说，白月狐也不问，他看了看天空，道了句"要下雨了"，便转身回了屋子。

陆清酒环顾院子，忽然觉得春寒刺骨。

他从椅子上站起来，走到后院，只见一口黑井赫然存在于空旷的后院里，陆清酒看到这景象，点点头也回了屋子。

果不其然，如白月狐所说，很快就开始飘起了淅淅沥沥的小雨。

第三章

井底人

春雨贵如油，对于农家更是如此，陆清酒看着雨水润泽万物，感觉自己仿佛也参到了一丝禅意。

但坐在旁边的白月狐显然并不这么想，他冲着陆清酒伸出手，道：“也给我点瓜子。”

陆清酒“哦”了声，把瓜子分了白月狐一半。

白月狐说：“你刚才看到院子了，有什么想法吗？”

陆清酒说：“时机不到。”

白月狐眸子沉了沉：“你要等到什么时候？”

陆清酒：“夏天！”

白月狐：“等到夏天又如何？”他正想说井里的东西无论春夏都会出来，就听陆清酒长叹一声：“这你就不懂了吧，夏天才能种点西瓜啊葡萄之类的，那院子太小了，就只能种种这些藤蔓植物。”

白月狐：“……你就光想着倒腾院子了？”

陆清酒莫名其妙：“不然呢？”

白月狐：“……”他继续沉默地吃瓜子。

陆清酒撑着下巴，把瓜子皮吐到了旁边的垃圾桶里，叹气：“我开玩笑的，还是先报个警吧，那井里肯定有东西。”

白月狐道：“嗯。”

两人之间安静片刻后，陆清酒鼓起勇气扭头瞅着白月狐："我还有个问题……"

"我是狐狸。"还没等陆清酒的问题问出来，白月狐就格外严肃地开了口，"就是你们人类最喜欢的那种妖怪！"

陆清酒："……"他都还没问呢。

也不知道陆清酒的表情让白月狐误会了什么，他"唰"的一下站了起来，背对着陆清酒道："我真的是狐狸。"话音刚落，几条毛茸茸的大尾巴就从白月狐的衣服底下伸了出来。

那尾巴上长着纯白的毛，柔软又蓬松，感觉摸上去手感很好，陆清酒手有点痒痒，但是没敢伸出去，只是道："哦，我知道了。"

也不知是不是陆清酒的错觉，他感觉自己说完这话后，白月狐十分微妙地松了口气，仿佛放心了什么似的。

这狐狸怎么那么直白地表明了身份，就不怕吓着自己吗？陆清酒有点落寞的同时又觉得有点奇怪，他总觉得白月狐的表现有些不对劲，就好像……生怕自己不相信他是狐狸一样。

唔，不过他也没有伪装自己是狐狸的理由吧？陆清酒对着自己如此解释道。

或许是陆清酒眼神里对于白色毛茸茸尾巴的渴望太过明显，白月狐蹙着眉头看了陆清酒一眼后，竟是来了句："可以摸。"

陆清酒"啊"了声没反应过来。

"可以摸。"白月狐又重复了一遍，那几条毛茸茸的尾巴还轻轻地抖了抖。

陆清酒一听这话，手立马就贴上去了，在触碰到那毛茸茸的尾巴后，他甚至听到了自己灵魂发出的愉悦的叹息，大大的尾巴毛茸茸的又很光滑，触感像柔软的绸缎……陆清酒狠狠地撸了一把，好一会儿才恋恋不舍地收回了手："谢谢啊白哥。"这是他这辈子第一次摸狐狸精的尾巴，有可能也是最后一次。

白月狐见陆清酒满脸幸福，点点头，起身回屋去了。

陆清酒却没动，他其实遇到过挺多次这类奇奇怪怪的事件、奇奇怪怪的生物，种类繁多，防不胜防，日子一长，他就有点习惯了，要是换了一般人遇到白月狐这种一来就自曝身份的怕不是得吓个半死。

不过说实话，像白月狐这种有人形还神志清醒的妖精，陆清酒还是第一次看见，他之前见的大多都是些没有自我意识的东西，比如他们单位门口就有一棵会重复别人说过的八卦的大树。

经过刚才那一场梦，陆清酒这下确定自家后院里肯定有脏东西，便拿起手机报了警。当然他没说是自己做梦了，只是说好像井水里有什么东西，他怀疑是有人不小心跌进去了。

警察听后表示会尽快过来，让陆清酒保护好现场。村里是没有警察的，警察得从镇上开车过来，到这里时天估计都黑了。

陆清酒便去厨房弄了点面粉，打了几个鸡蛋，烙了张大大的鸡蛋饼，又煮了锅红薯粥，拍了两根黄瓜，简简单单地准备了一顿晚餐。

三个人就坐在井边上吃晚饭，尹寻一头雾水，说："你们这是干吗呢？守着井口干什么？井里有啥玩意儿啊？"

陆清酒："有鬼。"

尹寻啃了口饼，含糊地说："有鬼你也不能找警察吧？他们还管这个吗？"

陆清酒道："有鬼总是有原因的嘛，万一鬼的尸体就在井里呢？"

尹寻："……"他感觉嘴里的饼仿佛多了点别的味道，然后默默地放下了手里的饼子。

十点左右，村口响起了警笛的声音，警车一路开到了陆清酒老宅门口，随后车里下来两个警察。

"是你报的警吗？"年轻的那个警察敲开了老宅的门。

"是我。"陆清酒道。

"你说你家井里落了个人？"警察问道，"确定吗？"

"就是不确定才报警的。"陆清酒说，"听到井里好像落了个什么东西。"

两个警察对视一眼，老的那个说："先带我们去看看吧。"

于是一行人又回到了后院，年轻的警察拿着手电筒往里面照了照，然后皱着眉头嘟囔："这里面好像真浮着个什么东西啊。"

老警察没说话，仔细观察之后从包里拿出了一根绳索，绳索上有个铁钩，他把绳索抛进井里，然后用力在水中一搅，道："钩上了。"

"能拉上来吗？"小警察问。

"我试试。"那老警察试图用力，但水里的东西似乎十分沉重，怎么都没办法钩起来，他摇摇头，表情变得严肃起来，“不能，很沉。”

“不会真是个人吧。”小警察开始变得有点紧张。

“我给局里打个电话，让他们再派点人和设备过来确认一下。”老警察表情很是微妙地看了陆清酒一眼，道，“可能真的是个人。”

面对警察怀疑的目光，陆清酒心想：你看我也没用，这事儿和我真的没什么关系。当然，他这么说警察肯定不会相信，毕竟是他报警说井里面有人掉下去的。

在警察严肃的注视下，陆清酒从屋子里搬来了几张凳子，还拿了点零食让他们一边坐着休息一边等着警局派专业的人和设备过来。

“你是什么时候回到这里的？”小警察坐下了，老警察却没有动，他看向陆清酒的神情依旧带着几分怀疑。

“我是前几天才回来的。”陆清酒道，“以前在 A 城上班。”

“你回这里做什么？”老警察上下打量着陆清酒。

“这里是我老家。”陆清酒道，“上班上累了，想干脆回老家种田算了。”

老警察又询问了白月狐和尹寻的身份，得到回答之后便没有再说话，而是将注意力放到了那口井里，像是在思考着什么事，表情越来越严肃。

尹寻看得胆战心惊，对着陆清酒道：“这警察是想起了什么事儿啊，这副表情怎么那么吓人？”

陆清酒摇摇头表示自己不知道。

邻居李叔也听到了警笛声，还过来关心地问出什么事了，陆清酒告诉他是自家井里好像落了什么东西，所以报了警，让邻居李叔别担心。

“哦，你家这口井啊。”那李叔说，“很邪门啊。”

“怎么说？”旁边的小警察听到了李叔的话。

“以前清酒不在家的时候，就经常有东西落入的声音，起初我们以为是人，还进来查看了一下，但却发现井里面什么都没有，日子久了，我们也就没再管。”李叔似乎是觉察出了警察的表情不对劲，小声道了句，“难道你们在里面发现了什么东西？”

“还不确定。”小警察摆摆手，示意李叔别来凑热闹了，“赶紧回去吧。”

“没事儿李叔，你先回去吧。”陆清酒也道。

李叔这才转身回去。

陆清酒则和小警察对视了一眼，毫不意外，他在小警察的眼神里看到了一丝惊恐，显然这小年轻当警察没多久，遇到这种事情还不够淡定。

老警察就沉稳多了，全程都表现得十分冷静，直到局里派来支援的人来了，他才从井边离开。

此时已经接近晚上十二点，整个村庄都陷入了沉睡，只余下草丛里聒噪的虫鸣声。

新来的警察带来了专业的设备和人员，接着便准备下井打捞。

尹寻本来还在昏昏沉沉地打瞌睡，结果下井的人一句“有尸体”便让他整个人打了个哆嗦，人也瞬间清醒了过来。

“我的妈呀！”尹寻惊恐地看向井口的方向，“真的有尸体？！”他以为最多是什么死掉的动物之类的。

气氛变得紧张起来，井上的人用力拖动绳索，终于将井里的尸体拉了起来。因为在水里泡的时间太久，尸体几乎已经完全腐烂，只余下白色的骨头，上面还附着浓密的水草，乍一看去就像是黑压压的头发。

尹寻和陆清酒都是第一次看见尸体，两人都捂住口鼻后退了几步，倒是白月狐没什么变化，神情冷淡地继续嗑着自己的瓜子，和其他人紧张的情绪比起来简直是格格不入。

“是女尸。”在场的警察简单地检查了一下尸体的状况，开口道，“至少死了有一年了，具体情况还得带回去详细检查。”

“你还记得去年那事儿吗？”之前来的那个老警察突然转头问了旁边的同事一个问题。

“您是说？”那人道，“不会吧，尸体怎么扔到这里来了？”

“有可能。”老警察扭头看向陆清酒，“你多久没回来了？”

“好几年。”陆清酒老老实实地回答，“两三年了吧，这屋子一直荒废着。”

老警察点点头：“行了，你们先去睡吧，我们还要勘察一下现场，明天你来警局做个笔录。”

陆清酒点点头。

对于这具尸体，警察似乎已经有了头绪，把陆清酒从第一嫌疑人里排除了出去，毕竟从尸体腐烂的情况上看，这人死了至少有一年了，而这一年间按照陆清酒的说法是他从来没有回来过。当然，这些事情都还要进一步查证，目前最重要的是查出尸体的身份信息。

虽然警察让他们回去睡觉，但尹寻却表示自己不想回去，坚持要和陆清酒凑合一晚上。

陆清酒狐疑地看着他："你不会是怕鬼吧？"

"呵呵，我怎么可能怕鬼。"尹寻说，"我尹寻长这么大，就没怕过什么！"

陆清酒："……你既然不怕能不能把被子让给我一点啊。"

尹寻："我不！我后背发冷！"

陆清酒："……"

最后他还是放弃了和尹寻抢被子，默默地又去拿了床干净的。

这一夜陆清酒没有睡太踏实，他总是想起尸体的模样，导致第二天起来也无精打采，和警察一起去警局做了个笔录回来后还一直打哈欠。

后院被警察围了起来，说是要保护现场，虽然从时间上来看这现场已经没有太大价值了，毕竟时间过去太久，大部分证据都应该被毁得差不多了，但该做的工作还是要做的。

几天之后，警察撤去现场保护，陆清酒也找了个空档又去警局做了个笔录。

从警局回来后，陆清酒去了邻居家让李小鱼给家里的猪打点猪草去，李小鱼高高兴兴地去了，他爸则好奇地问起了陆家后院的情况。

"真的有尸体啊？"李叔本来在抽烟，听到这话烟都差点吓掉了，"那我们那段时间听到的声音……"

陆清酒干笑两声，心想：有的事情还是不要细究为好，不然越想越害怕。

李婶也道："那你以后可要注意，要是还有什么的话记得请个神婆来一趟，哎哟，真是造孽。"

陆清酒点点头，示意自己知道了。

他从警局回来的时候，从旁边的市场里买了几块儿新鲜的牛肉和香料，准备卤起来平时下面吃。至于午饭只能简单凑合一下了。陆清酒切了点牛肉丁，切碎之后炒香，又在里面加入胡萝卜、洋葱、豌豆、玉米，大火过了一遍后将材料盖在剩米饭上，然后直接上锅蒸，蒸好之后的饭直接就能当菜吃。

他做饭时，白月狐就在旁边看着，偶尔搭把手。

饭蒸好后，陆清酒把锅端出来，把饭分成了三份，然后淋上酱油搅拌均匀，便能直接开吃了。

菜、肉、饭均匀地混合在一起，吃在嘴里满口生香，又简单又管饱，三人都吃得很愉快。

“清酒待会儿你别忘了给地里的菜浇水。”尹寻嘴里含糊不清，“这种子刚刚种下去，水缺不得。”

“我去吧。”白月狐却说了一句。

“不用了吧。”陆清酒想要推辞。

“我去吧。”谁知道白月狐的态度却十分坚决，“你在家里卤牛肉就行了。”

陆清酒本来觉得这样的粗活儿让白月狐来做不太好意思，但仔细想想白月狐本来就不是人，或许有自己的法子，干活儿会更轻松一些，便没有再说什么，点头同意了他的要求。

简单的午睡之后，陆清酒给电信公司打了个电话，让他们把网线和电视信号给续上，电信公司说明天就派人过来。

刚打完电话，出去打猪草的李小鱼就回来了，陆清酒和他一起去喂了小黑和小花，小花看见陆清酒，还高兴地哼唧了两声像是在表示感谢。李小鱼则在猪圈旁边和小花碎碎念着什么，时不时伸手摸摸小黑身上短短的绒毛，这绒毛以后会变得扎手，好在现在还毛茸茸的，像个可爱的猕猴桃。

小花特别傲娇，不肯给李小鱼摸，它妹妹小黑倒是完全不矜持，被李小鱼摸得把粉嫩嫩的肚皮都给露了出来，陆清酒见李小鱼玩得高兴，便决定先去做自己的事儿，他还有很多活儿要做呢。

回到屋子里，陆清酒把早晨买的牛肉切成大块洗干净，然后冷水下锅用大火把牛肉的血水滤掉，再把焯好的牛肉和用纱布包在一起的香料一起放进高压锅里，就算做好了。这样的做法比较简单，味道却也不赖，陆清酒还顺手放了点鸡脚蹄筋之类的一起进去煮着，等到晚上闲着没事儿了，这些卤味就能代替瓜子作为零食了。

回到老家好几天了，陆清酒已经习惯了这里缓慢的生活节奏，什么事都不用着急，反正总会做完的。

白月狐给地里的菜浇完水回来，身上也带了些泥土，陆清酒让他把衣服脱下来跟自己的一起洗了，白月狐闻言却有些犹豫。

“或者你有什么法术可以洗衣服？”陆清酒有点儿期待地看着白月狐，“有吗有吗？”

白月狐："……有倒是有。"

陆清酒道："真的？！"

面对陆清酒满是星星的眼睛，白月狐略作犹豫，道："但是有个后遗症。"

"什么后遗症？"陆清酒问。

"用完法术容易饿。"白月狐道，"麻烦。"

陆清酒："唔……那还是我洗吧。"他本来想说饿就吃饭呗，却不知怎么想起了那天晚上白月狐吞掉那只巨大的壁虎的画面，登时觉得自己还是别指望几顿饭就把白月狐喂饱了。

陆清酒把白月狐赶去洗了个澡，自己则把他的脏衣服拿到前院开始洗。他一边洗一边计划着过几天还是得去镇上买台洗衣机，不然洗衣服总归有点浪费时间。

白月狐洗完澡换了身衣服出来，静静地坐在边上看着陆清酒做事。他似乎不太爱动，整天都是懒洋洋的样子，如果不是必须，连句多余的话都懒得说，此时半闭眼睛，看起来像是要睡着了。

屋子里卤的牛肉熟了，散发出诱人的香气，白月狐鼻子动了动，朝屋子里看了一眼。

陆清酒觉得他像个馋肉的小孩儿似的，笑了起来，道："是卤牛肉，还没好呢，晚上才能吃，尹寻带来的瓜子还没吃完，你要不要去拿点来解解馋？"

白月狐道："不想去。"

陆清酒道："怎么？"

白月狐："懒得走……"

他把"懒"说得如此理直气壮，倒是让陆清酒哑然失笑，他道："行吧，那你坐会儿，后天就要去赶集了，我再买点别的零食，再买几只小鸡崽吧，这院子空荡荡的。"

白月狐道："你做主。"他躺在椅子上，又半闭了眼睛，温暖的阳光投射在他的脸颊上，从陆清酒的角度看去，却是看见他的眼眸呈现出了一种极为漂亮的金色，等到陆清酒想仔细看的时候，白月狐却已经合上了眼睛。

陆清酒把衣服晾好，又忽地想起了什么，转身去了猪圈，却看见李小鱼这小家伙居然和两只猪崽子一起睡着了，他从栅栏里爬了进去，左手抱着小花右手搂着小黑，一人两猪睡得美滋滋的。

陆清酒看了眼小花、小黑，又看了看旁边的小白猪，总觉得哪里不对劲，仔细研究后，发现小花、小黑的猪圈格外干净，稻草似乎都是新换过的，也没啥异味，不过即便是这样也不能睡在猪圈里吧。

陆清酒叫道："李小鱼，李小鱼！"

小孩儿被陆清酒叫醒，迷迷糊糊睁开眼后，还揉了揉自己怀里小花的脑袋，道："陆哥……"

小花被李小鱼揉得哼唧了一声，把脸埋进了小孩儿的胳膊里。

"你怎么在里面睡着了！"陆清酒道，"这是猪圈……"

"哦，我给小花、小黑讲故事呢，不小心就睡着了。"李小鱼有些不好意思，急忙坐起来，想要爬出猪圈，小花、小黑这时也醒了，嘴里哼哼唧唧地对陆清酒表示不满。

陆清酒道："想睡觉了也不能在这儿睡，乖，快出来。"

他跨进猪圈，把李小鱼抱了出来，拍干净他身上的稻草屑："咱回家睡啊。"

李小鱼把下巴靠在陆清酒的肩膀上没说话，却悄悄朝着那两只小猪猪眨了眨眼睛。

陆清酒完全没注意到他的小动作。

把李小鱼送回家后，陆清酒撸起袖子回到自家猪圈里，对着小黑、小花道："不要天天带着人家小孩儿乱玩，人家作业还没做完呢，你们都不是两三天的猪了，怎么一点都不懂事？做点正事行不行？"

小花："……"

小黑："……"

"你们别给我装听不懂啊。"陆清酒知道自家猪聪明，见它们瞪着小圆眼睛一脸无辜地看着自己，怒道，"怎么就把小孩儿拐进猪圈了？下次再让我看见，我就——"

小花："哼唧。"你就什么？

家长做派的陆清酒义正词严："我就不让他给你们打猪草了。"

这话一出，空气瞬间凝重，小黑委委屈屈地抽泣起来，小花气得把屁股对着陆清酒，陆清酒："……"他是知道自家猪聪明，可是这种自己在欺负幼儿园小朋友的诡异错觉到底是怎么回事？

陆清酒又叮嘱了他家猪好几句，大意就是不要天天带着小孩儿傻玩，要做点有教育意义的正事，至于什么是有教育意义的正事，说实话他也不知道，他就随口说说罢了。

教育完自家的猪，陆清酒这才回了屋子，白月狐还坐在院子里睡大觉，尹寻不知什么时候也来了，坐在前院树荫下，旁边放着一袋子绿油油的李子。他见到陆清酒过来，抓起一个随手抛给了陆清酒，陆清酒接住，擦了擦啃了口："你家里种的？"

“不是，邻居家的熟了，送了我好多，我也给你带了一袋子。”尹寻说，“还成吧？”

“嗯，你家种什么水果了？”陆清酒问。

“樱桃。”尹寻道，“但是没怎么打理，酸得要命，我都不乐意吃。”

“拿去卖呗。”陆清酒道。

“懒得去，又没多少。”尹寻说。

他们这儿樱桃价格挺贵的，但是有价无市，因为实在是太贵了，买的人不多，况且他家樱桃又很酸，就更没人买了，所以他也懒得去费那个功夫。

“你摘下来，我来做樱桃酱。”陆清酒道，“夏天可以泡水喝。”

尹寻笑了起来：“那可太好了。”别看樱桃酸，但做成酱之后别有一番风味，特别是用来冲水后再加以冰镇，夏日炎炎里喝上一杯，别提有多美了。

陆清酒让尹寻去把李子洗了，自己去看看卤牛肉，尹寻点了点头。

牛肉已经卤得差不多了，陆清酒尝了尝，里面已经完全入了味道，他打算晚上弄个牛肉面来吃。

正在翻腾牛肉，陆清酒的电话却响了起来，他看着屏幕上的陌生号码，还是按下了接通键。

“喂，是陆清酒吗？”电话那头的人问道。

陆清酒听出了这人的声音，是那天晚上来这里出警的警察。

“是我，有什么事吗？”陆清酒问。

“告诉你一声，尸体的身份查出来了，叫付紫莹，你认不认识这个人？”警察问。

“不认识。”陆清酒说，“没听说过这个名字。”

“好吧。”警察似乎有些失望。

“凶手有线索吗？”陆清酒有点疑惑地问。

警察犹豫片刻：“你仔细想想还有没有什么事情遗漏了，这件事本来不该和你说的……”

陆清酒安静地听着。

“其实半年前吧，就有人一直给警局打电话报案，说水府村出了人命。”警察说，“一直打了一个星期，当时我们以为是恶作剧，因为没有找到尸体。”

陆清酒有点蒙：“那报案人会不会和凶手有关系？”

警察说：“……问题就出在这里。”

陆清酒道：“什么问题？”

警察说："报案的人自称付紫莹……"

陆清酒听到这话，手臂上瞬间起了一层鸡皮疙瘩："不会吧？"

"当时我们也看不到报案的电话号码，但是录音还在的，我们拿录音询问了付紫莹的家里人，确认就是她的声音。"警察低低地说，"但是法医非常肯定这尸体已经死了一年了。"

陆清酒："……会不会，不是付紫莹的尸体？"

"不，DNA 也对上了。"警察道。

陆清酒毛骨悚然："所以死掉的付紫莹……自己报案了？"

电话那头一片寂静，显然警察也有点接受不了这种灵异事件。

"不对啊，那她为什么不一开始就报案呢？"陆清酒缓过来之后，觉得有点奇怪，"为什么要在半年前？"

"电话录音里还有个非常重要的线索。"警察说，"当时她说，死的是个男人，所以我们怀疑……"

说到男人，陆清酒立马想起了那天下午他见到的画面，井口面前的确出现了一个背对着他的男人，在用石头砸一个女人的脸，他道："能问一下，付紫莹是怎么死的吗？是不是被石头砸了脸？"

警察奇道："你怎么知道？"

陆清酒干笑："我这段时间老是做奇怪的噩梦……"

说实话，要不是发生了死者报案这么灵异的事，警察估计都要怀疑陆清酒有作案动机了，他道："那你还梦到了什么？"

陆清酒道："我梦到一个男人被头发包裹了起来，一起被拖进了井里。"

说完这话，陆清酒和警察都沉默了下来，片刻后，陆清酒苦笑道："喂，我说不会井里还有一具男人的尸体吧……"

警察："……你等着，我们再过来看看。"

挂断电话后，陆清酒苦笑一声，心想：还好自己没有用过井里面的水来做饭洗衣，不然现在恐怕会有严重的心理阴影。也不知道警察什么时候过来，井里到底还有没有尸体。

陆清酒一边想着，一边把卤好的牛肉切成了均匀的片状，留下做面条要用的牛肉，剩下的则收了起来。接着他把水烧好，将面条下了锅，在煮面条的时候又煎了三个鸡蛋。

面条煮好后，用沸水把新鲜的蔬菜稍微烫了一下，保留了蔬菜的口感。盛面的碗里有前几天剩下的骨头汤，他又舀了一勺卤牛肉剩下的卤汤进去，再盖上绿色的蔬菜和金黄的煎蛋。

“做好了，来个人帮我端一下。”陆清酒在厨房唤道。

白月狐听到陆清酒的声音进了厨房，他也不怕烫，三个碗直接全给端走了，看得陆清酒在原地愣了好一会儿。

尹寻看见面条欢呼了一声，道：“饿死我了，面条好香啊。”

陆清酒解下围裙，递给尹寻一碟辣椒：“没放辣，想吃辣自己加。”

尹寻点点头，往自己碗里舀了一大勺辣椒，道：“刚才你在厨房里和谁打电话呢？我怎么好像听你又提到井了？”

“警察的电话。”陆清酒解释，“他们怀疑井里还有一具尸体。”

尹寻吃面的动作顿了一下，显然是想起了那天晚上从井里捞出来的那具尸体，他道：“不会吧？还有一具尸体？现在尸体都这么常见吗？这么小口井，能有两具？”

“我也不知道。”陆清酒摇摇头。

白月狐倒是一点没受影响，眼睛全落在面前的面条上，静悄悄地很快就把一碗面给吃完了。

陆清酒问他好吃吗，他重重地点头，把汤也给喝完之后，说：“好吃。”

作为厨师的陆清酒顿时心满意足。不过这次的牛肉卤得确实味道不错，肉筋道入味，咀嚼起来也不柴，反而有一股子肉类的回甘，面条是挂面，根根分明，再配上爽口的蔬菜的确很招人喜欢。

吃完饭，白月狐习惯性地去洗了碗，陆清酒则跟着尹寻去自家地里转了一圈，看看自己种的蔬菜怎么样了。这不看还好，一看却把尹寻吓了一跳，尹寻道：“不对啊，你不是才回来半个月吗，你家番茄苗怎么长这么高了！”

陆清酒马上想到了白月狐，当然他不可能这么说，只是冷静地敷衍：“可能是因为我长得好看吧。”

尹寻：“……那我家的应该长得更快啊。”

陆清酒：“你可真不要脸。”

尹寻：“彼此彼此。”

不过这么一打岔，尹寻没有再继续注意菜的异常情况，陆清酒扫了一眼自己的菜地，看见之前还光秃秃的泥地里此时已经冒出一片绿油油的菜苗，即便他不是很懂种菜，也能看出菜的长势喜人。

虽然心里挺高兴的，回去之后陆清酒还是委婉地提醒了一下白月狐，让他别让菜长得太快了，不然引起其他人的注意他不好解释。白月狐听后微不可察地点点头，便又继续嗑瓜子去了。

第三天，电信公司派工作人员来帮陆清酒安装了网线和电视，家里总算是有无线网可以用了。

“我明天去镇上除了买鸡之外还想买台台式电脑。”陆清酒问尹寻，“你知道哪里有卖的吗？”

“买电脑？”尹寻说，“怎么突然想买电脑了？”

陆清酒道：“这不是为以后打算嘛，可以在网上卖卖自家产的农产品什么的，实在不行还能搞个直播嘛。”虽然他的存款足够他在这里生活很长一段时间，但也要为未来打算。

“好吧。”尹寻摸摸脑袋，“我帮你问问去。”

于是赶集这天，陆清酒和尹寻早早地坐着陈伯的车去了镇上，到了镇上陆清酒才接到电话，是警察那边打来的，说今天要去他家打捞尸体。陆清酒说自己已经外出，家里只有白月狐，他们直接去就行了。

尹寻在旁边唉声叹气地说陆清酒真是运气不好，一回家就遇到这种倒霉事儿。

陆清酒摊摊手，做出个无奈的表情。

到了卖鸡的地方，陆清酒看到了一地被圈在一起的小黄鸡，叽叽喳喳好不热闹。尹寻问道：“老板，鸡崽怎么卖啊？”

“公母都是五块一只。”老板说，“要几只啊？”

陆清酒道：“来个十只吧。”他想了想，“要九只母的一只公的。”公鸡不用太多，能给母鸡配种就行了。

“行啊，你自己看着挑吧。”老板说。

陆清酒点点头，伸手就想要抓起鸡崽看一看，可谁知他手刚一伸进去，所有鸡崽都像是被吓到了似的四散奔逃开来，留下陆清酒的手尴尬地悬在半空中。

“大兄弟你这手咋回事儿啊？”老板一看乐了，“有手气啊？”

尹寻在旁边哈哈大笑，笑得陆清酒冲着他肩膀上就来了一下。

“它们怎么了啊？跑那么快。”陆清酒尴尬道。

“让开让开，让我来！”尹寻撸起袖子，也朝着鸡圈里一伸手，可谁知他的手一伸进去，鸡崽们也全都躲开了，仿佛他伸的不是手，是什么猛兽的嘴似的。

“哈哈哈哈哈。”这次轮到陆清酒对尹寻发起无情的嘲笑了。

尹寻：“我 ×，我们两个到底摸过什么东西！鸡崽这么怕！”

这句话一出，陆清酒的笑容立刻僵在了脸上，他瞬间想起来自己家里似乎是住了一只爱吃鸡的狐狸，或许是沾染了狐狸的气息，才让鸡崽产生了这样的反应。

正这么想着，陆清酒却听见尹寻大喝一声：“你们这群小鸡，居然还敢躲开，看我不把你们全部抓起来！”他手一伸，就开始和鸡崽们玩起了老鹰捉小鸡的游戏。

有的鸡崽只知道躲，但有几只却好像被尹寻惹毛了似的，开始用那嫩黄色的小嘴啄尹寻的手指。

这几只勇敢的鸡崽全都被尹寻抓了起来，放进了刚买的鸡笼里。

十只鸡崽捉了老半天，等到捉完尹寻已经精疲力竭了，说这辈子都没见过这么难缠的鸡崽。

陆清酒道：“那你在这里等我吧，我先去把电脑买了。”

“一起吧。”尹寻提着鸡崽站起来道，“我也没那么柔弱。”

陆清酒道：“那把鸡崽给我提吧。”

尹寻把鸡笼递给了陆清酒。也不知道是巧合还是怎么，尹寻选的鸡崽毛色都不是纯黄的，而是纯黄里夹杂着一点黑色的小绒毛，看起来倒还是蛮可爱的。

在镇上选了电脑后，差不多就到了回村的时间。

回去的路上陆清酒接了个电话，还是警察打来的，说真的在他家井里发现了另外一具尸体。这一男一女的尸体都很奇怪，女的尸体已经白骨化了，可偏偏浮在水上面，男的尸体还保存得挺好，却已经完全沉到了水井底部，而且据说身上裹满了黑色的头发。

尸体才打捞出来，因为是陆清酒提供的线索，所以警方的意思是等他回去了之后还得仔细地询问一下。这事儿要是放在平日，陆清酒肯定洗不掉嫌疑，但奈何无论是井还是里面的尸体都邪乎得吓人，所以警察也没有按照常理来处理。

陆清酒提着自家叽叽喳喳的小鸡崽，脑子里却浮现出了那天下午他做的那个梦，难道那个梦就是凶案的第一现场？可是男人到底是怎么死的，还有那个自称是付紫莹的女人打来的电话……

尹寻见陆清酒面色凝重，便问他到底发生了什么。

陆清酒则把自己做的梦和警察那边接的电话和尹寻说了，听完后尹寻目瞪口呆："不能吧？那她岂不是自己帮自己报了仇还顺便报了警……这么励志的吗？！"

陆清酒："……"仔细想想，是挺励志的，是个很努力的女鬼了。

尹寻："比咱们强多了。"

陆清酒露出了羞愧的表情，这一般人被别人杀了能动手自己报仇的恐怕还真没几个。

怀着对女鬼小姐的敬畏之心，陆清酒回到了老宅，那警察看见他提着一笼子的鸡崽下货车，道："你真是心大啊，家里出现两个死人，都不怕的吗？"

"我怕啊。"陆清酒老老实实地说，"这不是买点鸡崽回来让院子里热闹点嘛。"

警察："你还指望鸡崽帮你看家护院啊？"

陆清酒："梦想还是要有的，万一实现了呢。"他开了个玩笑，把手里的鸡崽放进鸡窝之后，转身询问警察那个井里的男尸到底是个什么情况。

"那男尸的身份目前还没有查出来，死亡时间比女尸迟了半年。"警察道，"但是其实在水里泡半年那尸体也应该腐烂得差不多了，但这男人的尸体还保存得很完好，这也是不可思议的事情之一。"

陆清酒蹙着眉头，道："警官，能冒昧地问下您怎么称呼吗？"

警察道："我叫胡恕，你叫我胡警官就行。"

"胡警官，其实我也不知道这事情是怎么回事，我就只是做了个噩梦。"陆清酒道，"半年前我还在城里好好上班呢，邻居也可以做证我没有回来过，所以到底怎么回事，我也说不好。"

胡恕道："我知道，这事情我们已经调查过了。"在发现尸体后，他们回去详细地调查了陆清酒的背景，确定他已经许久未曾回过老家，基本排除了他作案的可能。

那既然陆清酒和这事情没关系，案件就更朝着灵异方向一去不回头了。胡警官苦着一张脸，又叹了口气。

陆清酒见状只能拍拍他的肩膀以示安慰。

依旧是没有什么线索，警察在陆清酒后院里调查了几天后便撤了现场，当然，这次把水井彻底地检查了一次，确定井水里不会再出现尸体之类的东西。

“你这儿最好请人来做做法事吧。”整个村子都听说了陆家发生的事情，纷纷觉得不吉利，邻居李叔说，“这家里的后院里死了陌生人，太不吉利了。”

“没事儿。”陆清酒道，“我不信那个。”

“哎，你这孩子。”李叔说，“我知道你不信，但是村里头其他人信啊，你这儿不请人来做做法事，其他人都会害怕到你家里去的。”

陆清酒微微一愣，倒是没有想到过这茬儿，他犹豫片刻后点点头：“那我回去想想。”

“行。”李叔说，“村东头那个何神婆就挺灵验的，我家崽子上次被魇着了，还是她过来招的魂儿呢。”

陆清酒道：“好。”

他回家之后，犹犹豫豫地找到了白月狐，十分委婉地询问他怕不怕神婆之类的人。白月狐本来坐在椅子上打瞌睡，听到他的话，抬起眼皮，道：“神婆，什么样的？”

“就村口的。”陆清酒把隔壁邻居说的话重复了一遍，“你要是怕这个，咱就不请了。”他本来想答应李叔的，但是转念想到自己还藏了只懒洋洋的狐狸精，于是只好马上改了口，说回去再想想。

“请吧。”白月狐又闭了眼，打个哈欠，道，“这里没人能动得了我，不过……”

“不过什么？”陆清酒问。

“你家后面那口井还有愿力。”白月狐说，“一般的人靠近，可能会受点影响。”

“愿力？”陆清酒道，“那是什么？”

“人死前留下的一种执念。”白月狐道，“恨意特别浓的，会形成咒力，但如果仅仅只是执念，就是愿力，至于效果我也不知道，反正死不了就是了。”

陆清酒道：“哦……那我让神婆来看看能不能消了。”

白月狐闻言张了张嘴，似乎想要说什么，但最后又安静下来，继续保持着一副随时要睡着的模样。

第四章

奇生发

陆清酒第二天就去村头请了那个姓何的神婆，这神婆看起来已经有七八十岁了，一头的头发眼看快要完全掉光了，身上穿着补丁补好的衣服，看起来倒是有几分神秘。她听了陆清酒的请求后，说了一大串叽里咕噜啥都听不懂的话，然后对着陆清酒做了个 OK 的手势。

陆清酒心想：这神婆还挺洋气的，居然还会 OK，道：“那就麻烦您了，您什么时候有空过去啊？”

何神婆眉头一皱，伸手抓住了陆清酒的肩膀，把手伸到了陆清酒的面前。

陆清酒莫名其妙地看着她，直到她干瘪的嘴唇动了动，吐出两个字：“三百。”

陆清酒：“……”

经过漫长的沉默，陆清酒什么话也没说，从兜里掏出三百块钱，颤颤巍巍地递到了神婆的手上。

神婆拿了钱，终于收回了那比着 OK 的手指，道：“明天就过去，准备一只大公鸡，要活的！”

陆清酒：“……好。”

从神婆家里回来，陆清酒找邻居李叔买了只他家的大公鸡，李叔倒也慷慨，问陆清酒咋样了，陆清酒说神婆明天就过来，李叔这才放心，说这何神婆挺神的，做了法事那口井应该就没事儿了。陆清酒心想：就算没事儿也不敢用啊，那里面的水可是泡过死人的。

尹寻一听陆清酒家里要做法事，第二天天还没亮就跑来了，陆清酒还站在前院洗衣槽的位置刷牙，看见他两眼放光的样子惊呆了：“你这么激动干什么？”

尹寻说：“哎呀，好久没有看见神婆做法事了，有点想念。”

陆清酒闻言眼神古怪地看着尹寻：“想念谁？神婆？你口味挺重啊。”

尹寻：“朋友你在说什么呢。”

陆清酒没说话，拍了拍他挚友的肩膀。

七点多，天刚蒙蒙亮神婆就来了，手里提着一个布包，看起来里面放了不少东西。白月狐还在睡觉，陆清酒也没管他，反正他起不起来都一样。

那神婆嘴里碎碎念着什么，走到井口边上开始摆放一些东西，陆清酒就在旁边看着。这些东西有的是纸碗，有的是纸做的元宝，反正大多数东西陆清酒虽然认识，但也不知道是用来做什么的。

那神婆自然也不会给陆清酒解释，她手里拿着长剑，嘴里神神叨叨地念着，绕着井口舞了一圈，接着一把抓起了地上的公鸡，长剑一挥，竟是直接将公鸡的脑袋削了下来。

旁边的尹寻见此情景嘴里咝了一声，小声道：“好凶。”

陆清酒没说话，他在想这公鸡做完法事还能不能吃，感觉做个鸡公煲好像也不错。

神婆砍掉鸡脑袋后，鲜血落了一地，随后她把鲜血用碗盛起来，又拿着那碗血喝了一口，朝着井口的方向一喷。

陆清酒看到这样一幕，心想：那三百块钱也不好赚啊，这年头真是做个神婆也得特别努力。

差不多弄了一个多小时，何神婆才收工，收工的时候陆清酒委婉地询问这鸡还能不能吃，那神婆瞪了陆清酒一眼，道：“这是用过的鸡，哪里还能吃，吃了是要生病的。这井能用了，但是不能用里面的水入口。”

陆清酒点点头，对着神婆道了谢，看见她提着鸡的尸体走远了。

尹寻恋恋不舍地看了那鸡一眼，道：“好大一只鸡呢，丢了真可惜。”

“是啊。”陆清酒感叹，“真可惜。”

两人把井口边上打扫了一通，便又开始忙碌了起来。这院子里多了一群叽叽喳喳的鸡崽，倒是热闹了不少，这群鸡崽胆子大，完全不怕生，看见有陌生人进来的反应居然是上去用那嫩黄色的小嘴巴啄一下。李小鱼第一次见到它们就被啄了好几口，好在小鸡也没啥威力，只是尹寻不住地在旁边感叹：真是初生的小鸡不怕蘑菇，等下了雨，他去山上采点蘑菇回来。

“这是我家的鸡崽。”在旁边一直不怎么爱说话的白月狐却在此时表了态，他道，“你怎么对它们，我就怎么对你。”

尹寻：“……”

陆清酒：“哈哈哈哈哈。”

接着他就看见尹寻这二货抓起一只鸡崽就亲了下鸡崽的屁股，然后挑衅地看着白月狐。

白月狐：“……”

陆清酒在旁边笑得眼泪都出来了，特别是白月狐那难看的表情，更是让他笑得不能自已。

最后尹寻还是放弃了打鸡崽的主意，看着它们说：等它们长大了再从长计议。

神婆来做完法事之后，陆清酒家里便平静了下来，村民们的议论也渐渐少了，就在陆清酒以为事情就这么结束了的时候，却发生了一件所有人都没有想到的事——何神婆出事了。

那是个阴天的早晨，陆清酒坐在窗外面和尹寻一起洗猪肚，猪肚是前一天买来的，准备拿来炖汤喝，两人正在研究要怎么才能把猪肚洗得特别干净时，大门被“咚咚咚”地砸响了。

“谁啊？”尹寻问了句。

“是我。”何神婆的声音传了过来。

陆清酒道：“您怎么来了？”他站起来，走到门口开了门，却在打开门看见何神婆的瞬间愣住了。

何神婆猜到陆清酒会有这样的反应，浑身颤抖不已，连带着声音都是沙哑的，她说：“我……我被你家的井，诅咒了！”

陆清酒：“……这算诅咒吗？”

何神婆摸摸自己一头茂密的长发：“算……吧？”

陆清酒：“……”他以后给自家井改名叫“防脱井”算了。

没错，原本头上没几根头发的何神婆，此时脑袋上多了一头茂密的长发，这黑发光亮无比，简直就像是电视上打洗发水广告的那种黑色长发。

“您除了长头发了还有什么症状吗？”毕竟是自家的井，何神婆出了事陆清酒还是得慰问一下的，虽然这怎么看都是何神婆术业不精导致的结果……

“没有了。”何神婆道，“要是有其他的症状，我这把老骨头哪儿还能走到这儿来啊？”

“那您回去之后发现了什么异样吗？”陆清酒只能试着询问。

“异样？”何神婆想了想，小声道，“我回去之后炖了鸡汤，那鸡汤的味道好像和我平时喝的不太一样。”

陆清酒：“……”

尹寻：“……”

两人陷入了迷之沉默，都想起了当时何神婆信誓旦旦地告诉他们“用来当祭品的鸡是不能吃的”这件事。

“您真把鸡吃啦？”尹寻不甘心道，“那鸡和平时的鸡有什么区别？”

何神婆：“唔……好像特别香。”

尹寻：“……你是在炫耀吗？”

陆清酒见尹寻一脸悲愤，赶紧岔开了话题，问何神婆有什么不舒服的地方没有，何神婆则表示暂时没有，得过几天再看看，陆清酒让她有事情就来找自己，为了安慰她被一头黑发伤害的心，他只得再送了何神婆半斤猪肉让她中午回去做了吃。

何神婆美滋滋地走了，尹寻却十分抑郁，觉得自己赔了夫人又折兵。

陆清酒没理他，悄咪咪地进了屋子，把还在睡觉的白月狐叫了起来，和他说了神婆的事情。

白月狐轻轻地打了个哈欠，漂亮的丹凤眼睁开一条缝，懒洋洋道了句：“没事，死不了。”

“真死不了吗？”陆清酒道，“你不是说井里还有愿力什么的吗？那愿力不会对人身体有害处吧？”

白月狐翻了个身，撑着下巴看着陆清酒，道：“长头发算坏处吗？”

陆清酒：“不算。”

“那就是没有。”白月狐道。

陆清酒“哦”了声，心里松了口气，白月狐这只狐狸可比那个何神婆靠谱多了，既然他说没事，那应该就是没事吧，而且那一头长头发也完全不算是负面影响，想想他那些同事，要是知道拜一拜就能长一头乌黑茂密的长发，恐怕早就哭天喊地地赶过来了。

何神婆担惊受怕了一段时间，见那头发没有任何副作用慢慢也就放了心，她其实也不好意思找陆清酒要个说法，毕竟人家可是花了钱让她来解决问题的，这问题没解决自己反而多了问题，说出去不是砸了自己招牌吗？

自那以后，陆清酒也有段时间没再看见何神婆，直到某次他和尹寻一起去镇上赶集，看见何神婆和一个老头牵着手走在街上，一副甜蜜蜜的样子。他回村一打听，才知道何神婆不再干这行生意了。

“哎哟，你是不知道啊，她不知道去哪里植了那么一头黑发，惹眼得不得了，这不，隔壁村那孤老头就和她看对眼了，这结婚之后她也不驱邪了……”说八卦的大婶子嘴里啧啧道，“也不知道这头发到底是在哪里植的，还挺好看。”

听到这话的陆清酒瞬间就心虚地移开了眼神。

在驱邪后一个月左右，陆清酒终于从本地的新闻里知道了这口井里到底发生了什么事。

在一年前，一个姑娘和她男朋友出来旅游，因为一些事情发生争执，最后男友将她杀死并抛尸在了陆清酒的老宅，之后男友失踪，因为两人居住的地方离这里很远，所以警方虽然怀疑男人有杀人的嫌疑，但因为找不到尸体一直没能立案。直到半年后，男人突然辞了职，再次回到了这里。没人知道他为什么回来，男人的同事只是说男人有段时间很奇怪，头发不停地掉，短短一个星期，脑袋就已经完全秃掉了，他们当时还以为男人生了什么重病。

回到这里的男人再也没能离开，官方的说法是他被内心的愧疚感击垮，投井自尽。但办案的警察和陆清酒都清楚，这事情没那么简单。不过反正凶手也死了，尸体也找到了，这案子就算结了。

只是后来陆清酒会在过节的时候在井口放上一碗米饭，在米饭上插上几根香，算是祭奠一下这位对头发格外执着的鬼姑娘。

春意渐浓，温度也逐渐升高，这几日天上下了不少雨，尹寻闹着要去山上摘蘑菇。

陆清酒说：“你就盯着我院子里的鸡崽子！”

尹寻坚持他最后的倔强："我自己买了鸡崽子！"

"但是我不认识蘑菇啊。"陆清酒道，"万一我们摘到毒蘑菇……"

尹寻咧嘴一笑，小虎牙在阳光下白得发光，他拍着自己的胸膛，说得信誓旦旦："没事儿，我认识！"

"真认识？"陆清酒狐疑地看着他。

"真认识。"尹寻道，"哎呀，就摘我认识的吃嘛，不认识的咱们不摘不就行了。"

也行，陆清酒同意了尹寻的提议，上山前和白月狐打了个招呼，说让他今天午饭将就一下，可以去吃村里的牛肉粉。

白月狐道："你们要上山？"

"嗯。"陆清酒道，"尹寻非要上山摘蘑菇，上午不是刚下过雨嘛，想着摘点蘑菇回来炖小鸡，肯定很香。"

白月狐似乎本来不太赞成陆清酒上山，可是当他听到了"炖小鸡"这三个字，陆清酒清楚地看到白月狐的眼睛似乎亮了一下，他道："我和你们一起去吧。"

也对，狐狸都爱吃鸡的，怎么把这茬儿给忘了呢？陆清酒想通了这个，便没有再纠结，道："好啊，你想的话。"

于是三人收拾好了东西，带上午饭和篮子，便朝着林子里去了。水府村很偏，周围几乎全是未经开发的茂密丛林，有时候还能看见动物的身影。因为上午下过雨，地面上还是湿漉漉的，空气中弥漫着一股泥土和树木混合在一起的湿润气息，有些清香，闻起来倒是让人觉得神清气爽。

村子边上有一条小路，蜿蜒曲折隐没在茂密的丛林中，陆清酒提着篮子，边走边观察路边，没一会儿就发现路边的草丛里有一朵朵刚冒出来的白色蘑菇。

"蘑菇！"作为一个没怎么见过野生蘑菇的人，陆清酒兴奋地叫了起来。

"那蘑菇不能吃。"谁知尹寻扫了一眼，就收回了目光，道，"这蘑菇外面一层是暗黄色的，是毒蘑菇。"

陆清酒："噢……那什么样的蘑菇才能吃啊？"

尹寻道："越普通越好。哎呀，夏秋的时候蘑菇才多，去年我邻居摘了好多回去。"

"全都吃了？"陆清酒问。

"是啊，全吃了。"尹寻说，"现在坟头草都五米多高了。"

陆清酒："……"你别说话了。

三人越走越深入，最后终于在一棵巨大的古木下发现了一大片白色的蘑菇，尹寻检查之后说这蘑菇可以吃，在旁边一直没怎么说话的白月狐也点了点头，算是同意了他的说法。

陆清酒便放下篮子弯下腰，开始认认真真地摘蘑菇。这摘蘑菇也要讲究手法，不能从中间折断，不然蘑菇很快就不新鲜了，得从泥里面把根拔出来。但又不能拔完，不然来年的时候就不长了。

蘑菇很多，不一会儿他们带着的篮子就装满了，尹寻道："走吧，回家啦。"

陆清酒点点头，站起来提着篮子往前走了两步后，却险些一脚踩进一个水洼里。

"我 ×。"陆清酒被吓了一跳，"这里怎么有摊水啊。"

"水？"尹寻看了一眼，露出疑惑的表情，"刚才来的时候不还没有吗？"

"没注意……"陆清酒道，"看着真奇怪。"

要是一般地面上积了水也不是什么大事，但问题是陆清酒踩的地方是一片平地，平地上铺满了落叶，这摊水渍就平白无故地出现在了落叶堆积的地方，将落叶也浸泡了进去，可偏偏它周围的落叶又是干燥的。

陆清酒顺手扔了块小石头到水洼里，小石头竟然发出了"咕咚"一声，随后便消失在了浸泡着落叶的水洼里，他登时瞪大了眼睛，因为从石头落入水中的声音判断，这水洼似乎非常深。

"这什么东西啊？是个洞吗？"陆清酒看向白月狐，直觉他应该会知道答案。

"不是洞。"白月狐声音轻轻的，"是种动物。"他停顿了片刻，又很是郑重地补了一句，"不太好吃。"

陆清酒："……"重点好像不太对？

"动物？这怎么会是动物？"尹寻支着脑袋看向水洼。

白月狐没理他，懒散地移开了眼神。

陆清酒道："不知道……走吧，别管这东西了。"他直觉白月狐口中的动物肯定和他们理解的动物不太一样，继续追问下去，谁知道白月狐会说出什么石破天惊的话来。

于是三人绕开了那小水洼，提着一篮子的蘑菇下山去了。

按照正常情况，蘑菇最好晒干之后再食用，这样食用起来比较安全，不过有白月狐在，他说蘑菇没毒，那就应该是真的没毒了。

陆清酒把采来的蘑菇用清水洗干净，再让尹寻把他特意买来炖蘑菇的小鸡提到这里来。小鸡当然不是鸡苗，而是还没长大的小公鸡，肉嫩骨头酥，和蘑菇一起炖会非常香。

尹寻提着刀，飞快地把鸡给宰了，蹲在地上给鸡去毛。

陆清酒正打算从屋子里拿点糠给猪圈里的猪加餐，手机就响了起来，他拿起一看，发现是自己同事的号码，犹豫片刻后还是接了。

“喂，朱淼淼，有事吗？”陆清酒问。

“清酒啊，你一去不回让我们可怎么办啊。”里面传来了陆清酒同事朱淼淼悲伤的哭声，“我们都好想你。”

陆清酒：“加班了吧？”

朱淼淼：“加得快死了，最惨的是招不到人，招的人做不到一个月就走了，说工资再高也不行，会猝死的。”

陆清酒道：“我肯定不可能回去了。”他歪着头，夹着手机说话，把小猪要吃的糠料从袋子里挖出来，装进桶里面。

“啊！”朱淼淼惨叫一声。

陆清酒道：“还有事吗？”

“你到底跑到哪里去了呀？我看你租的房子都退了……”朱淼淼问道。

“我给你们说了呀，我回老家种田了。”陆清酒回答，“今天下午刚上山采了一堆蘑菇。”

“你老家在哪儿呢？我跟老大请了几天假，想出来玩玩。”朱淼淼道。

“请假？你还能请到假？”陆清酒惊呆了。

“怎么着，他不让请假我就辞职，最后还不是同意了。”朱淼淼道，“别说这个了，我也想摘蘑菇……”

陆清酒说了自己老家的地址，叮嘱她到了县城之后给自己打电话，自己好去接她，不然她一个姑娘坐出租过来不安全。朱淼淼答应说“好”，并且表示马上就去买最近的一班火车票。

陆清酒挂断电话，提着饲料去了猪圈，养了半个月了，小白猪倒是长了一圈，可小花、小黑还是原来的模样，顶着那一身花栗鼠似的绒毛，个头丝毫不见长。陆清酒看着低着头高高兴兴吃饲料的两只猪崽，敲了敲圈门：“你们怎么光吃不长肉啊？”

小花抬头看了陆清酒一眼，那眼神中竟是充满了鄙夷，好像是在埋怨陆清酒低估了它们的智商——这猪长了肉还能有好下场吗……

被一头猪鄙视的陆清酒："……"

"唉，我想的是等你们长大些就把你们放回森林算了。"陆清酒无奈道，"能不能争气点啊。"

"哼唧哼唧。"小花哼唧了两声，嘴里嚼的东西也放下了，一副"我就不长肉，我就要赖在这里"的无赖模样。

陆清酒无言以对，甚至有点想把这只小黑崽子从猪圈里揪出来揍一顿。最后他还是忍住了，告诉自己不要和一只猪计较。

家里才买的小鸡崽比这两只猪可爱多了，天天在院子里叽叽喳喳跑东跑西，啄啄地上的石子和虫子，让整个院子热闹了不少。

陆清酒把尹寻杀好的鸡切成鸡块，清洗之后放进锅里炒制了一下，然后加水和酱油，再放进今天刚摘的蘑菇，将砂锅放在灶上开始炖。

白月狐去地里浇水回来，告诉陆清酒说家里西红柿已经结果，再过两天就能吃了。

陆清酒惊呆了，这才一个多月啊，怎么就结果了？他道："真结啦？别人会不会怀疑什么啊？"

"不会。"白月狐道，"我解释了。"

陆清酒道："你怎么解释的？"

白月狐道："我说我用了催肥农药。"

陆清酒："……他们就没说别的？"

白月狐摇摇头，打了个哈欠："没有，他们只是告诉我催肥剂用在菜上面味道就淡了，不好吃。"他们这个村里大部分人种地都是自产自销，所以自然不会加农药之类的东西，毕竟是自家吃。

"哦。"陆清酒也不知道该说什么了，只能道，"辛苦了，那你晚上多吃点。"

白月狐点点头，看起来对陆清酒这句话颇为满意。

鸡肉炖了两个小时，已经完全酥软，里面的蘑菇完全吸饱了鸡肉的汤汁。陆清酒还炒了个青椒肉丝和一个素菜，晚饭就这么搞定了。

三人吃得很是满足，白月狐吃鸡肉连骨头都不吐，"嘎吱嘎吱"几下就把骨头嚼了个粉碎，全给吞了。

尹寻在旁小声地嘟囔了句"牙口真好"，白月狐斜眼瞪了他一眼，那眼神十分不善，像是护食的野兽。

陆清酒甚至怀疑要是尹寻再多吃一点，白月狐就会有意见了……

三人吃完饭，尹寻回了自己家，陆清酒和白月狐便坐在院子里休息。陆清酒把炒好的瓜子和卤好的牛肉拿出来，当作零食。

“过两天我有个朋友要来玩。”陆清酒说，“是个姑娘，估计要在这里住几天。”

白月狐“嗯”了声，他抬头看了看天空，道：“叫她别往山上跑。”

“为什么？”陆清酒有点奇怪。

“最近都别往山上跑。”白月狐说，“春天的时候，动物多。”

陆清酒马上想起了他们上午遇到的那个被白月狐叫作动物的水坑，他道：“那个是什么动物啊？”

“我没记。”白月狐说，“因为味道太糟糕了。”

陆清酒：“……”看来不够好吃的东西在白月狐这里连姓名都不配有。

“它可以记住人的模样。”白月狐说，“只要你看了它。”按照白月狐的说法，水如镜面，当人伸出脑袋看向水洼的时候，它便已经记住了你的模样，而如果你看它的时候正好是一个人，它便会把你拉进去，溺死后食你的魂魄。

陆清酒道：“被它记住了会怎么样？”

白月狐：“会来找你。”

陆清酒惊呆了：“……那尹寻岂不是危险了！”

白月狐道：“没关系，这东西一般不下山，行动也非常缓慢，而且只有在春天才会出现，是个废物。”他轻描淡写地对这东西下了定义，随手捏起一片牛肉放进嘴里，眼睛满足地眯起来，道，“好吃。”

陆清酒这才放了心。

两人把牛肉吃得差不多，天也就黑了，陆清酒把小鸡赶到了鸡圈里，这才转身回屋里睡觉。

第二天早晨天还没亮就开始下雨，雨不大，窸窸窣窣地落在地面上，让人更加昏昏欲睡。都道春眠不觉晓，陆清酒趴在床上赖了一会儿床。他起来的时候白月狐也起来了，站在院子里不知道在做什么，不得不说白月狐这个人本身就是一道风景，雨丝落在他的发梢上，像是给他的发丝镀上了一层微微闪光的银色，雨幕中朦胧的他，仿佛下一刻就要羽化登仙。

陆清酒在旁边悄咪咪地用手机拍了张照片，白月狐却察觉了什么一般，扭头看向了陆清酒。

“早上好啊。”陆清酒把手机放进口袋，镇定地和白月狐打了个招呼。

“好。”白月狐说，“我把鸡喂了。”

“哦哦，辛苦了。”陆清酒道，“早上想吃什么？”

“吃面吧。”白月狐道，“想吃鸡蛋。”

陆清酒点点头，拿起围裙系上，正要转身朝厨房走，就听到门口传来“咚咚咚”的敲门声，他以为是尹寻，便道了声“进来”，谁知门被推开后，露出的竟是朱淼淼被雨水润湿的脸。

“朱淼淼？！”陆清酒愕然，“你怎么不提前跟我说一声？”

朱淼淼道：“说啥啊，我自己能找过来。”她进了院子门，第一眼就看到了站在旁边没什么表情的白月狐，瞪圆眼睛道，“陆清酒，你可以啊，我说你急着回老家干什么，居然偷偷金屋藏娇！”

陆清酒：“我不是，我没有！”

他本以为白月狐会生气，谁知他面不改色转身就走，留给两人一个颇有深意的背影。

朱淼淼瞅着陆清酒：“啧啧啧，人渣啊，连个名分都不给人家，看，人家生气了吧。”

陆清酒：“……”你是真的不怕死。

事实上陆清酒有理由怀疑，自己也在白月狐的食谱里面，当然，狐狸作为一种长期被人饲养的精怪，在《聊斋志异》上就已经有了广泛记载。陆清酒相信如果他真的想吃了自己，恐怕早就动手了。

朱淼淼见陆清酒表情微妙，道：“我开个玩笑而已，那位帅哥不会真的生气了吧？”

“不会吧。”陆清酒道，“他应该没那么小气，你怎么自己就找来了？”虽然他告诉了朱淼淼自己的详细地址，但没想到她居然真的能自己找过来。

朱淼淼道：“哈哈哈，我运气好，叫的出租车司机正好知道这个地址，就直接过来了。哎呀，我好饿啊，快点给我做早饭吃，我都要饿晕过去了。”

陆清酒点点头：“好，我给你煮面去。”

朱淼淼和陆清酒与其说是同事，不如说更像是朋友，当初陆清酒刚进公司，就是朱淼淼一手带出来的，朱淼淼可以说是陆清酒的老师。朱淼淼也知道陆清酒家里的情况，所以得知陆清酒想要辞职回老家时，还反复劝说他，当然，最后陆清酒也没有改变主意，现在她跑到这么远的山村里看陆清酒，虽然打着休假的借口，恐怕也是在心里面担心陆清酒过得不好。

陆清酒和朱淼淼心里清楚，但两人都默契得没有点破。

朱淼淼让陆清酒先去做饭，自己则在院子里转了一圈，陆清酒叮嘱她不要靠近后院那口井，说那口井里面才拉出来两个死人。

朱淼淼惊讶道："死人？你这才离开公司多久啊，怎么就过上这么刺激的日子了？"

陆清酒："……"他也不想的。

朱淼淼道："好吧，你做早饭，我到处看看去。"

陆清酒做完早饭，朱淼淼也看遍了整个院子，她说："猪圈里的猪有点可爱啊，像两只大号松鼠似的。"

"可爱是可爱，就是皮得很。"陆清酒道，"天天勾引隔壁的小孩儿进猪圈陪它们一起睡觉，还好没被小孩儿爸妈发现。"

"哈哈哈哈。"朱淼淼闻言大笑。

"你帽子不是湿了吗？摘了吧。"陆清酒道，"我去帮你洗一下。"

朱淼淼来的时候外面还在下雨，她脑袋上的黑色棒球帽湿了一片。

"不了。"朱淼淼摸摸自己的脑袋，"待会儿我自己洗。"

"那也不能戴着湿的啊。"陆清酒说完这话，停顿了片刻，似乎想起了什么，他小声道，"朱姐，你的掉发是不是更厉害了？"

"闭嘴，快别说了。"好歹有个长得这么帅的陌生异性坐在旁边，朱淼淼有些不好意思起来，"老板天天催着加班，我能咋办啊，都想去植发了……"

陆清酒想到了什么，朝着白月狐看了一眼。

白月狐却好似已经猜到了他心中所想，冲着他微微点了点头后，便起身离开了吃饭的地方，显然是给陆清酒和朱淼淼两人留下独处的时间。

"他走啦，快给我看看。"陆清酒道，"咱俩都这么熟了。"

朱淼淼一掀帽子，陆清酒就叹了口气，只见她脑袋上果真是秃了好大一块，那里的头发十分稀疏，已经完全可以看到头皮了。朱淼淼长得其实很漂亮，但奈何就是头发少，平时为了遮掩只能戴着帽子，帽子戴久了，头发掉得更厉害，恶性循环，简直没个头。

"唉。"朱淼淼捂住脸，"我这头发算是完蛋咯。"

陆清酒沉思道："我有个办法，不知道有没有用处……"

朱淼淼说："什么办法？"

陆清酒道："你这样，你待会儿找个时间，去对着后院那口井拜一拜。"

朱淼淼一听这话就愣了："拜一拜？你不是说那口井才死了两个人吗？我这去拜一拜……是拜什么东西啊？"

陆清酒道："这个事情说起来很复杂，我也不知道能不能行，你先试试，不行的话我们再想办法。"

朱淼淼本来以为陆清酒是在开玩笑，但看他神情严肃，不似作伪，便只能面带疑惑地点了点头。

事不宜迟，陆清酒马上去厨房拿了个碗，在碗里面装了点祭品，然后就让朱淼淼去了后院，把祭品放下后对着井口虔诚地拜了拜。虽然朱淼淼觉得这事情挺荒谬的，但她还是死马当成活马医，在心中默念"我要长头发、我要长头发……"，也不知道是不是朱淼淼的幻觉，她拜完之后，感觉自己的头上似乎有一阵微风吹过。

"这就行啦？"朱淼淼回到了陆清酒旁边。

"嗯。"陆清酒道，"明天看看有没有效果。"

朱淼淼摸了摸自己的头发，叹气："这能有效果啊？算了算了，反正也没什么损失。"

陆清酒笑笑没说话。

尹寻不一会儿也来了陆清酒院子里，他手里提着个桶，桶里装着两条鱼，说："陆清酒，我把鱼放你家水池里啦！"

陆清酒道："你放水池里干什么？"他走过去，看到水桶里是两条鲤鱼，看起来很精神，不知道尹寻从哪里弄来的，这附近可没有河。

"这家外面的蓄水池里都得放鱼，村里的规矩。"尹寻道，"防止水源被污染什么的。"

"哦。"陆清酒道，"那你放进去吧。"

"这位是？"尹寻放鱼的时候自然也看到了陆清酒旁边的朱淼淼。

"我同事，朱淼淼，来家里玩几天。"陆清酒道，"这位是尹寻，我的发小，从小和我在水府村一起长大的。"

朱淼淼和尹寻互相打了个招呼。

"今天中午咱们吃什么啊？"尹寻道，"家里来了客人，得做顿好的吧？"

陆清酒道："把上次买的猪排拿出来吃了吧，做个酱排骨，还有这鱼能不能也吃一条？”

“行啊。”尹寻道，“这鱼是汪聪从水库那边钓回来的，味道应该不错。”汪聪是他在村里的朋友，和陆清酒不熟，但跟尹寻关系不错。

陆清酒道：“明天赶集的时候再让陈伯帮我们带点肉回来吧，家里不多了。”

尹寻点点头。

朱淼淼吃了顿农家饭，感觉陆清酒的生活质量似乎不错，这才放了心，说这里山清水秀的，等以后她退休了也到这里来住。陆清酒知道她也就是说着玩玩，这村子偏得很，别说商业街了，连个外卖都没有，买肉都还得去镇里，像朱淼淼这样的个性，要是真能在这里住下去就奇了怪了。

不过偶尔住几天，玩儿个新鲜也是不错的。

这天大家都过得很愉快，家里四个人正好凑一桌麻将，陆清酒找隔壁的大婶子借了麻将，这可是村里唯一一副珍贵的麻将，然后四个人便上桌开搓了。

白月狐起初还不会，但很快就上了手，朱淼淼是老牌友，轻而易举地血洗了其他三个菜鸟。陆清酒勉强能跟得上节奏，尹寻则苦着一张脸，最后都没搞明白自己为啥输得那么惨。

结束了娱乐活动，大家各自回房睡觉，陆清酒也有点累了，躺在床上便迷迷糊糊地睡了过去，临睡前还在想明天早晨做什么早饭吃。

他本来打算睡到六点起来，结果五点多，一声凄厉的尖叫就把他从睡梦中唤醒了。

“我 ×，我 ×！！”朱淼淼疯狂地砸着门，把陆清酒吓得鞋子都没穿就去问怎么回事，一开门看见她抓着自己的头发眼含泪水，“陆清酒，你是我的再生父母啊！”

陆清酒一阵眩晕，没明白怎么过了一晚上自己就多了这么大个女儿。

“你简直比我亲爹还亲！”朱淼淼扯着嗓子，“你看到了吗？你看到了吗！！！”

陆清酒：“看……看到了。”

朱淼淼道：“我长头发啦！！我长头发啦！！好多，好黑，好硬！！”

陆清酒：“……”总觉得有哪里不太对。

朱淼淼摸着自己的头发，泪水滑过了脸庞，她说自己从未想过会以这样的方式实现自己的梦想，这一头黑发如此黝黑靓丽，比世界上最帅的男人的头发还动人。

陆清酒看了看时间，道：“你这么激动是不是睡不着了？”

朱淼淼道："太激动了！睡不着！"

陆清酒道："那你把猪和鸡喂了吧，我再睡一会儿。"

朱淼淼："……"

陆清酒道："有头发也是要干活儿的。"

朱淼淼："你就没什么想对我这一头头发想说的吗？"

陆清酒老实道："没有。"

"再见。"朱淼淼无情地说，"你失去了一个珍贵的朋友。"

陆清酒："……"

朱淼淼决绝地转身，温柔地抚摸着自己的一头黑发，蹦蹦跳跳地去院子里喂猪去了。

陆清酒无奈地打了个哈欠，转身回屋子里决定再睡一会儿。

朱淼淼因为这一头茂密的头发高兴了好久，她终于可以不用随时随地戴着脑袋上那顶帽子了。当然，在感动之余，朱淼淼对于陆清酒家里那口井产生了无比崇敬的感情，反复找陆清酒确定那口井里是真的死了人，而不是成了神吧……

面对朱淼淼的疑问，陆清酒也有点无奈，他解释了那口井里发生的事，并且表示自己也不知道那口井为什么会有这样的作用。

"不管怎么样，反正我头发长起来了。"朱淼淼道，"以后我能带其他人来这里长头发吗？"

陆清酒道："可以倒是可以，不过带之前得先说清楚，有的人应该会害怕吧？"

朱淼淼："也对。"

虽然可以长头发，但到底井里是死过人的，或许有的人接受不了呢，不过对于她而言，秃顶可比井里的女鬼可怕多了。

为了庆祝自己长了头发，朱淼淼还特意拍了几张照片放到朋友圈里，对比图就是之前自己稀疏的脑袋顶，底下的评论大多数都是询问她到底是怎么做到的，其中不乏咨询朱淼淼是不是偷偷去做了植发的评论。

朱淼淼看得美滋滋的，她都没想过这辈子会有可以秀头发的一天。

她的假期不长，只有四天，既然来了这么偏远的地方，自然想看看大自然的风光，便想让陆清酒带着她到处去转转。

陆清酒同意了，领着朱淼淼在村里转了几圈，朱淼淼看着村子附近茂密的森林，问道："我想上山玩玩可以吗？"

陆清酒本来想说“好的”，却忽地想起之前和白月狐一起上山时见到的那种水洼，犹豫片刻后道：“我去问问。”

“问什么？”朱淼淼疑惑道。

“有时候山上有野兽出现。”陆清酒说，“得先问问上山安不安全。”

“行吧。”朱淼淼也没多想。

之后陆清酒回家找到白月狐，问现在上山有没有事儿，白月狐看了看天气，道：“晴天没事，晴天的时候它一般不会出现，就算出现了也不怎么会动，你们看见了别靠近，直接绕开就行。”

陆清酒这才放了心，便和朱淼淼约定下午带她去山上转转。

而尹寻作为向导，也被陆清酒拉上了。

第五章

鬼打墙

今天天气不错，蔚蓝的天空中飘着朵朵白云，到高处眺望，便能看到起伏的山峦和葱郁苍翠的森林。林间有清脆的鸟鸣，低矮的树丛中点缀着各式野花，偶尔还能在路边看到不知名的野果，有的能吃，但大部分都很酸。

尹寻给朱淼淼摘了两颗刺玫果，看她酸得皱起了整张脸，笑道：“这果子用来泡酒还挺不错的，就是不太好吃。”

“那你还给我吃！”朱淼淼眼泪都快下来了。

“这不是看到你渴望的眼神了嘛。”尹寻道，“你往嘴里塞的时候可没有犹豫。”

朱淼淼：“……谁叫它看起来挺好吃的呢。”

他们两人都是外向的性格，倒是很快就熟识了起来。

三人越走越深，森林也越发繁茂，高大的树木遮住了阳光，只在地上留下斑驳的阴影，陆清酒见时间差不多了，便道：“走吧，回家去了，昨天在隔壁家买了点儿腊排骨和腊肉，给你炖菜吃。”

朱淼淼高兴地点点头。

三人便开始朝着山下走，只是在通过一片茂密的树林时，朱淼淼却忽地顿住了脚步，她道：“哎，你们有没有听到什么声音？”

“什么声音？”陆清酒一愣。

“就是……”朱淼淼似乎有点害怕，小声道，“小孩子的哭声。”

“没有啊。”陆清酒道，“我没有……”他刚想说自己没听见，便听到丛林深处传来一阵小孩子的啼哭，这啼哭断断续续，像是小孩儿哭得快要没力气了似的。

“我也听见了。”陆清酒改了口。

“是不是村里哪个娃娃？”尹寻也听到了小孩儿的哭声，他蹙眉道了句。

“是迷路了吗？”朱淼淼担忧道，“我们过去看看吧。”

尹寻嘴唇动了动，似乎想要说什么，但最后什么都没说，只是道：“里面看起来挺难走的，不然我去看看，你们两个就在这里等着？”

“我和你一起吧。”陆清酒道，“淼淼你在这里等着，我和尹寻过去看看。”

朱淼淼摸了摸自己的手臂，莫名觉得有点浑身发冷，她道：“不要，我害怕，不想一个人待在这儿，我也要和你们一起。”

“行。”陆清酒没有多做纠结，因为丛林里那小孩儿的哭声越来越微弱，仿佛下一刻就要消失了似的。

三人达成共识，便开始朝着发出声音的地方走去。

尹寻眉头一直皱着，陆清酒见他表情不对，小声询问：“怎么了？”

“唔……这小孩儿的声音有点陌生。”尹寻回答，“不太像村里的孩子。”而且村里的小孩儿整天都在山上跑，比他们还熟悉这里的情况，哪里需要他们帮忙？

陆清酒正想问“那是什么”，突然想起了什么，心中微微紧了紧。

随着三人的深入，哭声也越来越清晰，陆清酒一直注意着周围的草丛，却始终没有发现小孩子的身影，直到站在他身后的朱淼淼伸手扯了扯他的衣角，颤声道：“怎……怎么好像不是小孩子在哭啊？”

陆清酒回头用眼神询问。

“草里好像有什么东西……”朱淼淼有些害怕，往后退了两步，指了指他们面前的草丛。

尹寻的目光落在了草丛里，他往前走了两步，弯下腰，从草丛里摸出来一个东西。陆清酒站在他旁边，一眼就看清楚了尹寻手里的东西，那竟然是一双小孩子穿的红色小布鞋！布鞋脏兮兮的，布满了泥泞，看上去十分不祥。

尹寻拿起这鞋脸色马上就变了，陆清酒赶紧问道：“尹寻，怎么了？”

尹寻看了眼他们，哑声道：“你还记得之前我和你说，我们村子里有个小孩儿在森林里被淹死的事吗？”

陆清酒道：“……记得。”

“他尸体被找到的时候，少了点东西。”尹寻苦笑，“少了一双红色的鞋……”显然，他手里拿的鞋子，就是被溺死的小孩儿的遗物，只是不知道，为什么会出现在眼前的草丛里。

陆清酒手臂上的汗毛立了起来，最可怕的是，尹寻刚把那双小小的红鞋拿起来，孩子的哭声就停了。

“那怎么办？”朱淼淼有点慌了，她小声道，“我们直接走吧。”

“走吧。”尹寻道。

然而他们刚往前走了两步，小孩儿的声音便再次响了起来，只是这次的声音不是哭声，而是“咯咯咯”的笑声，笑得他们头皮都要炸了，他们三人不由得加快了脚下的步伐，想要尽快离开这里。可是原本短暂的路程在此时却变得格外漫长，三人在树林里穿梭了许久都没有到达刚来之前走的那条小路，并且周围的环境越来越陌生。

“我好怕呀。”朱淼淼在陆清酒身边小声道，“我们是不是迷路了？”

“好像是。”陆清酒苦笑。

尹寻在旁边一直没说话，此时才低低地道了声：“我们是不是得把小孩儿的鞋子给扔了？”

“什么意思？”陆清酒问。

“村里有个习俗。”尹寻说，“说是死人死时穿的衣服不能带在身边，不然他会有挂念，就没法去投胎了。”他扬了扬手里的小红鞋，道，“是不是因为这个东西我们才没办法离开这里？”

陆清酒道：“那就扔了吧。”

其实他对这些东西是一窍不通，虽然偶尔会遇上奇怪的事，但只要装作没看见就过去了，直到回到这个村子，他才真正和这些东西有了接触。

尹寻点点头，小心翼翼地把鞋子放到了旁边的草丛里，可是他手刚一松开，他们的耳边就再次响起了小孩子的啼哭声，这哭声凄厉绝望，吓得尹寻一个踉跄。

“啊……好像开始下雨了。”朱淼淼道，“我们在山上多久啦？”

不知何时，天已经完全黑了，空中飘来了厚厚的乌云，森林安静得有些奇怪，他们甚至可以听到雨滴砸在树叶上的声音。

“晚上八点了。”陆清酒看了看自己的手机，手机上没有一格信号，这意味着他们已经在这里迷路了两个小时，却始终无法找到正确的道路离开这片越来越阴森的丛林。

“不行，我们得走快点。”尹寻的脸色也难看了起来，“要是天完全黑了再下起雨来，那就真的麻烦了。”

至于为什么会麻烦，他倒是一字未提。

虽然说着最好快些离开，可三人始终无法找到正确的道路。

天上的阴云越来越厚，周遭开始响起雨滴落下的“唰唰”声，虽然声音很小，但在寂静的丛林里却格外刺耳。

三人都不再说话，注意力全放在脚下的路上，因为天太黑，陆清酒不得不打开手机的手电筒用以照明，他小声道：“尹寻，你认识周围的路吗？”

尹寻摇摇头，因为他走在前面，陆清酒看不见他的脸色，但从他的语气里能察觉出，他的心情似乎也不太妙：“没见过这里的……”

夜幕降临，原本熟悉的山林变得无比陌生，仿佛从未来过。

就在陆清酒想着到底该怎么办的时候，他在丛林深处看到了一束亮光，那亮光一闪一闪的，像是在招呼他们过去。

“那儿有光！”朱淼淼惊喜地叫道。

“等等，先别过去。”尹寻却伸手拦住了朱淼淼，他道，“我听老人说过，这鬼打墙的时候看见光不能急着过去，有可能是脏东西设下的陷阱。”

朱淼淼一听更害怕了，颤声道：“清酒啊，你生活的地方都这么刺激的吗？”

陆清酒无奈：“我也是第一次……”

三人正在说话，那束光却离他们越来越近，光束旁，一个模糊的人影依稀可见，陆清酒道：“谁啊？！”

“我。”白月狐的声音传了过来。

“月狐，你怎么来了？”听到他的声音，陆清酒心中松了好大一口气，他知道白月狐不是普通人，既然能找到他们，那肯定有法子把他们从这黑黢黢的山林里带回去。

白月狐没有回答陆清酒的话，他穿过茂密的树丛，出现在他们面前。因为没有打伞，他身上也有些湿了，身影在雨幕之中显得有些模糊，他对着三人招了招手，示意他们过去。

陆清酒点点头，抓着朱淼淼的手朝着白月狐走去。不知不觉中，地面上已经积起了浅浅的水洼，脚踩在上面，会发出细微的蹚水声。

“走吧。”白月狐见到三人过来，便转身向前带路。

“你怎么找到我们的？”陆清酒小声询问。

白月狐道：“我饿。”

陆清酒：“……”

白月狐偏过头，瞅了他一眼：“午饭吃完了，晚饭没人做。”

陆清酒心想：还好晚饭没人做，不然他们岂不是要在山上迷路一晚上了？

在白月狐的带领下，他们逐渐从陌生的山林回到了自己熟悉的小路上，尹寻大大地松了口气，说这是他第二次遇到鬼打墙。

陆清酒奇道：“你难道以前还遇到过？”

“遇到过啊。”尹寻回答，“当时和朋友一起上山钓鱼，结果就遇到了……”

陆清酒听到这话总觉得哪里不太对，但一时间又想不出来，于是只能作罢。

大概走了二十分钟，他们终于看到了村庄里的灯火。此时的雨已经有些大了，几人身上都湿透了，连白月狐也不例外。

好不容易到了家，陆清酒先让朱淼淼去卫生间里洗澡换身衣服。

朱淼淼点点头，拿着干净衣服便进了厕所，她似乎被吓着了，回来的路上都没怎么说话。

陆清酒他们则拿着干毛巾先把头发擦干净，尹寻说自己有些累了想回家睡觉，陆清酒便递了他一把雨伞看着他消失在了门口。

屋子里便只剩下了陆清酒和白月狐，白月狐半垂着眸子，还是一副睡不醒的慵懒模样，陆清酒本来想问他点什么，但又觉得有些事情还是不知道的好，于是两人便默契地保持着沉默，直到厕所里的水声停了。

陆清酒听到水声停了，却半天不见朱淼淼从厕所里出来，陆清酒觉得有些奇怪，便在外面叫了声：“淼淼？你洗完了吗？”

厕所里寂静一片，没有人回应陆清酒的问话。

“淼淼？！”陆清酒心中生出不好的预感，噌的一下从椅子上站了起来，冲到厕所门口，拍打着木门，“淼淼？你在里面吗？”

还是没有人回答。

陆清酒感觉情况不对，用力撞开了门，万幸的是这老宅的锁本来就已老旧，陆清酒没费太大劲儿便把门给撞开了，可撞开门后他却傻了眼，原本应该在厕所里洗澡的朱淼淼竟然不见了踪影，眼前只余下空荡荡的浴室和满地的水渍。

“淼淼！”陆清酒一下子就慌了，转身冲到了客厅，大喊道，“月狐，不好了！淼淼不见了！”

白月狐抬了抬眸，语气和平时并无二致：“不见了？”

“对，不见了。”陆清酒急得额头浮起了一层冷汗，他道，“刚才还在厕所里洗澡呢，这会儿厕所里就没人了！”

白月狐闻言，这才从椅子上站起来，走向了厕所的方向。他走到厕所门口，脚步忽地停住，对着厕所出口的位置露出疑惑的神色。

“怎么了？”陆清酒颤声问道。

“水。”白月狐指了指地面，“之前这里没有水。”

陆清酒低头一看，呼吸几乎都屏住了，只见不知何时，地面上多了两条水渍，这水渍的形状看起来非常奇怪，简直就像是一个人被强行拖行、两只手企图抓住地面，最后还是被硬生生地拖走后的痕迹。

“淼淼！”陆清酒有点慌了，“月狐，淼淼被什么东西抓走了？”

白月狐倒是一点没有着急的样子，他道：“你知道她的生辰八字吗？”

陆清酒道：“我只知道新历，不知道旧历。”

白月狐道：“那她名字里的miǎo是哪个miǎo字？”

“三个水的那个‘淼’。”陆清酒道，“这个有什么影响吗……”

白月狐：“哦，那就不奇怪了。”他一边说，一边走到了屋外的院子里。此时正在下雨，小鸡全都躲进了鸡圈，于是院子变得格外安静，他道，“名字是很重要的东西，名字里这么多水，难怪招那东西喜欢。”

陆清酒道：“那该怎么办？”

白月狐低头看了眼院子里的水，沉默了一会儿后开口：“我明天想吃炖牛肉。”

陆清酒差点没被自己的口水呛到，他还以为白月狐会说什么呢，结果冒出来这么一句话，于是只能像哄孩子似的哄道：“吃吃吃，明天就给你买牛肉，买十斤！”

白月狐这才点点头，接着他便弯下腰，把手伸进了院中薄薄的水洼里，这水洼本该很浅，但白月狐的手却好像伸入了一个深潭之中，直到水没过了手肘，才动作一顿。

陆清酒在旁边紧张地看着，他见白月狐眉头微微蹙起，随后手臂发力，像是抓住了什么东西。

接着，陆清酒便听到了小孩儿的啼哭声，只见白月狐手臂一扬，便从水洼里抓出了一个不可名状的东西，这东西乍一看像个猴子，但却长着人脸，身上的毛发全都黏在了一起，像是一幅被晕染了的水粉画，模糊不清，看得人心里非常不舒服。

“人呢？”白月狐抓着那东西的手问。

那东西嘴里号啕，却不肯回答，直到白月狐对着它微微张开了嘴，那东西才停下了挣扎，身体如同被晒化了的冰似的开始融化，身上不停地往下滴水，这些水落到地上，逐渐形成了一个人的形状，陆清酒一看，正是朱淼淼！

朱淼淼的身形由淡到浓，最后由水凝结成了一个人形，她眼睛紧紧地闭着，处于昏迷状态中，完全不知道自己身上发生了什么。

见到这东西把朱淼淼交了出来，白月狐手一甩，便把这玩意儿甩到了院子里的地上，那东西碰到地面便瞬间融化，变成了一汪深不见底的水洼。

陆清酒见状连忙对着白月狐道谢，之后便把躺在地上的朱淼淼抱起来，送进了屋子里。

白月狐却在院子里站着没进去，陆清酒把朱淼淼安顿好之后，见他还没动，疑惑道：“月狐，你怎么不进来？”

白月狐说：“我在想。”

陆清酒道：“你想什么？”

白月狐幽幽地看了陆清酒一眼：“我还没吃晚饭。”

陆清酒：“……”他似乎明白了什么。

果不其然，白月狐的下一句：“要不要拿它来充饥。”

也不知道是不是陆清酒的错觉，白月狐说出这句话时，陆清酒似乎看见院子里那水洼的水面微微抖动了一下。

陆清酒道：“别……别吃那个了，不是说不好吃吗？你等会儿，我给你下碗面去。”

白月狐闻言，这才满意地点点头，转身进了屋子。

陆清酒见状心中微微松了口气，知道他家的狐狸精确实是不再打那个奇奇怪怪的东西的主意了。

因为太晚了，陆清酒就简单弄了个杂酱面给白月狐吃。他们这儿的杂酱和北方的不太一样，臊子是用甜面酱和猪肉粒一起熬的，面煮好之后舀上一大勺，香气浓郁的臊子融化在滚烫的面汤里，肉类的油脂与香气和面条融合在一起，再加上几根翠绿的菜叶子和一把葱花，又方便又鲜美。

陆清酒怕白月狐吃不饱，便给他做了一大碗，白月狐端着面不怕烫似的一口气直接吃了半碗，看起来他是真的很饿了。陆清酒没他吃得快，吃到一半的时候本来昏迷着的朱淼淼醒了。

她穿着睡衣一脸迷茫地从卧室里摸索了出来，闻到这一屋子的面香，口水瞬间就出来了，道："清酒，你们在吃面啊，怎么不叫我？"

陆清酒看了眼白月狐，见他头也不抬，只好道："你洗澡洗晕了，我才把你送回房间，怎么叫你起来吃面？"

"洗澡洗晕了？"朱淼淼有些茫然，她回忆了一下自己洗澡的画面，却发现记忆仿佛断层了似的，有一部分怎么都想不起来，她挠挠头道，"我晕了多久了？"

陆清酒看了看时间："不太久，也就一个多钟头吧。"

"唔，我也好饿。"朱淼淼委屈道，"我也想吃面条。"

三个人在山上爬了一天，晚上却什么都没吃，饿也是正常的事，陆清酒道："你等会儿，我也给你下一碗。"

朱淼淼说："不急，你先把你的面吃完吧，不然待会儿该坨掉了。"

就在陆清酒和朱淼淼说话的工夫，白月狐已经把面吃完了。他吃饭向来干净，这次连面汤都没剩下，吃完后一擦嘴，淡淡地说了句"去睡了"，便起身离开了饭桌。

朱淼淼看着他的背影，小声道："清酒，我们晚上到底遇到什么事儿了啊？这人是不是特别厉害？"她也不是傻子，当时他们三个在山上走了那么久都没能下来，结果白月狐一来马上就把他们领出来了。虽然陆清酒不说，但朱淼淼的脑子里已经脑补出了无数白月狐高人的形象。

"是挺厉害的。"陆清酒不可能把白月狐的真实身份告诉朱淼淼，于是只能胡诌，"他比较了解这些东西……"

朱淼淼兴奋道："那你是不是见过鬼啦？"

陆清酒："……"

虽然他没有回答，但那微妙的表情却已经给了朱淼淼答案，朱淼淼道："哇！这么厉害，好羡慕你啊，你居然真的看到鬼了！"

陆清酒无奈："这有什么好羡慕的？"

朱淼淼："我就从来没有见过！"

陆清酒："你想见？"

朱淼淼道："一点点，一点点想。"

陆清酒叹了口气，把筷子放下："你还记得我们公司旁边的学校吗？"

朱淼淼被问得一头雾水："记得啊，怎么了？"

陆清酒道："那学校里面不是有个废弃的公厕嘛，我告诉你啊……"

"啊啊啊啊别说了，我不想见了！"知道这个怪谈的朱淼淼惨叫起来，捂住耳朵，"我开玩笑的！哥，别说了！"

陆清酒道："你呀，就是叶公好龙。"嘴上说着想看，等到真的看见了，就开始后悔了。

朱淼淼认识到了自己的错误："我错了！"

陆清酒闻言摊摊手，没有再为难她，去厨房给她煮了一碗面。朱淼淼吃了面便回卧室睡觉去了，陆清酒把厨房收拾干净后才躺回床上，一沾枕头也睡了过去。

第二天，陆清酒多睡了一会儿，等到天大亮了才从床上爬起来。

他穿着睡衣、打着哈欠走到前院准备洗漱的时候，正好碰见白月狐浇完水从外面回来，他手里提着个竹篮子，篮子里放了红红绿绿一堆乱七八糟的蔬菜。

陆清酒和他道了早安，说："从哪儿来的这么多菜？"

白月狐道："我们家菜熟了。"

陆清酒神情呆滞了片刻，小声道："这么快啊。"

从菜种下去到长出来，他几乎都没怎么到地里去，几乎都是白月狐在浇水侍弄，他平时也就偶尔去捉捉虫、除除杂草，几乎没费什么心。

尹寻说过，番茄之类的蔬菜至少要等三个月才能成熟，不过小白菜之类的一个月倒也差不多了。

"嗯。"白月狐应了声，从篮子里拿出来一个圆滚滚的番茄，在旁边洗了洗便递给了陆清酒，"好吃。"

陆清酒接过番茄咬了一口，眼睛瞬间就亮了，这番茄和市面上买的番茄完全不同，果味特别浓，酸酸甜甜，汁水充盈，满嘴都是番茄的香气。

"好吃！"陆清酒惊叹道，"这番茄太好吃啦！"

"嗯。"白月狐说，"黄瓜味道也不错。"

陆清酒闻言又摸出一根黄瓜，果然如白月狐说的那样味道不错，这黄瓜甘甜清脆，品质几乎比得上水果，不用做菜，就这么吃都很不错，

陆清酒吃得津津有味，顺便把中午的食谱也定了，就做个番茄炖牛肉，黄瓜用来炒鸡蛋。

白月狐点点头，看起来挺满意。

不一会儿朱淼淼也起床了，打着哈欠问："有什么吃的没有？"

陆清酒便抓了个西红柿递给朱淼淼，朱淼淼一吃也大为惊讶："这番茄也太美味了，怎么种的？"

"他种的。"陆清酒道，"你恐怕是学不来了。"

"他还会种菜？"朱淼淼瞪圆眼睛，显然不相信看起来仙风道骨的白月狐居然还能挽起裤腿去泥地里浇水。

"是啊。"陆清酒坦然道，"菜地基本都是他在弄。"

朱淼淼做了个"佩服"的手势。

白月狐说地里的菜大部分都熟了，可以采摘下来，本来陆清酒还担心其他人会问他们地里的菜为什么长这么快，但不知道是他家地比较少还是白月狐太低调的缘故，村里的其他人倒是没有什么反应。

今天隔壁家的李小鱼正好来陆清酒家里送猪草，陆清酒便也给了他一袋子番茄，让他带回家吃，谁知道隔了一会儿去猪圈看李小鱼，却发现这孩子把番茄分了几个给小黑和小花，小黑、小花两只小黑猪吃得津津有味，开心得眼睛都眯起来了。

陆清酒有点无奈，但也没说什么，他随口问道："小鱼，你怎么上午也不去学校了？"

李小鱼闻言沉默片刻，小声道："我爸说去学校没用，还不如在家里打猪草挣钱呢。"

陆清酒听到这话皱起了眉头："你爸怎么这样？"

"而且我成绩也不好。"李小鱼垂着头，有些失落，"本来很简单的东西，怎么都学不会。"

陆清酒道："你有什么不会的可以问我，我可以帮你看看的。"

"不用了陆哥。"李小鱼摇摇头，"我很笨的。"

陆清酒还想说什么，但见李小鱼不想再提的模样，只得作罢，他离开猪圈的时候想着还是找个时间和李小鱼他爸爸说一说，这小孩子不上学怎么行呢。

中午，陆清酒把白月狐带回来的蔬菜做成了热气腾腾的美食，还把尹寻也叫了过来。

尹寻眼圈下面都是黑的，一副昨天晚上没睡好的样子。陆清酒问他怎么了，他说自己做了一晚上的噩梦。

“做噩梦？”朱淼淼吃了块牛肉，含糊问道，“梦到什么了？”

尹寻恹恹道：“也没什么，就梦到自己在一条街上不停地走，后面有东西追我。”

“那肯定是你昨天晚上被吓到了。”朱淼淼说，“快吃块儿肉冷静一下。”

尹寻点点头，伸出了自己的筷子。

白月狐种的番茄做的炖牛肉味道果然不一般，味精什么的一点没放，汤却鲜美得不得了，牛肉也十分绵软，虽然大块，却不难嚼，让人吃得很是满足。四个人把陆清酒做的一锅菜全给消灭了。白月狐喝完最后一口汤，餍足地眯起了眼睛，陆清酒瞅了他一眼，觉得也只有在吃饱的时候，白月狐才有点狐狸温驯的味道。

朱淼淼自告奋勇去洗了碗，陆清酒见尹寻没精打采，便叫他回去睡个午觉。尹寻一走，看起来在院子里晒着太阳似乎要睡着的白月狐忽然道：“剩下的番茄吃不完，就拿去卖了吧。”

陆清酒闻言一愣：“熟了很多吗？”

“很多。”白月狐道。

“你也吃不完？”陆清酒有点疑惑，他记得白月狐的食量蛮大的。

“吃得完。”白月狐道。

“那为什么要卖？”陆清酒没明白。

“因为卖的钱可以换肉吃。”白月狐打了个哈欠，眼睛又合上了，“我比较喜欢吃肉。”

陆清酒这才明白了白月狐的逻辑，虽然番茄可以吃，但到底是素菜，对于狐狸来说天天让他吃番茄的确有些残忍。

“那就找个时间去市场把番茄和其他多余的菜一起卖了吧。”陆清酒做出了决定。

因为蔬菜不能久放，陆清酒很快就和白月狐一起把菜地里完全成熟的番茄和黄瓜给摘了。这些番茄个个圆润饱满，红彤彤、圆鼓鼓，看起来很是可口。陆清酒摘完之后打算第二天就坐陈伯的车去镇上把菜给卖了，顺便把朱淼淼送回家。

朱淼淼四天假期已经过完，又该回到城里上班去了，她虽然恋恋不舍，但到底工作是不能丢下的，毕竟她做不到像陆清酒那样放下一切回到这偏僻的小山村。

陆清酒还是第一次卖菜，没什么经验，于是把尹寻也拉上了，留下白月狐一个人看家。

尹寻这几天精神头都不太好，似乎是在山上被吓着了，陆清酒本来还开玩笑说“要不要请个神婆来给尹寻作法”，尹寻闻言摆摆手，表示有了头发的神婆已经不是当年的神婆了。

陆清酒：“……这和她头发有什么关系？”

“有了头发就有了凡念，作法肯定没以前灵了。”尹寻道。

陆清酒狐疑地看着尹寻：“真的？”

“假的。”尹寻悲伤道，“实不相瞒，我昨天就去找过她了，她家里人说她重新嫁人了不做这行了。”

陆清酒：“……”

“所以都怪你家后院那口井啊。”尹寻很是委屈。

陆清酒也不知道自己该说啥，伸手在尹寻脑袋上拍了拍，然后往他嘴里塞了根黄瓜。尹寻本来还想再说点什么，但感觉嘴里的黄瓜似乎味道不错，便闭了嘴乖乖嚼黄瓜去了。

到了镇里，陆清酒先把朱淼淼送到火车站。

朱淼淼对陆清酒颇为不舍，抓着他的手哭兮兮地说了好一会儿话，才恋恋不舍地上了火车。尹寻在旁边假装自己不存在，直到朱淼淼走了，他才小声地问了句：“清酒啊，这姑娘是不是对你有意思啊？”

陆清酒看了他一眼，没说话。

“这要是对你没意思，怎么会大老远跑过来看你呢？”尹寻说。

陆清酒道：“你看我有时候不也大老远跑过来看你嘛。”

尹寻无耻道：“哦，那你可能也对我有意思。”

陆清酒怜悯地看着尹寻：“别想太多，我只是把自己当作一个不负责任的父亲，偶尔回来看自己家里的留守儿童。”

尹寻：“……”

把朱淼淼送走后，陆清酒领着自家的留守儿童去了菜市场。

这会儿早市已经过了，买菜的人也少了很多，两人在路边寻了个摊位，铺上油纸把自家的菜摆在上面就准备开卖了。

尹寻刚刚去问了旁边摊位番茄的价格，回来之后让陆清酒卖三块钱一斤。陆清酒一听有点惊讶：“三块一斤？这么贵有人买吗？”

尹寻道："你的番茄我尝过了，味道好得很，可以当水果吃了，三块钱一斤虽然贵点但总有人买的。"

陆清酒道："隔壁多少钱一斤？"

尹寻："一块五。"

陆清酒："……"他总觉得有点悬。

不过尹寻的经验显然比陆清酒丰富不少，他开了一个番茄，就放在旁边，没一会儿就有个大妈来问价，一听三块钱一斤直咂嘴，道："这番茄是金子种的啊，三块钱一斤？"

"您先尝尝。"尹寻递过去一块。

那大妈尝了一块，似乎是觉得味道挺不错，便想要讲价让尹寻便宜点，尹寻却咬死了三块钱一斤不肯松口，道："大婶子，不是我不给你便宜，是我们进来就这个价，这是农家自己种自己吃的，种多了才拿出来卖点，这番茄您也尝了，味道和其他的就是不一样，一点农药都没打，安全健康得很。"

陆清酒倒是第一次见到如此能言善道的尹寻，略微有些惊讶，但他也没说什么，乖乖在旁边当背景板，直到最后大妈在尹寻的说服下居然真的买了两斤。开了这个头儿，接下来生意逐渐好了起来。

有人一听三块钱一斤转身就走，但大部分尝了番茄的都会买上一点，很快他们带的几麻袋番茄就卖得差不多了，陆清酒没想到会这么热销，他们带了两百斤番茄过来，卖完一共赚了六百块。

陆清酒本来想分尹寻一点钱，尹寻却拒绝了，他表示自己天天在陆清酒家里蹭吃蹭喝还没给陆清酒钱呢，给他钱不如多买点肉吃。

陆清酒听后也觉得挺有道理的，于是回家的时候去旁边的肉铺买了一扇猪肉和几斤牛肉，全给带回了家。

当然，陆清酒也没忘了给送他们来镇上的陈伯递个红包，其实他想着要不要自己买辆小货车，不过目前需要运的东西还不是很多，所以这也就只是个想法。

提着肉回了家，陆清酒看见白月狐坐在院子里抬着头，似乎正在看天上什么东西，听到他回来了，才道了声："回来了？"

陆清酒说："回来了，给你买了不少肉。"

白月狐道："你想要坐骑吗？"

陆清酒闻言愣了愣："你什么意思？坐骑？车？"

白月狐眨眨眼睛，同意了陆清酒的说法：“对，车。”

陆清酒道：“我刚才还在和尹寻讨论要不要买辆小货车，不过好像去镇上的次数也不是特别多，有这个必要吗？”

白月狐道：“我……”他说了个“我”字，又停顿了片刻，像是在寻找更恰当的说法，“我朋友，给我送了个……车过来，我不喜欢，你拿去用吧。”

一个车？陆清酒只觉得白月狐的说法有点奇怪，但也没太在意，他道：“什么车？”

白月狐说：“不知道，你想要什么车，给我看看照片？”

陆清酒蹙起眉头，走到白月狐身边，小声问道：“那真是车？不是什么奇怪的东西？”

白月狐的黑眸十分无辜地看着陆清酒：“不是吧。”

陆清酒：“……”为什么你要加个“吧”字？

白月狐道：“要吗？”

陆清酒十分警惕地说：“你先让我看一看。”

白月狐微微叹了口气：“好。”

晚饭做的是糖醋排骨和尖椒牛肉，以前陆清酒很喜欢吃糖醋排骨，经常自己在家里做，可以说是拿手菜了，因而这次做得也十分成功，甜度咸度都很适中，排骨肥嫩不柴，咬下去就是一口肉汁。尖椒牛肉也很嫩，尖椒是刚从地里摘来的，新鲜得很，辣味十足，和嫩嫩的牛肉搭在一块儿，简直是绝配。

吃完饭，洗完碗的白月狐出乎意料地没去睡觉，而是跑到家里的电脑面前上了会儿网。

他很少用这些电子产品，既不看电视，也没有手机，所以陆清酒略微有些好奇他到底在干什么。

尹寻则和陆清酒打起了赌，说白月狐肯定看小黄片去了。

陆清酒道：“你在胡说什么……”白月狐可是只狐狸，他要看小黄片岂不是得打开动物世界？

尹寻说：“不然待会儿我们等他走了去看看他的浏览记录？”

陆清酒道：“这不好吧，这是人家的隐私啊。”

尹寻说：“哎呀，你就满足一下我的好奇心嘛，你看他整天仙风道骨的，第一次碰电脑，你就不好奇一个仙人，用电脑做了什么吗？！”

说实话，陆清酒也挺好奇的，于是在尹寻的撺掇下，两人干了坏事儿：打开浏览器，看白月狐刚才到底看了些什么。

谁知一看却大失所望，里面居然全是一些汽车论坛的浏览记录，既没有小黄片，也没有动物世界。

“他看车干吗？”尹寻奇怪地挠挠头，“难道他打算买车？”

陆清酒陷入了沉默，他想起了白天白月狐和他关于坐骑……哦不，是关于车的问题的讨论，联系着面前的浏览记录，他生出了一种不好的预感。

“你怎么了，清酒？”尹寻注意到了陆清酒不同寻常的表情。

陆清酒摇摇头，示意自己没事。

之后尹寻就回家去了，陆清酒关上电脑爬上了自己的床铺，他打开手机，看到朋友圈里朱淼淼正在秀她那一头靓丽的秀发，底下的留言大多数都是在询问她到底是在哪里植的发，效果居然这么好。想到自家后院那口井，陆清酒露出无奈的笑容，他也是万万没有想到，原本和诅咒挂上钩的女鬼，居然还有这样的效果……

看着看着，陆清酒便睡了过去，他以为这事儿就这么完了，直到几天后的某个早晨，他被一声凄厉的叫声从床上唤醒。

第六章

番茄商

这惨叫声实在是太熟悉了，陆清酒一听便知道是尹寻发出来的，他还以为出了什么事，慌忙起身就往外跑，还没到门口就看见尹寻从门外冲了进来，一把抓住自己的肩膀开始疯了似的晃："陆清酒，你是不是背着我中了五百万！！！"

陆清酒被晃得头晕目眩，听见尹寻的问题后更是一脸茫然："什么？什么中五百万？"

尹寻吼道："你看看你门口！"

陆清酒赶紧走到门口，跨过门槛便看见了尹寻口中的五百万——只见一辆漂亮的蓝色敞篷跑车停在陆清酒的门口，车标是一个长着翅膀的金色小人，在阳光下反射出耀眼的光芒，陆清酒认出这车是劳斯莱斯，至于是哪一款，他还真不清楚……

"谁的车停这儿了？"陆清酒蒙了。

"不是你的吗？"尹寻扭头看着陆清酒，"这村里谁会买这样的车？咱就算想买个普通小货车都得存个好几年钱呢。"

陆清酒："……你看我像是买得起跑车的人吗？"

尹寻："那这车谁买的？"

陆清酒扭头看向自家屋里，沉默片刻后，小声道："你看见白月狐了吗？"

尹寻说："没看到。"

陆清酒站在门口唤道："月狐！白月狐！！！"

屋子里寂静一片，没有人回应。

陆清酒想了想，道：“他应该是下地浇水去了，我去地里找找他吧。”

“这车是他买的？”尹寻瞪圆了眼睛。

陆清酒：“……反正不是我买的。”

两人说着便朝地里走去。到了种地的地方，正好看见在地里的白月狐，他换了身方便做事的衣裳，脚上踩着橡胶质地的黑色靴子，正弯着腰给一株番茄除杂草，如果不是那张过分漂亮的脸，倒真的挺像朴实的务农人员。

“白月狐！”陆清酒叫道。

白月狐扭头，脸上没什么表情：“怎么了？”

陆清酒说：“那车是你买的吗？”

白月狐说：“送来了？”

陆清酒一听就明白这车肯定是他弄来的，但是这偏僻的小山村里弄这么一辆豪车也未免太扎眼了点：“你怎么突然想买车啊？”

白月狐道：“不是我想买。”

陆清酒道：“那是怎么？”

白月狐道：“是它被嫌弃了。”

不说尹寻了，就连陆清酒听得也是一头雾水。但白月狐也没有解释的意思，他温柔地摸了摸圆滚滚的番茄，道：“你们用吧，我不怎么开车。”

“不，这不好吧。”陆清酒惊呆了，他虽然不认识具体的车型，但从配置和品牌上也知道，这辆车最起码也是七位数，“这车太扎眼了——”

“扎眼？”白月狐偏头看了他一眼。

“对啊，太扎眼了。”陆清酒无奈道，“我总不能开着这车去卖番茄吧。”

说不定第二天本市的社会新闻就会出现：震惊！卖番茄小贩月入千万竟开豪车摆摊……之类的标题了。

“那你想要什么样的车？”白月狐问。

“就小货车，最普通的那种……”陆清酒抹去自己额头上的一滴冷汗。

白月狐听到这话点点头，又摆摆手，道：“好，我明天叫人换了。”

陆清酒这才松了口气。他其实不想太惹眼，毕竟白月狐身份不一般，而且都有狐狸精了，谁知道有没有抓狐狸精的道士啊，万一引起其他人怀疑，招惹到什么是非，就太得不偿失了。

陆清酒虽然喜欢豪车，但脑子还是很清醒的。

尹寻则终于意识到陆清酒家里竟是有个隐藏的土豪，两人回到家门口后，他指着那辆豪车愣了半天才憋出句：“白月狐买的？”

陆清酒点点头。

尹寻道：“我 ×，我还以为他和我一样是个蹭吃蹭喝的呢。”

陆清酒叹了口气，拍拍他肩膀，转身做饭去了，留下尹寻一个人落寞地站在门口，悲伤地感叹原来穷的只有自己……

白月狐说到做到，隔了一天，家门口那辆豪华的劳斯莱斯就换成了普通的小货车，陆清酒看到这车后才放了心。

白月狐看见陆清酒的反应倒是觉得有些稀奇，他道：“你们人类不都喜欢贵的东西吗？为什么不要？”

陆清酒道：“喜欢是喜欢，可终究不是自己的啊。”

白月狐道：“我可以送给你。”

陆清酒说：“太贵重了，我可不能收，这车就挺好的，可以运点瓜果肉类，也不用去麻烦别人。”

听到陆清酒说法的白月狐看陆清酒的眼神越发奇怪。

陆清酒去检查了一下货车，只是不知道为什么，他总觉得这货车长得有点奇怪，研究了半天，突然发现两个车灯的位置有点不对，人家车灯都是同心圆，这个车灯却朝着左边偏了，乍看像是两只眼睛在偷看什么似的。

“哎，这车灯位置怎么不对啊？”陆清酒惊了，“是不是买到假货了？”

白月狐闻言看了车灯一眼，抬手就往车头上拍了一巴掌，接着下一刻车灯就恢复了正常。

看到这一幕的陆清酒露出惊恐的表情。

面对陆清酒的愕然，白月狐异常坦然地吐出三个字：“修好了。”

陆清酒：“……”我 ×！我 ×！他就知道这事情没那么简单，这车明显是活物变的啊！他缓了一会儿才颤声道，“能问问这是什么吗？”

白月狐说：“车啊。”

陆清酒：“……我知道这是车，我想问这是什么变的。”

白月狐沉默片刻，幽幽地问了句：“你真想知道吗？”

陆清酒：“……”为什么你的语气那么沉重？这到底是什么东西？

就在陆清酒犹豫的时候，白月狐嘴唇张了张，马上就要说出这辆小货车到底是什么变的，就在这关键时刻，陆清酒那无比灵光的第六感起了作用，他一个伸手，捂住了白月狐的嘴，道：“别说了！我不想知道了。”

白月狐斜眼看着他。

“反正都要用，什么变的也不重要嘛。”陆清酒如此解释，顺带安慰自己，“知道得多了反而不是什么好事。”

白月狐点点头，用眼神示意陆清酒把手拿开。

陆清酒干笑两声，赶紧把手收了回来。

“的确不是什么好事。”白月狐说，“车不用加油，随便用，如果不听话……”他眼神移到了车上面，陆清酒清楚地看见车灯默默地移到了另外一个方向，明显是不敢和白月狐对视。

“咱们就换辆新的。”白月狐轻描淡写地下了如此结论。

小货车在旁边瑟瑟发抖，陆清酒哭笑不得，只能拍了拍货车的脑门，安慰它不要害怕，自己不会对它做什么，这才让小货车同志勉强感觉好了一点。

讨论完了货车，白月狐说地里的番茄又熟了不少，明天就能拉到市场里去卖了，现在有了货车，也不用麻烦陈伯，算是方便了不少。

陆清酒对此表示赞同，眼见春天过了大半，天气也渐渐热了起来，他要开始准备夏天需要的种子了。老宅还没空调，他合计着找个时间让镇上的人过来帮他把空调给安了。

村里其他人看见陆家买了辆货车都很惊讶，陆清酒也给他们打了招呼，说如果有需要用货车的时候可以和他说一声，乡里乡亲互相帮忙也是应该的事儿。不过，水府村和外界的联系其实并不紧密，相对是个比较封闭的村落，刚来这里的陆清酒反而是出去最勤快的那个。

把收获了的番茄用麻袋装好，再塞进自家小货车里，陆清酒带着尹寻去市场卖菜去了，今天带的番茄多，也不知道能不能卖完，卖完了可以多买点肉，卖不完也没关系，反正这货车不需要加油，多跑几趟不费钱。

两人天还没亮便出发了，就是想着去集市占个好位置，到了集市后，市场上已经有不少早起的菜农开始摆摊卖菜了。

陆清酒和尹寻则在路边寻了个位置，把货车的后备厢打开，露出里面的番茄，然后再在地上铺上一层塑料纸，便吆喝上了。

今天虽然番茄量大，但陆清酒却没打算降价，毕竟上次卖得很不错，这次就算卖不完带回去也不麻烦，况且天气不热，番茄也不容易坏，他便想着慢慢来。

然而陆清酒没想到，自己一开摊就来了个大主顾，那人看见陆清酒便奔着这边儿来了，张口便是一句："小老板，你终于来卖菜啦。"

陆清酒道："啊，来了，要买点吗？"

"要要要。"那人点点头，指了指货车里的番茄，"我全要了！"

陆清酒："……"这人是认真的吗？

说话的是个年轻人，从年龄上看不过二十来岁，应该和陆清酒的年龄差不多大。

"你说什么？"陆清酒瞪着眼睛，以为自己听错了。

"我说我都要了。"那年轻人随手拿起陆清酒货车上的一个番茄，在衣服上随便擦了擦，接着一口咬去了大半，嘴里含糊不清道，"对，就是这个味儿。"

陆清酒道："你确定你都要了？这里可有好几百斤呢。"重量是陆清酒随口估计的，他也不知道到底有多少。

"嗯。"那年轻人点点头，三两口把番茄全给吃了，然后从口袋里掏出一张名片递给陆清酒，"我是市里开饭店的，前几天我朋友尝过了你的番茄，说味道很好。"

陆清酒疑惑道："你朋友说番茄很好？可是我不是才卖过一次吗……"他看了眼名片，名片上写着"朝千羽"三个字，底下的职位则是"饭店总经理"。

"嗯。"朝千羽说，"就是那次。"

陆清酒道："这么多货你能要完吗？我家里可还有不少。"

"家里还有不少？"朝千羽闻言表情变得有些奇怪，他说，"你家住哪儿啊？"

"水府村。"陆清酒倒是没有隐瞒地址，这镇里这么小，大家消息都灵通得很，就算他不说，朝千羽早晚也会打听到。

"我能去看看吗？"朝千羽说，"合适的话，我可以把你家番茄都承包了。"

陆清酒道："行啊。"家里的菜承包给饭馆，自然是比散卖方便多了。

"那下次我找个时间去你家拜访一下吧。"朝千羽挥了挥手，身后便出来两个人，开始从货车上卸货，"过一下秤吧。"

番茄过秤后，一共有四百多斤，朝千羽直接给陆清酒结了现金，陆清酒美滋滋地把一千多块钱揣进了兜里，想着晚上他们可以吃顿大餐了。

只是交易全程，一向话多的尹寻却没怎么吭声，直到陆清酒开着自己的小车回家时，他才说了句："清酒啊，就这样让他上门怕是不太好吧？"

陆清酒道："怎么了？"

尹寻表情有点奇怪，他道："嗯……你听过一个传说吗？"

陆清酒说："什么传说？"

"就是家里的门其实是一种结界，外面的脏东西是不能随便进来的。"尹寻说，"除非，你给它发了邀请。"

陆清酒："……可是……"

尹寻道："可是什么？"

陆清酒道："可是咱们家后院里，好像已经有脏东西了呀。"

尹寻听到这句话，露出被雷劈了似的表情，嘴唇微微抖动："所以你一点都不害怕吗？"

陆清酒："怕肯定是怕的，但是没钱买别的房子了。"

尹寻："……"

握着方向盘的陆清酒遗憾地感叹："我好像隐约明白了电影里面死活不肯搬离鬼宅的主角到底是为了什么……"谁不想搬啊，还不是穷闹的，好在他家后院里的那只女鬼小姐素质挺好的，平日里也不常出来溜达，偶尔还能帮人生生发，可以说是环保型女鬼了。

尹寻蔫蔫地趴在旁边，说："酒儿啊，我真是佩服你。"

陆清酒心想：我也挺佩服自己。

今天赚了很多钱，陆清酒决定吃个大餐，和尹寻去附近的肉市买了一大堆肉，说晚上回去做烧烤吃。

到家后，尹寻自告奋勇说要去生火，陆清酒则负责腌肉，白月狐也过来了，站在陆清酒旁边看着他把肉切成小块，开口道："车好用吗？"

"嗯？"陆清酒说，"车吗？挺好用的。"这小货车比他平时开过的轿车都舒服，动力很足，即便是爬蜿蜒陡峭的山路也一点都不费力。

白月狐点了点头，但问完话后，他却并未走开，而是上下打量了陆清酒一番，忽地发问："今天有没有遇到什么奇怪的人？"

陆清酒动作一顿，回头道："什么意思？"

白月狐说："字面上的意思。"

"奇怪的人？"陆清酒把牛肉穿到削好的木头棍儿上，脑子里过了一遍，"没有。"他忽然想到了什么，动作停顿了片刻，"不过倒是有个大主顾把我们的番茄全给买走了，所以我们才能这么快回来。"

"哦。"白月狐应了一声，转身走了，陆清酒也搞不懂他是什么意思。

把腌制好的肉串好后便开始烤了，陆清酒的烧烤技术一般，倒是尹寻对烧烤相当拿手。

这烧烤的肉啊，一定要选半肥半瘦的，肥肉在火上一烧一烤，便发出"吱吱"的响声，油脂从肉里冒出来，滴落在火堆里发出"扑哧"的声音，肉的香气充盈了整个屋子。

陆清酒正低着头认真烤肉，突然感觉自己的裤脚被什么东西扯了扯，他向下一看，竟是两只小黑猪坐在旁边眼巴巴地看着他。

"我×！"陆清酒被吓了一大跳，"你们两个怎么出来了？"

小花哼唧了一声，然后做了个跳跃的姿势，示意是自己跑出来的。

尹寻在旁边怪叫："哇，陆清酒，你家的猪要造反了，连猪圈都能跳出来。"

小花听到这话冲过去抬起自己的小短腿就对着尹寻来了一脚。

陆清酒知道自己家里的两只猪来历不凡，他道："你们出来做什么，我们烤的是猪肉，你总不能吃吧？！"

小花气得直哼唧。

陆清酒听不懂，便干脆拿了两根玉米棒递到两只小猪崽子面前，小花这才高兴了，用脑袋蹭了蹭陆清酒的脚，开开心心地吃了起来。

白月狐进屋拿调料去了，出来就看见两只猪居然在啃他的玉米棒子，他眼神一冷，原本啃得十分快乐的小黑、小花动作瞬间僵住，哥哥小花坚强一点，妹妹小黑直接四脚朝天，一副"我已经死翘翘了"的样子。

"噗——"在旁边喝水的尹寻看到这一幕直接一口水喷了出来，被呛了个半死。

小花委委屈屈地放下了嘴里的玉米棒子，咬住自己妹妹的腿，一点点往后退，似乎打算回猪圈去。

陆清酒哭笑不得，对着白月狐道："好了，你别吓它们了。"

白月狐看了眼陆清酒，蹙着眉头认真道："它们吃我的食物。"

陆清酒："……没事儿，今天咱们买了好多肉呢，管够，肉都是你的，给它们吃两个你不爱吃的玉米棒子。”说着他把刚烤好的一盘肉递到了白月狐的面前。

白月狐这才满意，放过两只小猪崽子啃肉去了。

尹寻还特意买了不少鸡爪子，烤过之后十分软糯，刷上特制的调料，一口一个，根本不用剔骨头，牙齿一抿肉就全出来了。

吃高兴了，陆清酒还开了几瓶啤酒，三人吃得十分尽兴。

吃完东西，因为时间太晚了他们便也没有打扫，各自回房睡觉，想着第二天再收拾。

陆清酒喝得有点多，躺在床上脑子晕乎乎的，人却异常清醒，怎么都睡不着，外面的天色黑了下来，整个天空都被夜幕笼罩。

不知道过了多久，陆清酒突然听到了一种奇怪的响动，这响动从院子里传来，像是有什么东西在地上拖行。

陆清酒甩甩头，不确定这是不是因为自己太醉了而产生的幻觉，他从床上慢慢爬到床边，看见自己院子里出现了一个奇怪的白色身影，那身影像是一个站在地上的巨大动物，身上披着白色的羽毛，脸也是鸟的模样，嘴巴部分伸出了一个血红色的长喙，身高足足有两米，甚至挡住了月光。没有什么鸟会如此巨大。

陆清酒重重揉了揉自己的眼睛。

那东西似乎也注意到了陆清酒的目光，慢慢咧开嘴，露出了一个怪异的笑容，接着挥动翅膀，朝着陆清酒的方向直接扑了过来。陆清酒被这动物吓了一跳，却见天空中腾起一阵黑雾，瞬间将那鸟人笼罩住了。

“啊——”陆清酒听到了一声凄厉的惨叫，耳边响起骨头碎裂和肉类被咀嚼的声音，他在黑雾中隐约看见了一双巨大的属于野兽的眼睛，这双眼睛让陆清酒整个人都僵住了，他很难形容自己此时的感受，仿佛是人生存的本能在告诉他，如果他动一下，就会死在这里。

几分钟后，眼睛消失在了黑雾里，黑雾逐渐淡去，小院再次恢复了平静。

只是院子的地面上却多了一地白色的、沾满了鲜血的羽毛，陆清酒眨眨眼睛，发现羽毛也不见了。

他呆呆地躺回了床上，想着到底是喝醉了，还是在做梦，抑或是刚才那怪诞的一切都是真实的，他家里真的进了一只两米高的鸟，然后被什么东西……一口给吞了。

是家里的狐狸精吗？但黑雾里的兽，怎么看也不像狐狸呀……

如果是平日，陆清酒大概会认真想清楚，但被酒精侵蚀了的头脑一时间无法思考，他保持着晕晕乎乎的状态，凝视着天花板，没过多久就睡了过去。

第二天早晨，陆清酒从宿醉的状态中清醒了过来，他起床后做的第一件事，就是跑到院子里转了一圈。

白月狐比陆清酒起得早了些，此时似乎正打算去地里浇水。

“月狐。”陆清酒忽地开口。

白月狐看向他：“嗯？”

“昨天晚上……”陆清酒说，“昨天晚上，有没有发生什么事啊？”他虽然喝醉了，但也隐约记得些什么。

白月狐道：“没什么。”

陆清酒心中微叹，以为白月狐不欲多说，谁知道他吐出了下一句话：“不是什么大事，我加了个餐。”

陆清酒：“……”

白月狐见陆清酒一脸震惊，想了想，补了句：“今天会有外人过来。”

陆清酒战战兢兢：“是客人吗？”

白月狐说：“客人？”他沉默片刻，似乎在思考这个词用在这人身上是否合适，最后道了句，“看情况吧。”

陆清酒：“……”奇迹般地，他居然理解了白月狐的意思，看情况大概就是要看来的这人到底好不好吃，不好吃勉强算得上是个客人，如果好吃……那下场估计就和昨天晚上那只大鸟一样了。

白月狐抄起水桶走了，陆清酒看着他的背影默默地回到厨房做了早餐，等着一会儿白月狐浇完水回来吃。

今天的早餐是陆清酒亲手搓的汤圆，做汤圆的糯米是从村子里买的，打成粉状之后加水搅拌均匀，汤圆馅儿是直接从镇里买来的芝麻馅，包好后放进滚水里煮开，再往里面加点米酒，打个蛋，一碗汤圆就算做好了。

白月狐把家里最麻烦的菜地解决了，陆清酒便轻松了不少，能多花点时间在食物上面。估计白月狐也是这么想的，不然肯定不会那么积极地去种地。

陆清酒把汤圆做好了，白月狐也回来了，和他一起到的还有打着哈欠的尹寻。

尹寻端着碗汤圆在院子里一边吃一边喂鸡，他们家的鸡也长得特别快，正常情况下母鸡长大开始生蛋至少得花上半年时间，他们家的鸡却跟吃了激素似的，噌噌噌大了好几圈。偏偏尹寻对此见怪不怪，根本没和陆清酒提这事儿，而陆清酒对养鸡没啥经验，完全没有察觉出自家鸡的异样。

小鸡围着尹寻叽叽喳喳，尹寻偶尔会挑个汤圆喂给它们，它们也吃得津津有味。

白月狐依旧十分不怕烫，吃汤圆一口一个，看得陆清酒舌头疼，这汤圆馅儿虽然是买的，但也很香，咬开糯米之后流出黑色的芝麻馅，用舌头一卷，便滑进了肚子里。

但糯米到底很是顶饿，陆清酒吃了一碗就饱了，尹寻胃口也不大，于是剩下的全进了白月狐的肚子。他吃完后，照例走到院子里属于他的椅子旁，坐下之后开始打瞌睡。

陆清酒道："月狐，我给你买张摇摇椅吧？"

白月狐道："摇摇椅？"

"就是那种可以摇的椅子，很舒服的……"陆清酒说。

白月狐虽然不太明白，但也没有反驳，点点头算是同意了。

陆清酒则先去猪圈里喂了猪，正打算和尹寻一起去地里面摘点午饭需要的菜，便听到门口响起了汽车的声音。

这村子小得很，有车的就那么两个，陆清酒听见车声，便知道有外人来了，他马上想起了之前白月狐说的话——是不是客人，得看情况。

随着嘎吱一声门响，所有人的目光都落在了推门之人的身上，那是一张略微有些熟悉的脸，陆清酒马上认出了那人："朝先生？！"

没错，来者正是昨天陆清酒在市场上遇见的那个把番茄全给买走了的大主顾朝千羽，虽然之前他就说过会来拜访陆清酒，但陆清酒没想到他会第二天就过来，而且从表情上看，似乎隐隐带着些焦急。

朝千羽道："陆先生，打扰了。"他站在门口，没有要往里面走的意思，目光在院子里逡巡片刻，最后落到了似乎已经睡着的白月狐身上。

"嗯。"陆清酒道，"你这么快就来啦？"

"是的。"朝千羽道，"您介意我进来和您仔细谈谈吗？"

陆清酒说："可以啊。"

朝千羽闻言松了口气，他几步走到陆清酒旁边，在经过院子中央的时候，他的鼻子抽了抽气，似乎闻到了什么气味，随即脸色大变，道："陆先生！"

陆清酒道："啊？"

朝千羽道："是我有眼不识泰山，请陆先生放我的鸟一马！"

陆清酒被这句话惊吓到了，他愣了三秒，还是没明白朝千羽的意思："你说什么？"

朝千羽脸色铁青，似乎是觉得陆清酒在装糊涂，他道："陆先生，您有什么条件就提吧，能满足的我一定答应！"

陆清酒似乎想起了什么，他尴尬地咳嗽一声："你的鸟是指那只有红色嘴巴、白色羽毛的大……鸟吗？"

朝千羽郑重地点头。

陆清酒说："唔……"他悄悄地瞅了白月狐一眼，见白月狐从头到尾连眼睛都没睁开过，不由得更加心虚了。面对朝千羽犀利的眼神，他有种自家宠物不小心把别人家宠物咬死了的错觉……

朝千羽从陆清酒的表情里看出了某些端倪，叫道："陆先生？"

陆清酒说："这个……是这样，我呢，昨天晚上虽然看见了那只鸟，但是它之后就飞走啦。"

朝千羽："……"

陆清酒心虚地假笑："真的。"

朝千羽脸色更加阴沉，他道："那请陆先生回答我一个问题。"

陆清酒道："嗯？"

朝千羽说："既然它飞走了，那请问陆先生的院子里，为什么会有一股属于我的鸟的血液的气味？"

陆清酒："你闻错了吧……"

他话还没说完，原本坐着休息的白月狐却忽地睁开了眼，依旧是那双黑色的眸子，依旧没有带什么特别的感情，然而朝千羽的身体却猛地一震，仿佛白月狐的目光是什么可怕的视线。

"我知道你的鸟在哪儿。"白月狐道，"你想见它吗？"

朝千羽强笑："不知道这位是……"

"这是我朋友。"陆清酒道，"叫白月狐。"

朝千羽："白月狐……"他细细地咀嚼着这个名字，眼神里露出浓郁的疑惑，小声地嘟囔了句，"不对啊……"

白月狐冷冷地打断他："有什么不对？"他站起来，走到朝千羽面前，再次开口，

“你想和你的鸟在一起？”

朝千羽终于明白了白月狐这话是什么意思，他瞬间瞪圆了眼睛，浑身抖了两下，马上转身欲走，却被白月狐一把按住了肩膀。

“这么急着走做什么呢？”白月狐冷冷道。

即便陆清酒不知道发生了什么，但他也明显可以感觉出朝千羽非常害怕，怕到根本不敢和白月狐的目光对视，朝千羽张了张嘴，哑声道：“白先生……”

“你不是来买番茄的吗？”白月狐说。

朝千羽露出愕然之色，显然没有想到白月狐居然会冒出来这么一句。

白月狐见朝千羽不说话，似乎有些不高兴，他道：“怎么，你不打算买了？”

不买番茄 = 没钱买肉 = 没肉吃 = 会饿……白月狐的眼神阴沉了下来。

“不不不不，我买买买。”朝千羽一个激灵，大声道，“我全买了！”

白月狐这才满意地松开了抓着他肩膀的手，转身走了。

朝千羽猛地松了一大口气，他有气无力道：“陆先生……那番茄我全都要了……”

陆清酒发现他的耳鬓居然流下来两行水渍，看起来像是被吓出来的冷汗，他一时间有点不知道说啥好。

“能冒昧地问一句。”朝千羽从那种紧张的状态里缓过来后似乎想起了什么，对着陆清酒小声地问了句，“那番茄是陆先生您种的吗？”

“番茄？不是啊。”陆清酒摇摇头。

“那是谁种的？”朝千羽问。

“是白月狐。”陆清酒老老实实地说。

朝千羽露出难以描述的表情，因为这表情太复杂了，陆清酒也不知道到底是什么意思，不过里面夹杂的惊愕还是十分明显的。

“买，我都买了。”朝千羽说，“有多少我要多少……您……您可千万别和我客气！”

陆清酒：“……这，你不勉强吧？”他怕朝千羽是因为白月狐的关系才出手买的。谁知道他刚说完这句话，朝千羽就激动道：“不勉强，不勉强！麻烦您以后把番茄都卖给我，谁要是敢和我抢——我弄死他——”

陆清酒：“……”唔，现在的人真难懂。

家里的番茄就这样卖出去了，甚至还包括地里没熟的，陆清酒本来想留朝千羽在家里吃顿午饭的，可谁知道朝千羽借口说家中有事，慌慌忙忙地便走了，陆清酒拦都没拦住。

待到朝千羽走后，陆清酒也算明白了朝千羽来这里估计就是冲着白月狐种的番茄来的，只是不知道这番茄同普通的番茄相比又多了什么好处。

但白月狐也没有要解释的意思，又坐上他的椅子打瞌睡去了。

陆清酒则和尹寻朝着菜地的方向去了，两人打算摘点菜回去做午饭。正往前走着，陆清酒却接到了朱淼淼的电话，电话里，朱淼淼道："清酒！你有钱赚了！"

陆清酒道："嗯？"

朱淼淼说："你还记得我们合作公司的老总张楚阳吗！"

"记得，怎么了？"陆清酒道。

朱淼淼道："他问我我头发在哪儿弄的，我说我去朋友家休息了几天就好了！"

她之前的头发可是稀稀拉拉的，几乎连头皮都能看见了，结果这次回去头发又黑又密，简直比洗发水广告里的模特还漂亮。

她这话一出，陆清酒立马明白了："你告诉他了？"

朱淼淼道："哪能啊，这事情也太玄了，我只是说你家有生发的秘方……"

陆清酒道："啊，可是我总不能也让他来拜一拜那口井吧？"

朱淼淼说："为啥不能？我给你说啊，你这么弄……"

按照朱淼淼的说法，就是拿其他东西给井水打掩护，比如随便让张总吃点什么，然后再让他去拜一拜，告诉他吃的东西才是生发的关键。

陆清酒说："行倒是行，但他为什么不去植发呢？"

"他去植过啊。"朱淼淼说，"但是问题是……又掉光了，他才三十岁耶，长得倒是挺帅，但是再帅的帅哥碰上秃顶也得完蛋。"无论是多帅的帅哥，顶个地中海的发型也很影响形象。

陆清酒是见过张楚阳的，这人长得挺俊，能力也强，但却和朱淼淼一样习惯性地戴顶帽子，这平日还好，遇到正式场合总有些不合适。

"我去问问再说。"陆清酒道，"你别急着给他回复。"

朱淼淼同意了。

陆清酒和尹寻在地里摘了些新鲜的菜才开始往家里走，到家之后陆清酒把这事儿给白月狐说了。

"可以啊。"白月狐虽然看起来挺仙的，但其实对世俗之物一点也不抗拒，毕竟没了钱就没肉吃这事儿他可是清楚得很，“那井没什么后遗症，不过，你们人类不都挺怕死人的吗？”

“没事儿。”陆清酒道，“他不知道。”

白月狐点点头。

得了白月狐的消息后，陆清酒给朱淼淼回了信息，同意了她把人带过来的事，并且让她不要再把这件事告诉其他人了。朱淼淼一口答应，其实她也是担心辞了职的陆清酒没有生活来源，才想着给他找个收入，毕竟他从小没做过农活儿，这跑去种菜谁知道收成好不好。

“那我找个时间带他过来。”朱淼淼在电话里说完这事儿，又停顿了一下，道，“住在你家的那个白月狐是不是很厉害啊？”

“怎么说？”陆清酒问。

“我邻居家的小孩儿出了点事。”朱淼淼道，“送去医院总是治不好，他妈怀疑他中邪了，白月狐懂这些吗？能不能帮我问问他？”

陆清酒说：“出事？什么情况？”

“你知道我们公司旁边那个学校吧。”朱淼淼说，“他就是在那儿上学的。”

陆清酒当然知道那个学校，事实上那个学校在他们那里非常有名。有名的原因有两点：一是教学质量非常好；二是学校里面闹鬼闹出了名。

没错，就是闹鬼。

学校因为占地面积大，所以通常选择的地址都会是比较便宜的地方，这在城市中心，便宜的地方自然只有一种，那便是……墓地。

所以大部分学校都是建在墓地上的，当然，如果只有经济原因这一点也就算了，但问题是学校建成之后出现了很多怪异的现象，比如晚上听见有女生在厕所里号哭，再比如保安发现本该没有人住的宿舍里面发出嘈杂的喧哗声，诸如此类的事件数不胜数，一一查证之后都无法用科学来解释。

不过虽然有这些事情，但从未发生过人命，所以大家也就睁一只眼闭一只眼，装作无事发生，但学校里面的事情却流传得越来越广，反正现在学生们一下自习课，学校就不准任何人进去了。

陆清酒之前吓朱淼淼，之所以用这所学校，就是因为学校里面的灵异事件太出名了。

“到底怎么了？”陆清酒随手拿起一个尹寻拿过来的李子开始啃，这李子刚冰镇过，又甜又脆，很是美味。

“那小孩儿不会走路了。”朱淼淼说。

“不会走路？”陆清酒奇怪道，“是腿被摔着了吗？”

朱淼淼说：“不是，是这样的，有一天他放学回来，他妈就发现他不对劲儿，他走路的时候总是踮着脚……”

陆清酒：“踮着脚？”

“对。”朱淼淼道，“好像脚后跟放不下来了似的，一开始他妈以为他是在恶作剧还责骂了他，后来发现孩子不对劲儿，就直接送到医院去了。”

“检查出什么了吗？”陆清酒问。

“医生做了详细的全身检查，说是脑部可能出现了问题，但是问题又找不到。”朱淼淼道。

“那应该转院治疗吧？”陆清酒说。

“他妈也这么想的，结果当天晚上就出事儿了。”朱淼淼道，“护士巡房的时候总听见有女人在病房里哭，一过去却看见哭的居然是那个小孩儿，那小孩儿说自己死得不甘心，非要找个替死鬼。”

如果是之前的陆清酒听到这话还会惊讶一下，但目前经历了白月狐和后院里的女鬼事件，他听见朱淼淼的话倒也不是特别惊讶，他道：“之后呢？”

“之后就有别的病友说这孩子是中邪了。”朱淼淼道，“他妈又让他在医院里观察了一段时间，却没有找出问题，小孩儿的情况也越来越严重……甚至半夜的时候还企图翻窗跳楼。”

陆清酒觉得这事儿也是有点玄乎了，他道：“孩子没事吧？”

“没事倒是没事，不过情况越来越糟糕。”朱淼淼说，“其实我也不知道的，还是昨天出门倒垃圾，看见他妈站在楼道里哭，才问出到底出了什么事儿，然后我马上想到了你……”

陆清酒沉吟片刻：“我去帮你问问吧。”

“好。”朱淼淼说，“那小孩儿挺可怜的，学习成绩也特别好，要是就这么没了，他妈得伤心死。”

陆清酒说了声“好”，这才挂断电话。

他挂了电话之后先去找了尹寻，把这事儿和他说了，相处这段时间，他感觉尹寻似乎也懂一些这方面的东西，看来应该是村里人的共性。

尹寻本来窝在屋子里用陆清酒的电脑看电影啃李子，听见陆清酒的话后一下子就坐直了，道：“你说他踮着脚走路？”

陆清酒道：“怎么了？”他见尹寻脸色不对，赶紧追问，“是不是很严重？”

尹寻说：“这样多久了？”

陆清酒算了一下朱淼淼说的时间：“应该快有半个月了吧？”

尹寻道：“那个小孩儿悬了。”

陆清酒听到这话惊呆了：“怎么说？”

尹寻说：“我们农村有种说法是鬼踮脚，意思就是人的身体被鬼入侵了，鬼从后面拉着人的魂魄，人就被迫踮起脚尖才能走路。”

陆清酒：“真的？那怎么办？！”

尹寻：“找个神婆……”他说到“神婆”两个字停顿了下，嘟囔道，“哦，对不起，我忘了，我们村的神婆辞职结婚去了。”

陆清酒：“……”

尹寻：“不过他们那儿应该有别的神婆吧？找个靠谱点的，把魂儿镇一镇就好了。”

陆清酒道：“那什么样的神婆是靠谱的？”

尹寻道：“第一个条件，头发不能多。”

陆清酒瞪眼：“……你认真的？”

尹寻摊手：“哈哈，我开玩笑的。”

陆清酒忽然觉得自己手有点痒，想给尹寻脑袋上面来几下。

说实话，回村子之前陆清酒是没有听过这种说法的，但看尹寻平静的表情，显然已经对这种事情见怪不怪了。

“就没有一个比较容易解决的方法吗？”陆清酒问。

“我不知道。”尹寻说，“不过你可以去问问白月狐，看起来他对这些事情也很懂的样子。”

陆清酒看了尹寻一眼，若有所思地点点头。

第七章

捕梦网

趁着吃晚饭的时候，陆清酒把这事儿和白月狐说了，晚饭是陆清酒炸的肉丸子做的番茄丸子汤。炸过的丸子外面是酥脆的，正好裹住了肉汁，咬下去嘴里都是鲜美的汤汁，再加上番茄酸甜的味道，很是开胃。

“踮脚？”白月狐说，“应该是魂魄不稳。”他随口应道，说法倒是和尹寻别无二致。

“是吗？”陆清酒道，“那有什么办法可以解决吗？”

白月狐道：“有啊。”

陆清酒眼前一亮：“什么法子？”

白月狐道：“去山上采蛛网，然后把采来的蛛网做成网兜，每晚十二点到一点，用网兜在那人的头顶上来回晃动。”

陆清酒仔细地听着，道：“这样就行了？”

白月狐撑着下巴，懒洋洋地说：“如果魂儿回来了就是有救了，如果没回来……”

陆清酒道：“会怎么样？”

白月狐说：“就准备后事吧。”

陆清酒差点没被呛到，他道：“好，我叫人去试试。”

他们两人说话的时候，尹寻坐在旁边静静地听着，他没有发表任何意见，他和陆清酒不太一样，虽然他们三个经常在一起吃饭，但他和白月狐依旧不太亲近，至少平日里很少主动找他说话。不过仔细想想，白月狐那冷淡的气质，一般情况也不会有人刻意找他聊天吧?

吃完饭后，陆清酒把这事儿给朱淼淼说了，朱淼淼听后连声称好，说自己马上就去告诉小孩儿的家长，虽然不知道这么做有没有用，但至少能死马当成活马医嘛。还表示自己已经请到了假，准备过两天就带着张楚阳过来生发。

陆清酒说：“好。”

他打完电话，走到院子里，看见尹寻正在逗弄那群小鸡。小鸡已经褪去了那层黄色的绒毛，身上长出了各种颜色的羽毛，虽然个头还小，但个个精神抖擞，叽叽喳喳叫个不停。

尹寻把一只抱在手里，其他的便围着他用嘴啄，企图让尹寻把它们的同伴放下来。

陆清酒道：“怎么了？”

尹寻说：“清酒啊，你觉得白月狐说的法子有用吗？”

“我不知道。”陆清酒道，“或许会有用吧。”毕竟白月狐是狐狸精，知道一些人类不知道的事都是正常的。

“你回来之后，给你姥姥上过坟没有？”尹寻忽地发问。

“上过。”陆清酒回来不久后就去了趟山上，把他姥姥的坟墓彻底清理了一遍，这山上的坟和城市里的公墓不同，没人看守，长了野草野花都不会有人管，要是后人不去清理，过个一两年那坟头就被野草给埋了，找都找不到位置。

“你知道捕梦网吗？”尹寻说。

“捕梦网？”陆清酒说，“那是什么？”

“传说可以过滤梦境的一种东西。”尹寻说，“把坏的梦滤掉，把好的梦留下来。”

陆清酒看着尹寻，不知道他为什么会突然提到这个东西。

尹寻说：“白月狐说用蛛网来制作网，应该和这个有异曲同工的作用吧。”

陆清酒道：“你是说，把好的灵魂留下，把坏的灵魂弄走？”

“是啊。”尹寻说，“只是我突然想起来，其实我们这儿还有一种说法。”

陆清酒道：“嗯？”

尹寻道：“就是用这种网子在死者的坟前来回网动，好像可以获得死者最深刻的一部分记忆。”

陆清酒沉默片刻：“怎么突然说起这个了？”

尹寻低头看着自己手里的小鸡，咧嘴笑了，唇边那颗洁白的虎牙露了出来，看起来俏皮又可爱，和平日里的他别无二致，他道："不是提到了嘛，我就突然想起来了。"

陆清酒"哦"了声，移开了目光。

话题就这么结束了，没过几天朱淼淼便打电话来告诉陆清酒，说白月狐说的法子很有效果，那孩子的症状减轻了很多，脚后跟已经落下来了，还说孩子的家长对他们十分感谢，给他们包了个大红包，到时候她过来的时候一起带给陆清酒。

陆清酒本想推辞，但后来想想收下也行，反正主意是白月狐出的，到时候用这钱给白月狐多买点肉吃算了。

只是尹寻那天说的话陆清酒一直记在心里，虽然陆清酒相信科学，但有的事情，却始终没办法用科学解释，白月狐不就是个例子嘛。

春天一过，天气便渐渐热了起来，陆清酒找了个时间，开着小货车去镇上帮白月狐买了张摇摇椅回来。开过几次小货车，陆清酒算是勉强摸透了它的操作，这小车脾气挺好，就是速度慢，有时候还没等陆清酒动手便自动驾驶了。只不过尹寻不太喜欢这小车，一上车就说自己屁股痒，陆清酒好奇他怎么会屁股痒。

"我哪儿知道啊。"尹寻也委屈，"该不会我对你家车也过敏吧？"

陆清酒无言以对。

不过除了屁股痒之外也没啥缺点了，反正是走山路，车的速度也快不到哪里去。陆清酒把摇摇椅扛回家后，白月狐对这个可以摇的椅子非常满意，坐上去就不下来了，一天到晚除了吃饭的时候几乎是黏在了上面，最好笑的是他连摇一下都懒得，看见陆清酒路过前院就盯着陆清酒看。

陆清酒开始还被盯得莫名其妙，以为他饿了，问他要不要吃点东西。

白月狐张嘴，轻声道："你帮我摇一下。"

陆清酒："……"

他终于被白月狐的懒散震惊到了，只能走到椅子旁边，伸手摇了两下。有了这次，陆清酒便知道了白月狐的眼神是什么意思，开始还需要白月狐瞅两眼，后来已经发展成了不需要白月狐说，只要路过前院就帮白月狐摇上两下。

天气开始热的时候，陆清酒在后院架上了葡萄藤，还在地里种了一小片西瓜，这些东西都是自己家吃的，所以也没有弄太多，工程量倒不是很大。

而朱淼淼虽然说着尽快把人带来，但奈何工作脱不开身，隔了半个多月才告诉陆清酒她订好了车票准备带着人过来了。

陆清酒问了他们的到站时间，准备开着小货车去接两人。

“张楚阳说了，要是真的有用就给十万块作为报酬。”朱淼淼道，“我已经把你的卡号给他了，让他直接打你卡里。”

“这么多？”陆清酒有点惊讶。

“还行吧，你是不知道秃头的痛苦，要是能一直有一头乌黑茂密的头发，别说十万，我看二十万都有人愿意做。”朱淼淼道。他们这种情况是最惨的，头发情况不适合植发，基本等于没救了，要么戴帽子，要么戴假发，这冬天还好，一到夏天……

“这也太多了吧。”陆清酒还是觉得有点贵了。

“你要是觉得多，就多祭拜一下那井里的小姐姐嘛。”朱淼淼说，“你吃喝拉撒哪有不花钱的，这种田能赚多少？况且这是张楚阳自己提出来的，他什么身价你能不知道？也就是他一个月的工资罢了。”

陆清酒道：“行吧。”

“还有，到时候你搞得神秘一点。”朱淼淼小声说，“等张楚阳身上出效果了，肯定会有很好的宣传效果……”

陆清酒想了想，道了声“好”。

他回到水府村并不是为了赚钱，但人总不能靠着露水过活，至少有了钱能保证白月狐每顿吃肉吃到饱，不至于委屈他和自己一起吃菜。不过自从白月狐住进他们家后，他们家吃东西的费用就直线上升，每天肉菜不断，陆清酒还打算过两天去买只小羊回来，吃点羊肉。

朱淼淼第二天就要过来，陆清酒却没有急着睡觉，他在尹寻走后上了尨山，采了些自己需要的东西。

回来后却看见家里亮着灯，白月狐居然还没睡，而是坐在屋子里吃水果，看见他进屋，也没打招呼，只是懒懒地抛来了一个眼神。

“还没睡呢？”陆清酒问，他把自己手上黑色的塑料袋往身后藏了藏。

“不能晚上去。”白月狐突然开口。

陆清酒一愣。

“晚上去可能会招惹到不好的东西。”白月狐道，“你正午去吧。”

陆清酒知道他猜出了自己想要去干什么，露出一个温和的笑容，道：“好吧，谢谢你的提醒。”

白月狐点点头，起身走了。

陆清酒垂了眸子，看向自己手里的黑色塑料袋，袋子里是一团白色的丝状物，仔细看去，才会发现那是一袋子蜘蛛网。

陆清酒很久以前是不相信这些东西的，后来见得多了，观念才渐渐改变。而直到遇到白月狐，他才算是正式和这些东西有了接触。

从尹寻和白月狐那里知道了法子，陆清酒自然是想去试试，看能不能解开心中那个深藏的谜团。

蜘蛛网是从山上弄来的，陆清酒找了根竹条，然后将竹条弯成圆形，再把蜘蛛网粘上去，最后用木棍作为支撑物，一个网便做好了，虽然看起来很简陋，但反正也不用真的去网住什么实物。

白月狐说的话，陆清酒记在了心里，因而第二天早晨他早早地就起了床，把昨天从镇上买来的鸡给炖上，炖好之后又炒了几个菜，把午饭提前准备好。等待尹寻过来的时候，他随便找了个借口说自己要出门一趟，尹寻也没有多问，和白月狐两人坐在桌子边上美滋滋地喝起了鸡汤。

陆清酒则一个人出了村子，去了村子附近的墓地。

水府村的村子和墓地是挨着的，村子小，婚丧嫁娶规模都不大。陆清酒对墓地也算挺熟悉了，以前没有回来定居的时候之所以还要回水府村，就是因为他姥姥的墓在这儿，需要每到忌日或者清明时分进行祭拜。

今天的天气很好，天空中万里无云，碧蓝的天际隐没在环绕的群山中，葱郁的树林遮住了小路，在狭窄的路上投射出斑驳的阴影。

陆清酒背着包，顺着小道走到了墓地。

因为是墓地，所以附近也没什么人，树木也格外茂盛，狭窄的道路两边，是散乱分布着的墓碑，有的墓碑看起来很荒凉，有的却被清理得很干净，前面还放着贡食的瓜果或者烧掉的纸钱。

陆清酒姥姥在的时候，就叮嘱他一定要生个孩子，要是不生孩子，以后连个祭拜他的人都没有。陆清酒并不同意这种说法，他更倾向于“人死如灯灭”这种说法，就算有魂魄，那也不过是生前残留的执念，并不存在意识或者说是理智。

当然，死后的世界到底如何，生者永远也不会知道答案。

陆清酒的脚步在一方墓碑前停住了，墓碑上写着一个女人的名字：芳如慧。正是他姥姥的大名。

此时太阳当空，正是中午十二点，灿烂的阳光祛除了墓地里冰凉的气息，让人并不感到恐惧。

陆清酒从背包里拿出他准备好的网，然后对着坟头的位置来回网动。很快，他便感觉到了一丝奇怪的触感，原本可以快速滑动的手却好像有些凝滞，空气里好像多了点什么看不见的东西。但蜘蛛网上却看不出一丝端倪，仿佛它们网住的并不是实物，而是属于另一个世界的物质……

陆清酒手上的动作逐渐慢了下来，他感觉蜘蛛网重了许多，最后不得不停下了动作。

就在陆清酒停下片刻后，原本好好的蜘蛛网却突然破掉了，林中突然刮起了一阵大风，风里夹杂的沙粒让陆清酒眼睛刺痛，不由自主地流出了泪水，等到风停的时候，陆清酒的脑袋里却浮起一层浓郁的倦意，他打了个哈欠，把网放回背包里，转身顺着小路朝着家中走去。

到家后，他和白月狐、尹寻随便打了个招呼，便进自己的卧室睡觉去了。

见到此景，尹寻和白月狐对视一眼，却什么都没说。

往家里走时陆清酒已经困极了，好不容易到了家里，一沾床他便倒头就睡。接着，陆清酒便进入了一个奇妙的梦境。

梦境里的场所依旧是居住的老宅，周围本应全是熟悉的景象，可却莫名让人觉得陌生。

陆清酒思考片刻，才反应过来自己为什么会觉得陌生，因为一切都是反的，本来应该在左边的床，却变到了右边，门锁也换了一个方向。陆清酒很清醒地知道自己是在做梦，他正打算往外走，却听到有人在喊他的名字。

“酒儿，酒儿……”老人的声音沙哑且微弱，却让陆清酒瞬间打起了精神，他顺着声音一路往前，很快便在院子里看到了喊出这个名字的人——他的姥姥芳如慧。

“酒儿啊。”姥姥站在院子里叫着陆清酒的名字，却并没有扭头看他。

陆清酒见到此景两眼一热，情不自禁地喊出了一声“姥姥”。

但老人没有理会陆清酒的呼唤，她抬起头，看向了院子外面的天空，从陆清酒的角度正好能看见她的眼睛，陆清酒清楚地看见，老人那双眸子里充满恐惧和痛苦，这是一种他无法理解的表情，因为在陆清酒的记忆里，他的姥姥几乎从未在他面前表露过任何负面情绪……

此时院子里的天空是黑色的，布满了黑厚的乌云，阴沉的模样仿佛下一刻就要垮下来。陆清酒抬起脚步，正欲朝着院中的老人走去，却感到天旋地转，整个人瞬间从梦境中醒来，而在醒来的前一刻，他却好似听到了一声野兽震天响地的咆哮。

“啊！”陆清酒猛地从床上坐起，满头大汗，喘了好几口气才缓过来。他缓过来后环顾四周，看见房间的摆设后才确定自己从梦里醒来了。

“清酒，清酒。”尹寻的声音在卧室外面响起，“你吃不吃晚饭啊？”

“吃啊。”陆清酒回了句。

“快出来吧！”尹寻说，“我亲手做了烤大饼！”

陆清酒拉开门，看见尹寻在门外自豪地挺起了胸膛，说：“你快来尝一尝！”

“你还会烤大饼啊。”陆清酒道，“我尝尝。”

尹寻高兴地去厨房拿饼了，陆清酒则去了饭厅，看见白月狐已经坐在桌子旁边了。陆清酒打了个哈欠，他也有点饿了。他并不明白那个奇怪的梦境到底意味着什么，如果尹寻说的是真的，那么岂不是代表那个画面是他姥姥最深刻的记忆？可是这么一段平平无奇的画面，为什么会是最深刻的记忆呢？还有最后那声野兽的咆哮，也是梦境的一部分吗？

还没想出个结果，陆清酒的思考就被端着餐盘出来的尹寻打断了，只见他把一个餐盘放到了桌子上，餐盘里面，是黑乎乎看不出原材料的东西。

陆清酒和白月狐两人的目光落在盘子上，表情都有一瞬间的凝滞。

“你这是……”陆清酒说，“做的什么？”

“大饼啊。”尹寻说，“可香了，就要焦焦的菜香。”他眨着眼睛，一脸无辜，“清酒啊，这是我第一次做饭，好歹鼓励一下吧？”

陆清酒：“……”

白月狐从椅子上站了起来，看都不看一眼尹寻，很是无情地离开了。

陆清酒很想拉着他说：大哥你别急着走啊，你走了我怎么办，难道我要一个人把这些黑色的东西全部吃下去？

尹寻见白月狐很不给面子地走了，一把抓住了陆清酒的手臂，幽幽道：“清酒，你不会和他一样无情吧？”

陆清酒吞了口口水，面对尹寻怨妇般的目光，他只能跺跺脚、咬咬牙，拿起一块饼吃了口，他本来以为卖相如此难看的饼会很难吃，没想到味道居然……还行，就是卖相实在是太招人嫌弃。

“怎么样？怎么样？”尹寻要是狗狗，那身后的尾巴肯定已经摇起来了。

“味道不错。”陆清酒道，“就是卖相不太好看。”

“是吧！”尹寻得意道，“我就说了我是天才。”

浪费食物是可耻的，于是两人你一口我一口地把饼给吃完了，吃完后陆清酒去洗了碗，然后进厨房重新给白月狐下了碗面。

面条是白天炖的鸡汤做的，味道放得有点重，但白月狐很喜欢，连汤带面全给吃了。

“那饼其实味道挺好的。”陆清酒在白月狐吃面的时候在他旁边表示，“我和尹寻吃完了。”

白月狐懒懒道：“长得丑，不想吃。”

陆清酒：“你吃东西还要挑样子啊？”

白月狐理所当然地点点头。

陆清酒还想夸那饼两句给自己的朋友平一下反，却感觉自己的腹部发出一阵很是微妙的疼痛，不由得脸色一变，站起来朝着厕所去了。

白月狐看着他的背影，表情似笑非笑。

二十分钟后。

“我被你害惨了！！”蹲在厕所里的陆清酒捏着手机责骂某个罪魁祸首，“我都进来五六次了！”

“我也是啊！”电话那头的人和陆清酒一样痛不欲生，“我比你还多一次呢！”

“你说，你是不是恨我，故意给我下毒呢？”陆清酒绝望道。

“下毒还你一口我一口啊？”尹寻悲戚地反驳，“我也吃了不少好吧……”

陆清酒：“这要不你一口我一口我能吃那么多吗？”

尹寻放弃了为自己辩驳，开始假哭。

陆清酒愤怒地挂了电话。

这天晚上，陆清酒就没睡着过，他来来回回折腾了大半夜，等到天都快亮了，才仿佛身体被榨干了似的从厕所回到自己的卧室，抖着手发了个微信朋友圈：好像身体被掏空。

三秒后，尹寻这王八蛋给他点了个赞。

这天晚上，陆清酒一宿都没有睡得太好，一是因为尹寻那要人命的黑饼子，二是因为他下午睡觉时做的那个梦。

梦境很短，只不过几个画面，可陆清酒却始终无法理解这些画面为什么会是姥姥最深刻的记忆，他躺在床上，看着洁白的天花板，耳边是嘈杂的虫鸣。村子入夜后，并非绝对寂静，特别是最近，天气逐渐热了起来，虫子也越来越多，再加上房间的隔音效果一般，就算是躺在卧室里也能听到虫鸣，只是这虫鸣声并不让人讨厌，反而让陆清酒想起了小时候。

他从小就跟着姥姥，后来父母在城里打拼出来了，才把他接到城里去。只是这样的日子并不长，家里发生了重大事故，那时的陆清酒为了上学，也没能回到村子里，等到他有时间回来的时候，姥姥却因病离世了。

陆清酒翻了个身，脑子里又将白天那个画面过了一遍，却始终无法明白自己为什么会看见这样一幕。

夜渐渐深了，陆清酒闭上了眼，昏昏沉沉地睡了过去。

早晨，阳光大好，陆清酒身体不太舒服，便起来得晚了些，他走到院子里，看见尹寻和白月狐两人都坐在院子里晒太阳，旁边蹲着一地的小鸡和两只胖乎乎的小黑猪，一时间气氛倒是融洽得很。

“你们干吗呢？”陆清酒问。

“清酒，你醒了？”尹寻说，“昨天晚上睡得怎么样啊？”

这不提还好，一提陆清酒就一肚子的气，他没好气道：“你还好意思问我怎么样，我差点没死在厕所里。”

尹寻悻悻地笑了：“好巧，我也是。”

陆清酒：“……”巧个屁，他挽起袖子，道，“我去做饭，想吃什么早点说。”

“咱们中午吃饺子吧。”尹寻昨天拉肚子拉了一晚上，早晨喝了点粥才算缓过来了，小声道，“我特别想吃饺子。”

“行吧。”陆清酒同意了。

他姥姥在的时候，他最喜欢吃的也是他姥姥包的饺子，那饺子和外面的不一样，皮薄馅大，个个圆鼓鼓的，一咬里面就是肉汁充盈的馅料，再加上他姥姥特制的蘸料，他一口气能吃二三十个。

陆清酒去地里摘了几棵白菜，又让尹寻把肉馅给剁了，尹寻剁肉馅的时候道："对了，你知不知道你家隔壁那小孩儿天天往猪圈跑啊？"

"猪圈？"陆清酒洗白菜的动作一顿，"他睡里面了？"

"不知道。"尹寻说，"反正我早晨喂猪的时候总能看见他。"尹寻家里没事儿，就经常跑过来帮陆清酒喂鸡、喂猪，如果说白月狐包了陆清酒家里的两亩田，那尹寻就是包了院子里的事儿。

陆清酒叹气："他太喜欢那两头猪崽子了，我之前也见过他跑到猪圈里去睡觉。"

尹寻说："这样不好吧？关系太好了，吃起来也不好意思下手啊。"他一刀下去，把五花肉分成了两半。

陆清酒道："你还真下得去口啊？那两只猪那么聪明，等养大点把它们放了算了。"

尹寻叹气："要是当年我爸像你这样通情达理就好了。"他动作很利索，"咚咚咚"便把肉剁成了肉馅。

陆清酒对此嗤之以鼻："你爸要是像我这样你就没红烧肉吃了。"

尹寻咂咂嘴。

馅料弄好，又揉了面，陆清酒和尹寻包了一大盘饺子。只是两人的技术差别有点大，尹寻包的饺子东倒西歪，陆清酒则包得圆润饱满，像一个个可爱的元宝。

好在尹寻有自知之明，没有包太多，浪费馅料和饺子皮。

两人包完之后也差不多十二点了，陆清酒把饺子煮了，然后又给隔壁端了两碗过去。

李叔客气了两句便收下了，陆清酒则借此机会问了他关于李小鱼的事。

"不管他了。"李叔道，"考试能考上市里的学校就上，不能上就算了。"

陆清酒道："可是初中不是不需要考吗？"

李叔道："就算不用考试，镇上的初中上了也没什么用的，而且离家又远。"他说，"倒不如回家来帮着家里做点农活儿。"

陆清酒说："这小孩子还太小了，能做什么呢，不如让他多上上学……"

李叔闻言叹气："我知道你想说什么，但是这上不出个名堂来就是在浪费时间，而且镇里的那个初中你又不是不知道，名声差得很，离家里还远，本来很乖的小孩儿去那儿都变得不乖了，总之我是不会同意他去那里上课的。"他说完这话，就摆摆手，转身走了，显然不愿再多谈。

陆清酒见状也只好叹了口气。他也知道镇上的教学质量不太好，而且学习风气也差……但也不能因为这个就不让李小鱼上学了吧？这小孩儿看起来挺乖的，又很听话，就这么耽误了实在有点可惜。

但这到底是别人家的事，陆清酒一个外人，也不好插手太多，他回到家里，看见白月狐和尹寻已经坐在桌子前等着他了。

煮得白白的饺子堆在碗里散发出诱人的香气，见到陆清酒回来，尹寻道："开吃开吃！"他夹了一个，一口吞了一半，被里面溢出的汁水烫得嗞嗞直叫。白月狐在吃东西方面的天赋无人能及，一口一个饺子，一点不怕烫，看得尹寻直吐舌头。

陆清酒夹着饺子蘸了蘸料，尝了口点点头，道："不错。"咸淡合适，味美多汁，白菜的鲜甜和猪肉的肉香都包在筋道的饺子皮里，一口咬下去，让人很是满足。

尹寻一边吃饺子，一边含糊道："你手机刚才响了，好像是朱淼淼打来的。"

"哦。"陆清酒出去的时候没带手机，拿过来一看，果然看见了个未接电话，他拨过去，片刻后那头便传来了朱淼淼的声音。

"清酒，你在吃饭呢？"朱淼淼似乎听到了咀嚼的声音。

陆清酒道："对啊，什么时候过来？"

朱淼淼道："明天上午就到。"

"好，我到时候来接你。"陆清酒说。

"不用，我直接打车过来吧。"朱淼淼道，"你再跑一趟太麻烦了。"

"不麻烦，白月狐买了辆小货车在家里。"陆清酒道，"到时候开着去接你。"

朱淼淼闻言也没在这事儿上多做纠结，道："行吧，那就麻烦你了。"

陆清酒挂了电话。

"对了。"白月狐在听完陆清酒的电话后，忽地道，"最好不要在货车上放盐。"

陆清酒闻言一愣："盐？"

白月狐点点头。

陆清酒的好奇心向来不强，所以确定之后也只是"嗯"了一声，但尹寻就不一样了，作为一个好奇宝宝，他支着脑袋疑惑道："在货车上放盐会怎么样啊？"

白月狐瞅了他一眼："你可以试试。"

尹寻被白月狐的眼神弄得莫名有点虚，干笑两声道："我就随便问问，肯定不会去试啦。"

白月狐继续吃饺子。

陆清酒则装作没看见尹寻那无比好奇的眼神。

有些事，不知道总比知道了的好，越好奇，反而越会深陷泥潭。就好像关于世界到底是什么的命题一样，陆清酒对此并不感兴趣，或者说，他隐约在这个问题里，嗅到了危险的气息。

好奇心会杀死猫，同样也会杀死人。

陆清酒从来都只当自己是个普通人，即便是窥探到了世界不普通的一面，他也没有深究的兴趣。

吃完饺子，白月狐去把碗给洗了。陆清酒则去后院里继续弄他的葡萄藤，这葡萄架子要先架好，藤蔓才会顺着架子往上爬，葡萄藤一般要长一年，第二年才能结果。不过陆清酒家里的菜都长得特别快，也不知道这葡萄会不会像地里的蔬菜似的猛长，如果是这样那可就太好了，陆清酒已经完全习惯了自己家里的异常，甚至还有点期待夏天吃葡萄的时候。

弄完葡萄，陆清酒本来打算再上山一趟，只是出门的时候却被白月狐叫住了。

“那个法子只能用一次。”白月狐坐在他的摇摇椅上，慵懒好看得像是一幅画，“第二次会招惹来不好的东西。”

陆清酒的脚步顿住，他清楚白月狐肯定知道些人类不知道的东西，道：“没有别的办法了吗？”

白月狐道：“你想知道什么？”

陆清酒说：“我想知道……我亲人生前遭遇的事。”

白月狐睁开眼，一般人的眼睛，其实不是纯粹的黑，而是深棕色，但他的眼睛却是纯粹的黑，像是失去了光源的夜空，莫名让人觉得畏惧，他道：“你不是已经知道了吗？”

陆清酒蹙眉：“我不知道——”

“你知道。”白月狐道，“答案就藏在你所见之物里。”他说完这话，起身离开，留给陆清酒一个意味不明的背影。

答案就在他所见之物里？陆清酒思忖片刻，还是将身后的背包取了下来，既然白月狐都这么说了，那他最好也听从他的意见，避免手里的网真的带来些什么不好的东西。

第二天早晨，陆清酒做完早饭后便掐好时间开车去了镇上，朱淼淼的车大概九点到镇里的火车站台，他正好可以接到。

九点二十，车站外面的陆清酒看见朱淼淼和一个高大的男人从车站里走了出来，朱淼淼还是之前的模样，正笑着冲他招手。那男人比朱淼淼高，脑袋上戴着个黑色的棒球帽，正是跟陆清酒曾有过一面之缘的张楚阳。张楚阳虽然和陆清酒合作过，但两人的交集也就仅限于公司，不算是熟人。

“清酒！”朱淼淼笑眯眯地带着张楚阳走了过来。

“吃早饭了吗？”陆清酒问她。

“吃了。”朱淼淼道，“我们走吧，张总，这边。”

张楚阳点点头，和朱淼淼一起上了陆清酒的小货车。这货车正好能坐三个人，朱淼淼坐中间，张楚阳则靠着右边的窗户。

小镇虽然小，但也能在街道上看见来来去去的镇民们，只是一出小镇开上山路，就没了人的影子，仿佛只剩下周围茂密的丛林和荒凉的野地。

“怎么想着回这儿来了？”张楚阳问了陆清酒一句。他比陆清酒大了快十岁，对这个长相清俊、性格温和的青年印象不错，虽然没有相处太久，但也能感觉到这是个少有的、做事稳妥的年轻人。陆清酒如果继续待在原来的公司，肯定还有很大的升迁空间，只是后来不知道为什么会突然被公司辞退，就此离开。公司里有小道消息说他惹毛了最大的那个老板，只是到底怎么惹毛的，没人知道。

当然，这是他们上层才知道的事，像朱淼淼这个层级的员工，都以为陆清酒是自己辞职的，显然陆清酒也没有把真相告诉朋友，估计是害怕他们担心。

“想找点新鲜的事做。”陆清酒看着前面的路，道，“一辈子待在一个地方挺无趣的。”

张楚阳闻言挑挑眉，也没有再说什么，只是把目光落到了陆清酒的驾驶位上，疑惑道：“你这车怎么长得怪怪的？”

陆清酒道：“怪？”

张楚阳说：“……这款货车倒是挺经典的，只是我记得这是款手动挡的车啊。”

陆清酒好像想起了什么，干笑两声：“是吗？”

“是啊。”张楚阳说，“哎，不对啊，你这怎么连个换挡的地方都没有？”他仔细看了看之后眼神里全是愕然，“那你怎么控制跑多快啊？”

陆清酒说：“我都是靠的油门……”这车其实根本不需要他换挡，也没有限速，他只要把手放在方向盘上做个样子就行了，加速减速都是它自己来控制，他平时已经完全习惯了这样的操作，尹寻那货则根本不会开车，一时间倒是没有发现小货车的异样。

张楚阳倒是没有往什么奇怪的方向想，说：“你是不是买到假货了？”

陆清酒冷静地表示：“不知道，能用就行了吧，这是我在我们这边买的，很便宜，又好用……”

张楚阳蹙着眉头没吭声，像是在研究这货车的内部构造。

陆清酒只能看着前面的路，假装什么事都没发生。

张楚阳看了一会儿，似乎没看出什么端倪，道：“我说你啊，买车还是别买太便宜的，这平时还好，万一出个什么事儿那真的要人命，这车还有假货吗……奇了怪了，”他说完这话，伸手在玻璃上敲了两下，语气有些嫌弃，“我看还是早点换了吧。”

陆清酒笑眯眯地听着，张楚阳似乎还打算说什么，却突然一愣，随即神色有些古怪起来。陆清酒本来以为他还会说点什么，但之后张楚阳就沉默了下来，并且有些坐立不安的样子，时不时地朝着座位上看。

“怎么了？”旁边的朱淼淼疑惑地发问。

“没……”张楚阳蹙着眉头，喉咙动了动，“感觉椅子上有什么东西。”

“东西？”朱淼淼朝张楚阳的位置上看了眼，“什么东西？”

张楚阳不说话了。

陆清酒却是注意到了什么，张楚阳黑色的靠背上，似乎留下了两条微妙的水渍，就像是什么东西从那里爬过去了似的，陆清酒马上想起了白月狐对他说过的话，再联系眼前略微有些眼熟的水渍，他似乎明白了这个小货车的真实身份……啊，想想它的原形，果然很容易被嫌弃啊。

陆清酒想着这事儿，却笑了起来。

朱淼淼瞅着陆清酒，道：“清酒，你突然笑什么？”

“没事啊。”陆清酒道，“我就是想笑。”

朱淼淼一脸茫然。

后半程张楚阳几乎没有怎么和陆清酒说话，全程都在和他的座椅搏斗，一会儿说有东西钻进他裤腿了，一会儿说有东西在摸他，一会儿说座位漏水。开始朱淼淼还帮他看看，后面她已经完全无视了这位曾经的合作伙伴，只当他是因为看不惯乡下没事找事来了。

好不容易到了目的地，张楚阳几乎是踉跄着下了小货车，眼神里还带着不明显的惊恐，也不知道到底是经历了什么。

陆清酒让朱淼淼带着他进院子，自己先去停车。等到停好车后，他拍了拍小货车的脑袋，道：“以后不能这么干了啊，他可是客人。”

小货车一动也不动，仿佛陆清酒在自言自语。

陆清酒又拍了他一巴掌道：“不给反应我去向白月狐告状了啊。”

小货车瞬间抖了一下，黑色的车灯朝着上面抬起，一副委屈得不行的样子，蔫蔫地按了两声喇叭。

陆清酒奇迹般地明白了它想表达的想法，一时间哭笑不得，他道：“好了好了，咱们才不便宜，咱们贵着呢，都是骗他的……不会把你换了的，别委屈了。”

小货车“叭叭”两声，这才高兴了。

第八章

山海经

解决完了这事儿，陆清酒又抬头看看天，觉得今天估计要下雨，于是道：“马上要下雨了，趁着下雨你待会儿把自己洗一洗，咱们又是最漂亮的小货车了。”

小货车的车灯高兴地闪了闪。

陆清酒回去的时候觉得自己像是在哄孩子似的，不由得摇摇头。

朱淼淼和张楚阳已经在院里的椅子上坐着休息了，陆清酒进去后先把两人的房间安排了，然后打算去做个晚饭。

面对两个陌生的客人，白月狐依旧静静地坐在摇摇椅上，连眼神都吝啬给一个。陆清酒早就发现了，只要是和吃没关系的，白月狐通常都没什么兴趣，按照他的说法就是太麻烦。

张楚阳的目光倒是频频往白月狐的方向看去，显然是对这个长相俊美、气质高冷的陌生人有些感兴趣。

不过朱淼淼知道白月狐身份不一般，轻轻拉了拉张楚阳的衣角，小声道：“张哥，你别盯着他看了，他就是要给你生发的那个大仙，你别把他看毛了。”

张楚阳道：“他？”

朱淼淼点点头。

张楚阳道：“行吧。”显然，他还是不太相信，要不是朱淼淼这一头乌黑亮丽的头发就是最好的证据，他也不会跟着她到这穷乡僻壤来。科学救不了他的头发了，于是只能死马当作活马医，开始对偏方抱以希望，毕竟他才三十多岁，就秃得快见不了人了。

张楚阳和朱淼淼正在说话，却见一直躺着的白月狐突然站了起来，朝着屋子走了过去。朱淼淼还在想他为什么突然站起来走了，就发现白月狐前脚刚进门，后脚一滴豆大的雨滴就砸在了她的脸颊上。

居然下雨了！

张楚阳和朱淼淼也进了屋子，不一会儿雨幕便笼罩了整个水府村，伴随着轰隆隆的雷声，夏天正式到来。

在厨房里低头炒菜的陆清酒却听见门外传来了尹寻凄惨的叫声，这叫声他倒是有点熟悉，之前他曾经在某个早晨听过。

“陆清酒，陆清酒！”淋着雨的尹寻从门外冲进了厨房，抓着陆清酒的肩膀就开始疯狂摇晃，“我见鬼了！！！”

陆清酒被摇得意识模糊，道：“你怎么了？！”

尹寻道：“我看见你家货车站在雨里扭屁股！！！”

陆清酒：“……”

尹寻道：“还是两个轮子支撑在地上！！！”

陆清酒一巴掌拍到尹寻脑袋上，道：“你冷静一点，你是不是中午没吃饱饿出幻觉了！”

尹寻：“真的是幻觉吗？”

陆清酒点点头。

尹寻：“行吧。”他居然就这样接受了。

陆清酒一时间心情十分复杂，脑子里过了一遍的借口全都没了去处，他想着那小货车倒是挺听话，真的有乖乖洗澡……

在陆清酒的敷衍下，心向来很大的尹寻很快就放下了那辆在雨里面洗澡的小货车，把注意力放到了陆清酒正在做的饭上面。

“今天晚上吃什么呀？”尹寻支着脑袋往锅里瞅。

“这不是天热了嘛，”陆清酒道，“做个凉面，我蒸了点馒头，煮了锅绿豆粥。”蒸馒头的面昨天就发好了，蒸好了正好可以吃新鲜的。

尹寻道：“能先吃一个吗？”

“吃吧。”陆清酒从蒸笼里用筷子叉了个馒头出来，道，“你给他们也送两个去，先垫着肚子，马上就做好了，小心烫。”

尹寻高高兴兴地“嗯”了声，抓着馒头出去了。这馒头是陆清酒自己发的面，因为是第一次弄，所以馒头的卖相不太好，有的大，有的小，不过虽然卖相不好，味道却一点不差，入口筋道柔滑，嚼在嘴里甜丝丝的，而且越嚼越香。

凉面也做好了，里面加上了自己家里泡的鲜豆芽和脆生生的黄瓜丝，作料是陆清酒调的，搅拌均匀之后，凉面酸辣清爽非常开胃。还有那锅绿豆粥，煮好了正在放凉，陆清酒把粥盛进碗里，招呼着他们来吃饭。

朱淼淼和尹寻帮着把菜给端到桌子上，五个人坐好开吃。

张楚阳本来对晚饭的兴趣不大，但尝了一口后，眼神里便流露出惊讶之色，道：“清酒，你做饭居然这么好吃？”

陆清酒笑道：“张总客气了，我就随便弄了点。”

因为白月狐喜欢吃肉，所以陆清酒还特意给白月狐做了个蒜泥白肉，肉是白月狐亲自切的，他刀工特别好，切下来的肉薄如蝉翼，上面淋上作料，夹起来肉是透明的，放进嘴里吃着一点都不腻，满口都是肉类的鲜美。

尹寻一口气吃了五个馒头，虽然馒头不大，但还是撑得够呛，陆清酒向来适可而止，吃了个八分饱，便停了筷子。

张楚阳和朱淼淼也吃得差不多了，于是一桌子的人就看着白月狐一口半个馒头，没有一点要吃饱了的意思。最后看得朱淼淼眼珠子都瞪圆了，小声说了句：“我要是像白先生这样该多好啊。”能可劲儿地吃，又不见发胖。

白月狐压根儿不理她，把桌上的东西全吃完，抬眸看了眼陆清酒。

陆清酒道：“吃饱了吗？锅里还有不少馒头呢，你要是没吃饱我再给你拿点过来。”

白月狐说：“差不多了。”

尹寻道：“那剩下的馒头放冰箱里？”

陆清酒说：“嗯，放里面吧，明天早上可以炸馒头片吃，还可以用来夹樱桃酱。”

“好嘞。”尹寻跟在白月狐后面，一起去收拾厨房了。一般情况下都是陆清酒做饭，尹寻打杂，白月狐洗碗，三人分配得十分合理。

吃饱了，就该干正事了，陆清酒心里早就有了打算，他去厨房找了之前在镇上买的茶叶，然后用热水给张楚阳泡了一杯茶。

“张总。”陆清酒把茶放到了张楚阳的面前。

张楚阳见气氛严肃起来，也收敛了脸上的笑意，在桌子面前正襟危坐。

“您来这边的诉求，我都明白了，只是这事情需要一些仪式，还麻烦您配合一下。”陆清酒的语气格外认真，“进行仪式的时候您一定要配合我，如果其中出了岔子，可能会有一些不好的影响。”

张楚阳道：“我知道，我只是想问，这个真的没有后遗症吗？”

“没有的。”因为之前找白月狐确认过，所以陆清酒坦然地给出了答案。

“那行吧。”张楚阳摸了摸自己的脑袋，叹气，“要走什么仪式，你说，我都照做。”

陆清酒点点头，把仪式的过程告诉了张楚阳。其实这仪式就是当时神婆搞的那一套东西，陆清酒干脆全部搬过来了。本来他没想弄那么麻烦，但仔细想想那十万块也不是小钱，这么拜一拜头发就长起来了未免给人一种太过轻松的感觉。所以为了让张楚阳这十万块花得物有所值，陆清酒还是决定搞麻烦点。

张楚阳并不信鬼神之说，但见陆清酒表情如此严肃，却也莫名地紧张了几分。

“好了，仪式的过程大概就是这样，今天好好休息，睡前沐浴更衣，明日早晨，我们便开始仪式。”陆清酒说，“晚上不要出门，这边治安不好。”

张楚阳点点头，回屋子里休息去了。

等到他走后，朱淼淼才似笑非笑地拍了拍陆清酒的肩膀，笑道：“清酒，没看出来，你还蔫坏蔫坏的。”

陆清酒无辜地摊手：“我只是为了让他觉得这钱不是扔出去打了水漂。”

朱淼淼道：“嗯……这样也好。”好歹是给了个长头发的理由。

尹寻洗完碗后就打算回去了，陆清酒想了想，决定送他一程。尹寻本来想拒绝的，但见陆清酒态度坚决，也就同意了。

于是两人举着伞走进了雨幕里，顶着还在继续落下的大雨，陆清酒把尹寻送到了家里。

尹寻的家其实离他家并不远，走个五六分钟就到。小时候的尹寻算是个留守儿童，父母外出打工后，便把他一个人留在了水府村，他和他的爷爷奶奶相依为命。之后陆清酒离开了村子，但和尹寻一直保持联系，之前老宅出事儿的时候，也是尹寻通知他的。

“尹寻，你没有想过出去吗？”到家的时候，陆清酒问了尹寻一句。

尹寻说：“出去？去哪里？”哗啦啦的雨声让尹寻的声音变得有些模糊不清，但陆清酒还是听清楚了他的回答。

“你的爸妈？”陆清酒道，“他们……”

“不去找他们。”尹寻说，“他们都离婚了，有了各自的家庭，我去干吗呢，还不如守着我奶奶最喜欢的院子。”他走进了屋子里，对着陆清酒摆摆手，示意他回去。

陆清酒没再说什么，转身走了。

每个人都有每个人的命运，这些命运有的来自上天赋予，有的却是自己的选择。陆清酒隐约记得当时尹寻的父母是想要把他接出村子的，就像陆清酒的父母那样，但最后尹寻却拒绝了他的父母，坚持守在这偏僻的小山村里，直到成年。

雨有些大了，道路开始变得泥泞起来，即便是小心翼翼，陆清酒的裤腿上还是溅了不少泥水。在进屋子之前，他又去了一趟停车的地方，果然看见原本脏兮兮的小货车此时已经焕然一新，它也看到了陆清酒，亮起车灯闪了闪。

陆清酒看见它笑了起来，伸手摸摸它的脑袋：“乖，不要用轮子站起来，会被人看见的。”

小货车“叭叭”两声，示意自己知道了。

陆清酒这才进了屋子，把湿掉的伞放在墙边，洗了个澡后，睡觉去了。

第二天，凌晨四点的闹钟把陆清酒从睡梦中唤醒，他打着哈欠看向窗外，发现下了一夜的雨已经停了。

陆清酒穿好衣服，没有像往常一样去做早餐，而是先端了一碗饭到后院，然后在饭上面插了三根香。他虽然插了香，但没有要拜的意思……毕竟他可不缺头发。

张楚阳也按时醒了过来，略微有些紧张地坐在屋子里，眼神时不时往外瞟。

陆清酒察觉他情绪似乎有些不对劲，问道：“怎么，昨晚没睡好吗？”

张楚阳道：“唔……做了个噩梦。”

陆清酒道：“梦到什么了？”

张楚阳犹豫片刻：“梦到一个姑娘来敲我的门，一开门却发现没有人，等到我关上门，回到床上时，总感觉自己的被窝里好像多了点什么……”

陆清酒道：“那可能是你想太多了。”

“或许吧。”张楚阳神情犹疑，这个梦实在是太真实了，真实得让他都有点分不清是现实还是梦境。

陆清酒看了看时间，道：“走吧，差不多了。”

张楚阳点点头，跟着陆清酒去了后院。

天还没亮，周围都是黑的，后院虽然亮了灯，但照明的范围却非常小。黑暗中，陆清酒之前点上的三炷香发出微弱的红光，空气里也多了一股香烛特有的气息，陆清酒手里提着只公鸡，走在最前面。

张楚阳看了陆清酒一眼，不知道为何莫名有些心惊。

陆清酒脸上没了往日温和的表情，更多的是一种漠然的冰冷，他就站在张楚阳的旁边，可却让张楚阳觉得自己离他很远，他本来想叫一声陆清酒的名字，但喉咙上下动了动，还是把这一声咽了下去。

陆清酒走到井口前，手起刀落便将公鸡的头一刀砍了下来，动作利索极了，这公鸡甚至连惨叫都还未吐出来，便已经丧命于利刃之下。

鸡头一掉，鲜红的血液便喷涌而出，陆清酒早有准备，把鸡血倒进了一个准备好的大碗里。

然后他随手把鸡一丢，将鸡血拿起来，递给张楚阳，让他喝一口。

张楚阳接过来的时候手都是抖的，但眼前的气氛如此严肃，他也没敢问为什么，而是乖乖地捧着碗喝了一口。

新鲜的鸡血很难喝，腥味重得很，张楚阳强迫自己咽了下去。

陆清酒见到他喝了，才点点头，用没什么感情的语气道："对着井口拜一拜就行了。"

张楚阳赶紧对着井口行了个礼。

陆清酒道："好了，你回去吧。"

张楚阳松了口气，抬眸瞅了陆清酒一眼，这一眼让他心脏猛地跳动了一下，只见陆清酒脸颊上沾着几滴鸡血，他的眼眸半垂着，掩盖住了眼中的光，眼角下的那滴血仿佛变成了一颗泪痣，看上去竟是多了几分非人般的妖冶。张楚阳不敢再看下去，转身就走，走时还踉跄了几步，差点没摔在地上。

陆清酒站在他后面，看着他几乎可以说是狼狈逃窜的背影露出莫名其妙的表情，他伸手抹了一下自己的脸，才察觉出自己脸上似乎是在刚才杀鸡的时候沾上了鲜血。

他该不会是杀鸡太凶残把金主吓到了吧！陆清酒赶紧叫道："哎，张总，张总你别怕啊，我平时不这么杀鸡的——"

朱淼淼被屋外的声音吵醒，打着哈欠一脸蒙地起来就看见陆清酒提着只死鸡在和张楚阳解释什么，张楚阳神情十分微妙，说害怕吧，那害怕里似乎又多了点别的东西……

陆清酒见朱淼淼来了，赶紧道："淼淼，你和张总说一下，我平时很少杀鸡的，是吧？"

"杀鸡怎么了？"被陆清酒的话搞得一脸茫然，朱淼淼疑惑地发问，"你们做好仪式了？"

"做好了。"陆清酒语气很是无奈。

"淼淼，我的头发什么时候才能长起来？"张楚阳把目光放到了朱淼淼身上，不再去看身边的陆清酒。

"应该明天就可以了吧？"朱淼淼还是没明白张楚阳和陆清酒两人身上到底发生了什么，怎么气氛这么奇怪？她挠了挠自己的脑袋，"张总，出什么事了吗？"

"没事。"张楚阳笃定道。

陆清酒张了张嘴，还想解释什么，但看张楚阳这会儿的状态显然是什么都听不进去，于是叹了口气，看了眼自己手里提着的鸡后转身走了。

陆清酒走后，张楚阳才松了口气，朱淼淼见状赶紧问道："张总，到底出什么事儿了呀？"

"你不是说昨天见到的那个白月狐才是厉害的人吗？"张楚阳心有余悸，"可我看这陆清酒明明就比那白月狐厉害啊。"

朱淼淼道："怎么说？"

接着张楚阳就绘声绘色地把今天早晨发生的事和朱淼淼说了，朱淼淼听后神情略微有些奇怪，她实在是没办法把张楚阳描述里那个妖里妖气的人和陆清酒联系起来，可看张楚阳一脸肯定的样子，她到底还是没能把劝说的话说出来，只是随口应和了两句。

陆清酒则完全没明白张楚阳怎么突然就开始害怕自己了，自己不就是杀了个鸡嘛，虽然杀法有点凶残，但也没有到恐怖的地步啊。再看张楚阳那见了鬼似的眼神，弄得他都不知道该说点什么才能让张楚阳恢复原来的态度。

算了算了，反正做完这笔生意大家就桥归桥路归路，以后应该也不会有太多的交集。陆清酒想着这事儿，烧了锅开水，顺手就把杀掉的公鸡给去了毛，今天中午干脆就吃鸡公煲好了……

按照朱淼淼这个例子，第一天拜了井，应该要到第二天头发才能长出来，头发长出来后他们应该就要回去了，也不会在这里长待。朱淼淼在屋子里安慰完了张楚阳，跑到前院里拍了拍陆清酒的肩，道："酒儿啊，张总这次被吓着了啊。"

陆清酒道："哎，这事儿不能赖我啊，我就在他面前杀了只鸡。"

"不是。"朱淼淼说，"我仔细问了问，觉得和他昨天晚上做的梦也有关系。"

陆清酒认真听着，手里动作不停，一刀下去破开了公鸡的肚子，娴熟地把里面的内脏掏了出来。

朱淼淼看着陆清酒的侧脸和手上那股子干净利落的劲儿，默默地吞了口口水："他买了明天的车票，说不论头发有没有长出来，明天早上就走。"

陆清酒道："真吓着他了？"

"吓着了。"朱淼淼点点头。

"好吧。"陆清酒叹气，"没想到他胆子这么小。"

朱淼淼歪着头："我也不明白啊，明明来的时候挺硬气的，还说为了头发什么都肯做。"这才看了个杀鸡，就瞬间不行不行的了。

陆清酒又是一刀，直接把鸡砍成了两半，他没有再提张楚阳的事，而是道："中午吃鸡公煲行吗？"

"好好好。"朱淼淼乐呵呵地点点头。

白月狐照例是早早地弄完菜地，又回到院子里躺着了，今天没下雨，但地面还是湿的，鸡崽们在地上跑来跑去把身上的羽毛也弄得脏兮兮的，小花和小黑在天气好的时候会从猪圈越狱出来晒太阳或者蹭点吃的，不过今天这种刚下完雨的地面它们就不太喜欢了，因为会把它们干净的小猪蹄弄脏。

中午的鸡公煲挺好吃，配菜是土豆、洋葱和青椒，和鸡肉一起煮得绵软入味，浓郁的汤汁浇在饭上又是一道好菜。

五个人把那只可怜的公鸡吃得干干净净，白月狐吃鸡有个非常神奇的特点，那就是不吐骨头，无论是什么部位，一口全部塞进嘴里，然后用那口白白净净又很整齐漂亮的牙齿全给嚼碎，轻轻松松地吞进肚子里。

陆清酒知道白月狐的身份，尹寻也习惯了，两人倒是觉得没什么，不过今天凌晨受过惊吓的张楚阳听着白月狐嚼骨头的声音却有些不适应，小声地问了朱淼淼一句："这骨头也能嚼碎吗？"

朱淼淼动作微顿，从嘴里掏出一块鸡腿骨，道："张总……咱是正常人。"

张楚阳："……"

陆清酒在旁边听了莫名有些想笑。

白月狐显然也听到了张楚阳和朱淼淼的对话，但一点也没有要改变的意思，筷子一伸夹起一根鸡脖子，咔嚓咔嚓几口就全给咽了，搞得张楚阳在旁边看得打了个哆嗦。

张楚阳就这么战战兢兢地过了一天，陆清酒彻底放弃了让他对自己改观。

结果第二天早晨，躺在床上的陆清酒听到了熟悉的叫声，这声音不是惨叫，而是充满了惊喜和希望的呼喊。

“我长头发啦！！！我长头发啦！！！”曾经也是这样一个天色未明的清晨，朱淼淼也发出了这样兴奋的呼喊，只是这一次，呼喊的人变成了张楚阳。

陆清酒从屋子里出来的时候，就看见张楚阳高兴地在院子里直转圈，然而在看见他后，原本兴奋无比的眼神却出现了一瞬间的凝滞，那一霎简直像是一盆冰水浇到了刚烧红的铁块上面。

“陆先生。”张楚阳的笑容凝固在了脸上，取而代之的是一种难以描述的小心翼翼，“您醒啦。”

陆清酒一时间很难形容张楚阳的表情，如果一定要形容，那就是张楚阳在用看非人类的眼神看自己，并且此时的张楚阳还对这个非人类满怀敬畏和一丝丝恐惧。

“嗯。”陆清酒道，“张总……”

“您别叫我张总！叫我楚阳就行了。”张楚阳打断了陆清酒的话，忙道，“您不用那么客气！”

陆清酒看着张楚阳，眼前的张楚阳摘掉了脑袋上的帽子，露出了一头乌黑亮丽的头发，这头发除了稍微长了点之外，和其他的头发没有任何的差别，如果一定要说有异常情况，那可能就是张楚阳原本拒绝迷信的世界观在此时遭到了毁灭性的打击。

一晚上而已，头发真的长起来了。

面对张楚阳那无比崇敬的眼神，陆清酒觉得自己和他交流有点困难，于是干咳两声后找了个借口溜去厨房，做早餐去了。

家里被张楚阳叫声吵醒的不只陆清酒，还有朱淼淼和白月狐，他们俩也陆陆续续起来了，白月狐一言不发出门去种菜，朱淼淼打着哈欠被迫坐在张楚阳旁边听他描述昨晚的神奇经历。

说是神奇经历，其实也就是他梦到了后院的那口井，还有井里一个看不见脸的女人……原本很恐怖的梦，在渴望头发的衬托下也变得如同童话一般美丽。

“可是你看见她的脸了吗你就说她漂亮？”朱淼淼用诡异的眼神看着张楚阳。

"没看见啊。"张楚阳道，"可是我看到了她的后脑勺，她后脑勺上的头发可多了。"

朱淼淼沉默片刻，小声道："那你怎么知道你看的是后脑勺，不是脸呢？万一她两面都是这样的……"

张楚阳笑容僵住："不……会吧？"

朱淼淼耸耸肩。

张楚阳很快又笑了，温柔道："没事，就算遇到鬼了，陆先生也是会保护我的。"

朱淼淼："……"所以你到底给陆清酒脑补出了一个什么奇怪的形象？隐藏在小山村里的捉鬼大师吗？！

张楚阳的想法似乎是改变不了了，直到离开时，他看向陆清酒的眼神都十分微妙。陆清酒也放弃了为自己辩解，随他去了。

吃完早饭后，陆清酒开着小货车把张楚阳和朱淼淼送到了镇上，三人依依惜别——准确地说是张楚阳和朱淼淼对陆清酒依依惜别。

"陆先生，如果其他人有这方面的麻烦我还能来找您吗？"张楚阳那一头长发扎在脑后，活像个流浪的艺术家，此时他用手紧紧地握住了陆清酒的手，迟迟不肯放开，"可以吗，陆先生？"

陆清酒被抓得手都红了，无奈道："可以的。"

张楚阳这才恋恋不舍地放了手。

朱淼淼在旁也劝说了陆清酒几句，不过她是想让陆清酒回到原来的公司。陆清酒知道她是好意，担心自己，也就笑眯眯地听着，但并没有一点要改变主意的意思。

朱淼淼见状也知道自己是劝不动陆清酒了，于是只能叹了口气，道："好吧，随时欢迎你回来。"

"谢谢。"陆清酒很感激这些年朱淼淼在公司里对自己的照顾。

看着两人上了火车，陆清酒才转身离开了车站。

他出了车站之后没有急着回去，而是先到镇上买了点家里需要的日用品和食物，家里有白月狐这个胃口大的，每顿的肉肯定是少不了的，为了方便，每次陆清酒都是买个几十斤回去冻着。

手机上来了条短信提示，他的银行卡里多了二十万。陆清酒数了两遍，确认自己没看错后给朱淼淼打了个电话，问："这是怎么回事儿？是张楚阳打错了吗？"

"没，我拦不住他，他非要给你打二十万。"朱淼淼语气也挺无奈的，她也不知道怎么过了一晚上，张楚阳对陆清酒的态度变化这么大。

清酒道："你把电话给他。"

结果朱淼淼刚把电话递到张楚阳手上，那边就来了句："陆先生，这是您应得的！"

陆清酒："等等……"

张楚阳飞快道："我从来没有见过这么神奇的事，我睡了一晚上，居然就真的长出了一头茂密的头发，我的天哪，这简直太不可思议了，这点钱只能表达我不足万分之一的谢意！请您一定要收下这笔钱！"话语落下，电话就挂了，留下陆清酒张着嘴巴半晌都发不出声来。

是啊，对于一个三十多岁就秃顶的壮年男人来说，能让他生出这样一头乌黑亮丽的头发的人，简直是他的再生父母，再加上那晚神秘的气氛，陆清酒已经成了张楚阳心里面那个不能得罪的高人。

而高人陆清酒则彻底放弃了和张楚阳辩论，提着几十斤猪肉甩到货车上面，开着小货车回家做饭去了。

最近几天都在下雨，山路也格外湿滑，但小货车一点也没有受到影响，平时什么速度现在还是什么速度，除了慢点之外非常地稳，完全不用陆清酒操心。

到家门口后，陆清酒照例把它停好，顺手摸了摸它的车灯脑壳夸了两句。

陆清酒提着肉进了院子，却没看见往日都躺在院子里的白月狐，也不见尹寻的踪影。

"白月狐？尹寻？你们两个去哪儿了？"陆清酒转遍了整个院子，都没有看见他们两个，既然两人都不在，那肯定是做什么事去了，陆清酒也不再继续找他们，而是走到厨房准备做饭。

今天买的排骨很新鲜，陆清酒打算中午就吃这个。做个糖醋小排，再弄个干锅排骨，煮盆冬瓜排骨汤。白月狐一点都不挑食，几乎什么都吃，唯一的爱好就是相比较蔬菜，他更喜欢吃肉。

陆清酒把排骨砍成小块去了血水，正在切排骨干锅辅料的时候尹寻和白月狐回来了。两人手里拖着个大袋子，那袋子在地面上留下了一条长长的水渍，似乎是因为袋子里的东西是湿润的。袋子还时不时地扭动一下，显然里面装着的是活物。

陆清酒本来拿着锅铲准备做饭，看见这袋子眼睛立马直了，他脑补了一万个凶杀案的恐怖画面，小声道："尹寻，这袋子里面是什么啊？"

“鱼。”尹寻的回答让陆清酒松了口气，他注意到了陆清酒的眼神，立马哈哈大笑起来，“你以为是什么，是路过游客不幸溺亡的尸体吗？”

陆清酒：“……”不能否认这种可能性。

尹寻伸手解开袋子，露出了袋子里的东西。那居然是一条巨大的黑鱼，只是这鱼长得有些奇怪，身上带着苍白色的斑纹，嘴唇却是红色的，整体看起来像是鲤鱼，但在细节上却有些不同。鱼的背上有两道伤口，正在汩汩地流出红色的血液，然而鱼并没有因为这两道伤口而变得虚弱，反而非常活泼，在袋子里蹦跶个不停。

“这是什么鱼？”陆清酒看见鱼的样子愣了，“我怎么没见过啊。”说是鲤鱼，可却有些和鲤鱼对不上的特征，难道是变异的观赏鲤鱼？

“鲤鱼。”站在尹寻后面的白月狐回答了陆清酒的提问。

真是鲤鱼？不过鲤鱼类的观赏鱼的确是挺多的，陆清酒道：“那……咱们明天吃？”

“今天晚上吃。”白月狐道，“鱼身上有伤，养不活的。”

陆清酒道：“也行吧……那你帮我把鱼杀了，我先把排骨弄好，鱼的话……就做个酸菜鱼吧？”

白月狐满意地点头。

这鱼大，肉应该不是很嫩，还有可能有点腥，做酸菜鱼挺合适的。陆清酒弄着排骨，白月狐则在旁边杀鱼，顺便按照陆清酒的吩咐把鱼给片成鱼片。

白月狐的刀工非常好，把鱼内脏掏干净之后从肚子劈开，再顺着纹理干净利落地切成鱼片。陆清酒在旁边看着，发现这鱼肉比他想象中的嫩很多，而且似乎除了一根脊梁骨之外，没有其他小刺。

陆清酒一看这鱼的构造，就知道白月狐肯定撒了谎，这鱼绝对不会是鲤鱼，鲤鱼身上的刺可多得很，这会儿尹寻正好去了菜地里，他就没什么遮掩地问了出来：“这不是鲤鱼吧？到底是什么鱼啊？”

白月狐冲着陆清酒眨眨眼睛，嘴里吐出两个字：“文鳐。”

陆清酒：“……”没听过。

“没毒，好吃。”白月狐道，“和酸菜一起搭配做很合适。”他一边说一边观察着陆清酒的表情，似乎很是担心陆清酒会不会嫌弃这种听都没听过的鱼。

陆清酒心想：算了算了，管他听过没听过呢，能吃就行，而且这鱼的肉质看起来的确很不错，早知道就不用来做酸菜鱼，清蒸算了……

两人在沉默中达成了某种共识，白月狐高高兴兴地把鱼片成了鱼片，然后看着陆清酒煮了一大锅酸菜鱼。

酸菜是陆清酒自己泡的，日子还没有太久，酸味不是很够，所以多放了一点，鱼肉在酸菜中翻滚，浓郁的香气充斥着整个厨房。

陆清酒在厨房里做菜，尹寻和白月狐站在外面随时准备进来端菜开饭。

“好了。”把锅里的鱼倒进特意买的不锈钢盆，陆清酒像个幼儿园的阿姨似的宣布开餐，“吃饭吧。”

白月狐和尹寻进了厨房就开始端东西，陆清酒则在旁边把围裙给解开，喘口气又喝了杯水，然后才坐到桌子前。

因为突如其来的鱼，陆清酒就只做了个干锅排骨，其他的排骨放进冰箱里想着晚些再吃。白月狐和尹寻都没有动，等着陆清酒动第一筷，这算是他们家默认的规矩了，因为每次都是陆清酒做饭最辛苦，所以两人都要等到他动筷子了才开始吃。陆清酒因为这说过他们几次，但见他们都不放在心上，于是只能作罢。

陆清酒夹起一块鱼肉，放进嘴里，接着眼里便露出惊讶之色，道：“这鱼真好吃。”鱼肉无比滑嫩，带着一丝奇异的回甘，在酸菜里煮过之后融合了酸菜的酸味，变得十分开胃。

“唔唔唔。”尹寻重重地点着头，筷子根本停不下来。

最让人觉得舒服的，是这鱼一点刺都没有，无论哪块肉都十分肥美，甚至可以说根本尝不到一点鱼类的腥味，即便是陆清酒这个对鱼肉兴趣不大的人，也吃得停不下来筷子。

鱼肉受到了大家热烈的欢迎，但白月狐也没有放过旁边的干锅排骨，他对肉类显然是来者不拒。

陆清酒做饭的时候本来还想着整条鱼全做了会不会太多，但看尹寻和白月狐两人这架势是一点也不嫌多。原本用来洗脸的盆里装满的鱼竟不知不觉见了底，最后尹寻先倒下了，摸着自己滚圆的肚子说他要生了，让陆清酒对他负责。

陆清酒道：“你的肚子是鱼搞大的，我负什么责？”

尹寻：“……”

白月狐的战斗力和尹寻从来都不是一个级别的，尹寻肚子大了，他还在战斗，鱼肉进了他嘴里后好像进了个无底洞似的，一点不见饱。陆清酒看了看他的腹部，感觉没有任何变化。

于是就变成了陆清酒和尹寻坐在旁边，看着白月狐一口气把酸菜鱼包括汤全部吃光了，旁边的干锅排骨就剩下了一些洋葱之类的辅料，他吃完之后自觉地站起来，准备洗碗。

陆清洒道："月狐，你吃饱了吗？"

白月狐道："差不多了。"

陆清酒："……"仔细想来好像白月狐在吃饭的时候从来没有说过自己吃饱了，即便是自己问他，他也就是一句：差不多了。

"差不多了"的意思其实就是没饱吧？陆清酒想，他到底有没有能见到白月狐吃饱的时候呢……

吃完饭，各回各家。

陆清酒冲了个澡，坐在电脑前玩了会儿游戏，他玩着玩着，却是忽地想到了什么，打开搜索栏输入了"文鳐"两个字。接着他便看到了这种鱼在《山海经·西山经》里面的记载：是多文鳐鱼，状如鲤鱼，鱼身而鸟翼，苍文而白首赤喙，常行西海……其音如鸾鸡，其味酸甘，食之已狂，见则天下大穰。

大概意思就是这鸟和鲤鱼长得差不多，叫声和鸾鸡差不多，味道是酸甜的，吃了可以治疗疯癫的疾病。

陆清酒看着这段文字陷入了沉默，然后回忆了一下今天晚上吃的酸菜鱼的味道，感觉这《山海经》还是挺靠谱的。

说到《山海经》，陆清酒隐约记得里面似乎记载了许多有趣的生物，他思考片刻，干脆在网上买了一部，打算找时间看看。

晚上吃得太饱，倦意也很快生了出来，陆清酒自从到了水府村之后就不知道失眠两个字怎么写了，每天都是沾枕头就着。

今天晚上也不例外，陆清酒躺在床上，给自己肚子上搭了条小毛毯。这天气越来越热，过两天就能把席子给铺上了，他闭上眼，在虫鸣声中沉沉地睡去。

然而到了半夜，原本还在熟睡中的陆清酒，却听到了凄厉的叫声，他迷迷糊糊地从梦中醒来，第一个反应是张楚阳不是已经长出头发了吗，怎么又开始叫了？！

但清醒过来后，仔细一听，却发现这叫声根本不是张楚阳的，而是非常陌生的声音。

“谁啊？谁在外面？！”陆清酒穿着睡衣就冲到了院子里。

天空中的月亮被厚厚的云层遮住，陆清酒只能勉强看清楚他家的院子里似乎躺着两个人，而院子的大门则大开着，似乎是被什么人从外面破坏了。陆清酒心中一惊，马上反应过来估计是家里进贼了，他顺手抓起院子里放在墙边搭葡萄架剩下的一根木棍，呵斥道：“谁在那儿！”

然而那两人却躺在院子里一动不动，陆清酒也不敢靠过去，转身去了旁边的走廊打开了院子里的灯。

第九章

战斗鸡

灯泡发出亮光，照亮了整个院子，陆清酒这才看清楚了院子里到底是个什么情况。

只见两个年轻人倒在他家院子的地上，脸上沾满了血迹，嘴里发出微弱的呻吟，而他们身边不远处的地方竟丢着两把沾了鲜血的匕首，应该是随身带着的。

陆清酒虽然不知道发生了什么，但第一个反应还是打电话报了警，警察在电话里面问了情况之后表示马上会赶过来，让陆清酒先看看这两个人的情况，如果需要的话帮他们提前叫个救护车。

陆清酒道了声“好”。他打完电话，抓着木棍小心翼翼地走到了这两个人身边，发现这两个人身上布满了密密麻麻的小洞，像是被什么东西啄出来的，两人已经有些意识模糊了。

陆清酒的目光在院子里扫了一圈，在地上发现了一些血迹，他顺着血迹往前，脚步最后停在了他家鸡圈门口。

因为平时鸡崽们都很听话，下雨了天黑了，根本不用人赶，自己就乖乖跑进鸡圈里面了，所以院子里的鸡圈从来不锁门，就这么开着让小鸡自己行动。

陆清酒打开鸡圈，看见鸡圈里到处都是血迹，但这并不是重点，重点是几乎每只鸡的身上都沾满了鲜血。起初陆清酒以为是它们受了伤，但抓过来一一检查之后才发现，这些鸡崽个个精神抖擞，一点没有受伤的样子。那么它们身上的血迹是那两个小贼伤口上的？陆清酒想通了这一切，慢慢扭头看向还在躺着痛叫的两人。

白月狐不知什么时候也被吵醒了，懒懒散散地靠在门框上，看着院子里的场景。

陆清酒道：“晚上好呀。”

“晚上好。”白月狐轻声回了句。

陆清酒知道他肯定清楚到底发生了什么，于是慢吞吞地走到白月狐身边，指着那两个倒地不起的人道：“我已经报警了，这两个人没生命危险吧？”

白月狐摇摇头。

陆清酒道：“他们不会是……”

他迟疑的话只说了一半，白月狐便十分认真地点了点头：“就是你想的那样。”

陆清酒：“……”还真是被鸡啄的？！

“所以那些根本不是鸡吧？”陆清酒道，“是什么呢？”

白月狐道：“能吃的东西。”

陆清酒：“……”

是啊，在白月狐眼里，世界上可能就分成两种东西，一种能吃，一种不能吃……

陆清酒想了想，问了句：“那好吃吗？”

白月狐道：“好吃。”他说到“好吃”这两个字的时候，眼睛弯起了一个细微的弧度，显然是心情很好，也不知道是不是因为想起了那些鸡的味道。

既然院子里的人没有生命危险，陆清酒也就懒得帮他们叫救护车了，他拿了条湿毛巾，走到鸡圈旁边，开始擦拭小鸡身上的血迹，顺口问了白月狐一句：“它们不会啄我吧？”

“不会。”白月狐说，“它们认主的。”

陆清酒道：“有神志吗？”

白月狐果断地回答：“没有。”

陆清酒：“……”

白月狐道：“真的没有，它们除了好吃，一无是处。”

陆清酒登时有些哭笑不得，不过小鸡在他手里的确是乖乖的，没有要啄他的意思，他边擦边问道：“我打得过这些小鸡吗？”

白月狐道：“唔……”

陆清酒回头看了他一眼：“你‘唔’是什么意思？”

白月狐道：“我在计算你和小鸡的战斗力。”他又安静了一会儿，才道，“十比一吧。”

陆清酒惊喜道："我能打十只？"

白月狐："十个你能打一只。"

陆清酒："……"

白月狐见陆清酒表情不对，又补充了一句："没关系，吃的时候我来宰。"

那真是辛苦你了，围观全程的陆先生表示自己真的很受伤。但是看看院子里那两个痛得不得了、又没什么致命伤的小贼，他决定还是不要去挑战自家鸡崽的战斗力了。

大概凌晨四点的时候，警察过来了，看见两个已经快要疼晕过去的小贼和坐在院子里打瞌睡的陆清酒。

"嘿，陆清酒。"来的警察还是个熟人，就是上次调查陆清酒后院女尸的那个胡恕，他道，"怎么又是你啊？"

陆清酒道："我也想知道我怎么那么倒霉，这两人把我家大院门锁给撬了，想进来偷东西。"

"那他们身上的伤是怎么回事？"胡恕问。

"我哪儿知道。"陆清酒道，"我一出来他们就已经倒在地上了，不信你问他们。"

那两人已经疼得意识模糊了，压根儿没法回答警察的问话，不过胡恕在看了他们的长相之后，却发现这两人居然是市里面的逃犯，一个星期前杀人抢劫，目前正在被全市通缉，没想到居然撞到陆清酒家里来了。仔细想想，有可能是今天陆清酒在镇上豪爽买肉的时候引起了这两人的注意。

"行，我把人先带走了。"胡恕道，"你记得来警察局做个笔录啊。"

"怎么又要做笔录？我什么都不知道啊。"陆清酒无奈极了。

"那可说不好。"胡恕道，"他们身上这么多伤呢，这院子里就你一个人，不是你干的，难道还是你家鸡干的啊？"他随手指了指院子旁边的鸡圈。

陆清酒："……"还真是他家鸡干的，但他又不能说，说了也没人信，于是只能对着胡恕投去了一个幽怨无比的目光。

胡恕被陆清酒的眼神弄得浑身一颤，道："你别这么瞪我啊，虽然知道你可能是无辜的，但是程序咱们还是要走的。"

"行吧。"陆清酒妥协了。

"对了。"胡恕带着两人离开前小声地问了句，"你家后面那口井没有再出什么事儿吧？"

陆清酒道："唔……没有……吧？"

胡恕："你为什么说得那么迟疑？"

陆清酒道："说不定今天晚上这事儿，就是那口井里的东西弄的呢。"

胡恕打了个哆嗦，道："真的假的？"

陆清酒眨眨眼睛，没说是真的，也没有否认，他觉得胡恕似乎想要说点什么，但又十分犹豫，似乎是在顾忌。

两人之间沉默片刻，胡恕到底还是没忍住，他道："你对这些事情很在行吗？"

陆清酒道："什么事？"

胡恕道："就是鬼神之事。"

陆清酒道："不在行啊，我也是第一次见。"

胡恕眼里含着怀疑，道："真的？"

陆清酒认真地点点头。

胡恕见陆清酒没有要松口的意思，张了张嘴，但什么也没有说，转身走了。陆清酒看着他的背影，总觉得他似乎有很多想说的话，但因为某些顾虑没能说出来，只是这就和他没关系了。陆清酒看了眼自家的鸡圈，叹了口气，他家小鸡身上的血迹还没擦干净呢，还是再拿毛巾去擦一擦吧，不然明天估计整个院子里都是血腥味。

第二天，那两个恢复意识的逃犯总算是为陆清酒洗清了嫌疑。经过检查，发现他们身上的伤并不严重，大部分都是皮外伤。而他们的供词里说的受伤的原因，是被陆清酒家里的鸡啄的。

被鸡啄的？警察们当然不信，两人却态度坚决地表示的确如此，并且死活不肯改口，从他们的表情来看，似乎是被昨天晚上发生的一切给吓着了。负责审讯的警察虽然觉得这事儿很奇怪，但既然他们没有性命之忧，又是在逃的杀人犯，便懒得再深究下去。

当然，这其中自然不包括胡恕。胡恕今年四十多岁，也算是个老警察了，手上经办的案子没有一千也有八百，然而这两次和陆清酒有牵扯的案子，都带了点灵异的因素。

胡恕本来不信这些的，但上次女鬼那个案子给他留下的印象实在是太深了。当排除了一切错误答案，剩下的答案再怎么不可思议，也是唯一的正确答案。

胡恕正在想着，上司走过来拍了拍他的肩膀，道："怎么样，案子有进展了吗？"

胡恕闻言苦笑一声，没有给上司一个肯定的答案。

警察苦恼的事情和陆清酒没啥关系，他在镇子上做好了笔录，便开着小货车回家去了。不得不说，自从白月狐弄来了小货车后家里方便了很多，想要进货抑或来镇子上逛一逛都方便得很，最重要的是，这小货车一点也不费油，基本等于零消耗了。

回去的路上，陆清酒收到了朱淼淼发来的微信，是一张图片，图片上面，张楚阳笑容灿烂地站在公司门口，但照片里面最显眼的却不是张楚阳，而是张楚阳头顶那条火红色的横幅：恭喜张总喜增百万黑发！

陆清酒：“……”他差点手机没拿稳直接摔脚下。

朱淼淼同时还发来了一段语音，说张楚阳回去之后收到了来自全部门的惊叹，大家都表示从来没有见过这么高效率的植发，而且效果如此之好。有不少发际线堪忧的人都开始找朱淼淼和张楚阳打听起了头发的来源，不过他们两个都没说，非常默契地帮陆清酒保了密。

“如果有大生意我就提前和你说一声。”朱淼淼表示道，“你愿意接我就带人过来，不愿意就算了。”

陆清酒对朱淼淼道了谢，还给她发了个大红包，这事儿要不是朱淼淼帮忙，他也接触不到张楚阳他们。

陆清酒刚到家，就看见尹寻蹲在门口，楚楚可怜地看着他。

“你这眼神什么意思？”陆清酒被他的眼神搞出了一身的鸡皮疙瘩。

“你再不回来，我和白月狐就要饿死啦。”尹寻哭诉，“他一饿心情就不好，我怀疑他想吃了我。”是真正意义上的吃啊。

白月狐坐在旁边的摇摇椅上，朝着尹寻看了一眼，那眼神让陆清酒觉得有点熟悉，仔细一想，可不就是尹寻看猪肉时的眼神嘛。

他登时有些哭笑不得，今天出去得早，没给他们做早饭，想着两人再怎么也能糊弄一下。但经过上一次拉肚子的事情，白月狐显然对尹寻做的食物没有了任何兴趣。

陆清酒道：“行，你们等一会儿，我先给你们煮碗面。”

煮面是最快的，先垫垫肚子再说。

煮面的时候尹寻跑过来问陆清酒昨天晚上发生了什么，陆清酒低着头正在择蔬菜，听见尹寻的问话看了他一眼，道：“昨天家里进了两个小贼，今天一大早就去警察局做笔录了。”

“小贼？”尹寻道，“他们怎么那么想不开……”

陆清酒道：“怎么叫想不开？”他手里的动作停了停，道，“尹寻，家里的鸡崽是你挑的吧？”

尹寻道：“对啊。”

陆清酒道：“你挑的时候，就没发现它们哪里不对？”

尹寻一脸无辜：“不对？哪里不对？再怎么挑不也就是鸡崽吗？”

陆清酒：“是吗？”

尹寻说：“对啊。”他的回答如此笃定，完全没有要解释那些鸡崽到底是什么的意思，而且听他最开始说的那句话，显然已经知道了那些鸡崽的战斗力，不然他担心的就不是小贼，而是被贼盯上的陆清酒了。

陆清酒见尹寻不想再提，心中微叹后便也岔开了这个话题，专心做面去了。

白月狐和尹寻两人吃了面，家里的气氛这才缓和下来，别说，平时白月狐看起来懒懒散散的，可一旦他饿了，那双漂亮的丹凤眼里透出的眼神还真没几个人能抵挡得住——用尹寻的话来说，他看谁都像在思考到底能不能吃的样子。

陆清酒做完面后打算去地里摘点白菜和辣椒，然后用新买的玻璃罐做一罐子跳水白菜。这天气热了，跳水白菜又方便又开胃，很适合用来做下饭的小菜。

水府村在山里，海拔比较高，通常情况下不会特别热，只是今天却有些例外，这才六月末，气温就噌噌噌地往上涨，昨天最高气温就已经到了三十七摄氏度。

村里面几乎是没有空调的，陆清酒盘算着找个时间去镇上叫人来安空调，顺便把尹寻家里也一起装了算了。

回到这里，尹寻帮了陆清酒不少忙，这村里面上上下下的关系都是他在打点，不然陆清酒这个许久没有回来的外人在村子里难免遭人排挤。村子越小越排外，像水府村这样的村落，基本十几年的时间都不会有外人入住，像陆清酒这样长辈全部不在了的，几乎也算是半个外人了。

陆清酒掰了几棵白菜放进了自己的背篼里，白菜是白月狐种的，味道比镇里买的白菜好很多，入口清甜，就算煮白水都很好吃。

这一片农田，就数他们家的长势最好，这几天又有一批番茄要熟了，朝千羽还打电话来说准备找个时间过来运货。

背着白菜回了家，陆清酒把白菜先清洗干净，然后开始准备跳水白菜的辅料。跳水白菜是咸菜的一种，口感是脆口的，酸辣开胃，陆清酒以前自己住的时候就喜欢做来当小菜，到这里来后倒是第一次做。他把罐子塞满之后，白菜还剩了一部分，陆清酒看了看，便想着干脆拿去给小花和小黑吃算了。于是便拿着剩下的白菜朝猪圈走。

这会儿天已经有些黑了，陆清酒本以为小花、小黑已经睡着了，却没想到还没靠近猪圈，便听到一阵窃窃私语声。尹寻已经回家，这屋子里就剩下他和白月狐，昨天家里才进过小贼，陆清酒瞬间警惕了起来，他刻意放轻了脚步，小心翼翼地走到了猪圈旁边，朝里面看去。

这一看，吓得陆清酒手里的白菜都掉在了地上。

只见原本早该回家了的李小鱼正撅着屁股趴在地上写着什么，而小黑、小花后肢着地坐在他的旁边，低着头和李小鱼看着同样的东西。这不是最吓人的，最吓人的是它们嘴里居然说着人话，声音细细软软像三四岁的小孩子，正在和李小鱼认真地讨论什么。

也不知道是不是受了白月狐的影响，陆清酒看见小黑、小花说话的第一个反应是完了，真的不能吃了。

“谁在那儿？”小黑猪哥哥小花的耳朵倒是挺尖，听到了陆清酒手里东西落地的声音，它倒是挺勇敢，直接朝前跳了出来，挡在了小黑和李小鱼面前。

“是我。”陆清酒从拐角处走出来，“你们在干吗呢？”

小花见是自己的饲主，眼神略微慌乱了一下，随后躺在地上打了个滚儿，做出一副“你在说什么我听不懂”的模样。

陆清酒：“……你这戏也演得太假了，我刚才都听见了。”

小花：“……”

小黑躲在自己哥哥身后，弱弱地说：“我们不是怪物，你不要把我们赶出去好不好？”

陆清酒道：“好，不赶你们出去，喏，我刚才做菜剩了点白菜给你们，赶紧吃吧。”

小黑、小花闻言均是露出了不可思议的表情，显然没想到陆清酒居然如此快速地接受了猪可以说话的事实。

小黑浑身抖了抖，用警惕的眼神看着陆清酒，道：“你……你就这么接受啦？”它以为眼前的人类在发现这个事实后至少会经历一系列的心理斗争，却没想到他竟如此轻易地就接受了这件事。

“不然呢？”陆清酒道，“我应该给点什么反应？”

小花道：“尖叫两声？”

陆清酒道：“算了吧。”他看向李小鱼，此时小孩儿脸上也露出了紧张的表情，颤颤巍巍地叫了一声：“陆哥。”

“小鱼。”陆清酒走到李小鱼旁边，将目光投向了他们身下放着的东西——那居然是一本教科书，他看到这东西，不由得露出愕然之色，“小鱼，这是什么东西？”

“是……是奥数题。”李小鱼似乎有些不好意思，小小的脑袋垂了下来，耳朵也变得通红，他的声音细若蚊蚋，“陆哥，我在这儿做作业呢。”

陆清酒道：“怎么在这里做作业？”

“小花可以教我做题。”李小鱼小声解释，“它可聪明啦。”

被夸奖的小花在旁边挺起了它并不结实的小胸膛。

陆清酒道：“哦，做题啊，你怎么不来问我？我也可以帮你啊。”他想着虽然是奥数，但到底是小学的奥数，应该难不到哪里去。

李小鱼道：“我怕耽误了陆哥您的时间……”

“我晚上都没什么事的。”他半蹲下来，道，“哪道题不会做啊？”

李小鱼指了指课本：“这道。”

陆清酒定睛一看，这课本上写着：填空题。以 X 表示接连 10 次独立重复射击命中目标的次数，已知每次射击命中目标的概率为 0.4，则 EX^2=___。

陆清酒：“……”这哪里是小学奥数题？这明明是大学才能学到的高数题啊，高数他上完大学毕业后就已经完全还给了老师，此时看着这复杂的题目，眼睛只能越瞪越圆。

“陆哥？”李小鱼见陆清酒表情不对，小声地在旁边叫了声。

陆清酒：“……”他沉默了片刻，把教科书放到了小花旁边，道，“你先教着，我去给你们拿点零食吃。”

小花没想到陆清酒不但没对它们产生恶意，甚至还十分友好地拿出零食要给它们吃，登时有些不敢相信，难以置信地看着陆清酒道：“你这么好？！你该不会是找借口出去就把我们给卖了吧？”

陆清酒道：“这么晚了我卖给谁？”

小花道：“也是……”

陆清酒道：“以后你们复习功课就到屋子里来吧，别在猪圈里蹲着了。”虽然这里平时也打扫得挺干净，但到底是猪圈，小孩子抵抗力弱，整天蹲在这里肯定会生病。

陆清酒回屋拿水果去了，小花、小黑和李小鱼看着他的背影，眼神里流露出敬佩之色。

“陆哥可真是个好人啊。”李小鱼伸手把小花抱进了怀里，挠了挠它软乎乎、热嘟嘟的肚皮。

小花被挠得很开心，点点头道："的确是个好人。"

"对呀。"小黑在旁边也表示十分赞同，"他听见我们说话居然一点也不奇怪，也没有阻止我们给小鱼补课，明明他自己就可以来……"

李小鱼闻言流下了感动的泪水，说自己一定要好好学习，将来考个好学校报答陆哥，小花用自己的小猪蹄安抚似的拍着李小鱼的脑袋，内心也在感激陆清酒没有剥夺它们和李小鱼接触的时间，殊不知……

"现在小学生做的题也太难了。"手里拿着水果的陆清酒自言自语，"明明每个字都能看懂，为什么连在一起就不知道是什么意思了……"当然他也就说给自己听听，毕竟大人也是要面子的，要是让人家知道自己智商还不如家里养的两头小黑猪……想到这里，陆清酒露出痛不欲生的表情。

不过之后李小鱼倒是没有再提让陆清酒补习功课的事，陆清酒把手里的橘子分给了他们，看着他们高高兴兴地吃了，顺便问了下他们现在的情况。

不问不知道，一问吓一跳，陆清酒这才发现李小鱼已经在小黑和小花这里补习很久了，并且目前有跳级的打算。

"我爸说我上初中没用。"李小鱼吃着橘子，说起这件事有些闷闷不乐，"我就想着要是我不上初中，那就直接上高中好了。"

陆清酒闻言叹息，小孩子的思维就是这么幼稚，可幼稚里又带着让人心软的可爱，他摸了摸李小鱼的脑袋，认真地说："没事，你好好学，要是你爸不出钱让你读书，哥哥出。"

李小鱼闻言眼里露出惊喜之色，但似乎又觉得不好意思，陆清酒便让他不要多想，先把学习弄好，船到桥头自然直。

李小鱼高兴地点点头。

小花和小黑坐在旁边等着李小鱼给它们剥橘子吃，这两只小黑猪在李小鱼的照顾下吃东西是越来越挑剔了，吃橘子一定要剥皮，平时吃的猪草还要煮熟之后再加点盐调味，偶尔还会吃点地里的菜加餐，小日子过得有滋有味的。也难怪它们对李小鱼的态度那么好，没了李小鱼这个专职饲养员，它们恐怕也过不上这样的好日子。

小花、小黑吃完东西，陆清酒见时间差不多了，便送李小鱼回了隔壁，叮嘱他以后学习别去猪圈，把小黑、小花带到屋子里来就行。

李小鱼乖乖地应了声。

陆清酒这才松了口气转身回家，回到院子里时看见白月狐坐在椅子上乘凉，眼睛倒是没有闭着，而是盯着天空中那一轮皎洁的月亮，看起来正在思考什么事。

陆清酒走到他旁边，动作自然地帮他摇了摇椅子，道："月狐啊，我问个事儿。"

白月狐闻言头也不回便来了句："它们不是普通的猪。"

陆清酒："……"原来你早就知道了，他道，"那他们是什么东西？"

"学名好像是当康。"白月狐说，"味道还行。"

陆清酒："……"你到底吃过多少这类动物了？

"猪圈里的就别吃了。"虽然平时没见着白月狐杀生，但陆清酒为了防止发生当初尹寻家小花的那种惨剧，还是提醒了一下自家的狐狸精，"它们挺聪明的，会说人话了，还会教小孩儿数学呢。"

白月狐道："他们智商那么低还能教人数学？"

连习题都看不懂的陆清酒感觉自己仿佛被这句话侮辱了，但他没敢把自己内心的悲伤说出来，因为实在是太丢人了，他道："总而言之别吃啊，吃了小孩子会哭的。"

白月狐道："可能做好吃点小孩子就不哭了？"他说得很认真，显然不是在开玩笑。

陆清酒捂住脸，想起了当年哭喊着最后被一锅红烧肉收买了灵魂的尹寻，不得不说，虽然他不想承认，但白月狐的话其实有那么点道理……

"我开玩笑的。"好在最后白月狐还是没有再为难陆清酒，对吃小黑和小花这件事松了口，"你想留着就留着好了。"

陆清酒刚松一口气，便听到他来了下一句："我去找其他的来养着。"

陆清酒："……"

"找个智商低点的。"白月狐从椅子上站起来，懒懒散散地打了个哈欠，眼睛半眯着，浑身上下散发着一股子性感的慵懒，他道，"至少不能说人话。"

陆清酒想到了自家鸡窝，补了句："能不能战斗力也别那么强啊。"

白月狐点点头，算是同意了。

白月狐进了屋子，陆清酒则在他热爱的摇摇椅上躺了一会儿，今天天气好，天空中没什么云层，只有一轮皓月。太阳落山之后，温度也逐渐降了下来，院子里偶有一丝凉风吹过，就这么消磨时光可谓好不惬意，也难怪白月狐如此喜欢这张摇摇椅。

陆清酒在上面躺着，差点没睡着，最神奇的是他们房子里几乎没有蚊子，尹寻的体质本来特别招蚊子，可一到了陆清酒的家里，就再也没有被蚊子咬过。这大概也是尹寻喜欢在陆清酒家的原因之一吧。不过最主要的原因，恐怕还是尹寻一直一个人住。

陆清酒去尹寻家看过，尹寻家里没有网也没有电视，几乎没有任何的娱乐方式。陆清酒来之前，他的生活似乎就是种田，一个人吃饭，一个人睡觉，一个人处理所有的事，直到陆清酒回来后，他的生活里似乎才沾染到世俗的烟火气。

陆清酒看着这些，心里也明白，所以从未问过尹寻一些问题，有些事情不用问，用眼睛看就知道答案了。

夜渐渐深了，陆清酒从椅子上站起来回了卧室，洗漱之后便进入了沉沉的梦乡。

清晨，阳光从窗口射入，将陆清酒从梦境里唤醒，他打着哈欠走到前院，看见他家两只本来该在猪圈里的猪瘫在院子里晒太阳，旁边干掉两个小贼的、战斗力很强的鸡崽们正在院子里四处乱跑，啄食草籽和石头，整个庭院都是一副生机勃勃的景象。

昨天收番茄的大户朝千羽给陆清酒发了消息，说今天会过来运番茄，陆清酒表示时间可能来不及，因为至少需要花一天时间来采摘。

朝千羽听完后表示没关系，他可以叫人过来帮忙摘，让陆清酒不用费心，等着收钱就行了。

陆清酒对他毕恭毕敬的态度有些不适应，但也感觉得到朝千羽之所以那么看重这些番茄是因为番茄是白月狐的劳动成果。

所以他犹豫片刻后，没有和朝千羽客气，道：“行吧，你找个时间过来。”朝千羽应了声“好”。

陆清酒把早饭端到桌子上时便听到了屋子外面响起的汽车喇叭声，他听到这喇叭声的第一反应是，是不是自家小货车在叫自己，不过片刻后，院子的门便被人敲响了，朝千羽的声音也传了过来：“陆先生，我们来了。”

这才八点多钟，陆清酒想着：怎么这么早？然后还是去给朝千羽开了门。

朝千羽站在门外，身后还跟着两个人，笑眯眯地和陆清酒打着招呼：“陆先生，您好。”

说实话，朝千羽长得不差，文质彬彬，温文尔雅，有点书香世家出身的样子，只是因为之前的事，陆清酒对他印象一般，所以随意点了点头，道：“早上好，朝先生，这么早吗？”

朝千羽道：“对啊，我们五点多就出发了。”

“吃早饭了吗？”陆清酒和他们客气了一下。

“没有。”谁知道朝千羽应下了陆清酒的客套，眼睛发亮地盯着陆清酒，“不知道有没有这个荣幸尝尝陆先生的手艺？”

“行啊。”毕竟是番茄的大买主，吃顿早饭而已，并不是什么大事，陆清酒没有多想便一口应下了，并将朝千羽邀请进了家里。

朝千羽进门之后便看到了躺在地上的小黑、小花，眼睛微微一亮，但很快，他的目光便落在了小黑、小花身边的那群鸡崽身上，他抬头看了眼陆清酒，张了张嘴，正打算说点什么，却见白月狐从屋子里走了出来。

白月狐看见朝千羽，也没说话，只是不咸不淡地看了他一眼，朝千羽便像是被什么猛兽盯住了似的，不但脚下顿住，额头上也冒出了点滴冷汗。

“白……白先生。”朝千羽勉强和白月狐打了个招呼。

白月狐瞅了他一眼，道：“你进来做什么？”

“哦，我看朝先生没吃早饭，就想着叫他一起吃了。”陆清酒在旁边接了话。今天的早饭是粥和饼，饼是肉馅的，肉馅昨天晚上尹寻提前给剁好了，今天陆清酒早早地起来，包进面里捏成饼，再放进油锅里炸好，这会儿还在桌子上冒着热气呢。

“哦。”白月狐应了声。

陆清酒本来以为白月狐会拒绝让朝千羽和他一起吃饭，没想到他居然如此轻易地就同意了，这倒是让陆清酒有些惊讶，平时的白月狐向来护食，除非是熟识的人，不然想吃他一口东西可不是件容易的事。村子里的大婶们觊觎了白月狐的番茄好久，他都没给她们一个。

不过很快，陆清酒就明白了为什么白月狐没有为难朝千羽，因为他压根儿不准备让朝千羽碰一下他的肉饼。

那肉饼馅料充足，只有薄薄的一层外皮，咬上一口，浓郁的肉汁便灌满了口腔，肉馅里面还夹了点藕丁，这样，肉馅的油腻感没有那么重，吃在嘴里口感也多了许多层次，因此，这次的肉饼大受欢迎，从白月狐抓着不肯放手的样子就能看出来。

而朝千羽每次只要试图对肉饼伸出筷子，白月狐的眼神就会递过去，那眼神到底意味着什么，陆清酒搞不明白，不过被这种眼神盯着的朝千羽下一刻便收回了手里的筷子，更不用提他带来的两个手下了。

尹寻坐在陆清酒的旁边，他来得比较晚，不知道发生了什么事儿，便朝着陆清酒使了个眼神询问这到底是什么情况。陆清酒用眼神示意白月狐，尹寻见状登时也有些哭笑不得，不过他也聪明，没有说什么，继续静静地吃着肉饼。

因为白月狐的目光，这顿早饭朝千羽唯一吃到的食物就是陆清酒煮的粥，肉饼什么的连一口都没有尝到。除了他之外的三人倒是吃得饱饱的，尹寻这货吃饱之后还很不客气地打了个饱嗝，引得朝千羽的目光越发幽怨。

陆清酒看得着实有点想笑，但他并不想掺和进去，从那晚发生的事情来看，这个朝千羽恐怕也不是什么人类，既然不是人类，那他们内部的事情还是让他们内部解决吧。

这一顿饭大概是朝千羽这辈子吃过的最有怨念的一顿饭了，以他的地位怎么可能会有人不给他吃东西，但偏偏眼前坐了个大boss，他不服软还真不行，那散发出诱人香气的肉饼就在他面前，明明一伸手就能拿到，然而面前眼神不善的凶神，却让他很是惶恐，只能低头喝碗里的白粥，连一筷子咸菜都不敢多夹——这事情要是说出去恐怕都没人信。

直到最后一个饼被白月狐拿在手里，朝千羽也没能满足自己啃一口肉饼的愿望，而陆清酒被他幽怨的目光从头到尾盯着，不由得起了一身鸡皮疙瘩……

吃完饭，白月狐很自然地拿起碗去了厨房，屋子里剩下了陆清酒和尹寻在屋子里消食。

“哎，白先生去厨房做什么啊？”朝千羽看着白月狐的背影问道，他想：厨房里还会不会有点肉饼？

陆清酒诚实地回答：“洗碗啊。”

朝千羽表情扭曲了一下：“洗碗？！”

陆清酒道：“不然呢？”家里的碗几乎都是白月狐在洗，他和尹寻都习惯了。

朝千羽：“……”他沉默了一会儿，似乎是在消化陆清酒说的话。

陆清酒吃得饱饱的，精神挺好，站起来招呼着朝千羽去地里摘番茄。朝千羽深吸一口气，恋恋不舍地看了眼空荡荡的桌子，道：“好吧。”

陆清酒看着他的眼神，忍不住流露出些许笑意，或许下次去镇上的时候，可以给朝千羽带两个肉饼过去，不过今天嘛……估计他们只能喝粥了。

喝了一肚子粥的朝千羽虽然怨念但也无可奈何，还是跟着陆清酒去了附近的菜地准备摘番茄。

白月狐种的番茄果然和旁边的番茄大不相同，几乎个个圆润饱满，颜色红润，上面一个疤乃至于一个虫眼都没有。按理菜农为了防止蔬菜被虫蛀一般会洒上不少的杀虫剂，白月狐没有使用那些东西，但也没有虫子敢盯上他的番茄。

这一批番茄数量很多，几个人花了一上午的时间采摘，过秤之后足足有一千多斤，比第一批的还多。

陆清酒自己留了几十斤，剩下的全卖给了朝千羽。

朝千羽也不啰唆，直接给陆清酒结了账，接着顺手掰了根陆清酒家里的黄瓜咬了口道："你家黄瓜卖不卖啊？"

"黄瓜？"陆清酒道，"黄瓜不卖，没种多少，自家都不够吃呢。"

朝千羽露出遗憾之色："那其他菜呢？我都收。"

陆清酒看了眼菜地，没有松口："等熟了再说吧，有多余的我给你打电话。"

"行。"朝千羽点点头，带着番茄准备走了，只是走之前却想起了什么，叮嘱了陆清酒一句，"最近少去镇上吧，镇上不太平。"

"出什么事了？"陆清酒很少看本地新闻，对当地发生了什么事也不是很了解。

"死了人。"朝千羽说，"估计还要死几个。"他说完这话，朝着陆清酒住的地方看了眼，"待在村子里比较安全。"

陆清酒道："好的，我知道了，谢谢你啊。"

朝千羽点点头，和他两个手下开着车走了。

陆清酒则回了家里，看见白月狐又躺在椅子上看天，最近他好像对天空格外有兴趣，连觉都不睡了。

"在看什么呢？"陆清酒随口问了句。

白月狐道："看天上的东西。"

陆清酒抬起头，顺着白月狐的目光看去，却只看到了挂在蓝蓝的天空中的白色云朵，他看了一会儿，确定自己什么都没看到："东西在哪儿？"

白月狐指了指头顶。

陆清酒知道自己是看不到了，于是干脆利落地放弃，耸耸肩进厨房做饭去了。

小黑和小花在暴露了自己可以说人话的真相之后便不爱待在猪圈里了，开始在院子里转悠，陆清酒本来担心它们会和鸡崽起冲突，但见两边都相安无事，便也作罢，由它们去了。

今天的午饭主菜是水煮牛肉，牛肉是之前买的，早晨就拿出来提前解冻了，陆清酒还准备炸个丸子，拿今天摘下来的番茄做个番茄丸子汤。

白月狐和尹寻都挺能吃辣，陆清酒做水煮牛肉的时候便多放了点辣椒，只是这辣椒下锅后有些熏眼睛，陆清酒被弄得双眼通红，正打算找个湿毛巾擦一擦，放在口袋里的手机却响了起来。

陆清酒手忙脚乱地拿起来，看见手机上面显示了两个字：胡恕。这警察给他打电话做什么？难道是又出什么事了？陆清酒蹙着眉头，还是按下了接通键，道："喂。"

"喂，是陆先生吗？"胡恕的声音从电话那头传来。

"是啊。"陆清酒道，"有什么事吗？"

"是这样的。"胡恕道，"我想找你了解一下你院子里的那口井的事……"

陆清酒疑惑道："井？这事情不是已经结案了吗？又出了什么事儿啊？"

胡恕道："说来话长，你今晚有空吗？我过来一趟，我们当面谈可以吗？"

陆清酒道："行吧。"他同意了。

第十章

新死者

胡恕到底是警察，警察有这个要求，陆清酒作为公民自然有配合的义务，只是不知道胡恕今晚会不会在他家吃饭，吃的话白月狐又得不开心了。

大概下午三点，还在午睡的陆清酒迷迷糊糊地被电话吵醒，他接起电话，才发现胡恕已经到了他家门口。

“哈……”打着哈欠的陆清酒睡眼惺忪地给胡恕开了门，道，“胡警官，进来吧。”

“还在午睡？”胡恕道，“叨扰了。”

陆清酒揉揉头发：“你随便坐，我去清醒一下……别坐那张摇摇椅就行了。”

摇摇椅是白月狐的，虽然他现在人不知道去哪儿了，可要是回来看见胡恕坐在他的椅子上，鬼知道会发生什么。

胡恕倒也没有深究这个，随便找个木凳坐下了。

陆清酒回屋子洗脸梳头清醒了一下，这才回到院子里在胡恕的对面坐下，道：“胡警官，请问是什么事需要找我呢？”

“你刚到这里的时候，你家后院有出现奇怪的情况吧？”胡恕问。

“有啊。”陆清酒道，“我做了噩梦呢。”

胡恕道：“那之后呢？案子结束之后你家那口井还有什么问题没有？”

问题……拜过的人都会长头发算是问题吗？陆清酒想了想，觉得自己肯定不能把这情况说出来，于是含糊地敷衍了句：“怎么了？为什么突然问到这个？”按理说既然结案了，那口井后续会产生什么影响……只要不出事，警方应该都不会特别关注。

“唔，是这样的。”胡恕话语间略微有些迟疑，“我想知道如果你家后面那口井还有影响，你是怎么处理的？是找人，还是自己？”

他这话一出，陆清酒立马明白了他的意思，他道：“是你们警局又遇到这方面的案子了？”

胡恕干咳一声：“这本来是保密的……”

陆清酒眨眨眼睛没接话，等着胡恕继续说。

“但是你也知道，有些事情真的没办法用常理来解释。”胡恕语气带有点苦涩，“我们一开始也是朝着人为方向调查，但是越深入就越觉得不对劲……”

陆清酒道：“什么情况？”

胡恕犹豫片刻：“你可以保证接下来的话不告诉第三个人吗？”

陆清酒道：“这个我可以保证。”

胡恕这才点点头，从怀里拿出一沓照片，放到了陆清酒面前：“你先看看这个，做好心理准备，有点血腥。”

陆清酒拿起照片看了起来。果然如胡恕所说，这些照片都十分血腥，其中包含了两个死者，这两个死者的死状都非常凄惨，浑身上下都是伤口，简直像是被虐杀的。而后面几张照片，则是死者生前的遗照，照片上一男一女，都笑容灿烂，看起来过得不错。

陆清酒看了一会儿，没在照片里面看出什么端倪，道：“看了，然后呢？”

胡恕说：“问题就出在这照片上面。”他把死者死时的照片先拿在手里，“这是七号我们发现的现场，但是这个——”他又指了指死者还活蹦乱跳、笑容灿烂的照片，“这是我们十二号从他们亲友手里拿到的照片，上面的日期显示，照片是当天照的。”

陆清酒道：“会不会是亲友撒谎？”

“不，不是。”胡恕道，“看到他们的并不止一个人，如果是撒谎，不可能出现这么大范围的撒谎，而且个个笃定。”

陆清酒道：“那你们的意思是……死者复活了？”

胡恕长长地叹了口气，他眼中的血丝和下巴上的胡楂都在告诉陆清酒，他已经为这件事烦恼了不止一两日，整个人都憔悴得不得了。

“对，复活了。”胡恕说，“我们之前一直在寻找死者的身份，但是并没有找到，本来还在想着是不是外地人，后来才发现，我们找不到的原因是死者其实一直活着。”

既然活着，那肯定就不会有身边的人来报警，加上死者身上所有能证明身份的东西都被搜走了，搜查工作很难展开。

陆清酒蹙着眉头，道："那……有没有可能是凶手伪装成了死者？"

胡恕道："不可能，因为死者复活之后，和他们的家人生活了至少一个星期，直到警察找上门来，才突然失踪，这期间他们家里人没有发现任何异样。"

陆清酒沉默了，的确，如果所有可能都被排除，那就只剩下一个让人不愿意去接受也不得不接受的事实，那就是这个案子充满了科学难以解释的因素。

陆清酒把照片还给了胡恕，道："唔……这事情的确很奇怪，所以胡警官今天到这里来是想问我什么呢？"

胡恕说："我就想问问你家后院那口井最后到底是怎么解决的？"陆清酒是他遇到过的、最肯定的一个与灵异案件相关的人，再加上前几天那两个小贼遇到的情况，让他不由得猜测陆清酒身边可能也存在这些东西。

陆清酒的手指在膝盖上点了点，道："是这样的，我后院那口井其实也不算解决了，只是它没再闹而已，案子结束之后，我的确请了个神婆到家里来作法，但是那个神婆现在好像已经不接手这方面的事了。"

胡恕道："那你对这个案件有什么看法吗？"

陆清酒说："我想说你们是第一次遇到这样的案子吗？之前没有遇到过？"

胡恕又叹了口气："估计遇到过吧，你之前那个不也算是灵异事件吗？其实这种事情，如果查到最后发现是这种情况，我们一般也会结案，只是这个没法儿结，因为……就在昨天下午，我们发现了第三具尸体。"

陆清酒一愣，的确，如果查出是鬼神复仇也就罢了，毕竟凶手和杀人犯都没了，也算是结了案子，但若是这鬼神不肯收手呢？那这案子恐怕永远都结束不了，除非找出元凶。

话都说到这里了，陆清酒也基本清楚了情况，但他并不能给胡恕什么承诺，因为自己也是个普通人，他道："这样吧，你先回去，我再想一想，如果想到什么能帮得上你忙的地方，我再给你打电话。"

胡恕看着陆清酒，见他神情淡然，语气肯定，便知道这事情基本也就只能这样了，他把东西收好道："好吧，我回去等你消息。"

陆清酒送他出了门。

胡恕走后，陆清酒坐在了白月狐的摇摇椅上，等着白月狐回来。这几天白月狐挺喜欢往外跑，只是不知道干吗去了，按理说他这样懒的性子，平日里能站起来走两步都挺不容易的……

胡恕走后大概过了半个小时，白月狐回来了。

“月狐。”陆清酒从椅子上爬起来，道，“你回来了？”

“嗯。”白月狐应了声。

“尹寻没和你一起吗？”陆清酒问。

“没有。”白月狐道，“家里有陌生人来过？”

陆清酒道：“是这样的，刚才有个警察来了家里一趟。”他把胡恕和他说的事情跟白月狐说了一遍，其间小心地观察着白月狐的脸色，见他没有不耐烦的意思，才把事情说完了。

白月狐听完之后没什么反应，就在陆清酒以为他不会对这件事感兴趣的时候，他却开口询问：“又死了一个？”

陆清酒点点头，他想起了上午朝千羽离开时叮嘱他的话：“对了，朝千羽让我最近去镇上的时候小心一点，说是镇子上不太平，看来应该就是胡恕说的这件事了吧。”这倒也侧面证明了做出这事情的的确不是人类，而是和朝千羽一样的非人类。

白月狐道：“死在哪里了？”

陆清酒道：“据说是镇子靠近市里的公路上，被发现的时候人已经经过二次碾轧，目前还没有找到死者的身份。”

白月狐没说话，似乎在思考什么，他道：“我要看看那两个死者的照片。”

陆清酒心中一松，知道白月狐对这件事情起了兴趣，他道：“好，我明天找个时间去镇上拿照片。”

白月狐看了眼天空，道：“最好快一点，再过几天就月圆了。”

陆清酒这才想起白月狐这几天都在看天，他道：“月圆了有什么影响吗？”

白月狐说：“嗯，有的东西喜欢月亮。”

陆清酒觉得那肯定不是什么好东西……

既然白月狐有插手这件事的兴趣，那是再好不过了，不然陆清酒虽然担心，但也不想刻意麻烦白月狐出手，毕竟他对这事儿也不了解，万一凶手特别凶残，伤到了白月狐怎么办？

晚上陆清酒就给胡恕打了个电话，说自己明天要来警局一趟，让他把照片给备好。

胡恕也聪明，没有问为什么，只是道了声好。

第二天，陆清酒开着自家的小货车便去了镇上，在警察局拿到了那几张照片。

胡恕道："高人愿意出手啦？"

陆清酒无奈道："他只是先看看，不一定能给出什么关键性的意见，你们死者身份确认了吗？"

"没有。"胡恕说，"尸体被破坏得太厉害了，身份信息也被人拿走了，还在找。"

陆清酒道："那监控呢？有没有拍到什么东西？"

胡恕说："唉，别提了，监控里面尸体是突然出现的，第一帧还没有，下一帧就在地上躺着了。"这也是他们为什么那么笃定不是人类犯罪的原因，如果是监控被破坏了，那还有可能，但这种下一秒就出现的情况，要怎么解释呢？

陆清酒拿着照片走了，答应晚一点给胡恕回消息，然后又开着车回到了家里。

白月狐还在院子里坐着，陆清酒看见他便把照片递了过去。

白月狐接过照片，仔细看了看，最后目光停留在了生者的照片上，轻轻抬手，将生者的照片放在鼻尖嗅了嗅。

陆清酒见到他的动作，露出了好奇的神色。

白月狐没有说话，而是将照片递给了陆清酒，道："你闻闻？"

陆清酒闻言，学着白月狐的动作嗅了嗅照片，随即露出了愕然之色，这照片上面竟透着一股子香烛的气息，虽然很淡，但却格外清晰，陆清酒怕自己是闻错了还多嗅了几张，这才发现只要是活人的照片，上面都有这种气味，但是死者的却没有。

"是香烛的气味？"陆清酒看向白月狐，确认自己闻到的。

白月狐道："对，香烛的味道。"他少见地笑了起来，"就是那家伙身上的气味。"

陆清酒道："那家伙……是指凶手？"

"不。"白月狐薄唇轻启吐出了一句话，"是凶神。"

"凶神？"说实话，在听到这两个字眼的时候，陆清酒感觉到了一种不同寻常的气息，这种气息很难用言语描述，仿佛从嘴里吐出这两个字，都是一种禁忌。

"是。"白月狐手里拿着照片，眼神里浮现出了浓郁的兴趣，陆清酒倒是第一次看见他这个表情，乍看上去竟有些像是跃跃欲试。

"可是，凶神……和一般的精怪有什么不同？"陆清酒继续问出了自己心中的疑问。

“自然是不同。”白月狐道，“神要活着，需要的是信仰，没有信仰的神，还不如精怪。”他声音缓慢，十分耐心地同陆清酒解释，“精怪获得了信仰，也可以变成神，你看过人类写的《西游记》吗？”

“看过。”陆清酒点头，提到西游记，他也大概明白了白月狐的话语中隐藏的意思，“你的意思是孙悟空在成为斗战胜佛之前也是精怪？精怪可以变成神，那么神……会堕落成精怪吗？”

“不。”白月狐道，“神虽然堕落了，但也是神，只是性情会变得扭曲，甚至可能变成邪神。”他道，“所以在路边看见了不认识的神祠，可不要随便拜。”

陆清酒笑道：“自然不会。”他可不是那种对神灵感兴趣的人，接着，陆清酒把注意力又放到了照片上，道，“所以做这事的是个堕落的神？”

“是不是堕落倒还不一定。”白月狐笑了起来，他的笑容里带着几分满足，像是寻到了猎物的野兽，甚至带着几分渴望，“不过堕落或者不堕落，这种神的味道一定很好。”

陆清酒：“……能吃啊？”

白月狐道：“能啊。”

陆清酒心情复杂：“好吃吗？”

“肯定好吃。”白月狐语气果决。

一听他这话，陆清酒就知道他以前肯定吃过，而且极有可能吃了不止一个，他一时间也不知道说什么，只能眨眨眼睛试探性地发问：“那这个……”

白月狐道：“我今天晚上出去看看。”看看能不能直接吃了。

他这话就是把这事儿给应下了，陆清酒心里松了口气，既然白月狐对那个凶神如此有兴趣，那凶神肯定没办法再继续作案害人性命，胡恕他们的压力也能减轻不少。

陆清酒道：“好吧，那你晚上想吃什么？”

白月狐道：“吃肉吧……”

他对肉的执念分毫不见减少。

于是晚上陆清酒就做了个土豆烧肉，肉是农家的土猪肉，切成小块之后煸炒一遍，再放进锅里和土豆一起炖，这肉的油脂被煸炒出来，变得非常有弹性，肥瘦相间，吃在嘴里一点都不腻，土豆更是吸满了肉汁的香味，比肉还要美味，惹得人食指大动。陆清酒知道自家两只的胃口大，所以做得也多，尹寻吃完之后还拿肉汁泡了一大碗饭，全给吞干净了。

吃完饭后，白月狐去洗了碗，之后便离开了院子，陆清酒知道他是要去找凶神，所以也没有问他，只是叮嘱他注意安全早去早回。

他说完这话之后，白月狐眼神奇怪地看了他一眼，看得陆清酒莫名其妙："你这么看着我做什么？"

白月狐道："从来没有人对我说过注意安全。"

陆清酒："……"他沉默了三秒，小声地补了句，"我的意思是，注意食品安全，别……别吃坏了肚子。"

白月狐点点头，满意地走了。

陆清酒看着他的背影，心想：自己做的菜能让他满足也真是件不可思议的事……

"哎？白月狐这是要去哪儿啊？"尹寻不知何时从屋子里冒了出来，道，"他不是除了吃东西，向来是能不动就不动吗？今天怎么有闲心出去散步？"

陆清酒道："出去找吃的去了……"

尹寻挠挠下巴："……找什么？"

陆清酒耸耸肩，没有答话。

好在尹寻对白月狐的去向也不是特别感兴趣，马上便换了个话题，摩拳擦掌道："唔，话说咱们家的西瓜什么时候熟啊。"

陆清酒道："快了吧，等白月狐回来了就开两个试试。"他们家的水果通常都比别人家的熟得早，而且质量又好，地里的西瓜已经结果了，个个又大又圆，拍起来声音清脆，味道肯定不错。

"行。"尹寻说，"我先回去了，你自己在家注意安全啊，昨天我听隔壁大婶说镇上都死了三个人了，最近不太平啊。"

陆清酒道："好，我知道了，你也是啊。"

尹寻点点头，走了。

陆清酒在院子里和小花、小黑玩了一会儿，又看着鸡崽们回到鸡圈里，才去洗漱睡觉了。

白月狐说他后天晚上回来，那这两天应该不用做那么多的饭，虽然尹寻吃得多，但也是正常人的饭量，陆清酒想着想着，便陷入了沉沉梦乡。

第二天早晨，陆清酒早早地起床，先去了地里一趟。今天没有白月狐浇水，全都得他自己来。不得不说，之前陆清酒几乎没有怎么下过地，这亲自到地里后才发现，种地还真不是件轻松愉快的事儿，光是挑水就够烦人的，更不用说除草施肥了。陆清酒心想：自己以后一定要对白月狐更好一点，毕竟他可是承包了家里面最难做的事。

做完农活儿后，陆清酒回家也没什么精力做饭，尹寻这时候站了出来，表示他要用自己的力量来守护陆清酒——替他下一碗鸡蛋面。

还想多活几年的陆清酒表示十分感动，然后拒绝了尹寻，打开了尘封许久的泡面。

尹寻委屈地表示："为什么不能再给我一次机会？"

"因为生命只有一次。"陆清酒拍拍他的肩膀。

尹寻："……"

陆清酒："或者你可以吃你自己做的饭？"

尹寻想了想，还是从陆清酒的柜子里又掏了一桶泡面出来，和陆清酒一起默默开吃。家里最爱吃东西的人走了，这生活水平可以说是直线下滑啊……

不过许久没有吃泡面，偶尔吃上一次，感觉倒也还不错，陆清酒和尹寻吃饱之后便去午休了。

大概下午两点，还在睡梦中的陆清酒被一个电话吵醒，他拿起电话，在上面看到了胡恕的名字。

"喂，胡警官，有事吗？"陆清酒揉揉眼睛，语气里带着倦意。

"是陆先生吗？"胡恕的声音略微有些焦急。

"是我，怎么了？"陆清酒道。

"这边需要您马上来一趟警局。"胡恕道，"出了点新的情况。"

"怎么了？"陆清酒一听他的语气，就感觉事情似乎有些严重，马上清醒了过来，他道，"出什么事了？"

胡恕道："又有了新的死者！"

陆清酒道："新的死者？！"他从床上坐起，确认道，"什么时候发生的事？"

"大概在上午十一点。"胡恕说，"尸体是在警察局附近发现的。"

陆清酒道："那……请问我能帮上什么忙吗？"他只是个普通人，这案子明显是非人类干的，他就算想做点什么，恐怕也是有心无力。

"请您来警局一趟，这个死者可能和您有些关系。"胡恕说，"在电话里面不方便说。"

陆清酒道："和我有关系？！"一瞬间，他脑子里闪过了许多可能性，他第一反应是尸体是白月狐的，白月狐在狩猎过程中被凶神反杀，之后心中又生出了一种更加恐怖的猜测——按照胡恕之前的说法，死者死后，家里人并没有发现他出现了任何异样，也就是说即便那人是他的亲友，凶神在杀死那人之后也会化作亲友的模样继续隐藏身份，而水府村这么小，陆清酒的人类朋友，就只有一个……难道出现不测的，是尹寻？！

想到今天中午自己还在和尹寻一起吃泡面，陆清酒手臂上起了一层鸡皮疙瘩，但最多的还是担忧，如果尹寻真的出了事……

“好，我马上过来。”陆清酒不再耽误时间，起床换衣服出门。

他没敢先去找尹寻确认这事，要是出事的真是尹寻，这么过去肯定要打草惊蛇，甚至有可能把自己给搭进去。

其实陆清酒现在最想联系的是白月狐，但奈何白月狐并不用手机，所以也只能等他自己回来。

陆清酒开着小货车开始往镇上赶。

“乖乖，这次快一点，咱们有急事。”陆清酒摸着方向盘，和自家的小货车商量，“好不好啊？”

小货车“叭叭”两声，像是在告诉陆清酒它听懂了。

陆清酒高兴地又摸了它两下。这次小货车果然很争气，咬紧了牙一个劲地往前跑，平时两个小时的路程硬生生被它缩短到了一个小时。在山路上飙车本来是非常危险的事，但这小货车跑起来根本不需要陆清酒控制方向盘，所以倒也不用担心存在什么交通事故。

陆清酒在这期间给尹寻打了个电话，问他在做什么。

“我？我睡了个午觉起来，这会儿在地里呢。”尹寻说，“准备下点白菜种子……怎么了？”

陆清酒想了想，道：“对了，你还记得我们小时候去山上玩的事情吗？”

“小时候去山上玩？”尹寻道，“怎么了？”

“你不是最喜欢吃刺泡了吗？”陆清酒说，“我们等夏天的时候再去山上摘点？”刺泡的学名叫作覆盆子，味道酸甜，是很多小孩儿喜欢的一种野生水果，熟透之后是紫色的，陆清酒他们小时候的确经常摘来吃。

“不去！”尹寻道，“你想整我吧？！”谁知尹寻却一口否认了陆清酒的说法，“好吃是好吃，可那东西那么多刺，我还对刺过敏，你忘了有次我差点进医院的事了？”

陆清酒道：“哦，想起来了。”

尹寻说："你怎么啦？怪怪的。"

"没事。"陆清酒说，"你先种白菜吧，晚上和你说。"

"行。"尹寻看来也在忙，没有多纠缠便挂掉了电话。

刚才那些话的确是陆清酒在试探尹寻，尹寻体质特殊，对很多东西都容易过敏，那种野果的刺就是其中之一。如果尹寻刚才同意了陆清酒的邀请，陆清酒心里大概就有数了，可现在陆清酒并没有在尹寻身上发现什么异样。

陆清酒觉得这事情越发扑朔迷离起来。

又过了十几分钟，小货车开到了警局门口，陆清酒打通了胡恕的电话，便看见胡恕从里面走了出来。

"我们换个地方谈。"胡恕上车后表情严肃道。

"去哪儿谈？"陆清酒问。

"就附近的茶馆吧，我指路，你往前开。"胡恕道。

陆清酒觉得有点奇怪，他道："为什么不在警局里谈？"

胡恕道："警局里现在很乱，我是私下里找的你，如果被我们领导知道就不妙了。"

似乎也有些道理，陆清酒发动了汽车。

胡恕给陆清酒指着路，让陆清酒从小镇的另一个方向出去了。小镇的位置比较偏，到市里还需要半个多小时，这路上比较荒凉，只有稀稀拉拉的居民。陆清酒一开出小镇，就隐约感觉有些不对劲，他看了胡恕一眼，试探性问道："胡警官，请问我们到底要去哪里？"

胡恕看着前方，淡淡道："继续往前开。"

听到这话，陆清酒却一脚踩下了刹车，他说："胡警官？"

胡恕扭头看着陆清酒，道："你为什么停车？"

陆清酒深吸一口气，他道："我不想再往前开了，有什么事麻烦你现在就告诉我吧，死的人到底和我有什么关系。"

胡恕道："要抽根烟吗？"

陆清酒摇摇头。

胡恕也不介意，从兜里掏出根烟点上，重重地吸了一口，他道："其实啊，我这个警察当得窝囊。"

陆清酒蹙眉，他听着胡恕说话，身体却开始朝门的方向靠去，随时准备跳车。

胡恕道："你这么怕我吗？还是察觉了什么？"

从见到胡恕开始，陆清酒就觉得他有些不对劲，特别是他要求自己去其他地方和他详谈的举动充满了违和感。现在他不肯说出到底是怎么回事，就几乎验证了陆清酒的猜想。

"你叫陆清酒是吧。"胡恕笑了起来，他的笑容充满了一种让人非常不舒服的邪气，看向陆清酒的眼神里也包含着毛骨悚然的渴望，他道，"我叫胡恕，很高兴认识你。"

他说完这句话，便朝着陆清酒扑了过来。

陆清酒见状大惊，急忙躲闪，小货车也很给面子地直接打开了车门，陆清酒跳出车外，没让胡恕扑个正着，然而胡恕看着车外的陆清酒却冷冷地笑了起来。他并不慌张，似乎笃定了陆清酒无处可逃，不紧不慢地打开另一边的车门，从另一边下车之后走向了陆清酒。

陆清酒看着他的动作，脑子里冒出了一个念头。

然而他还没动，胡恕便笑着来了句："我劝你最好不要这么做。"

陆清酒道："什么？！"

胡恕并不说话，嘴里叼着烟，微笑地看着陆清酒，一只手却伸进了自己的口袋，掏出了一个东西，陆清酒站在他面前，清楚地看到了那东西的模样——那是一把黑色的手枪！

胡恕抓着枪，咔嚓一声打开了保险，道："看吧，我并没有骗你呀。"

陆清酒道："你是那个凶神？？"

胡恕闻言挑眉，眼神有些怪异："你怎么会知道？你不是人类？"

他这话一出，也算是间接认下了自己的身份，陆清酒没想到前一天刚见过的胡恕，第二天就变成了这个样子，恐怕之前他告诉自己在警局附近的水沟里发现了尸体，也并非谣言——那尸体应该就是真正的胡恕的。

"你还有什么遗言想要说吗？"胡恕拿着枪，朝着陆清酒走了过来，"赶紧趁现在说了吧。"

现在的情形着实危急，陆清酒和胡恕两人之间相距不到三米，胡恕一抬手就能打穿他的身体，陆清酒唯一的机会便是硬着头皮往小货车上冲，如果能冲进驾驶室里，或许还有一线生机。

但显然胡恕已经猜透了他的想法，他道："不要进驾驶室哦，乖乖待在原地，或许还有一线生机呢。”

陆清酒后退一步。

胡恕却已经走到了他的面前，他说：“对，就是这样，很乖……”他走得很慢，但一直没有开枪，反而用那把枪抵住了陆清酒的下巴，道，“你知道我为什么会杀人吗？”

陆清酒道：“我怎么知道？”

“因为人类太有趣了。”胡恕歪了歪头，将枪顺着陆清酒的下巴往下滑，滑过颈项，抵上了陆清酒的胸口，他道，“人类身上什么都有，好的，坏的，我喜欢的，还有不喜欢的，我只要扣动扳机，你就死了……你怕吗？”

陆清酒冷冷地看着胡恕，他道：“没有人会不怕死吧？”他嘴里这么说着，眼神里却并没有胡恕想看到的恐惧，胡恕“啧”了声，道：“你是我见过的最冷静的一个，很有趣。”

陆清酒道：“你还想做什么？”

胡恕道：“你怎么知道我有想做的事？”

“你如果不想做什么，早该开枪了。”陆清酒说。

“聪明。”胡恕笑了起来，“我就喜欢和聪明人打交道。”他慢慢移开了枪口，道，“其实我也有些厌倦这样无趣的屠杀，这样，你和我玩个游戏好不好？”

陆清酒道：“游戏？”

胡恕道：“看到这把枪了吗？里面只有一颗子弹，一人对着对方开一枪，直到对方死亡为止。”

陆清酒看着胡恕没说话。

“玩吗？”胡恕却似乎对陆清酒的沉默有些不耐烦了。

“好。”在这样的情形下，不答应他也是个死。胡恕听到了陆清酒的答案后哈哈大笑，似乎心情很好似的，他道：“你先来，还是我先来？”

“我先来吧。”陆清酒道，他想看看胡恕会不会把枪给他。

让他没有想到的是，在听了他的话之后，胡恕居然非常坦然地将手枪递到了他的面前，还很绅士地道了句：“请。”

陆清酒舔了舔嘴唇，将枪拿在了手里。枪是冷的，他手心里的汗却是热的，陆清酒握紧了枪，他的声音有些沙哑，或许是因为紧张，他道：“你就不怕我直接对你连开几枪吗？”

胡恕道："你可以试试。"

一般情况下，面对这种非人类的东西，所有人都会处在恐惧之中，拿过枪对着胡恕一通乱打也不是不可能。陆清酒飞速思考着，他觉得胡恕的行为里充满了某种怪异的违和感，明明可以直接杀死自己，为什么要选择如此浪费时间的方法？难道真的像他所言那般只是为了娱乐？可这枪里的子弹是胡恕自己上上去的，而且以他非人类的身份，想要作弊也是很简单的事。陆清酒想，自己到底遗漏了什么呢？

"开枪吧。"胡恕开口。

陆清酒扣动了第一下扳机，咔嚓一声轻响，没有子弹射出，陆清酒在松了一口气的同时也感到了一阵恐惧，但他强行克制住了自己想要对胡恕开第二枪的想法，而是将枪还到了胡恕的手上。

"你还真的还给我了？"没想到胡恕接过枪后，却来了这么一句，"我还以为你会继续开枪呢。"

"我倒是想。"陆清酒道，"但你总该有法子让我开不出来的。"

胡恕道："或许我只是骗你的呢？"

陆清酒看着他。

胡恕道："或许我只是一个疯子，想和你玩个赌命的游戏……"

陆清酒冷笑："如果你只是一个什么都不思考的疯子，就不会有那四具尸体了。"

胡恕闻言颇为赞赏地点点头，他道："你很聪明。"然后扣动了扳机。

"咔嚓。"听着那一声轻响，陆清酒的后背冒出了一层冷汗，但幸运的是除了轻响之外，并没有喷射出的致命火光——这又是一发空枪。

"你运气不错。"胡恕露出微笑。

陆清酒吐出一口气，朝着胡恕伸出了手，他想看看胡恕还会不会把枪给他。但胡恕却没有任何犹豫，便把手枪放到了陆清酒的手心里，他说："请便。"

陆清酒握着枪，却注意到胡恕的眼神里比刚才多了点什么，那既不是恐惧，也不是担忧，而是兴奋，无法抑制的兴奋。

明明枪在自己的手里，为什么兴奋的却是胡恕？陆清酒感觉自己抓住了什么，他看着手里的枪，又看了眼自己对面的凶神，一个不可思议的念头从他的脑海里冒了出来。这个念头太过荒诞，以至于他都有些怀疑自己是不是太过多虑。

"开枪啊。"然而下一刻，胡恕的话却让陆清酒肯定了自己的想法。

陆清酒用枪对准了胡恕的脑袋，此时两人之间的距离不过两米，就算陆清酒没有使用过枪，也可以轻易击中胡恕，更不用说胡恕一点躲闪的想法都没有。

“你在期待什么？”陆清酒盯着胡恕，“你在期待我开枪？”

面对陆清酒的质问，胡恕却有些不耐烦了起来，他将嘴里的烟吐到了地上，道：“不要打扰我游戏的乐趣，你如果不想玩，那我现在就宣布游戏结束。”

陆清酒道：“结束之后呢？”

胡恕咧开嘴笑了，猩红的舌头舔了舔嘴唇：“结束之后，当然是到了品尝美食的时间。”

陆清酒道：“好吧。”他深吸一口气，预备扣动扳机，胡恕见到陆清酒的动作，黑色的眸子里透出一种近乎癫狂的兴奋，陆清酒开了枪——子弹从枪口倾斜而出，巨大的后坐力让陆清酒倒退了一步，然而枪响之后，胡恕依旧好好地站在陆清酒对面，身上并没有任何伤痕，反而是脚下多了一个还在冒着烟的弹孔。

“你在做什么——”胡恕没料到这一幕，登时暴怒道，“老子叫你对着我开枪，你打哪儿呢！”

陆清酒道：“不好意思啊，我没开过枪，就突然手滑了一下。”才怪，他就是故意对着胡恕脚下打的，眼前要他开枪的凶神显然不怀好意，虽然不知道他到底为什么要这么做，但陆清酒还是把握住了一个要素——他似乎在寻求死亡。

胡恕恶狠狠地看着陆清酒。

“那……再来一次？”陆清酒被他盯得有些不自在，只能尴尬地提议。

“我哪有时间和你再来一次，行了，既然你不想玩，就算了。”胡恕冷笑，“去死吧！”他说完这话，便朝着陆清酒扑了过来，不知何时，他的手中多了一把明晃晃的匕首，此时更是毫不客气地朝着陆清酒捅了过来。

第十一章

狐狸精

陆清酒反应极快，转身就想要往小货车身上爬，但胡恕已经到了他的身后，一把抓住了他的手臂，将他硬生生地从小货车身边拉开了。

陆清酒的力量和胡恕完全不是一个级别的，几乎只一个照面便落了下风，被胡恕按在地上死死地掐住了脖子。

胡恕恶意满满地看着陆清酒，手上不断地用力："游戏结束啦。"

陆清酒痛苦地张大了嘴，努力想要从胡恕的手中挣脱出来，他的手在旁边的地上乱摸，接着便摸到了一个冰冷的东西……是胡恕随手扔在旁边的匕首。他把匕首扔了？按理说缺少氧气的头脑应该无法思考，但在这一刻里，陆清酒的神志却格外清醒，他抓住了匕首，拿着匕首朝胡恕的手臂上刺去。

胡恕吃痛惨叫，却没有减小手中的力度，反而更加兴奋，他在陆清酒的耳边咯咯笑了起来，声音像是变了个人，低沉又邪恶："你发现了？选吧，今天要么你死……要么我死……"

陆清酒艰难道："死骗子，死的明明是胡恕……"

胡恕闻言哈哈大笑，他道："那又如何？"

陆清酒对着胡恕的手臂又来了一刀，想让胡恕吃痛放开他，但显然，被凶神控制了身体的胡恕完全没有受到这点小伤的影响，手上的力度丝毫未减弱。

陆清酒的眼前开始出现黑色的斑点，意识也逐渐模糊，他此时的确还有一个选择，就是直接要了眼前人的命，可他并不想这么做，最后的理智在告诉他，胡恕可能没有死，但如果一刀下去，胡恕就真的没命了……

就在这关键时刻，身后的小货车发出“叭叭”两声，竟是掉头直接朝着陆清酒和胡恕撞了过来。

胡恕没想到那小货车居然是精怪变的，似乎被吓了一跳，但他很快就冷静了下来，对着朝他撞来的小货车不怒反笑，他松开了掐着陆清酒脖颈的手，冷冷地吐出两个字：“有趣。”接着，他从地上站起身，对着小货车张开了手臂，“来啊，我倒要看看，你能不能把我撞死。”

小货车车灯闪烁，长长地“叭”了一声，接着发出了踩油门特有的嗡嗡声，陆清酒来不及阻拦，便看到它朝着胡恕冲了过去。

“不——”陆清酒喊出了声。

就在陆清酒以为小货车会直接把胡恕撞死的那一刻，它的前面却绽开了一朵冰蓝色的花朵，胡恕看见这花脸色大变，但他还没来得及反应，便被这朵冰蓝色的花包裹了起来。

“我 ×——”也不知道这朵花到底是什么，被包裹进去的胡恕发出惊恐又愤怒的惨叫。

小货车把胡恕包裹起来后，车厢里便腾起了一串黑色的烟雾，烟雾散去后，白月狐竟出现在了车厢里。

他和往日的模样略微有些不同，脸色格外苍白，嘴唇却又红得吓人，他离开车厢，走到了陆清酒的面前，朝着他伸出手：“没事吧？”

“没事。”陆清酒握住了他的手，他注意到白月狐的嘴唇旁边似乎有抹红色的痕迹，“你嘴上是什么？”

白月狐闻言用大拇指轻轻一抹，舔了舔嘴唇：“没什么。”

陆清酒：“……”他似乎闻到了一股子血腥的味道，再联系上白月狐那餍足的表情，陆清酒猜测他可能刚刚饱餐过一顿。

此时胡恕还被裹在那朵蓝色的花里，陆清酒走近了一看，才发现这朵花是小货车身体的一部分，是朵蓝色的肉花。

“放出来吧。”白月狐把嘴唇上的血渍舔干净了。

小货车这才放开了胡恕，胡恕落在地上，却好似已经失去了意识，双眼紧闭，手上还有陆清酒刺出来的伤口。

“他没事吧？”陆清酒有点紧张地询问。

“没事。”白月狐道，“死不了。”

陆清酒道：“那个凶神呢？”

白月狐回答：“被我吃了，残留了一些神念，可能还要花些时间清理，不过成不了大气候。”

陆清酒本来打算把胡恕扶起来，却被白月狐拦住了，说：“别扶了，他就手上一点皮外伤，过会儿就醒了，你要是不放心，就打 120 吧。”

陆清酒点点头：“好。”他拿出手机打了 120，并且报出了地点。

胡恕身上有些奇怪的黏液，看起来应该是小货车留下的，陆清酒道：“我还没发现咱们家小货车居然这么厉害呢。”

白月狐闻言表情却略微有些奇怪，他道：“唔……算厉害吗？”

陆清酒道：“要不是它我可能就死啦。”

“死不了的。”白月狐淡然道，“它到底是神，不能亲自动手杀人，要是动了手，身上就沾了血气，会神力大减。”

“对了，它是什么神？”陆清酒这才想起了重点。

“听过奢比尸吗？”白月狐问。

陆清酒愕然道：“它居然是奢比尸？！”自从文鳐鱼事件之后，陆清酒就补习了一遍《山海经》，对所有的精怪都有了印象。《山海经》记录的不光有精怪，还有各类神。奢比尸，就是神的一种。传说他也是天神，会因为各种情况被杀死，但身死魂却未消，魂魄便继续用尸体的状态存活。这种神兽身人面，耳朵上还挂着两条青蛇，只是不知为何，似乎他的存在感非常低，至少在仔细阅读《山海经》之前，陆清酒从未听过这位神的名字。

“嗯。”白月狐道，“落地凤凰不如鸡，指的就是他吧。”

陆清酒苦笑。

随着时代的进步，人们的信仰越来越薄弱，更不用说奢比尸这样的小神了，除了文字记录之外，他似乎没有了别的信徒，白月狐说过，被遗忘的神甚至还不如精怪。

“你把他吃掉了？”陆清酒问道。

“神是不灭的。”白月狐道，“我吃掉的只是他的信仰的一部分，他只要有足够的耐心，继续积蓄力量，总会重新找到力量的载体的。”他说到这里，笑了笑，“不过你也不用担心，继续找到信仰，并不是那么容易的事。”特别是对于一个被遗忘的神来说。

陆清酒点点头。

120来把胡恕接走的时候，胡恕已经醒了，醒后满目茫然地看着陆清酒，似乎不明白之前发生了什么。

陆清酒对他道：“你先去医院吧，在医院把手上的伤口包扎一下，咱们另外找个时间慢慢说。”

胡恕道：“好……我什么都不记得了。对了，这伤口谁扎的？”

陆清酒冷静地回答：“非人类。”

胡恕：“哦。”

把胡恕送上救护车后，陆清酒这才和白月狐开着小货车朝着家的方向驶去。在货车上，白月狐敲了敲方向盘，冷声叮嘱了一句：“不准用那个裹陆清酒。”

小货车用喇叭叫了一声，不知为何陆清酒竟从中听出了一丝悲伤的味道。

小货车的本体陆清酒基本已经猜了出来，只是这蓝色的花到底是什么？它特有的技能吗？本来陆清酒没有多想什么，但听了白月狐的叮嘱，陆清酒心里却冒出了一丝怪异的感觉，于是偷偷摸出手机点开搜索栏，在里面输入了两个字：蛞蝓。

页面刷新之后，陆清酒点进了图片搜索那一栏，接着，他发现人果然不能太有好奇心。只见页面上两条蛞蝓交缠在一起，它们的身下盛开了一朵冰蓝色的肉花，而这幅图下面的介绍：交配中的蛞蝓——所以，那朵冰蓝色的花到底是什么，他已经完全明白了。

陆清酒默默放下手机，有点想捂住脸，怪不得刚才白月狐让他别碰胡恕，他还以为是白月狐怕胡恕被二次伤害，现在想来……大概是不想让他碰到胡恕身上那些微妙的黏液吧。

陆清酒放下手机，重新把手放到了方向盘上。

这么折腾了一天，陆清酒也有些累了，特别是他被胡恕掐出来的伤口，此时已经肿了一圈，青紫的痕迹在他脖子上格外显眼。

尹寻来到陆清酒家里，看见他脖子上的痕迹惊呆了：“清酒，你脖子怎么啦？”

陆清酒含糊道：“出了点意外。”

“意外？什么意外能留下这样的伤口？”尹寻的眼神在陆清酒身上走了一圈，又落到了他身后的白月狐身上，“该不是他打你了吧！”

白月狐瞥了尹寻一眼，尹寻被他的眼神盯得往后一缩："我开玩笑的……不过，他要是真的打你你一定要说出来！"

陆清酒道："说出来，然后呢？"

尹寻说："这说出来心里不就好受点了吗……来来来，我见你们没回来熬了锅粥，你们来尝尝。"

陆清酒："……"你可真㞞。

尹寻熬的粥没人愿意吃，陆清酒便又重新去下了面条。尹寻吃完就回了家，陆清酒则和白月狐坐到了院子里。

白月狐坐回了他心爱的椅子上，陆清酒顺手帮他摇啊摇。

摇着摇着手机响了，陆清酒拿起来一看，发现是胡恕，看来他在医院里已经处理好了伤口，缓过劲来了。

"喂，陆清酒，你没事吧？"胡恕的语气有点紧张。

"我？我没事啊。"陆清酒道，"你呢？情况怎么样？"

"我没事。"胡恕回答。

陆清酒道："你之前跟我说在警察局旁边发现一具尸体，是真的假的？"

"尸体？没有这事儿啊。"胡恕茫然，"你怎么这么说？"

陆清酒闻言倒是松了口气，因为那凶神在电话里说警察局旁边有尸体，当时陆清酒还以为是胡恕的，现在看来白月狐既然没有说什么，胡恕也对此表示不知道，那这件事就应该是假的，新的受害者并没有出现。

被奢比尸附身之后，奢比尸会操纵着被附身的人去攻击其他人，一旦反击杀死了被附身的人，那奢比尸的目的就达到了，而攻击者似乎也会被牵连进去……

万幸的是当时陆清酒就发现了异样，没有下手直接弄死胡恕。不然之后即便是白月狐及时赶到，陆清酒恐怕也无法原谅自己。

"这案子应该可以结了。"陆清酒跟他解释，"凶神好像被处理掉了。"

"啊？"胡恕一愣，"真的？"

"真的。"说这话的时候陆清酒看了眼白月狐。

他家狐狸精今天晚上心情好得很，眼角眉梢都带着餍足之色，这么看去，竟是带着几分魅惑的味道。

虽然是男狐狸精，可也很好看啊，陆清酒在心里面暗暗地想了想，当然没敢把这话说出来，只是笑着让胡恕不用担心了。

胡恕一头雾水，但听陆清酒并不打算详细回答便只好作罢，他叹了口气，语气里带着些恐惧的味道："如果真的就这么结束，那真是太好了。"虽然从头到尾都没明白发生了什么，他只不过是被上司一个电话叫了出去，之后就失去了自己的意识，等到彻底恢复意识的时候已经躺在医院病房里了。

不过虽然记忆是模糊的，但他却隐约感觉自己好像看到了什么极为恐怖的场景，以至于刻意遗忘了那一段记忆。也正因如此，他并没有仔细询问陆清酒到底发生了什么，人类的求生欲和好奇心相遇，在这一刻，到底还是求生欲占了上风。

知道得多了，并不是什么好事，特别是关于另外一个世界的东西。

胡恕没有死命追着寻找真相，倒是让陆清酒松了口气，他也不知道该怎么和胡恕解释，总不能让白月狐自曝身份吧。

况且奢比尸既然已经被白月狐吃了，那这件事便算是告一个段落。

陆清酒也懒得去深究了。

经过这件事，陆清酒养了好几天脖子上的瘀青才渐渐消失，虽然其间白月狐给了陆清酒一种膏药，据说这种膏药抹到伤口处过一会儿就能好，但陆清酒收下之后却没有用，因为他用了之后没法和尹寻解释怎么一转眼自己脖子上的伤就好了……而且这伤口也没有什么特别大的影响，就是快好的时候看起来有点微妙。

"哟，清酒，交女朋友啦？"第一个调侃他的居然是小花，这猪崽子自从暴露了自己会说人话之后就开始皮了起来，除了尹寻在场的时候会安静点，平时闹得跟只麻雀似的。

"你话真多，这一屋子的男人，我哪里来的女朋友？"陆清酒道。

"我妹妹啊，我妹妹可漂亮了。"小花把坐在后面高高兴兴啃玉米棒子的小黑拎了出来。

陆清酒："……"

小花道："她真的很漂亮！对吧，小黑？"

小黑茫然地抬起头，发出了一声猪叫："哼唧？"

小花听到这猪叫气得一猪蹄子就过去了："我叫你不要和隔壁的小白猪玩，你非不听，你学什么猪叫啊，我们可是瑞兽，虽然和猪长得像，那也是瑞兽——"

小黑被骂得哭了起来："呜呜呜呜，哥哥你好凶哦。"

陆清酒见状哭笑不得，没有再理会这两只小黑猪，继续做自己的事去了。

之前那个案子，很快就有了结果，陆清酒看新闻的时候看到了本地新闻的播报。说是凶手在杀人之后选择了自杀来逃避罪行，新闻自然没有提到那些非自然的因素。

胡恕很快也出院了，还给陆清酒报了个平安，只是报平安的时候语气里带了点迟疑，说上面的人好像注意到了这个案子。

“上面的人？”陆清酒问。

“唔……就是处理一些特殊案件的。”胡恕道，“我暂时没有供出你的信息，只是不知道他们会不会查到你。”

陆清酒想了想，对胡恕道了谢。

胡恕说：“你太客气了，要是没有你，我可能已经死了。”

陆清酒闻言倒是有些想笑，毕竟当时奢比尸可是逼着他杀了胡恕，只是不知道为什么奢比尸会选择他，可能和白月狐也有些关系。

这事情过去后，平静了很长一段时间，天气也越来越热。

白月狐种下的西瓜熟了，陆清酒去抱了一个最大的回来，本来是想在井水里面冰镇的，但是想到井水里的女鬼小姐，最后还是选择了冰箱。

西瓜和火锅简直是绝配，陆清酒想着大家好久没有吃大餐了，便特意去镇上买了许多烫火锅专用的食材，然后熬了一大锅骨头汤做汤底，想着晚上大家吃个痛快。

火锅和其他菜不同，吃不够了还能往里面加，白月狐平时就挺喜欢的。

陆清酒熬好了锅底，然后在桌子上架了个电磁炉，三人便围着火锅吃上了。这天儿虽然热，但屋子里有空调，倒不是十分难熬。

尹寻吃得满头大汗，他最喜欢吃的就是陆清酒特制的卤牛肉，牛肉在入锅之前就已经先卤好了，然后再在火辣的锅底里过一遍，不但入味，而且还多了一分麻辣的味道。

“好好吃啊。”尹寻吃得眼泪都快流出来了。

白月狐就坐在陆清酒旁边，他不怕烫，筷子就一直没有停过，最神奇的是虽然很热，但他脸上额头上一滴汗水也没有，也就嘴唇稍微变得红润了些。

陆清酒最喜欢的是火锅里的土豆，煮得面面的，一口下去，麻辣绵软，非常入味。

三人吃了一晚上，最后又把冰好的西瓜捧出来切了分食，不得不说，自从白月狐来了家里之后就再也没有过剩菜，什么东西几乎都能一顿吃完。

陆清酒吃饱之后就瘫着了，白月狐和尹寻负责洗碗，瘫了一会儿陆清酒还是觉得撑得厉害，便站起来在院子里走了几圈。走着走着，却在院子附近听见了一阵“叽叽叽”的微弱叫声。

这声音不是鸡叫，倒有些像什么野生动物的幼崽，陆清酒顺着声音推开了院子的门，走到了附近的小道，看见草丛里有什么东西在不停地扭动。

陆清酒弯下腰，拨弄了一下草丛，当他看清楚了草丛里的东西时，动作却停顿了几分——只见草丛的深处，躺着一只白色的小狐狸，那小狐狸不过巴掌大小，浑身上下长着一层白色的绒毛，眼睛是漂亮的蓝色，看起来十分可爱。陆清酒脑袋刚支过去，缩在草丛里瑟瑟发抖的小狐狸就看见他了，被陌生人吓了一大跳，小狐狸急促地尖叫了几声便想要朝着其他方向逃去，但它并没有注意到身旁草丛里隐藏的石块，匆忙之下，竟是一头撞在了上面，居然就这样直接把自己给撞晕了。

陆清酒见此景，脑子里冒出一个不可思议的念头，嘴里惊恐地叫道：“白月狐，你快点过来看看！是不是你儿子找上门来了！！！”——不然哪里来的狐狸崽子啊！

小狐狸软乎乎地躺在地上，眼睛紧紧地闭着，陆清酒害怕它出什么事赶紧将它抱进了怀里。狐狸很小，不过巴掌大小，软乎乎的毛发蓬松柔软，摸在手里手感也十分舒服。

陆清酒轻手轻脚地抱着它赶紧回了家，边进门边叫：“白月狐！白月狐！这是不是你儿子？”

白月狐刚洗完碗，手上还是湿的便从厨房里出来了，他一出来就看到了陆清酒和他怀里的小狐狸崽子，眼神一下子变得犀利了起来：“哪里来的狐狸？”

陆清酒道：“路边捡的。”他描述了一下刚才的情况，然后狐疑道，“是不是谁故意丢在咱们家门口的？”说着还若有所思地看了白月狐一眼。

这家里的狐狸精就白月狐一个，狐狸崽子肯定和他有关系，就这样丢在门口，倒有点符合女子被始乱终弃、独自产子，最后愤恨地将孩子扔到负心郎门口的剧情……

不过话说回来，陆清酒记得自己在动物世界里看过，狐狸是一夫一妻制的动物，就算丧偶了也不会寻找新的伴侣。难道说变成精怪之后，这种习性也会改变？

陆清酒正在脑补一出狗血大剧，就见白月狐蹙着眉头走了过来，伸手一把将那狐狸崽子拎了起来。

本来狐狸崽子被石头撞得晕晕乎乎已经没了反应，可白月狐的手刚一碰到狐狸崽子，那小狐狸就睁开了眼睛，只是眼神里是满满的惊恐，并且开始不停地发出“叽叽叽”的叫声，想要从白月狐的手里挣脱出来。

陆清酒看着它这个模样，心都软了，赶紧道："别这么拎着它，把它拎疼了。"

白月狐闻言手一伸，将狐狸崽子扔到了陆清酒的怀里。

"怎么可能是我儿子。"白月狐直接否认了陆清酒的问话，语气里还带上了嫌弃的味道。

"真不是你儿子？"小狐狸崽子一到陆清酒怀里就不吭声了，还瞪着那双湿漉漉的眼睛可怜兮兮地朝着陆清酒胸口拱了拱，全然没有了到白月狐手里的那股子激动劲儿。

"不是。"白月狐非常肯定地吐出两个字。

"那不是你儿子也该是你族人吧？"陆清酒说，"这难道是只普通的狐狸？"他记得只有冬天狐狸才是白色的，是为了和周围的环境融为一体进行捕猎，但是现在马上就到夏天了，就算是山里的狐狸也不该是白色，而且小狐狸身上干干净净的，一点脏东西都没有，实在是不太像野生动物。

白月狐听到了陆清酒的问话，却没有直接给出答案，而是若有所思地看了那狐狸一眼，似乎是在思考什么。

陆清酒在旁边等了一会儿，便听到他道了句："是，是我族人。"

"真是？"知道自己怀里是只小狐狸精，陆清酒一下就来劲儿了，"能变成人吗？"

"年龄太小，不能变成人，也不太好吃。"白月狐说道。

反正无论什么东西白月狐都会用评判食谱一般的语气评价一下，陆清酒也没在意，他道："不能变成人啊？"

白月狐道："还得长大点。"

"那它吃什么？家长什么时候来接？"陆清酒有点高兴，其实他很喜欢这类毛茸茸的动物，因为之前在上班，家里也没有条件养，所以也就只是想想。虽然家里的小黑、小花长得是挺可爱的，但奈何猪猪身上没有毛，满足不了陆清酒这个隐形绒毛控的癖好。

白月狐道："接？"

陆清酒道："难道不接？就放在咱们家养着了？"

白月狐："我觉得其实可以等养大了……"

他后面的话还没说完，陆清酒就明白了他的意思，惊恐道："你不会是想养大了吃了吧？它可是你族人，虽然没有化形，但也是你同类啊！"

白月狐沉默了，陆清酒在他的眼神里看到了"为难"两个字，似乎是在思考到底要不要放弃眼前这顿饭，最后，在陆清酒满是愕然的瞪视下，他还是很不甘心地放弃了自己内心的想法，很是勉强地说："那就暂时养着吧。"

陆清酒道："行！"他直接无视了白月狐嘴里"暂时"两个字，虽然平时白月狐冷冰冰的，但相处久了陆清酒觉得其实他性格不错，有什么事都会和他商量着来，很少独断专行。

小狐狸在陆清酒的怀里瑟瑟发抖，脑袋简直要钻到陆清酒的衣服里面，就留个长着蓬松尾巴的、白乎乎的小屁股在外面。

"陆清酒你怀里抱了个什么啊？"尹寻给白月狐打完下手刚去上了个厕所，结果一回来就看见陆清酒的怀里抱了个可怜兮兮的白团子，他走近一看，"狐狸？你从哪里抱来的？"

陆清酒回答："路边捡的。"

尹寻："路边还能捡狐狸？！哎哟这小可怜，还在发抖。"他说着话，伸手撸了撸小狐狸那软软的绒毛。小狐狸长大之后皮毛会变得更加坚硬，手感也就没那么好了，只是陆清酒怀里的这只显然年龄还不大，没有经过换毛，摸起来简直像是玩具店里的毛绒玩具，还带温度的那种。

"它吃什么啊？"陆清酒又问白月狐。

白月狐蹙眉，思量片刻："狐狸不都吃鸡嘛。"

陆清酒："……"他感觉自己家的狐狸精似乎有点不太专业，连族人吃什么都不知道。

小狐狸的确是饿了，嘴巴含着陆清酒的手指开始吮吸，眼睛湿漉漉地看着陆清酒，表情可怜又可爱。

陆清酒拍板："我先试试。"他和尹寻去厨房决定给小狐狸做点肉糜，两人转身离开时，没有注意到白月狐那无比嫌弃的眼神。

陆清酒把肉煮熟，剁成肉糜之后拿到了小狐狸面前，小狐狸用尖尖的鼻子嗅了嗅，随后就欢快地吃了起来，看来是只已经断奶的狐狸，不然陆清酒还真不知道这大晚上去哪里给它找奶喝。

小狐狸吃得非常开心，不过吃两口就小心翼翼地看陆清酒一眼，似乎是在担心陆清酒随时会把吃的带走。它这小眼神儿看得陆清酒心都化了，伸手摸了摸它的脑袋，道："吃吧，吃吧，吃饱了为止，我不会拿走的。"

小狐狸似乎听得懂人话，见陆清酒这么说，便埋下头继续苦吃，吃得嘴巴两边都沾满了肉末末。

家里突然来了这么只小可爱，陆清酒很是高兴，把它喂饱之后还给它搭了个窝，就在自己的卧室里面。小狐狸似乎也有些困了，乖乖地缩进窝里就开始睡觉，陆清酒和尹寻站在旁边看着，均是露出了慈父般的笑容。

“我以前也想养狗。”尹寻说，“但是想着自己都养不好，就算了。”

陆清酒道：“没事，我们现在可以养狐狸。”

尹寻流出感动的泪水，紧紧地握住了陆清酒的双手，觉得甚是幸福。

晚上，尹寻走后，陆清酒去简单地洗漱了一下，只是当他准备回房休息的时候，却听到院子里传来了对话的声音，这声音不像是小花、小黑的，倒像是白月狐在和什么人说话，陆清酒略微有些好奇，便从窗户里面朝外看去。

这会儿天色已经有些黑了，只能隐约看见白月狐模糊的身影，听见隐隐约约的声音。

白月狐像是在和什么人吵架，他说：“快点过来，我保证不吃了你，你把它领走——”

那边不知道说了什么，白月狐又道：“怕？你怕什么，我不是说了我不会吃你吗？我给你三天时间，不过来就等死吧……”

他一边说话，一边朝着院子门口走去，接下来到底说了什么，陆清酒有些听不清楚了，不过白月狐不耐烦的态度倒是十分明显，陆清酒也不知道他到底在和谁说话。

陆清酒又看了眼小狐狸，摸摸它身上软软的毛，才心满意足地躺回床上，睡觉去了。

第二天早晨，从睡梦中醒来的陆清酒做的第一件事便是看了眼自己床边的小狐狸，只是让他没想到的是小狐狸不见了，大门开了一个缝，显然是晚上的时候小狐狸从门缝里溜了出去。陆清酒见此情景心中一慌，衣服都来不及换，便慌慌张张地冲出了屋子。

“小狐狸，小狐狸？”叫着小狐狸的名字，陆清酒在院子里四处搜寻，说实话，他还真有点害怕白月狐一口把小狐狸吞了，毕竟他家的狐狸精对什么食物都是来者不拒，能吃就吃。

前院没看见小狐狸，陆清酒又到了后院，但他还没走进去，就看到后院那口井旁边多了一只迷你的小动物，那动物身上的毛全都奓开了，圆得像个球儿，听到他的声音吭哧吭哧地往这边跑了过来，嘴里发出“叽叽叽”的熟悉叫声。

陆清酒听到这个不明生物发出的声音，瞬间瞪圆了眼睛，道：“你……你是小狐狸？！”

小狐狸跳到了陆清酒身边，用脑袋蹭了蹭陆清酒的脚，似乎是在回答：对呀对呀，我就是小狐狸。

陆清酒看着小狐狸的模样简直惊呆了，只见小狐狸身上的毛全部奓开了，像只圆球球似的，他抱起来，感觉毛量多了不少，瞬间想明白了小狐狸身上到底发生了什么……估计是这小崽子晚上从屋子里跑了出来，不知怎的拜了这口井，然后身上的毛发瞬间就奓了。

陆清酒登时有些哭笑不得，好在奓毛的狐狸也挺可爱，圆滚滚的像只球儿。

他抱着狐狸回到前院，看见白月狐拿着水管正在给院子里的葡萄藤浇水。

“月狐。”陆清酒抱着小狐狸崽子走到白月狐面前。

白月狐的目光落到了狐狸崽子身上。

陆清酒道：“它变成这样了还能变回来吗？”他抓着小狐狸像是在抓一团蓬松的毛发。

白月狐思考片刻：“要是变不回来了……”

“也不能吃。”陆清酒警惕地回答。

白月狐直接露出了遗憾之色，他不情不愿地回答：“恢复不了，用剪刀修剪一下吧。”

陆清酒瞅了眼小狐狸，小狐狸那蓝色的眼睛无辜地看了眼陆清酒，虽然因为毛发太多，连眼睛都要看不见了。不得不说后院那口井的效果可真是好……

见白月狐没有提供别的方法，陆清酒只好认命地把小狐狸抱进里屋，又拿起了剪刀。

小狐狸倒是很乖，显然是发现待在陆清酒的身边还是很安全的，它乖乖地站在原地，陆清酒则开始修剪它身上完全奓着的毛发。

修毛这种事情，陆清酒也是第一次做，只能尝试着一点点修剪，只是越剪越觉得不对劲，这会儿正好尹寻也来了，一进屋子就叫了起来：“清酒，你又去哪儿捡了条狗啊？！”

陆清酒：“……不是狗。”

“不是狗是什么？”尹寻伸手在小狐狸身上狠狠地撸了一把，“还是只贵宾犬！”

陆清酒默默地扔掉了手里的剪刀，感觉自己变成了十恶不赦的罪人，刚才明明还是可爱的狐狸精，被他这一剪刀下去，就成了贵宾犬了……

“等会儿啊，这好像真的不是狗……”尹寻仔细观察后，也发现有些不对劲，他瞪圆眼睛道，“这……这不是昨天那只狐狸吗？怎么被糟蹋成这样了？”

糟蹋狐狸的罪魁祸首陆先生心虚地移开了目光。

“可怜的小乖乖。”尹寻道，“你剪的？”

陆清酒无奈地解释了一下小狐狸受到了后院井的影响，不幸爹毛。

尹寻闻言瞅了瞅还不明白发生了什么的小狐狸，安慰道："没事儿，过两天毛就起来了，到时候再重新修一修……"

陆清酒心想：也只能这样了。

家里多了只狐狸崽子，倒是热闹了不少，小花、小黑热烈欢迎自己的新伙伴，虽然这伙伴不会说人话还被陆清酒修得像只贵宾犬，但到底是毛茸茸的生物，依旧十分讨人喜欢。

院子里的鸡崽已经长成大鸡了，一开始还对小狐狸抱有敌意试图来啄它的毛，被陆清酒看见训斥了几次后，才就此作罢，不再欺负小狐狸。

于是陆清酒在厨房里做饭的时候，前院里瘫着两只猪一只狐狸，椅子上还坐着只狐狸精，四只一起在树荫下乘凉，倒是十分和谐。

因为白月狐，陆清酒家里的葡萄藤也长得格外快，顺着架子爬满了整个庭院，遮住了火辣辣的阳光，让院子变得十分清凉。最让人开心的是藤蔓上挂着的那一串串葡萄，可以想象等到葡萄成熟的时候，是怎样一种喜人的模样。算了一下葡萄的数量，陆清酒决定自己酿一桶葡萄酒，剩下的则全部卖给朝千羽，自从知道他家种葡萄之后，朝千羽几乎天天给陆清酒打电话想要购买葡萄，并且给出了非常高的价格。

午饭是陆清酒之前买回来的新鲜羊羔肉，取出里面的羊排部位用来红烧，羊羔肉很嫩，膻味也不重，炖出来的羊排非常美味。做了羊排之后，他又熬了一锅南瓜绿豆汤消暑，想着晚上干脆做点肉饼和咸菜吃算了。

天气热，人的胃口都会受到些影响，但他们家却完全不存在这个问题。陆清酒把羊排端上桌，挑了几块喂给了小狐狸，他也不知道小狐狸能不能咬得动，单纯就是试一试。

小狐狸闻到羊排的香气十分兴奋，嘴里"叽叽"叫个不停，咬着就不肯放下，只是它到底是有些太小了，咬得很是费力，啃了半天才吃了一块。

陆清酒本来低头看着小狐狸，却忽地感受到了一股目光，抬起头，发现是白月狐在看他。

"它就吃了两块。"陆清酒知道自家的狐狸精在护食，只能哄着，"晚上的肉饼就不给它吃了。"

"唔。"白月狐勉强接受了陆清酒的回答。

吃完饭，到了休息时间，陆清酒去厨房把冰粉籽拿了出来，打算搓点冰粉吃。冰粉是他们这里的消暑利器，把冰粉籽搓进水里，然后加上石膏水，就会形成类似透明果冻一样的块状物，再在里面加上红糖山楂，口感清爽开胃，吃着解暑降温，非常受众人欢迎。

白月狐虽然更喜欢肉类，但对这些甜食也是来者不拒，完全不挑食。

陆清酒搓了一大盆冰粉，放进冰箱里冻着。他做事的时候小狐狸就跟在他的脚边，乖得不得了，因为它太小了，陆清酒有几次都差点踩着它。

“乖乖，你去院子里找小猪玩啊。”陆清酒道，“我在做事呢。”又一次差点踩到它后，陆清酒只能蹲下来和小狐狸商量。

小狐狸可怜兮兮地看着陆清酒，用小爪子抓了抓陆清酒的裤腿，小声地“叽叽”叫了两声，湿漉漉的眼睛里全是恋恋不舍，像是在说自己不要走。

陆清酒摸了摸它的小脑壳：“院子里还有东西可以吃……怎么？你是在害怕吗？”看它这样子，显然是不愿意去院子里。

小狐狸似乎听懂了陆清酒的话，身体默默地缩成一团。

大概是一开始白月狐没有掩饰自己对小狐狸的食欲，导致小狐狸从头到尾都很怕白月狐，一接近他就开始发抖，不知道的还以为白月狐身上带电呢。

陆清酒想了想，把小狐狸抱了起来，走到院子里，叫道：“月狐。”

白月狐还在闭目养神，听见陆清酒的叫声半睁开眼睛，道：“嗯？”

陆清酒厚着脸皮道：“你抱一抱小狐狸嘛。”

白月狐：“……”

陆清酒道：“它怕你，你抱一抱它，和它说自己不会吃掉它行不？”

白月狐的眼神下移，落在了小狐狸身上，被他盯着的小狐狸瞬间又抖上了。

陆清酒期待地看着白月狐，白月狐沉默片刻，眼神变得温柔起来，对着小狐狸伸出手：“来。”

陆清酒登时露出笑容，小心翼翼地把小狐狸崽子递到了白月狐手上。

那小狐狸不过巴掌大小，在白月狐白皙修长的手上显得更加袖珍，它“叽叽”地叫着，又不敢挣扎，只能用可怜兮兮的眼神看着陆清酒求救。

“你怕什么。”白月狐对着它冷冷道，“我又不会吃了你。”

小狐狸听得懂人话，白月狐讲完这话之后，它身上的颤抖明显小了许多，然而，在陆清酒正欲松口气的时候，白月狐这货又补了句：“至少现在不会吧。”

话音刚落，陆清酒就看到白月狐的手心里多出了一团诡异的水渍，小狐狸两眼一翻直接晕了过去——小狐狸居然被吓尿了。

陆清酒见到这场景，终是没忍住，“噗”的一声笑了出来，当然他下个动作就是赶紧把小狐狸从白月狐的手里接了回来，然后冲到旁边把水管拖过来认认真真地给白月狐洗手。

白月狐被小狐狸尿了一手之后就没动过，整个狐狸简直像是凝固在了原地。

陆清酒把白月狐的手洗干净又擦干净，见他还没动，小心翼翼地摸了摸他的手背，叫了一声：“月狐？”

白月狐身后瞬间腾起了一阵浓郁的黑雾。

陆清酒看见黑雾倒不是很紧张，事实上每次他看见黑雾的时候都是被救的时候，他赶紧劝慰道：“别生气别生气，它只是个小孩子，小孩子做事都不靠谱的，你不要和它计较啊。”

白月狐抬眸。

“明天我去镇上给你买头羊，周末的时候咱们烤全羊吃。”陆清酒只能用食物去收买自家生气的狐狸精，“管饱。”

听到了陆清酒的承诺，白月狐的手这才慢慢放下，他看了眼刚才已经被陆清酒领回去、此时正缩在陆清酒衣服口袋里一动不动的小狐狸，很是不满地说了句：“胆子怎么那么小。”

陆清酒有点想笑，但觉得气氛似乎不太合适，于是硬生生地忍住了。

被吓晕的小狐狸好一会儿才缓过劲来，它醒来后更害怕了，缩在陆清酒的手心里不肯动。陆清酒摸着它的毛道：“你看，你都这么得罪他了，他要是想吃你肯定早就下了口，所以不要害怕啦，他肯定不会吃你的。”

小狐狸动作一顿，看向陆清酒的眼神里还带着怀疑。

“他要吃东西也需要我的允许。”陆清酒道，“不怕不怕，家里有其他好吃的，你肉这么少，他不会感兴趣的。”

小狐狸这才不抖了，朝陆清酒“叽叽”了两声。

陆清酒笑道：“对嘛，想清楚了就好，没事儿的，月狐他很温柔的。”——除了在护食的时候，“所以你真的不用那么怕他。”

小狐狸没吭声，只是伸出粉嫩的舌头，温柔地舔了舔陆清酒的手指，仿佛是在告诉他自己知道了。

谁会不喜欢一只嫩得出水的小狐狸崽子呢——如果把这句话放在白月狐的身上，那么喜欢后面可能要加上一个“吃”字。

本来可以一口吞掉的食物，因为有了陆清酒的庇护，白月狐在经过认真思量之后决定还是放它一马，但是不吃它，却不代表白月狐可以容忍它天天在家里和自己抢吃的——即便只是一两块不够塞牙缝的食物。

陆清酒为了安抚白月狐，周六找了个时间带着尹寻和小狐狸去了趟镇上，准备买只羊回来烤。尹寻是为了方便陆清酒拿东西特意跟去的，而小狐狸则是因为害怕和白月狐独处，缩在陆清酒的上衣口袋里拎都拎不出来。陆清酒和它折腾了半天，最后只能由它去了。

第十二章

水府村

自从知道自家小货车的真实身份之后，陆清酒对它的感观变得有些微妙，它的原形的确有些不讨人喜欢，但现在的小货车的模样还挺可爱，特别是那两个橙黄色的车灯一闪一闪的模样，为了迎合他偶尔响两声喇叭的时候，最重要的是，小货车曾经还救过陆清酒，虽然……救的方法陆清酒至今不愿意去细想。

尹寻还不知道自己身下到底坐着什么东西，只是抱怨这货车到底怎么回事，为什么有时候坐在里面总是觉得后背痒嗖嗖的。陆清酒想了想，还是没把真相告诉尹寻，而是随口糊弄了过去。

到了镇上，两人挑了只肥美的羊，让老板杀了之后送到小货车上去。陆清酒又去附近的市场买了烤全羊需要用的各种香料，还顺带买了几斤土豆、洋葱之类的配菜，准备和烤全羊一起烤。

“这么大只羊白月狐能吃完吗？”虽然知道白月狐的胃口大，但尹寻觉得把整只羊给吃掉未免也太夸张了一点。

“应该能吃完吧？”陆清酒倒是对白月狐很有信心，反正从白月狐到他家来开始，他就从来没有说过一次自己吃饱了，顶多就是一句差不多了。至于这个差不多到底是多少，谁也不知道，白月狐的胃简直像连着没有尽头的深渊。

“噢，我就想着别烤太多吃不完浪费了。”尹寻道，“行吧。”这烤全羊也就是刚烤出来的时候好吃，第二顿肯定没有那么好吃了。

两人买好东西回到车上，看见小狐狸在驾驶室里像是被什么东西逗弄一样，跳来跳去的，尹寻在车窗外面观察了一会儿，悚然道："它这是在和什么东西玩啊？"这简直像小狐狸能看到什么他们看不到的东西似的。

陆清酒心里有谱，不过他没说话，而是直接拉开车门，把小狐狸拎起来塞进自己口袋里，轻轻拍了拍它的脑袋示意它安分一点。

小狐狸倒是很通人性，被陆清酒一拍就不动了，乖乖地在他口袋里缩成一团。

几个小时后，三人回到了老宅。

陆清酒把车停好，尹寻帮忙把货物从货车里卸下来。这次他们不只买了食物，还买了烤全羊专门用的炭火，铁架是陆清酒在镇子上租的，过几天得还回去。其实最正宗的烤全羊做法是放进火炉里面焖烤，这样烤出来的羊肉才是最好吃的，但这里没这个条件，只能将就一下。

陆清酒进厨房开始处理羊肉，让尹寻把小狐狸崽子带出去玩。

这几天相处下来，小狐狸稍微有了点安全感，不再天天跟着陆清酒了，但在白月狐在的时候还是不怎么敢去院子里面，除非有人陪着它。

烤全羊里面使用的羊肉需要先经过一段时间的腌制，陆清酒准备这会儿弄了晚上烤，吃饭可能要到八九点了。

除了烤羊肉外，他还准备了一些其他的菜，这天气热，羊肉又是温补的东西，最好能再配点拍黄瓜之类的凉菜消消暑。

陆清酒正低着头做饭呢，尹寻却摸过来了，嘴里道："清酒，你家来客人啦。"

陆清酒道："客人？"

尹寻说："我不认识，好像是白月狐的老乡。"

陆清酒闻言动作一顿，白月狐的老乡？白月狐的老乡岂不就是狐狸？毛茸茸的狐狸……陆清酒想到什么后马上眼睛一亮，道："在哪儿？"

尹寻道："你那么激动干什么？在院子里呢。"

陆清酒道："我去看看。"

他把手洗干净，跑去院子里凑热闹。果然如尹寻所说，院子里来了个陌生人，是个长得非常漂亮的男人，虽然表情十分严肃，但眼角眉梢都是风情，特别是那双桃花眼，微微垂着显露出几分哀伤，旁人看了都会不舍得让他为难。

但是，只对食物感兴趣的白月狐完全不吃这一套。面对美人垂泪哀求的攻势，他依旧躺在自己的摇摇椅上，连眼睛都不曾睁开。

“白先生。”男人音调清越，带着哀求的意味，“求求您帮帮我吧，只要您答应我，我什么都愿意替您做。”

尹寻站在陆清酒后面，支了个脑袋过来和陆清酒一起激情围观八卦，他小声道：“哟，这是什么情况啊，这人可真漂亮，清酒，你不出去啊？狐狸精要勾引白月狐啦。”

陆清酒瞥了尹寻一眼，心想：白月狐自己就是个狐狸精，还怕被勾引啊。

男人说完这话，竟是准备直接跪下，但白月狐张开眼，不咸不淡地看了他一眼，他的动作则瞬间僵住。

白月狐说：“好好说话，别在我面前装。”

男人表情一愣：“什么？”

白月狐语气有些冷：“还要我说第二遍？”

他这话一出，躲在旁边看热闹的陆清酒便看见男人脸上那种魅惑的笑容不见了，气质也发生了微妙的变化。男人叹气后开了口，这一开口，把尹寻和陆清酒都给呛到了，他说：“白先生，今儿，俺们就求您办个事儿，您看成不成得嘞？”——这一口山东话的糙汉子口音，让陆清酒有种被雷劈了的感觉。尹寻显然也受到了严重的刺激，抓着陆清酒的手臂半天没松开。

“不行。”白月狐道，“家里小，住不下了。”

男人道：“俺娃胆子小，在家那边老是被欺负，您要是答应俺，俺可以……”他说到这里，凑到了白月狐耳边，低声耳语了几句。

白月狐懒散半闭着的眼睛睁开了，他看了男人一眼，还是没有应“好”。

男人眼神转了转，却忽地偏过头看向了站在门边偷看的陆清酒和尹寻。围观八卦被人发现，陆清酒和尹寻都有点尴尬，于是对着男人露出一个拘束的笑容。

男人直接朝着陆清酒走了过来，他的脚步停在陆清酒的面前，说的是普通话：“陆先生。”

被点名的陆清酒道：“啊，您好。”

“我叫苏焰。”男人对着陆清酒露出笑容，“久仰。”

两人离得近了，陆清酒才注意到男人的眼角边有一颗小小的泪痣，这泪痣倒是给他平添了几分惹人怜爱的气质——如果他不说山东话的话。

“久仰？”陆清酒道，“你知道我？”

“啊……”苏焰似乎发现自己说的话有些不妥，马上改变了说法，笑道，“有听人提起过。”

陆清酒道：“噢，好吧。”

苏焰说话的时候，他上衣口袋里冒出一个白乎乎的小脑袋，正是那只被陆清酒从路边捡回来的小狐狸崽子，只是这狐狸崽子的毛被剪短之后着实有点向贵宾犬发展的意思，小狐狸“叽叽”叫了几声，扭头看向苏焰。

苏焰道：“叫你乱跑，身上的毛都成这样了……”他显然不知道这毛是被陆清酒剪出来的，还以为是它被谁欺负了，“谁把你毛弄成这样了，待会儿和我说说，我回去就教训他。”

陆清酒干咳一声，表情有点尴尬。

苏焰没注意到陆清酒的不自在，把小狐狸崽子拎了出来，道：“陆先生，我想把苏息寄养在您这儿一段时间。”

陆清酒道：“唔……你不是来接它回家的吗？”

苏焰道：“我倒是想，但看它的样子，不太愿意和我回家。”

陆清酒一愣。

苏焰苦笑了一声，简单地解释了一下到底是什么情况，当然，因为尹寻这个外人在场，他说得比较委婉，用宠物指代了苏息的存在，陆清酒听得很明白，原来是苏焰家里有很多孩子，苏息是老幺，从小体弱多病，本来到了化形的年龄也没办法变成人。他们精怪信奉的本来就是弱肉强食，即便是在兄弟姐妹之间，苏息也是那个很容易被欺负的。之前大家都是狐狸崽子，再怎么欺负也不会做得太过分，但当兄弟姐妹纷纷化形变成人类后，苏息就被折磨得更惨了。

这些小狐狸虽然变成了人，但性子还是少年心性，下起手来也没个轻重，这一次就是它们把可怜的小苏息扔到了水府村——因为它们内部传言水府村有个吃狐狸的大怪物，想让苏息把怪物引出来。

“哦，我知道了。”陆清酒道，“月狐同意了吗？”

“这屋子是您的，自然要您先同意。”苏焰很上道，“当然，苏息到底是我家的小狐狸，我们每个月都会为它支付它的抚养费用的。”

陆清酒见白月狐没有反对的意思，便点头同意了：“好吧。”他也没问抚养费用到底是多少，反正一只狐狸崽子也吃不了多少东西。

苏焰见到陆清酒答应，松了好大一口气，他道：“太谢谢您了，陆先生。”

“客气了。”陆清酒本来想要不要请苏焰吃个晚饭，但他又担心白月狐不高兴，所以最后还是没把这话说出口。

苏焰把苏息交到陆清酒手上之后就走了，陆清酒则回屋继续做自己的烤全羊，只有尹寻还沉浸在苏焰那一口山东话里不能自拔，最后得出一个结论：无论美人长得有多美，只要配上一口方言，就能让人产生一种灵魂错位的感觉。

晚上，白月狐和尹寻把铁架子在院子里摆好，烧好炭之后陆清酒便把腌制了几个小时的羊肉放了上去。

羊肉是新鲜的，腌料里面放了各种香料和调味料，油脂在火焰的烘烤下发出“吱吱”的声音，一滴滴的油顺着肉滴落在炭火里，发出“扑哧”的声音。浓郁的香气在整个小院里萦绕不绝，家里所有人都坐在院子里看着陆清酒烤肉。

小黑和小花也眼巴巴地看着，时不时吸吸嘴里的口水，小狐狸坐在尹寻的腿上，漂亮的蓝眼睛就没有从羊肉上移开过。陆清酒怕他们饿，于是先弄了点炒饭让他们垫垫肚子，但是盯着羊肉的几人都没怎么动，除了白月狐这个胃口大、不担心自己吃饱的人尚且能端着碗一口口往嘴巴里塞。

大约烤了两个小时，陆清酒确认羊肉熟了，便拿出铁盘把羊肉放在上面，然后撒上准备好的葱花、孜然、辣椒面，道：“是我切好还是你们直接下手啊？”

用刀切比较好吃，但会破坏羊肉的肌理，用手撕的话吃着没那么方便，但撕出来的羊肉全是一条条的，可以更好地品尝出原有的口感。

“撕。”白月狐说。

陆清酒道：“行吧。”他放下刀叉，然后几个人一起去洗了个手，便开吃了。

这羊肉虽然是陆清酒第一次弄，但却非常成功，外面的一层皮很是酥脆，里面的肉柔嫩筋道，因为肉已经腌透了，再加上是新鲜的羊肉，所以膻味一点都不重，大家都吃得很开心。

陆清酒一边吃，一边还得照顾自家三只动物，小狐狸不用说了，小黑、小花也是要吃肉的，不过它们自理能力强，陆清酒扔一块肉下去三只分着就吃了。

这只羊身上的肉应该有三四十斤的样子，陆清酒到底是个普通人，吃一会儿就饱了，尹寻随后也退出了战斗，于是就剩下白月狐一个人继续吃。羊肉以肉眼可见的速度减少，陆清酒看了看白月狐的肚子，那里还是平坦一片，不见增长。

尹寻这货很是不怕死地在旁边悄悄说了句：“你看看白月狐这不争气的肚子……”

陆清酒：“……”他有点想笑，但努力忍住了。

白月狐吃东西的速度和质量向来很高，最后停手的时候羊肉只剩下了一个大大的骨架，骨架上面几乎都没有肉了。陆清酒挑了根大骨头递到小狐狸面前给它磨牙，只是这骨头看起来比小狐狸还大，它用尽全力才能勉强咬住，完全舍不得松开嘴，咬住之后被扯得摇摇晃晃，尹寻在旁边哈哈大笑起来。

吃完饭，尹寻和白月狐把剩下的残渣收拾了，陆清酒去院子里摘了点葡萄。葡萄陆陆续续开始成熟，晶莹剔透地挂在枝头，看起来格外诱人，陆清酒之前就尝过了，他家的葡萄甜度很高，甜蜜之中夹着丝丝果酸，是很好的饭后甜品。

他摘了点葡萄，简单地冲洗了一下，便端到了院子里。

“我就不吃了，先回去了。”尹寻说，“回见啊。”

陆清酒道：“回见。”他犹豫片刻，道，“对了，尹寻，下个月，我可能要回去一趟。”

尹寻道：“回城里？”

“嗯。”陆清酒应声。

“行吧。”尹寻说，“你去几天？你别担心，你走了我会好好做饭的。”他说完这话，坐在旁边休息的白月狐看了他一眼，尹寻赶紧缩了缩脖子。

“可能两三天吧。”家里有这几张嘴等着，陆清酒也不敢走太久，只是这件事他必须回去，所以提前和尹寻打好招呼，让他照顾着点白月狐——说是照顾白月狐，最差的情况也不过是两人凑合着吃两天泡面吧。

尹寻点点头，回去了。

陆清酒和白月狐两人把葡萄解决完之后也打算去睡觉，只是陆清酒起身准备走的时候，白月狐却忽然问了句：“你回那里做什么？”

陆清酒脚步顿住：“家里有些事……”

白月狐看见了陆清酒脸上的迟疑，他淡淡道：“不想说也可以。”

陆清酒抿了抿唇，声音有些小，说出的话却让人心中一震，他说：“我得回去给我父母扫墓。”

白月狐道：“扫墓？”

“嗯。”陆清酒脸上很平静，道，“我大学的时候父母出事了。”

白月狐安静片刻："可以说说到底是怎么回事吗？……不愿意说也没关系。"

陆清酒叹了口气，其实这件事当时对他打击很大，所以他一直不想提，现在听白月狐问起来，心中却只剩下一片近乎死寂的平静，他转身走回白月狐的身边，重新坐下："那时候我还在上大学，就是一个暑假，我爸妈回来看我姥姥，结果突然山体塌方，两人都没了。"

白月狐静静地听着。

"一起没了的还有村里其他人，搜救队也过来了，但是连尸体都没找到。"陆清酒道，"之后没过几年，我姥姥也走了。我在城里给我爸妈设了个衣冠冢……姥姥的墓倒是留在了村子里面。"

"山体塌方？"白月狐问道，"几月的事？"

"八月。"陆清酒说，"当时是降水旺季，这也是正常的事，只是没想到被我爸妈碰上了。"他语气里带着浓郁的苦涩，"我……"

白月狐道："节哀。"

有些事情不用说太多，因为再多的话也没办法安抚巨大的伤痛，世上本就没有感同身受这种事。

陆清酒倒是有些感谢白月狐没有露出怜悯的表情，其实发生这件事的那段时间，他只要遇到认识的人，都会在他们眼神里看到那种让人不愉快的情绪。

"这孩子真可怜啊，才二十多岁父母就没了。"

"是啊，太可怜了，听说他家里也没什么亲戚。"

"就一个年迈的姥姥了吧？还得自己回去操办后事……"

诸如此类的言语陆清酒已经听得麻木了，起初还有些愤怒，后来却是已经没了分辩的欲望，当时一个人回到村里，接受"父母尸骨无存"这件事耗费了陆清酒太多力气，这也迅速让他成熟了起来。

陆清酒之所以和尹寻这么亲近，还有个原因是尹寻在出事的时候帮了他不少忙，而且两人在这件事上倒是颇有默契，从陆清酒回来后，他都不曾提过一句，显然是害怕戳到陆清酒的伤心处。

"差不多情况就是这样。"陆清酒说，"所以我每年八月份都得回去上个坟，来回就一两天的时间吧，很快的。"

白月狐道："要不要开车回去？"一般开长途车是挺疲倦的事儿，不过他们家的情况特殊，陆清酒真想开回去，直接让小货车换个状态就行了，还不用自己驾驶。

“开车？不用了吧。”陆清酒道。

“让它载你回去。”白月狐的态度却很坚决，“花不了多少时间，比火车方便。”

陆清酒说：“可是……”

白月狐道：“早去早回。”

陆清酒：“……”是啊，这要是多去几天，谁知道回来以后会看见多么凄惨的景象，尹寻这货做的东西是有毒的，白月狐肯定不会吃，白月狐不吃也就罢了，反正他是狐狸精也饿不死，可家里还有其他要吃东西的啊，特别是那只巴掌大的狐狸崽子，陆清酒真怕尹寻把它给喂死了……那要怎么和人家家里人交代？

“好吧，那我先睡了。”陆清酒道，“晚安。”

“晚安。”白月狐说。

陆清酒这天晚上睡得挺好，也没做什么奇怪的梦，一觉睡到了第二天早晨。

只是也不知道是不是因为夏天吃羊肉补过了头，他起床的时候觉得自己鼻子痒痒的，一揉就看见了满手的血。

“啊！”陆清酒仰着鼻子赶紧去了前院，把手里的血清洗干净后又找了两张纸把自己的鼻孔塞上了。结果尹寻来的时候，鼻子里也塞着两团纸，两人同时看见对方狼狈的模样，都忍不住笑了起来。

“你也流鼻血了？”尹寻的语气带着鼻音。

陆清酒道：“是啊。”

“可能是羊肉太补了。”尹寻含糊道，“我们吃的是羊吧？”

陆清酒：“……你这话什么意思？”

尹寻道：“没，我就随便一说。”他抽了抽鼻子，岔开了这个话题，“咱们今儿个中午吃什么啊？”

“你想吃什么？”陆清酒想了想，道，“对了，你们那天去哪里抓的鱼啊？你是和白月狐一起去抓的吗？”

“不是啊。”尹寻回答，“我是半路上遇见白月狐抓着鱼回来，帮他提袋子呢。”

“哦。”陆清酒道，“这样啊。”他看了眼尹寻，见自己的好友脸上是一片坦然，便没有再继续追问下去。

入伏之后，天气是一天比一天热了。

陆清酒他们家里的葡萄架子上爬满了一串串紫得发黑的葡萄，挂在枝头摇摇欲坠的模样格外喜人。陆清酒本来还有些担心葡萄熟的时候会不会招惹些鸟儿过来，现在却发现是自己多虑了，他家既没有蚊子，也没有讨人厌的鸟来偷吃东西，每颗葡萄都十分完整地长到了成熟的时候。

陆清酒把成熟的葡萄摘了一部分下来泡酒，又在冰箱里冻了一些，冰冻的葡萄是很棒的消暑良品，葡萄汁水凝固成冰渣的状态，放在嘴里嚼比吃外面买来的冰棍强多了。

尹寻不太喜欢夏天里的大太阳，好在他们的院子被葡萄藤蔓笼罩了大半，阳光只能透过葡萄叶在地上留下一个个不明显的光斑。

小狐狸身上有毛，它也聪明，热的时候就去小花的肚皮上贴着，陆清酒第一次注意到的时候就看到小花侧躺在地上，把自己粉粉的肚皮露出来，然后小狐狸把下巴垫在小花的肚皮上。

没想到来了这里，小狐狸倒是和家里的动物相处得不错，陆清酒看了想笑，道："你们不热吗？"

小花说："我肚皮可凉呢。"它好像也挺喜欢毛茸茸的狐狸的，至少在小狐狸到这里后态度一直很友好。

陆清酒闻言，走过去摸了摸小花的肚皮，果然冰冰凉凉的十分清爽，再加上手感柔软，简直像是灌了冰水的袋子，也难怪小狐狸这么喜欢。

陆清酒不是很怕热，他的体质偏凉，所以过冬天比过夏天难熬。尹寻和他恰恰相反，如果可以的话，简直恨不得一天二十四小时都缩在空调房里。但是空调房待多了人也会觉得不舒服，所以他就厚着脸皮坐在院子里，怀里抱着小花的妹妹小黑，让小黑的肚皮给他解暑。

小花则因为尹寻的举动对他十分不满，按照它的说法就是，它妹妹还是没有结婚的小当康，尹寻天天摸一个未婚小当康的肚皮，岂不是要对它妹妹负责？

当然，因为尹寻不知道它们的身份，所以它没敢当面抱怨，只是坐在旁边气呼呼地对着尹寻黑着脸。

尹寻则完全无视了小花的不乐意，抱着小黑死活不撒手，最后哥哥小花实在是没办法，只能屈辱地用自己的凉肚皮去换下了妹妹小黑的肚皮。

尹寻这货完全没有理解小花的意思，见它拱到自己怀里来，恍然道："哦，我说你怎么不高兴，原来是因为你想让我抱着你，既然这样你就早点说嘛，何必吃醋呢。”

小花：“？？？”

陆清酒在旁边低低地偷笑。

总之小花和尹寻的仇就这么结下了，最惨的是尹寻还对此毫无察觉，甚至很不要脸地认为小花是因为嫉妒小黑的待遇才对自己如此凶残。

“唉，受人欢迎，就是这么为难啊。”尹寻对陆清酒说。

陆清酒心想：你就趁着它小的时候欺负吧，等人家变成大猪猪了，獠牙一拱你人就没了。

七月的太阳非常毒辣，明晃晃地挂在天上，让人提不起一点干活儿的兴趣。

尹寻和白月狐吃东西没有受到任何影响，反倒是陆清酒这几天胃口有点不好，吃什么都挺少。

“酒儿啊，你怎么不吃啦？”尹寻问道。

晚饭是排骨冬瓜汤、凉拌三丝和鸡爪炖芋儿，还炒了一个空心菜，这些菜的味道都挺好，特别是鸡爪，炖得熟烂，糯得根本不用啃，牙齿一抿肉就掉下来了，芋儿也软糯香甜，都是非常下饭的菜。但陆清酒却没怎么碰菜，只是喝了碗粥，又随便吃了点咸菜就放下了筷子。

“嗯，不是很饿。”陆清酒道，“你自己吃，不用管我。”

“你再吃一点吧。”尹寻道，“你中午也没怎么吃啊。”

“吃不下了。”陆清酒道，“我再喝点汤。”说是要喝汤，他也就是做了做样子给他们看，没喝几口就放下了手中的碗。

白月狐夹菜的动作停了片刻，看了陆清酒一眼，但却什么也没有说。陆清酒见状倒是松了口气，他是真的不想吃了，但又怕尹寻和白月狐劝。

尹寻还是有点担心陆清酒，吃完饭后出去了一趟，回来的时候手里抓着个玻璃罐，高兴道：“酒儿，我去找我邻居要了点她腌制的山楂，你拿来泡水喝吧。”

“行啊。”山楂开胃健脾，陆清酒倒是挺喜欢的，以后要是有机会可以自己种一点。

“你饭还是要好好吃的。”尹寻教育道，“吃不下就吃点别的，总不能饿着。”

陆清酒笑着点头，听着尹寻的碎碎念，觉得被人关心的感觉挺好，特别是这几年他总是一个人过生活。

尹寻走后，白月狐让陆清酒把狐狸崽子送到屋子里关着，说要带他去一个地方。

“去哪里啊？”陆清酒问。

“去找点吃的。”白月狐道，“你不是吃不下东西吗。”

“什么吃的？”白月狐身份不一般，听他这么说，陆清酒倒是有些好奇，“去哪里找？”

“上次吃的那种鱼喜欢吗？”白月狐问道。

“哪种鱼？”陆清酒道，“你是说文鳐？”

白月狐“嗯”了一声。

“喜欢啊。”陆清酒点点头。文鳐确实是他吃过的最好吃的鱼类，毕竟是《山海经》里面的传奇生物，自然是比平日里能接触到的鱼好吃许多。

“那我们去抓鱼吧。”白月狐忽地道。

“抓鱼？”陆清酒道，“去哪里抓？这附近没有河吧？”就村子边上有一条小溪，那小溪虽然水质不错，但因为太浅了只有细小的鱼苗，拿来吃还不够塞牙缝的。

“跟我走。”白月狐站了起来。

这会儿灼热的太阳已经下山了，只在天边留下了一片赤色的晚霞。晚霞将天际晕染成一片绚丽的红色，天空中仿佛燃起了夺人眼目的艳丽火焰。

白月狐领着陆清酒往山上走。

太阳虽然下山了，但天空还是亮的，隐约可见一轮月亮挂在天上，山路有些窄，陆清酒害怕自己一脚踏空，只能低着头仔细看路。走在他前面的白月狐却忽地转身对他伸出了手。

陆清酒看到他的手一愣。

白月狐对陆清酒做了个招手的手势，示意他握住自己的手。

陆清酒想了想，没有多说什么，将自己的手递了过去，两人的手便握在了一起。

白月狐在前面走，陆清酒跟在后头。

周围的树木越来越茂密，景色也越发的陌生，开始出现了一些森林里本不该有的东西。陆清酒甚至看到路边有一块石碑，那石碑很高大，上面用红色的字体写着“水府村”三个字。这本该是水府村的路标，可石碑上透出的气息，却让陆清酒觉得自己好像进入了一个完全陌生的地方。

天空没有什么太大的变化，依旧颜色艳丽，如熊熊火焰，只是当陆清酒抬起头仔细观察时，却发现头顶上的云层中仿佛多了点什么在其中穿行游动，他想要驻足观看，白月狐却拉着他的手继续往前。

“山顶的景色更好。”白月狐说，“快来。”

陆清酒忍不住弯起眼角。

路很崎岖，但走起来并不累，本该陌生得让人觉得恐怖的场景，却因为握着他手的白月狐而变得安心起来。陆清酒一路往前，很快，眼前的景色变得开阔了起来。树木渐渐稀疏，一个广阔的平台出现在了陆清酒的眼前。这似乎是在半山腰上开辟出来的一个平台，地面是一种青色的石块，散发着淡淡的光芒。陆清酒道：“这里是……”

“这里是水府村。”白月狐回答。

他走到旁边，从草丛里随手扯了两根路边的草，递给了陆清酒：“走，咱们钓鱼去。”

陆清酒道：“钓鱼，用这个吗？”他接过了白月狐手里的草。这草长得有些奇怪，头上面有一簇火红的花蕊，秆子本来是硬的，但是用力捋一遍之后就会变得十分柔软，像是绳索似的。

“嗯。”白月狐道，“这边来。”他说着便往前走去，走到了平台的边缘，然后做了个停下的手势，转头问陆清酒，“你恐高吗？”

“我？我不恐高。”陆清酒回答。

“那再过来点。”白月狐招招手。

陆清酒这才走到了白月狐的身边，他朝下面看了眼，这才明白白月狐问他是否恐高是什么意思，只见平台之下，是深不见底的云海。即将落下的阳光将云海染得一片绯红，而云海之中，时不时可以看见有长着翅膀的生物在其中穿梭跃动。陆清酒视力很好，一眼就看清楚了在云海中游动的是什么，正是那次白月狐带回来的文鳐鱼。

文鳐鱼身上有两只洁白如鸟禽的翅膀，大概是害怕吓到陆清酒，白月狐上次带回去的时候还特意把翅膀切掉了，难怪陆清酒看见鱼的时候在它身上发现了两个巨大的伤口。

“来吧。”白月狐在平台边上坐下，将手里的草丢进了云海里。

陆清酒也学着他的模样，将手里的草丢进云海。

这里的风景实在是太美了，抬眸望去，是没有尽头的天际，云层翻滚涌动，如同被微风吹拂的海洋，文鳐鱼在其中穿行，陆清酒甚至还看到了一些别的动物，只是这些动物的模样实在太过奇特，他一时间也没能认出来。坐在他身边的白月狐更是美得像一幅画，温柔的光洒在他的脸颊上，长长的睫毛半垂着，在眼睑下投射出淡淡的阴影，黑眸此时正凝视着前面被云海覆盖的深渊，陆清酒看着他出了神，直到察觉自己手里的草开始颤动，他才道："上钩啦！"

"收线。"白月狐在旁轻声提醒。

陆清酒道："怎么收？！"

"直接往上提就可以了。"白月狐回答。

陆清酒闻言赶紧收线，当把草拉到尽头时，看见上面果然挂了一只文鳐鱼，它的翅膀还在不停地扑腾，陆清酒一把把它抓住，有些手足无措道："拿什么装呢？"

白月狐不知道从哪里掏出来一个口袋，道："装里面吧。"

陆清酒伸手把鱼给塞了进去。

"这鱼能做生鱼片吗？"钓到了鱼的厨师这就开始思考起了食物的做法，"它从小就生活在云里？"

"嗯。"白月狐点点头。

"那你们妖精界存在寄生虫吗？"陆清酒道。

"不存在吧。"白月狐说，"我们吃的都是生肉，没有听说过这回事。"

陆清酒心想：这可真是太好了，既然如此那把新鲜的文鳐鱼带回去弄个生鱼片吧，还有那对翅膀能吃吗，能吃的话还可以做个新奥尔良口味的鸡翅给家里的小崽子们解解馋。

文鳐鱼可真好啊，不但鱼肉好吃，而且没有刺。陆清酒露出满足的笑容。

鱼接二连三地上钩，很快袋子就装满了，陆清酒有点好奇地发问："这云海底下是什么？"

"想去看看？"白月狐问。

"能去？"陆清酒见他问得这么严肃，笑了起来，"你不是狐狸吗，还能飞呀？"

白月狐道："可以啊，只是最近月圆，云海不稳，等到月缺的时候，我可以带你下去看看。"他说得认真，显然不是在开玩笑。

"好啊。"陆清酒说，"有机会的话，就去看看吧。"

白月狐点点头，道："我们回去吧，要下雨了。"

陆清酒看了看天空，觉得还挺晴朗的，不明白为什么白月狐会突然说要下雨。不过既然白月狐说要下，那就不会是胡说。

白月狐一手提着鱼，一手牵着陆清酒，顺着来时的山路往回走。在走到水府村那块石碑的时候，陆清酒头顶上飘过了一阵阴影，起初他以为是乌云，但当他抬起头时却发现，出现在自己头顶的，是一头黑色的巨兽。

那巨兽乍看像是一头没有犄角的牛，皮肤是黑色的，比较特殊的是它只有一只蹄子，在天空中腾云驾雾。它似乎注意到了脚下正在顺着山路走的陆清酒和白月狐，嘴里发出了一声震天撼地的咆哮，这声音如打雷一般，震得陆清酒耳朵发麻。

白月狐听到这声音有些不悦地抬起头，冲着那怪物道：“闭嘴。”

那怪牛：“……”

陆清酒清楚地看见，白月狐这话一出，怪牛的嘴巴瞬间闭上了。

“烦死了。”白月狐道，“就它嗓门大。”

陆清酒低低地笑了起来。

那怪牛朝着山顶的方向去了，陆清酒和白月狐则回了家，他们几乎是前脚进门，后脚外面就下起了瓢泼大雨，湿润了外面干燥的土地。

雨幕之中，陆清酒恍惚间又听到一声炸开的雷鸣，只是仔细去听时，却又觉得不过是自己的错觉。

到家了，白月狐把鱼提到厨房里，又从冰箱里取了冰块，给陆清酒片了一盘子的生鱼片。

他的刀工一贯漂亮，片出来的生鱼片薄如蝉翼，放在冰块上面几乎快要看不见了。陆清酒坐在屋子里面，看着屋外哗啦啦下着大雨，这雨冲刷掉了这几日让人不愉快的炎热，空气里弥漫着一股子清新的泥土香气。

白月狐从厨房里出来，把生鱼片递到陆清酒面前。

陆清酒笑着道：“辛苦了。”

白月狐摇摇头：“吃吧。”

陆清酒拿起筷子夹了一片，放进口中便露出惊讶之色，这鱼肉太好吃了，没有一点腥味，粉嫩弹牙，还带着淡淡的酸甜，完全没有三文鱼的肥腻感。陆清酒本来对生鱼片的兴趣不大，但这鱼肉太好吃了，他没忍住就多吃了一点。

“你不吃吗？”陆清酒吃得差不多了，才注意到白月狐没有动筷子。

“不吃。”白月狐道，“都吃腻了。”

陆清酒笑道：“吃腻了？你吃了多少年了？”

白月狐撑着下巴，目光落在外面的雨幕里面，他道：“很多很多年了。”

别人一生未曾尝过的珍馐，在白月狐嘴里却变成了被嫌弃的对象，也是，无论多么好吃的东西，一直吃下去，也总是会吃腻的。

鱼肉吃进口中，缓解了胃部的郁结感，陆清酒吃了半条鱼，便感觉自己已经饱了，自从入夏以来，这是他吃得最舒服的一顿。

“月狐，谢谢你。”陆清酒笑道。

白月狐凝视陆清酒片刻，缓声道：“不，应该是我谢谢你。”这话说得有些莫名其妙，但他也没有要解释的意思，说完之后便起身离开了。陆清酒看着他的背影，陷入了短暂的沉思。

夏日的雨让人觉得很舒服，暴烈、迅速，冲刷掉了空气中炎热的气息。

陆清酒吃饱后，便回到了自己的卧室，他睡前翻阅了之前自己在网上订阅的那本《山海经》，很快便找到了刚才在夜空中看见的巨兽。巨兽的名字叫夔，它的长相和牛有几分相似，传说它每次入海之时都有强光和暴雨，黄帝还曾经用它的皮做成鼓，据说这样的鼓敲出来的声音非常响亮，鼓声甚至可以传到五百米开外。

十分有趣的传说，陆清酒翻着翻着，睡意便涌了上来，倒在枕头上很快就进入了梦乡，这次他睡得很沉，一觉睡到天明不曾有梦境相扰。

第二天，陆清酒把剩下的文鳐鱼做成了酸菜鱼，还用它们的翅膀做了一盆烤翅。尹寻完全不知道这些翅膀到底是从哪里来的，吃完之后还盛赞翅膀肉质细嫩，味道鲜美。

陆清酒也没有解释，就这么笑眯眯地看着他把大部分翅膀吃完了。

吃完饭后，陆清酒简单交代了一下他走之后家里要怎么安排，特别是每天中午吃什么这件事。因为自己要走好几天，陆清酒干脆炸了一大盆酥肉，这酥肉是瘦肉裹上面粉、蛋清一起炸的，吃起来特别香，用来煮汤也很合适，他告诉尹寻让他今天晚上煮碗酥肉汤，明天把冰箱里已经炖好的红烧牛肉热一下，后天……

“还有后天啊。”尹寻眼巴巴地看着陆清酒，眼神可怜兮兮地卖惨。

陆清酒很是无奈道：“我是计划两天回来，但是计划赶不上变化，万一我耽搁一天，难道你们两个都要饿死？”

尹寻：“……饿不死，我还能做饭呢。”

陆清酒心想：行吧，尹寻做饭，饿不死也得食物中毒。

他把这些事情交代好后，又把小狐狸崽子放到了尹寻手上，让他好好照顾着，尹寻拍着胸口保证，说他不会让狐狸崽子掉一根毫毛。

狐狸崽子坐在旁边瞪着眼睛听着，听到尹寻这句话突然打了个喷嚏，随后屋内毛发乱飞——没办法，所有有毛的宠物夏天来的时候都是毛发飞舞。

尹寻被呛得直打喷嚏，从嘴里抓出一根毛，痛苦道："得了吧，你就当我没说。"

陆清酒哭笑不得地拍了他一巴掌。

这次回去，陆清酒还是听了白月狐的话开小货车，只是小货车在昨天晚上变了一个模样，本来变成了一辆十分时髦的超跑，但是陆清酒不想太显眼，便让小货车换了个车型。

"这车牌照没问题吧？"陆清酒有点担心这事儿。

"没问题。"白月狐懒懒道，"都是弄好了的。"

"那就好。"别到时候上路发现是辆无牌车，还没过市里就被拦下来了，而且最惨的是到时候陆清酒还不知道该怎么解释……

"那我走啦。"把行李箱放进车的后备厢里，陆清酒坐进驾驶室后对着白月狐和尹寻打了个招呼。

"早去早回！"尹寻冲着陆清酒夸张地摆手。

白月狐站在原地并没有说话，既没有说再见也没有挥手，仿佛陆清酒只是去趟小镇，再过两个小时就会回来。

陆清酒开着车，消失在山路的尽头。

水府村的位置很偏，坐火车要十几个小时，但是如果是自己开车走高速的话，反而会快一点，因为到这里的车很少，其间还需要绕行其他城市。不过即便是会稍微快一些，但要开十几个小时的高速公路也是比较辛苦的事，特别是他这样的一个人开车，连个聊天的也没有。

不过有了小货车，倒也不用担心这些事，毕竟他开累了能让小货车自己驾驶一会儿，只要手没有离开方向盘，就不会被罚款。

陆清酒给朱淼淼去了电话，告诉她，自己今天到，这便上路了。

第十三章

老树说

时隔几个月，再次回到自己熟悉的城市，陆清酒心中难免有些感慨，但既然做出了离开这个选择，他就不会后悔。

陆清酒开着变了模样的小货车上了路，经过十几个小时的颠簸，终于回到了自己曾经选择离开的城市。过了半年时间，城市的模样并没有太大的变化，依旧是高楼耸立，道路上车水马龙，一派嘈杂的景象。

在安静的农村待惯了，陆清酒回到这里还有些不习惯，小货车也乖了许多，不知道是不是被这陌生的场景吓到了。

“清酒，清酒！这边！”朱淼淼一早就到了和陆清酒约定的地点，冲着他招手。

陆清酒看到她，把车给开了过去。

朱淼淼道：“你这多久没睡觉啦？不然我来开吧？”陆清酒早晨出发，晚上才到，开了一天的高速路肯定也累了。

“不用。”陆清酒道，“没那么累。”事实上他并没有开太久，都是小货车在掌握方向和速度，他还扶着方向盘睡了一觉……

“噢，好吧。”朱淼淼道，“那先去我家吧。”

陆清酒点点头。

虽然在这个城市待了很多年，但陆清酒并没有在这里买房，之前住的房子也是租的，因为要回老家，所以房子已经退掉了。这次陆清酒回来本来是想住宾馆的，但是朱淼淼死活不同意，说她家明明有可以住的客房，陆清酒还去宾馆凑什么热闹，住家里比住宾馆方便多了。

陆清酒没拗过她，只能同意了。

把车停在车库后，朱淼淼带着陆清酒去小区门口吃了晚饭，吃惯了自己家做的东西，再尝外面的食物，陆清酒感受到了明显的差别。

“唉，还是你们那儿的东西好吃。”朱淼淼对此也很是感慨，“城里的东西总是差点味儿。”

陆清酒笑道：“我给你带了些我自己弄的葡萄干，很好吃，你先尝尝。”

朱淼淼抓了一把，塞进嘴里后露出惊讶之色：“好好吃啊，这葡萄真甜。”

“是啊。”陆清酒说，“等你有空了可以再去我们那儿玩。”

朱淼淼笑着点头。

因为在路上开了一天的车，朱淼淼也怕陆清酒累了，便早早带他回到家中，两人互相道了晚安，陆清酒洗漱完毕，躺到了朱淼淼为自己准备的客房。

朱淼淼住在市中心一栋楼的二十多层，不远处就是热闹的商业街，抬眸望去，便能看见灯光汇成的一片光海，路边穿行的车辆仿若流光。这是属于城市的夜景，和水府村完全不同，但也各有各的美。

陆清酒看了一会儿便回到床上准备睡觉，明天早上还要早起呢。

第二天，闹钟把陆清酒从梦境中唤醒，他起床后见朱淼淼还在睡觉，便轻手轻脚地洗漱后独自一人出了门。

陆清酒去车库里开出了小货车，便朝着墓地的方向去了。

墓地在郊外，驱车前往需要一个多小时。

到了墓地，陆清酒先买了香烛和纸钱，又买了一束新鲜的菊花。因为不是节日也不是休息日，墓地很清静，高大的松树整齐地矗立在道路两旁，气氛肃穆。低矮的万年青叶片上还挂着雾气留下的露珠，陆清酒从中穿过时，在裤脚上留下了湿润的痕迹。

他很快就找到了自己的目标，一块放在角落里的墓碑。

因为父母同时出事，所以安葬在了一起，墓碑上面用金色的线条勾勒出了两人的姓名，姓名之上，是两张黑白照片。男人俊俏，女人柔美，让人看了想要赞声“好一对璧人”。

陆清酒把手里的鲜花放下，又在墓碑前面插了香烛，然后半蹲下来，开始慢慢把手中的纸钱喂给火盆，纸钱在火焰中化作灰色的灰烬，随着风消失在了空中，陆清酒道：“爸妈，我回来看你们了。”

陆清酒继续低声喃语：“我现在回到了老家，过得很好，你们不用担心，如果在下面有什么需要的记得给我托梦，我都好久没有梦到过你们了。”

他停顿了片刻，声音有些低落：“不知道……还有没有机会把你们找回来。”

当时水府村附近山体塌方，还没进村的陆清酒父母直接被埋在了里面，连尸体都没能找到，只找到了一些随身物品。当时的陆清酒完全不能接受这个事实，连夜赶回水府村，想要找回父母的遗体，当他看到那片垮塌下来的山体时，他才意识到，这个想法几乎是不可能的。

人在大自然的力量面前，实在是太过孱弱，孱弱到如同螳臂当车，连反抗的机会都没有便失去了性命。

陆清酒一边烧纸钱，一边碎碎念着一些生活里的细节，纸钱烧完了，他想说的话也说完了，便伸出手摸摸墓碑，温柔道：“爸妈，我先走了，等到明年清明的时候我再过来，你们要是想我，就和我说。”

寂静无声，墓碑上的男女依旧露出温和的笑容。

陆清酒把自己的东西收拾好，离开了墓地，他坐上车，手机却突然响了起来，拿起来一看，是朱淼淼的电话号码。

“清酒。”朱淼淼说，“晚上要不要和我们一起吃个饭啊？单位聚餐，云哥他们也在。”

陆清酒道：“单位聚餐我去不好吧。”

朱淼淼道：“没事儿，你讨厌的那人不来，我和他们说你回来了，他们都挺高兴的。”

陆清酒想了想：“行吧。”他其实挺喜欢单位那些同事的，平日里大家都相处得很好，他也不是主动辞职而是被辞退了，当然这些事情朱淼淼他们都不知道，因为里面藏了些陆清酒不想再提的隐情。既然他最讨厌的那个人不在，那去吃顿饭也没什么，陆清酒爽快地同意了朱淼淼的邀请。

吃饭的地点定在单位附近的一家餐厅，陆清酒闲着没事儿先在市里面转了一圈，给尹寻和白月狐买了点零食。

老家的镇子还是太小了，很多东西都没有，比如陆清酒特别喜欢吃的一种里面包着果冻的软糖，就没在镇上看到。虽然在网上也能买，但每次拿快递都得去镇上，也着实有些麻烦。

陆清酒买了好几大包软糖，放在车里时突然想起了什么，他拍拍自家小车的脑袋，道：“你吃糖吗？”

小货车的车灯亮起，闪了闪，然后又“叭”了一声。

“吃？那你嘴巴在哪儿？”陆清酒问。

咔嚓一声，汽车的前车盖打开了，陆清酒朝里面望去，看见本该有发动机的位置竟是空空如也，前车盖比后车厢还干净……这画面着实有点刺激人，陆清酒也害怕别人看见，赶紧把手里的糖果撕开袋子往里面塞了进去。塞进去后前车盖又盖上了，陆清酒正想问小货车喜不喜欢，便看见他家原本一身黑漆漆的小车开始五颜六色地闪动——和软糖的颜色差不多。

这是什么意思？好吃到变色？陆清酒赶紧招呼了小货车，让它别激动，被人看见就完蛋了。

小货车这才冷静下来，只是不知道是不是陆清酒的错觉，他总觉得吃完软糖的小货车比平时跑得更快乐了一点……

下午六点左右，陆清酒到达了朱淼淼说的地址，看见餐厅里已经坐了不少熟悉的面孔，他脸上带上了笑容，朝着众人走去。

“清酒，你回来啦！！”

“清酒，你小子终于舍得回来见我们了！”

“陆哥，快来这边坐！”

众人看见陆清酒，纷纷热情地招呼了起来，陆清酒性格温和，做事稳妥又有担当，在单位里的人缘非常好，当时突然离职这件事本就让众人有些不解，之后直接离开本市去了老家，更是让大家生出了无数的猜测。

陆清酒坐在了朱淼淼的旁边，笑道：“大家好，好久不见。”

之前的老前辈云哥也在这张桌子上，看见陆清酒坐下就拍着桌子道：“你小子，不声不响就走了，还敢回来，看我不把你灌趴下！”

陆清酒笑道：“手下留情啊云哥——”

朱淼淼在旁边倒酒：“别说了，你今天是跑不掉了。”

清静的生活让人心生平静，热闹的世俗也并不让人讨厌，陆清酒喝多了，脸颊上便泛起了淡淡的红晕，眸子里也荡起了一层薄薄的水光，朱淼淼在旁边开玩笑说：“喝醉了的陆清酒真可爱。”

陆清酒说：“哪有说男人可爱的。”他正打算继续往杯中倒酒，却感觉本来热闹的人群突然安静下来，陆清酒感觉到了什么，抬头一看，见一个男人从门口走了进来。

“他怎么来了！”朱淼淼本来还处于微醺的状态，一看见这人酒全醒了，她道，“不是说今天不来嘛！”

“我哪儿知道啊。”云哥也有点头大，“不过他确实是说了不会来……”

朱淼淼紧张地看了陆清酒一眼，却见陆清酒脸上没有太多变化，只是眼神略微冷淡了一些。

男人很高大，长得也不错，只是全公司的人都知道，他和陆清酒不对盘。

陆清酒道：“我去上个厕所。”他站起来朝着洗手间的方向走去，朱淼淼看着他的背影，露出担忧之色。

男人的名字叫吴嚣，是陆清酒的上司，只是他的性格和陆清酒的性格全然不同，虽然有能力，但脾气特别臭。陆清酒刚进公司的时候他对陆清酒态度还行，只是不知道为什么，后来越来越差，甚至开始专门针对陆清酒，乃至朱淼淼他们都猜测陆清酒辞职和吴嚣有关系。

当然，陆清酒对于这种猜测并没有给予过肯定的答案。

陆清酒上完厕所，正在低着头洗手，便听到旁边传来了一句冷漠中夹杂着厌恶的话语：“你怎么回来了？我不是告诉你，让你别再出现在我的眼前吗？”

陆清酒扭头，看见了吴嚣：“吴总。”

吴嚣走到陆清酒的面前，道：“怎么，你以为我在开玩笑？你出去后又干了什么，让张楚阳居然对你改观了？陆清酒，我要是你，就会学聪明一点，离这个公司远远的。”

陆清酒已经喝了不少酒，但却觉得头脑比平日更加清明，他看着吴嚣，淡淡地笑了起来：“吴总，你不是好奇我是从哪里知道的那些东西吗？”

吴嚣警惕地看着陆清酒。

“我来告诉你好不好？”陆清酒笑了起来，酒精让他褪去了身上那层温和的气质，反而变得有些尖锐，他那冷漠又嘲讽的目光，竟让吴嚣觉得有些无法直视。

“你不就是喜欢八卦吗？”吴嚣道，“还能告诉我什么？！”

陆清酒冷笑一声，指了指他：“你跟我过来。”

吴嚣没想到陆清酒居然这么嚣张，一时间也被他激起了火气，两人一前一后直接朝着餐厅外面走去，把一直担心的朱淼淼吓了一跳。

“他们这就出去啦？他们要干什么去啊？”朱淼淼惊恐道，“我跟过去吧，万一清酒被人打了怎么办，吴嚣个头可比他大。”

云哥拉住了朱淼淼：“别了，你别去凑热闹，其实吴总人也不错，就是脾气差点，两人再怎么也不会打起来的。”

朱淼淼道：“你说吴总为什么那么不待见清酒啊……”

云哥道：“我哪儿知道？”

吴嚣是他们的顶头上司，被顶头上司针对自然不是什么好受的事，只是他们至今没能搞明白，到底为什么吴嚣会不喜欢陆清酒，还处处针对他。

陆清酒上了自己停在外面的车，吴嚣却抓住他的手叫他下来。

“干吗？”陆清酒有点不耐烦，“我说了我带你去个地方。”

吴嚣道：“你酒驾是想进去是吧？”

陆清酒：“……”他倒是把这个事儿给忘了，因为习惯了小货车给他开后门，好多驾驶习惯都变坏了，以后得改一改。

吴嚣阴沉着脸色坐到了驾驶室，道：“地址？”

陆清酒说：“公司门口。”

吴嚣：“……”他想要说什么，最后还是忍住了，只是目光越来越不妙，看陆清酒的眼神像是在看神经病。

陆清酒也懒得和他解释，他喝了酒，现在整个人都晕晕乎乎的，说起话来也没有考虑那么多，他道：“吴总，你以前见过鬼吗？”

吴嚣正在开车，听到陆清酒这句话，冷笑一声：“怎么？你想把这事儿赖在鬼身上？呵，这世界上有这么八卦的鬼吗？”

陆清酒抓住了吴嚣话语里的重点：“所以你见过？”

吴嚣沉默片刻，随后有些敷衍地点了点头，道：“小时候见过。”他的确见过那些脏东西，而且小时候经常看见，每次看见就得生病，他家里人找过这方面的人，那人说他八字太轻，等长大就好了。这说法也挺靠谱，因为他大了之后就再也没有见过这些东西了。

“怪不得。”陆清酒道。

吴嚣说：“你想说什么？”

陆清酒没说话，懒散地靠在副驾驶上："我说再多你也不信，等到了你就知道我想说什么了。"

吴嚣抿唇，眼神显露出浓郁的不悦，在他的眼里，陆清酒是个非常喜欢八卦别人的人，表面上的风轻云淡和温和全都是装出来的，至于为什么会形成这样的印象，纯粹是因为有几次他在厕所撞破了陆清酒八卦的过程，特别是最后一次，甚至涉及公司最机密的项目。因为这个，吴嚣让陆清酒辞职，并且强硬地表示，如果他不辞职，那自己就会开除他。

陆清酒对于吴嚣的决定并没有表示出任何质疑，而是干净利落地走了人，这也让吴嚣确定自己没有看错，陆清酒的的确确是个伪装成君子的小人，这种人是吴嚣最为讨厌的那种，所以看见陆清酒时根本没有给他任何好脸色。

直到到达目的地，陆清酒都没有要解释的意思，吴嚣停了车，没好气地问："你到底想说什么？"

陆清酒道："过来。"他进了大楼，走到电梯门口，按下了电梯。

吴嚣蹙着眉头跟在陆清酒后面，他倒是想看看，陆清酒到底能玩出个什么花样。

电梯一路往上，到达了他们公司的楼层。因为今天聚餐，大部分员工都已经下班了，剩下小部分走不开的还在加班。

公司门口的保安看见陆清酒和吴嚣后露出惊讶的表情，还叫了声"吴总好"。

吴嚣点点头，道："你到底要干什么？"他有些不耐烦了。

陆清酒没理他，继续往前走，两人穿过长长的公司走廊，很快便到达了公司的厕所门口，他推开了厕所的门，对着吴嚣做了个"请"的手势。

吴嚣看见陆清酒的动作表情有一瞬间的凝固，他道："你什么意思？"

陆清酒眨眨眼睛："你不是想知道答案吗，我现在把答案给你啊。"

吴嚣："……答案在厕所里？"他狐疑地看着陆清酒，也不知道想到了什么，脸颊上莫名浮起了一层红晕，"我不喜欢男人啊。"

陆清酒："……"他被吴嚣的脑回路震惊了，于是干脆不说话，率先走了进去。

吴嚣虽然迟疑，但既然已经到了门口，便也跟着陆清酒走到了厕所里面。

厕所有个巨大的窗户，窗户上挂着折叠的百叶窗，头顶上的小灯散发着微弱的光芒，无论在哪里，厕所都不是个令人愉快的地方。

吴嚣说："我进来了，我要的答案呢？"

陆清酒深吸一口气，走到窗户边上，对着外面大喊道："老树，老树，你在吗？睡了没啊？”

吴器：“……”

陆清酒道：“你快醒醒，老树？！”

吴器用惊恐的眼神看过来，他觉得陆清酒已经疯了。

陆清酒没有理会吴器，嘴里又呼唤了几声，大约两分钟后，厕所的某个隔间里竟然传出了和陆清酒一模一样的声音，那声音回答道：“酒儿？你回来了？”

听到这声音，吴器眼里的惊恐几乎快要化为实质了，他嘴巴张得大大的，颤抖着手指了指陆清酒，又指了指发出声音的厕所隔间，显然是在询问这到底是什么情况，为什么里面会有另外一个陆清酒在说话。

陆清酒耸耸肩，走到了厕所隔间前，伸手拉开了隔间的门，门被拉开后，隔间里面空空如也，什么东西都没有，更没有第二个陆清酒。

“这是什么情况？！”吴器震惊了，如果不是亲耳听见，他绝对不会相信这样的事。

“老树。”陆清酒叹气，“我都说了，你八卦的时候别用我的声音，你把我害惨了。”

“哈哈哈哈……”厕所里又发出了和陆清酒一模一样的声音，只是那个声音有点尴尬，“我哪里知道还能有人听见我的声音，这不是八卦的时候没注意嘛。”

陆清酒道：“你看，你害我被误会了吧。”

老树不吭声了。

这老树是陆清酒进公司不久后发现的一个神奇存在，那次陆清酒在上厕所，却听见有人在窃窃私语说着一些非常私密的八卦，只是陆清酒觉得有些不对劲，因为公司里没有人是这个声音，他当时为了找出到底是谁在说话，在厕所里等了好久，直到发现——厕所里明明已经没人了。

察觉异样的陆清酒找借口让其他同事也来了趟厕所，那同事进来后却表示自己什么声音都没有听到。因此，陆清酒便明白这声音不属于人类，后来他在公司久了，发现这声音来自公司门口的一棵大树，那大树也发现陆清酒能听懂自己的话，这一来二去，两人便有了交情。大树之前的声音很奇怪，和陆清酒交好后，则开始刻意模仿陆清酒的声音，据说这在它们树族里面，是喜欢一个人的表现。陆清酒当时也没把这当回事儿，却没想到为日后埋下了祸端。

吴器对于这些非人类显然没有陆清酒敏感，所以只能偶尔听见大树说话，次数也不算多，这大树知道整个公司里最私密的八卦，什么 A 同事请假是去整容了，B 总头发看上去茂密是因为戴了假发之类的东西，它说的时候用的是陆清酒的声线，被不明就里的吴嚣听了去，理所当然地误会了。

误解了陆清酒是个八卦传播器的吴嚣直接对陆清酒下了最后通牒，给他两个选择，一是被辞退，二是自己主动辞职保存颜面。

虽然感觉有些莫名其妙，但陆清酒还是选择了后者，离开了这家公司。现在想来，这些事情简直就是无妄之灾。

吴嚣在听完陆清酒的解释后，脸上尴尬的神情更浓了，他干咳一声："抱歉，我没想到……世界上还有这样的东西。"

陆清酒无奈道："你看我长得像说八卦的人吗？"

吴嚣："就……一点点像？"

陆清酒："……"行吧，你开心就好。

"抱歉，我真的没想到竟然是这么一回事。"放在眼前的事实，虽然让吴嚣觉得震惊，但也只能接受这不可思议的答案，虽然他幼时可以看见鬼怪，但自从长大后就几乎没有再接触这方面的东西了，本以为是自己丧失了这样的能力，却没想到其实自己一直在和鬼怪接触，只是自己没有意识到罢了……

吴嚣看向陆清酒，认真道："我愿意为辞退你的事情提供丰厚的补偿，如果你愿意的话，我想再次邀请你回到公司……"他的语气和眼神都很诚恳，看得出是诚心对陆清酒表达了歉意。

陆清酒却拒绝了，他拒绝得很坦然："你不用有负罪感了，其实就算没这件事，我也会辞职的。"

"为什么？"吴嚣疑惑地发问，"你……不是为了安慰我吧？"

"当然不是。"陆清酒笑道，"又不是小孩子被人欺负了还要找家长，我如果真的不想走，肯定会因为辞退的事找你要个说法。"要说法的时候这误会就能解决了，自然不必拖延至今。

吴嚣一想，也的确是这么回事儿，当时他通知陆清酒要么自己辞退，要么被开除的时候，陆清酒非常冷静地接受了事实，甚至不曾争辩。当时吴嚣以为他是心虚，现在想来，恐怕是另有隐情。而辞退陆清酒的原因自然也不是陆清酒八卦，而是因为吴嚣在厕所里听到陆清酒非常详细地描述了他们公司一个马上要定下的项目方案，吴嚣在听到这些内容后，便已坚定了要开除陆清酒的决心。

见吴器脸上神情复杂，陆清酒自然也猜得出自己这位上司在想什么，他拍了拍吴器的肩膀，笑道："你真的不用太内疚，我辞职这件事，是我自己选的。"

"那你为什么要辞职？"吴器却还是不愿意就这么算了。

"是我家里出了点事。"陆清酒对此回答得很是敷衍，显然不打算和吴器细细解释原因。

吴器还欲再问，厕所里被无视的老树却叫了起来："酒儿，酒儿，你终于回来啦，我好想你，你走了之后都没人和我说话了，我好无聊。"它用的还是陆清酒的声音，只是语调很不相同，更像是一个天真的少年人。

据说老树已经在这里住了快两百年了，根系蔓延到了许多地方，虽然对于人类来说，两百年已足够沧海桑田，但对于它们来说不过是弹指之间，老树自称自己是个小孩子，也不是没有道理。

不过陆清酒已经习惯了叫它老树。

"嗯，我走啦，以后可能会很少回来。"陆清酒对老树道，"你要好好的。"

老树沉默片刻："你又要回老家吗？"

"嗯。"陆清酒道，"你等着，我等一会儿过去看看你。"

老树说："好，一定要来哦。"

吴器听着一人一树的对话，眼里露出艳羡之色，他道："它每天都在说话吗？"

"是啊。"陆清酒说，"每天都在说话。"

老树的族人很少，能和它交流的灵物更少，自从发现陆清酒能听到自己说话后，老树就开始天天在厕所里碎碎念，陆清酒进去上厕所，没人的时候偶尔还会和它聊上两句。

"我半年就听到过三四次。"吴器说，"其中有一次还是在说我……"

陆清酒道："说你什么了？"

吴器干咳一声，岔开话题："不说这个了，有办法让我经常听到它说话吗？"

陆清酒想了想，没应声，他的确没什么法子，但回去问问白月狐说不定真有什么办法，其实吴器人品不错，还挺仗义，除了脾气差点，喜欢针对自己之外，也没什么大的缺点，自己走后老树也实在是寂寞，留个人陪着老树说说话也挺好的。

"吴总，那今天就这样吧。"陆清酒说，"我还有点别的事，就先走了。"

吴器道："好，有事能帮上忙你就说。"虽然陆清酒说了他不在意被开除的事，但吴器心中还是含着一份愧疚。

陆清酒点点头，转身走了。

离开公司后，他没有急着开车回家，而是去了公司附近的公园——老树的所在地，他还有些事想和老树聊聊，只是吴嚣在场，他不好开口。

此时已经是晚上十一点了，街道变得有些空旷，风也跟着凉爽了起来，扑打在人的脸上，有种莫名的惬意。陆清酒走到公园里，还没进去，便看到了一棵葱郁茂密的大树。因为是盛夏，树冠上的叶片遮天盖地，几乎遮住了大半个广场。陆清酒露出笑容，走到大树面前，坐在花坛上，伸出手温柔地摸了摸粗糙的树干：“我回来了。”

老树的树干抖动起来，像是被挠了似的，大片大片的树叶从天空中落下，纷纷扬扬，如同一场大雪。

老树道：“在老宅顺利吗？”

“顺利。”陆清酒，“老宅挺好的，只是想知道的事没有一点头绪。”

老树道：“那事可能也只是一种猜测。”

陆清酒道：“即便是猜测，我也得去试试。”他靠在树干上，喃喃自语，“反正现在也只剩下我一个人了。”

从父母意外身亡，到姥姥因病去世，陆清酒和整个世界的联系越来越少，他在大学的时候忙着打工，之后进入社会又不得不把所有精力都放在工作上面。虽然工作上的伙伴和他关系也不错，但有些事情到底是不好说出来。这时候，陆清酒遇到了老树，一个喜欢说话、却找不到说话对象的啰唆树精。

一人一树渐渐相熟，后来陆清酒有什么事儿都习惯和老树说，老树也告诉了他很多事，他想知道的，不想知道的。

树族和人类不同，它们生来就拥有传承下来的记忆，知道许多私密的事情和方法。

半年前，老树觉醒了一种新的能力，可以根据人的生辰八字卜卦。当时老树本来是想卜陆清酒的，但最后却被陆清酒拒绝了，他并不想通过卦象来了解自己的未来。不过他却把自己父母的生辰八字给了老树，让它卜了一卦。

卦象出来，老树解读后却有些奇怪，它道：“奇了怪了，你父母这八字都好得很啊，两人的姻缘也是天作之合……只是为何会是这般下场？”

陆清酒道：“不应该是这样？”

“……飞来横祸，实在是奇怪啊。”老树道，“唉，也可能是我没算准，你别当真……”

陆清酒听完后一直没说话，但很快便去公司辞了职，打算回老家。

老树知道陆清酒是把自己说的话放在心里了，只是它却不知道该怎么劝陆清酒，见陆清酒去意已决的模样，只能祝陆清酒一路顺风。

不过现在看来，陆清酒回到老宅似乎并不是什么坏事，至少老树感觉他身上的生机又蓬勃了不少，比他在单位上班时给人的感觉好多了。

“我在老宅遇到了很多人。”陆清酒笑着和老树说，“还遇到了一只好漂亮的狐狸精。”

老树道：“狐狸精？真的假的？我还没见过狐狸精呢。”

陆清酒道：“自然是真的。”他又把老宅好多趣事说给了老树听，老树听得津津有味，艳羡道：“好羡慕你们能到处走啊，我也想去其他地方看看。”

“你以后能化形吗？”陆清酒问。

“不知道。”老树说，“不过就算化形，也是千年之后的事了……”他语调低落下来，“不知那时候人世又是怎样一副光景。”

陆清酒摸摸他粗糙的皮：“没事，时间会过得很快的。”

两人聊了许多事，老树还告诉了陆清酒他离开后公司里发生的八卦趣事，比如 A 和 B 谈了办公室恋爱不敢公开，结果却发现两人都双双出轨，私下里有别的情人，最后在公司大闹了一顿，全辞职了；再比如吴嚣最近的痔疮好了一点，但是因为上周去喝了顿酒又犯了，差点没因为急性失血进医院……

见老树说个没完，陆清酒只能赶紧叫停，以老树的啰嗦程度，这些陈芝麻烂谷子的小事儿它能说整整一个晚上。

“我明天早上就回去了。”陆清酒还记挂着家里那两个不会做饭的人，“我回去问问有没有能让吴嚣听到你说话的办法。”

老树道：“你这就走啦？”它抖抖叶子。

陆清酒道：“走了。”

“还回来吗？”老树又问。

陆清酒笑道：“自然还要回来，至少每年回来看你一次吧。”他父母的坟墓还在这座城里，他自然得回来。

“好。”一片叶子缓慢地飘落在了陆清酒的头顶，老树声音温柔，“我等你回来。”

陆清酒笑道：“嗯。”

和老树聊了这么久，陆清酒心情很好，开着小货车回了朱淼淼家。其间朱淼淼给他发了好多条短信询问情况，就怕陆清酒和吴嚣打起来，毕竟从体型上看，要真打起来陆清酒可能占不了便宜。

陆清酒怕她担心，还给她回了一个电话，说自己和吴嚣已经说清楚了，完全没有要打起来的意思。

但朱淼淼还是不放心，在家里开着灯等着陆清酒回来。

陆清酒到家后，就看见朱淼淼瘫在沙发上，听到他进门的声音，迷迷糊糊道：“清酒，你回来了？”

陆清酒道：“怎么不去床上睡？”

朱淼淼说：“我怕你挨揍。”

陆清酒失笑：“我都说了他不会揍我了……”

朱淼淼道：“怎么不会，你是不知道他可讨厌你了，我和云哥甚至怀疑你要是单独走在路上他会不会偷偷套你麻袋。”

陆清酒没忍住笑了出来，他说：“没事了，我和他的误会解除了。”想来是吴嚣以为是自己到处传他的隐私，自然是恨他恨得牙痒痒。

朱淼淼见陆清酒的确没事儿，就没有再在这个话题上纠缠，她道：“你明天就回去啊？”

“嗯。”陆清酒说，“明天就回去。”

“不多玩两天？”朱淼淼说，“张总今天才知道你回来，还说想请你吃顿饭呢。”

陆清酒道：“不了，家里有事，离不开太久。”

“好吧。”朱淼淼道，“我明天要上班，就不送你了。”

陆清酒点头。

扫完墓，见了故人，接下来就该回家了。这两天陆清酒没有和尹寻联系，也不知道家里是个什么情况。第二天一大早他便开着小货车，载着一后备厢的特产上路了。

依旧是十几个小时的路程，早晨六点出发的陆清酒到家时已经快要晚上十点了，小货车停在家门口，陆清酒提着大包小包下了车，开门进院子，被院子里躺着的两只吓了一跳。

白月狐还是躺在他的摇摇椅上，这也就算了，尹寻还找了张席子躺在了白月狐的旁边，陆清酒借着夜色没看清，差点以为是具尸体，这尸体听见开门的声音便跳了起来，一路冲向陆清酒，嘴里嚷嚷着：“清酒，你可回来了！你再不回来，我就要死在这里了！！”

陆清酒道：“怎么了？”

尹寻哭诉道：“白月狐简直不是人啊，你走的当天晚上他就悄悄把所有东西都给吃完了。”

陆清酒：“……不是还有泡面吗？”

尹寻说：“包括泡面也一起吃了！！！”

陆清酒：“……”

白月狐听着尹寻告刁状，在旁边冷飕飕地来了句：“我这不是把你留下了吗？”

尹寻悲伤地假哭起来。

陆清酒被两人闹得头疼，说：“行了行了，给你们带了不少吃的，你们先拿着垫垫肚子，我去厨房里给你们两个下碗面。”

尹寻高兴得欢呼起来。

陆清酒把东西一放，穿着围裙就进了厨房，然后就被厨房里面的惨状震惊了。只见厨房里面所有他做的东西都被吃光了，甚至包括一瓶辣酱。冰箱里也空空如也，连根毛都没有。

本来睡着的小狐狸也被吵醒，“叽叽叽”地凑到了陆清酒脚边用自己软软的脑袋蹭着陆清酒的脚踝，陆清酒弯下腰摸摸它的头顶：“乖，一会儿给你煮点肉糜吃。”

陆清酒简单地下了两碗鸡蛋面，便递给了尹寻和白月狐，两人一口气吃完，连汤都没剩下。

尹寻吃完后心满意足地拖着自己的席子回家了，白月狐也从椅子上爬了起来。按照尹寻的说法是，从他把陆清酒的东西吃完后，就黏在了这张摇摇椅上面撕都撕不下来——当然，尹寻也没敢真的去撕。

“吃饱没有啊？”陆清酒擦了擦自己额头上的汗。

“嗯。”白月狐应了，“晚了，睡觉吧。”

陆清酒道：“好。”

白月狐说：“辛苦了。”

陆清酒笑道：“哪有辛苦。”

两人目光汇集在一起，都看懂了对方的神色，陆清酒弯起眼角道：“晚安。”

白月狐温柔道：“晚安。”

第十四章

好运气

睡了一觉，到了第二天。“叽叽”叫的小狐狸代替了闹钟的功能，把陆清酒从床上唤了起来。陆清酒知道它们好几天没吃好了，便早早地起来煮了个酸菜面片，打算补偿一下两人。

面片是自己揉的，切成块状，下在以酸菜为底料的汤里面，酸菜汤里还有自己做的新鲜滑肉，肉上面糊了一层红薯粉，这样煮出来的肉又滑又嫩，配上爽口的酸菜十分开胃。面块因为是自己揉的，也很是筋道，特别是在这样炎热的夏天，吃一碗简直再舒服不过了。

做完面块后，陆清酒又给小狐狸弄了肉糜，三人一狐狸坐在家里开始吃早饭，白月狐最先吃完，吃完后就去地里了，这天气越热，侍弄庄稼就越辛苦，一个不注意庄稼就被晒死了。

陆清酒则打电话让朝千羽过来把多余的葡萄给拉走，这葡萄都熟透了，再过些时候只能落到地上，他们三个吃不完，就这么烂掉实在是有些浪费。

因为知道他们饿了几天，陆清酒午饭做了顿全是肉的大餐，炒回锅肉、红烧牛肉、凉拌鸡、水煮肉片，总之怎么荤腥怎么来。

尹寻和白月狐吃得很是满足，尹寻表示这几天因为饥饿掉下来的血量总算是补上来了。

白月狐没说话，但从表情上也看得出他是满意的。

趁着午睡的时间，陆清酒把老树的事情给白月狐说了，还问他有没有什么办法能让吴嚣听到老树说话。

白月狐听完后想了想，说："有倒是有。"

"真的有？"陆清酒惊喜道。

"嗯。"白月狐说，"你让那棵树喂那个人吃一点它的精华就行。"

陆清酒："……什么？"他以为自己听错了。

"简称树精。"白月狐见陆清酒一脸茫然，便又十分耐心地详细解说了一遍，"就是树心里面藏着的一种白色液体，吃了这种液体，吴嚣就能听见树族说话了。"

陆清酒："……"听了白月狐的解释，陆清酒道，"可是老树不能动，那怎么办？"

白月狐道："你让吴嚣去老树的面前把这事儿说一下，然后下嘴啃一口树干就行。"

吴嚣虽然听不见老树说话，但老树却是能听见吴嚣说话的，如果老树想让吴嚣听见自己说话，就会分泌出自己的精华，吴嚣就等于是被树族承认的人，从此之后便可以和树族进行交流了。

陆清酒没想到这法子还挺简单的，只是不知道为什么老树自己没有提，难道是不好意思？他也没多想，得到答案之后便打电话告诉了吴嚣这个方法。

吴嚣听完决定下班后就去公园里找老树，听他的语气，颇有些摩拳擦掌的味道。

陆清酒本来以为事情这样就算是结了，但是到了第二天中午，他却接到了吴嚣的电话，吴嚣说话的声音有些沙哑，语气简直如同泣血一般，他在电话那头吼道："陆清酒，你太过分了吧！"

陆清酒莫名道："啊？"

吴嚣道："你……我是把你辞退了，可是我道歉了也愿意给你补偿，你不用这么搞我吧？"

陆清酒道："我怎么搞你了？"他一脸茫然，随即想到了自己昨天叫吴嚣去尝试的法子，"你那边到底出什么事儿了？不严重吧？"

大约是他的声音太无辜，吴嚣的语气里也带上了一丝狐疑："你是真不知道？那你那个法子是从哪里来的？"

陆清酒说："……我村里的神婆和我说的。"他说完神婆，还看了黏在摇摇椅上独自快乐的白月狐一眼。

"神婆？"吴嚣道，"那神婆没有讲点其他的？"

陆清酒道："其他的？什么其他的？神婆只是说只要这么做了就可以听到树族说话

了，其他的也没提，到底怎么了？”他感觉那边好像出了什么了不得的大事，不然吴嚣也不会用这种语气和他说话。

听了陆清酒的解释，吴嚣却陷入了沉默。

陆清酒“喂”了好几声，才听到那头传来一声幽幽的叹息，然后吴嚣硬生生从牙缝里挤出两个字：“没事。”

陆清酒：“……”吴总，这不像是没事的样子啊。

吴嚣欲言又止：“我……算了。”

陆清酒：“……那，你现在能听到树说话了吗？”

他问完这话，就听到电话那头传来了磨牙的声音，他说：“是，我能听到了。”

陆清酒：“唔……”既然能听见了，那你为什么那么生气？难道其间出现了什么不可预知的意外？陆清酒很想这么问，但最后他机智地忍住了，因为吴嚣此时的心情很不妙，低低地咒骂了几句后就挂断了电话。

挂断电话后，陆清酒看了眼自己的手机屏幕，思考片刻后走向了还在睡觉的白月狐。

“月狐。”陆清酒叫他。

白月狐睁开眼睛看着陆清酒。

“你说的那个可以让人听见树族说话的法子，没有什么后遗症吧？”陆清酒眨眨眼睛，问出了这个本该昨天问的问题。

白月狐慢吞吞地说：“后遗症？”

陆清酒点点头。

“算有吧。”白月狐的语气轻描淡写，他说，“树族要是同意，两人就结为了伴侣。”

陆清酒：“……”

白月狐见陆清酒吃惊到一副下巴要掉下来的样子，挑眉道：“怎么？”

陆清酒终于明白了吴嚣语气里的痛苦到底是为什么，他登时有些哭笑不得：“你当时为什么不告诉我……”

白月狐却十分坦然，道：“因为这不算是后遗症。”

也是，结婚呢，哪能算是后遗症？——陆清酒不由得为他家狐狸精的逻辑鼓起掌来，他是不是该给吴嚣再打个电话，恭喜吴总喜迎百岁新娘？

虽然吴嚣想要听树精说话的这个梦想实现了，但却莫名其妙多了个树族的伴侣，陆清酒心情十分复杂，也不知道该说点什么，他再给吴嚣打电话过去的时候，吴嚣已经平静下来了，问他还有没有什么解决的办法。

陆清酒回答说目前没有……他在得知事情的真相后就提前问了白月狐这婚约是否可以解除，白月狐的回答是，树族从来都是一生一世一双人，结了婚约就别想离，只有丧偶没有离婚。

于是陆清酒硬着头皮把这个答案告诉了吴嚣，吴嚣听完后绝望地表示：只能凑合着过了，还能离咋的。

陆清酒想笑又觉得不合适，只能硬生生地忍住，还开口安慰了吴嚣几句，说老树其实性格不错，多相处相处说不定就爱上了呢……

他和吴嚣的恩怨以这样的方式结束，陆清酒也不知道该说点什么合适，只能让朱淼淼私下里给吴嚣递了一个大红包，来表达自己内心深处那隐约的歉意。

朱淼淼问他为什么要递红包，他也没敢解释，含糊不清地糊弄了过去。

拿到了红包的吴嚣问陆清酒这是什么意思，陆清酒说："这不是你新婚……"

吴嚣"啪"的一声把电话给挂了，这次陆清酒没忍住，在电话这头笑了出来。

八月份天气热得不得了，晒得院子里的小鸡都不乐意动了，经过半年的时间，鸡崽们已经长成半大的鸡了，只是这鸡的模样和其他的鸡又有些差别，无论公的母的，羽毛颜色都十分艳丽，看起来很漂亮，只是味道不知道怎么样……陆清酒想着有时间可以让白月狐宰一只来试试。

小黑和小花则是一点都不见长，来的时候多大现在就多大，尹寻嫌弃它们是赔钱货，天天吃了就睡还不胖。

听到尹寻的话，小花白眼都快翻到天上去了。

尹寻这货看见了还嚷嚷："清酒，你管管你家的猪啊，它居然给我翻白眼。"

陆清酒道："你说人家坏话之前能不能先把脑袋从人家肚子上移开。"

尹寻强硬地拒绝："不能。"

小花气得差点没给他一蹄子。

自从尹寻这货发现小花的肚皮冰冰凉是消暑利器之后就开始整天抱着小花，有时候出去摘个菜都要把小花背在身上，小花挣扎几次无果后便无奈放弃，彻底成为了尹寻的专属冰袋。

陆清酒看他的表情，觉得要不是不能在尹寻面前说话，小花恐怕早就张嘴对着尹寻各种骂了。

尹寻真该好好谢谢他那普通人的身份……

夏天，消暑的东西是断断不能少的，陆清酒熬了酸梅汤，放进冰箱里冻着，每天下午睡觉起来都要喝上一杯。尹寻和白月狐对这种酸甜的饮品也很喜欢。每天里最炎热的时候，几人都会在屋子里吃点冰凉的东西消消暑。

小狐狸也喜欢吃冰品，只是陆清酒担心它身体太弱，吃多了拉肚子，所以每次都会控制量。

这天他们三人正在屋子里吃陆清酒新做的凉虾，凉虾是他们这边独有的甜品，使用糯米熬成的米浆通过漏勺滴在水里形成一只只小虾米形状的米团，然后再在里面放上浓稠的红糖和酸甜的山楂，口感软糯清凉，米香浓郁，很受家里人的欢迎。陆清酒尝的时候觉得糖有点少，正打算去厨房里加一勺红糖，便听见院子里传来“咚咚咚”的声音——有人在敲门。

“哪位？”陆清酒远远地问道。

下午三点，正是一天里面最热的时候，阳光亮得刺目，整个世界都好像被笼罩在一个巨大又火热的蒸笼里，人出去不到一分钟，回来准是满头大汗。这要是平时听见敲门的声音，陆清酒估计问都不问就会去把门给开了，但今天实在是太热，他们三个互相看了对方一眼，显然都不太想动。

“白月狐，白月狐！”门外传来了一个男人的声音，他叫着白月狐的名字，“咚咚咚”地用力敲着本来就不坚固的木门，“我要热死了，你快来给我开开门！”

原来是找白月狐的，陆清酒和尹寻都松了口气，把目光移到白月狐身上，既然不是找他们的，那他们也不用顶着炎热离开空调房去开门了。

谁知道白月狐眼皮抬了抬，很不要脸地换了个声线，对着门外的人回答道：“白月狐不在。”

旁边的陆清酒听到这声音差点没把嘴里的东西喷出来，尹寻和陆清酒反应差不多，显然都被白月狐的无耻震惊了。

“白月狐不在？那你是谁？”门外的人被白月狐的回答气到了，开始砸门，“快点给我开门，我真的要死在外面了——”

白月狐正欲说什么，门口却突然传来了一声巨响，陆清酒眼睁睁地看着自家脆弱的门板“砰”的一声倒在地上，和门板一起倒下的，是个衣着狼狈的男人，他似乎也没料到门板这么不禁敲，整个人都扑到了院子里，摔了个狗吃屎。

“啊！我 ×！”男人被摔得有点严重，趴在地上半天没反应，嘴里发出痛苦的呻吟，“哎哟……我……”

陆清酒见状赶紧过去，问道：“兄弟你没事吧？”

男人抬起头，陆清酒看见他的模样，“噗”的一声笑了出来，只见男人的脸上青一块紫一块，原本还算俊美的脸硬生生被这些伤口给毁掉了。

男人苦着脸看着陆清酒，陆清酒正想问他有没有事，便看见他呸了一口——从嘴里吐出半颗牙。

“啊。”男人怒道，“我——”

陆清酒心想：这人也太倒霉了吧。他赶紧把人扶了起来，男人腿好像也伤着了，一瘸一拐地进了屋子。

白月狐看见他露出嫌弃的眼神。

白月狐道：“你怎么知道我在这儿？”

“我在苏家打听到的。”男人坐下，揉着自己的腿，“你真是……”

白月狐尝了口凉虾，连个眼神都没给他。

男人的目光落到了凉虾上面，吸了吸口水：“这是什么啊？好吃吗？”

白月狐道：“好吃。”然后一口气全给吃完了。

男人：“……”

陆清酒在旁边看着觉得好笑，但他到底不像白月狐这般坦然，觉得男人这模样着实太惨了些，便转身去厨房也给男人打了一碗凉虾，还多放了点红糖，想着给男人补补血算了。

男人见自己面前放了凉虾时差点没激动哭了，嘴里念叨着“陆清酒是个好人，以后一定会很幸运的”，然后美滋滋地吃了起来。

白月狐道：“水倖，你到底来干什么？”男人的名字原来叫水倖，听起来略微有些奇怪。

“我来请你帮忙。”水倖道，“我亲爱的狐啊……”

白月狐一个冷冷的眼神过去，水倖赶紧改口：“白先生！”

“我说了，我救不了你。”白月狐懒懒道，“之前不是已经和你说了吗？”

水倖："……我觉得我还可以抢救一下。"他说完这话，用勺子舀了一大勺凉虾，塞进嘴里后正打算往外拿，坐在他旁边的陆清酒便听见了一声瓷器碎裂的清脆响声，随即便是一声凄厉的惨叫，男人"啊啊啊"地叫着，吐出了一嘴的血——本来好好的陶瓷勺子居然在他嘴里崩开了。

"我 ×！"尹寻在旁边被这画面震惊了，语气里是满满的惊恐，"大兄弟你就算饿了也不能吃勺子啊，那是陶瓷——不能吃的！"

水倖疼得眼泪都要下来了，嘴里全是陶瓷的碎片渣子，他踉跄着跑进了前院，然后想要打开水龙头冲洗一下自己的嘴，谁知道水龙头刚打开，他嘴巴一放上去，就又是一声剧痛无比的惨叫。

陆清酒愣了一下，随即明白了是怎么回事，他们家水龙头和管子都是在太阳底下晒着的，这地表温度都快接近七十摄氏度了，想来被晒热的水龙头里面刚出来的水也凉快不到哪里去……这对于水倖来说简直是雪上加霜。

男人疼得一脸要昏厥过去的样子，但还是硬生生扛了下来，勉强用水冲洗掉了自己嘴里的碎片。

陆清酒和尹寻站在门边看着，都是一脸惨不忍睹的模样，这画面看起来实在太惨，用喝凉水塞牙来形容水倖的运气都轻了。

水倖粗糙地清理了一下自己的伤口，眼含泪水地回到了屋子里，陆清酒本来以为他要说什么，谁知道他却把剩下的凉虾捧起来一口气给干了，还给陆清酒点了个赞："大兄弟，你手艺真好。"

陆清酒："……朋友，你还好吧？"

水倖说："没事，死不了。"

白月狐懒懒道："不用管他，他都习惯了。"

水倖果然都习惯了，这对于常人来说十分痛苦的事，他却很快恢复了状态，喝完凉虾后一抹嘴，和白月狐道："月狐啊，咱们出去商量商量呗。"

白月狐瞅了他一眼没说话。

"月狐。"水倖道，"你就帮帮我嘛。"

白月狐看着水倖，并不说话，但他的神情已经给了水倖答案，水倖还欲再劝，却听到白月狐冷冷地问了句："你还要这样多久？"

水倖："……"

白月狐道："你没烦，我烦了。"

水倖张口欲言，但似乎又注意到坐在旁边的陆清酒和尹寻，他道："我们换个地方说。"

白月狐最终还是同意了，他和水倖离开了房间，去院子里的葡萄藤下另外寻了个地方，开始说私事。

"你说这个人和白月狐到底是什么关系啊？"尹寻小声地问陆清酒。

"不知道。"陆清酒道，"可能是他朋友吧。"看两人交谈时的神态，似乎是相识多年的好友，只是不知道这人找上门来是为了什么事，而白月狐又是那般态度。不过从水倖的语调上看来，他应该也不属于人类的范畴。

白月狐和水倖在院子里谈了很久，直到太阳快下山了，两人似乎才勉强达成共识。

重新回到屋子里的白月狐脸上带着些许不悦，显然和水倖的交流并不愉快。水倖的眸子里也没了笑意，反而多了一种陆清酒看不懂的复杂。然而这复杂只是一闪而过，下一刻便被他惯有的笑容掩盖住了。

"哎呀，晚上你们吃什么呀。"水倖道，"白月狐，就让我蹭个晚饭嘛。"

白月狐没说话，直接起身往外走，水倖见状哈哈大笑，露出嘴里一颗缺了一半的牙齿。

陆清酒忙叫道："月狐，你去哪儿啊？"

白月狐指了指门口："我去把门修一下。"

水倖的笑容僵在了脸上。

"哦，好吧。"陆清酒道，"没事，我晚上多弄点吃的。"

白月狐点点头，走到门口去了。

水倖小声道："不好意思啊大兄弟，把你家大门给弄坏了。"他伸手在怀里摸索了一下，片刻后摸出来一个小小的袋子，"我也没什么钱，这东西就当作赔偿送你吧。"

陆清酒道："不用啦，我家门本来就该换了。"

"收下吧。"水倖笑道，"不是什么值钱的玩意儿。"

陆清酒还欲推辞，但见他态度坚决，便只好收了起来，想着晚上再问问白月狐这到底是个什么情况。

晚饭陆清酒多做了一些，他弄了个糯米蒸排骨，炒了个鱼香肉丝，还蒸了一大碗的蛋。他们家里的鸡已经陆陆续续开始下蛋了，只是蛋比平常的鸡蛋个头要大很多，双黄蛋的概率也很大，蒸出来后特别香，再加上陆清酒在里面加了清水，吃在嘴里十分滑嫩。

做好饭，几人上了桌子。

一下午的工夫，白月狐就把家里的门给修好了，不知道他从哪里搞来了一扇黑色的木门，镶嵌在了原本木门所在的位置。陆清酒看着这木门想笑，这木门豪放大气，上面还雕刻着龙纹图案，和整个小院朴素的风格简直格格不入。不过装上去就装上去了，也没什么大的问题，就是略微有点突兀罢了。

水倖吃饭吃得非常认真，全程眼睛都没有移开过，只是他的坏运气并没有停止，吃个糯米蒸排骨，硬生生从糯米里面吃出了三四颗石子。

陆清酒都看傻了："米里面哪里来的那么多石头啊？"

尹寻道："对啊，我怎么一颗都没吃到？"

水倖俨然已经习惯了，无所谓地摆摆手："没什么大事儿，继续吃继续吃，我早就习惯了，你们是不知道，我那次吃苹果，一口咬下去看见半条虫在里面蠕动……"

陆清酒："……"他默默地放下了手里的筷子。

尹寻和陆清酒做出了同样的动作。

吃完饭后，水倖就告辞了，陆清酒看着他一瘸一拐地走了，结果刚出院子的门，他似乎又不小心踩到了什么东西，直接摔了个大马趴，趴在地上半天没起来，陆清酒打算出去扶他的时候，白月狐却道了句："别管他，他自找的。"

陆清酒："唔……"他听出白月狐是认真的。

尹寻回去之后，陆清酒拿着把扇子和瓜子坐到了白月狐旁边，一边嗑瓜子一边和他家的狐狸精唠嗑。

虽然平时白月狐看起来挺不好说话的，但其实陆清酒和他聊天都还算愉快，每次问他的问题，他也会耐心地回答。

"今天下午的时候水倖给了我一个袋子。"陆清酒一只手摇着扇子，一只手从自己的口袋里摸出了下午水倖给他的那个袋子。

白月狐看了一眼袋子，便知道了里面装的是什么，他沉默片刻，道："留着吧。"

"是什么东西呀？"陆清酒下午忙着也没空出时间来看，他轻手轻脚地打开了袋子，看见袋子里竟然装着一缕毛发。这毛发黄黑相间，又粗又硬，显然不是人类的头发，倒是有点像野兽的毛发。

“毛？”陆清酒拿出袋子里的一根毛发，惊讶道，“这个……有什么用处吗？”

“带在身上。”白月狐说，“有点好处。”

陆清酒想了想：“是他身上的毛吗？”

白月狐点点头。

“他是老虎精？”仔细研究后，陆清酒觉得这撮毛发的颜色和老虎最像，于是便展开了丰富的想象，“还是豹子？”

“不，他是神。”白月狐说。

“神？”陆清酒惊讶道，“有他这么倒霉的神吗？”从见到水倖的那一刻起，就看到他在不停地倒霉。

白月狐叹气，道：“算是个意外。”

陆清酒敏锐地察觉到白月狐似乎并不想多说关于这位水倖的事，不过话说回来，他好像第一次听到白月狐发出这般叹息，颇有种兔死狐悲的悲凉感。

既然白月狐说这东西有用，陆清酒便把袋子和自己的钥匙串挂在了一起，随身携带。晚上他睡觉的时候，又翻出了《山海经》，在上面仔细寻找符合白月狐说法的神。只是找来找去，他却发现了一个让他愕然的事实，《山海经》上，的确有一个比较符合水倖行为的神明，但是他却和水倖完全相反，应该是个不折不扣的幸运儿。

那神明的名字，叫作泰逢，吉神泰逢。

传说泰逢人身虎尾，掌管世间好运，被他亲近者，必将被命运眷顾，无论做什么都十分顺利。泰逢性情温和，住在和山之上，和之前的奢比尸相比，他是比较亲民的那一类。

只是这个吉神泰逢和白天喝凉水都塞牙的水倖一对比，这差得也太多了吧，难道那个水倖是吉神泰逢的弟弟霉神水倖？陆清酒捏了捏那口袋里的毛，觉得他们非人类的世界可真是复杂。

第二天，陆清酒一起来就看见白月狐坐在院子里。

“这么早啊？”陆清酒看了看时间，这才五点多钟，平日里白月狐一般都是六点多才起床。

“嗯，要出去一趟。”白月狐说。

“什么时候回来？”陆清酒问。

“可能晚上。”白月狐道，“几点了？”

“五点半了。”陆清酒说，“你要不要吃早饭？”

白月狐道："来不及了。"他思量片刻，"我要去市里的医院，你要不要和我一起去？"

陆清酒一听是医院，立马紧张起来，问道："医院？你哪里不舒服吗？"

"不是，是去见一个人。"白月狐再次对陆清酒发出了邀请，"一起吧。"

陆清酒想了想："也行。"白月狐很少邀请他出去，既然这次开了口，应该是有些原因。于是他随便拿了点饼干，就和白月狐一起坐到小货车上朝着市里的方向去了。

陆清酒抽空给尹寻发了信息，让他自己解决今天的午饭。

他们开车去镇上，走山路大概要两个小时，因为是山路，到处都是悬崖峭壁，想要安全只能开慢一点，而从镇上到市里还得再要一个小时，也就是说他们到达市里，怎么也得是八点左右了。

陆清酒开着车，看着白月狐坐在他旁边吃饼干，白月狐的心情似乎不大好，虽然表情没有太大的变化，但是陆清酒却从他眼角眉梢里看出了他此时的心情。

"怎么啦？"陆清酒问，"是认识的人生病了？"

"嗯。"白月狐应声。

陆清酒笑道："不会是水倖吧？"

白月狐道："他是脑子有病。"

陆清酒哈哈大笑，他道："这些神明都这么平易近人吗？我感觉……他就是个普通人啊。"

白月狐想了想："现在的他和普通人没什么区别，不，还是有区别的，他比普通人更倒霉一点。"

陆清酒想到昨天水倖的惨状，有些不厚道地勾了勾嘴角。

小货车一路往前，很快就离开了水府村，开上了通向市里的公路。时间一过七点，整个世界都开始从梦境中苏醒，道路上多了许多车辆和来往的行人，这对于普通人来说，又是普通的一天。

医院比其他地方苏醒得早，不到八点钟，大厅里便挤满了各式各样的病人。

陆清酒把车停在了地下车库，和白月狐一起朝着住院部的方向走去。

"人在这里。"白月狐递给了陆清酒一个纸条。

陆清酒看了看，是A栋15层102病房，他道："在那边。"

白月狐点点头。

陆清酒往 A 栋走的时候，扭头看了眼白月狐，不知道是不是他的错觉，他总感觉白月狐进入医院后好像不太认识路，一直在后面跟着自己走。不过如果是这样，大概就能解释为什么白月狐要邀请自己过来了，想到这儿，他又觉得可能是自己想得太多。

思考之间，他们已经到达了 A 栋住院部的楼下，陆清酒按下电梯，等白月狐一起进入后，又按下了数字 15。

电梯缓缓上升，很快就到达了他们要去的楼层。走廊上面，病人和家属们来来往往，神色匆忙。

医院从来都不是一个让人觉得愉快的地方，可以说，这里既汇集了人类最渴求的希望，也汇集了希望被打破后的绝望。

白月狐的脚步停在了 102 病房门口，陆清酒透过病房的玻璃窗户，看到病房里躺着一个年轻的姑娘，那姑娘穿着一套白色的病号服，没有头发的脑袋上裸露出青色的头皮，看起来精神倒是不错，此时正低头翻阅着手中一本什么东西。

“进去吗？”陆清酒小声问。

白月狐点点头，敲响了病房房门。

“谁呀，进来。”那姑娘听到敲门声，抬起头说了一声。

白月狐推门而入，那姑娘看见他笑道：“呀，月狐，好久不见啊。”

白月狐说：“好久不见。”

两人似乎已是熟识，姑娘热情地和白月狐打了招呼，让他随便坐，随后姑娘的目光落到了陆清酒脸上，她道：“这位是……？”

“这是我的朋友陆清酒。”白月狐介绍。

姑娘笑道：“你好，我叫侯雪佳。”

很普通的名字，很普通的长相，陆清酒没有在她身上看到任何异常的特质，若不是她认识白月狐，似乎也和水倖有些关系，陆清酒会觉得她和自己一样只是人类中的普通一员。

“你做自己的事吧，我坐一会儿就走。”白月狐对着侯雪佳道。

侯雪佳笑道：“我给你们两个削个苹果吧。”

“我来吧。”见到她的动作，陆清酒忙接过了她手里的苹果和刀，他们两个大男人让一个生着病的小姑娘来削苹果，未免有些过分了。

侯雪佳倒也没有和陆清酒争，笑眯眯地把手里的苹果递给了陆清酒：“好呀。”

她伸出手时，露出了掩藏在病服下的手腕，那双手腕和常人的手腕比起来过于纤细，手背上一片青紫，看得出是因为长期输液造成的，也不知道这姑娘到底在医院住了多久了。

“最近怎么样？”白月狐开口问道。

“挺好的。”侯雪佳坐在一旁歪着脑袋看陆清酒认真地削苹果，笑眯眯道，“我的病情很稳定，医生说没什么大问题。”

“嗯。”白月狐道，“那就好。”

“是啊。”侯雪佳说，“运气不错。”她“咯咯咯”地笑了起来，“当时医生通知我的时候，说有一个好消息，一个坏消息，问我先听好消息还是先听坏消息。”

白月狐和陆清酒就这么听着。

“我说我已经够倒霉了，既然这次让我选，那我就先听坏的吧。”她说着话，整张脸的神情都生动起来，完全不像是个卧床许久的病人，“然后医生说，我可能活不长了。”

陆清酒听到这话，手上的动作一顿：“那好消息呢？”他觉得这已经是最坏的消息了，实在是想不到能有什么好消息。

“然后医生告诉我，他们用我的名字命名了一种新的病毒。”侯雪佳说完哈哈大笑起来。

陆清酒：“……”

白月狐：“……”

两人都被这冷得要命的笑话震惊了。

侯雪佳见两人笑不出来，摸摸自己光秃秃的脑袋：“怎么？不好笑吗？”

“唔，好笑。”陆清酒只能捧场地说了一句。

“好吧。”侯雪佳道，“看来你们笑点比较高……”

陆清酒很想叹息，但又觉得侯雪佳都这么积极了，自己这声叹息似乎有些不合时宜，好在这时候白月狐的话吸引了侯雪佳的注意力，他说：“水俸呢？他怎么不在？”

“他有点事出去了。”侯雪佳说，“可能要晚上才能回来。”

白月狐点点头，他道：“你休息吧，我们坐一会儿就走了。”

侯雪佳十分听话地躺回了病床上，道：“那我就不送你们了，也不知道下次见你是什么时候……”

“总有机会的。”白月狐说，“清酒，我们走吧。”

陆清酒点点头，和白月狐一起离开了病房。

“她是普通人吗？”陆清酒总觉得这事情有些不简单。

“是。”白月狐回答。

“你们认识多久了？”陆清酒道，“看起来……你经常来这里。”

“不长。”白月狐道，“十几年吧，我偶尔会过来看看。”

陆清酒：“……”十几年，对于人类来说已经是非常长的一段时间了，只是对于像白月狐这样的长生物种，却只是他们生命中的一瞬间罢了。

“我们就这么回去了？”陆清酒问。

“不。”白月狐说，“等水俸过来，我需要办点事。”

陆清酒道了声“好”。

他们两人在病房楼下等着，过了二十多分钟，水俸才急匆匆地过来，只是让陆清酒比较惊讶的是，他脸上本该有的伤口全部不见了踪影，看不到一点青紫的痕迹，完全恢复到了最好的状态。

白月狐冷眼看着他，态度非常不好，水俸也不介意，乐呵呵地说：“现在就过去？”

“嗯。”白月狐道。

“那他呢？在医院等咱们？”水俸问。

“一起去。”白月狐道，“他知道我是狐狸了。”他说这句话的时候，看了水俸一眼，还着重加重了“狐狸”这两个字。

水俸：“……行吧。”他的神情略微有些微妙。

这些陆清酒都看在眼里，不过他假装全都没看见，只是认真地看着白月狐。白月狐则动作自然地抓住了陆清酒的手腕，他道：“跟我走。”

陆清酒便乖乖地跟在他的身后。

水俸一路往前，走的地方越来越偏，他们的周围升腾起了一层浓郁的水雾，将俗世的景象隔开。

陆清酒被白月狐这么牵着，倒也不是很害怕，很快他便发现，他们居然从医院的后花园走到了一个完全陌生的地方。这地方天空是黑色的，笼罩着厚厚的乌云，偶尔还可以看到乌云中闪过的电光，地面上四处怪石嶙峋，阴风怒号。走在前面的水俸有点不好意思，扭头说了句：“你别怕啊，以前这地方不这样的，就是这两年资源有点紧张……”

听出水俸话语里隐藏的含义，陆清酒瞪大眼睛："这地方还能装修？"

"那可不。"水俸对着陆清酒挤眉弄眼，"白月狐带你去他家里看过了吗？"

陆清酒看了眼白月狐，想起了那天白月狐带他上山时看到的奇景，难道那地方就是白月狐的家，还都是他自己装修的？

白月狐冷冷道："别听他胡诌。"

水俸讪笑两声。

这地方的确让人觉得不舒服，四处都透着一股死气，因为四周都笼罩着黑色的雾气，陆清酒也看不太清楚远方的景象。

本来牵着陆清酒的白月狐松了手，叮嘱他站在原地不要动。随后白月狐的身体上便升腾起了一阵浓郁的黑雾，将他和水俸都包裹了起来。

黑雾不断蔓延，上升到了黑暗的空中，开始搅动云层。

云层渐渐形成了一个旋涡的形状，陆清酒听到天空中传来了一声剧烈的雷鸣，接着便是野兽的嘶吼声，似乎有什么东西飞到了空中在云层里缠斗起来，黑暗的阴云掩盖了野兽的踪迹，让陆清酒看不清楚里面的具体情况，他只能看到偶尔从云层里露出的利爪和尖牙，还有一双橙黄色的略微有些熟悉的眼睛。

野兽震耳欲聋的咆哮声让人的身体也跟着震颤起来，陆清酒站在形成旋涡的云层之下，感觉自己是如此渺小，在这毁天灭地的气势中，他甚至还没有野兽的一只爪子大，如果野兽从天空中扑下来，那他可能连呼救都来不及便会没了性命。

就在陆清酒胡思乱想的时候，他却又听到了另一声凄厉的惨叫，从叫声中判断，发出声音的人是水俸，他似乎在和野兽的斗争中落了败，且受了重伤。

他们在做什么？难道在单纯地打架？陆清酒着实觉得奇怪。不过这场景也不是一般情况下能见到的，还有白月狐的原形虽然看不太清楚，可从细枝末节上来看，怎么也不像传说中的狐狸吧……

陆清酒露出狐疑的表情，看得更仔细了。

大约过了二十分钟，打斗的声音逐渐平静了下来，云层也开始散去，陆清酒面前的黑雾里，出现了站着的白月狐和在旁边躺着、奄奄一息的水俸。白月狐身上沾满了鲜血，眼神冷得吓人。就在陆清酒怀疑他们两人已经反目的时候，躺在旁边的水俸却哈哈大笑起来，他说："谢了，老哥。"

白月狐随手扔给水俸一个布袋。

水倖虽然看起来已经奄奄一息，却还是用尽全力将那个布袋握在了手里，他朝着白月狐露出一个笑容，再次说了声："谢了。"

白月狐道："你简直是自作自受。"

水倖道："唉，我就这样了，晚上别急着走，我请你们吃个饭。"

白月狐冷冷道："谁要吃你的饭。"

水倖闻言直瞪眼："哎，别这么说啊，当初和我吃一顿饭可是万人难求……"

"现在呢？"白月狐没给他面子，

"现在？"水倖讪笑，"现在我不吃饭，戒了。"

陆清酒站在旁边听两人说话，看得出白月狐对水倖其实不错，嘴上说着不耐烦，其实也没打算离开，而是站在水倖旁边一直看着他。

水倖嘴里全是血，他咳嗽几声，把血水吐了出来，勉强从地上爬起："走吧，差不多了。"

白月狐转身，牵着陆清酒的手头也不回地往外走。

只是在走出去的时候，陆清酒却想起了什么，他伸手在自己的裤兜里摸了摸，确定水倖手里那个握得死死的袋子，就是之前在家里面给他的那个，只是水倖手里的袋子要大很多。

三人顺着进来的路离开了这里。

原本恢复得差不多的水倖因为和白月狐打了一架又变得鼻青脸肿起来，而且看起来比之前还惨。陆清酒担忧地问他有没有事，水倖大大咧咧地摆摆手，道："没事的，我皮厚，过两天就好了。"

他干咳一声，道："你们替我把这东西给雪佳吧，我怕我这样子她看到了担心。"

他说着把那袋子递了过来。

白月狐却很不客气地拒绝了："要给你自己给。"

水倖道："不是吧……帮人帮到底，月狐，你就再帮我这一次呗。"

白月狐一句话不说，直接朝着前面走去，陆清酒本来想跟上的，却被水倖一把拉住了手臂。

"清酒清酒！"水倖觍着脸凑到了陆清酒面前，"他不肯帮我，你帮帮我吧。"

陆清酒："……这不好吧。"

水倖说："我是真的不想去她面前，她看见我这样子是要伤心的，她身体现在虚弱得很，要是看见我这样子肯定要担心，我又不知道怎么解释……”

陆清酒有些犹豫，但水倖拉着陆清酒一副“你不同意就不让你走”的样子，陆清酒看了眼已经走了很远、没有要回来帮自己的意思的白月狐，只能轻轻点了点头，道：“好吧……”

水倖这才露出笑容。

陆清酒从水倖的手里接过袋子，小跑着追上了白月狐，他道：“月狐……水倖非要我帮忙……”

白月狐道：“你去吧，我不想看见他们两个了。”

陆清酒说：“好吧，那你在医院外面等我？”

白月狐“嗯”了声，便朝着医院出口的方向去了。陆清酒看着自己手里的布袋子，轻轻用手捏了捏，袋子是绸缎做的，上面绣着一只精致的老虎图案，里面的东西很软，有些像什么动物的毛发……

陆清酒猜测，这里面装的东西，和昨天水倖给他的，可能是同一种。他拿着袋子和水倖一起去了住院部，按水倖的叮嘱，把手里的布袋子给了侯雪佳。

侯雪佳看见袋子似乎已经见怪不怪了，接过来便放到了自己的上衣口袋，她捏着袋子的时候笑容很甜蜜，道：“是水倖叫你给我的吧？他人呢，怎么每次都不自己过来？”

“他有点事先走了。”陆清酒撒了个谎。

“走了？”侯雪佳蹙眉，“他是不是又和人打架了？我都叫他别和人打架了，怎么总是不听呢……”

虽然听着是在责怪，但侯雪佳的眉眼里更多的是心疼，显然她在意的并不是水倖和其他人产生了冲突，而是在担忧水倖因此受伤。

陆清酒说：“你们认识很久了吗？”

“那当然。”都说世界上掩盖不住的三件事，其中之一便是爱情，这句话在侯雪佳身上得到了完美的体现，她虽然神色憔悴，但每次提到水倖时眼睛里都有温柔的光，她说，“是啊，我们认识很久了，那时候我还是个小孩子，运气特别差，在路边和小朋友一起玩的时候脚下的窨井盖居然碎了，我人也掉了进去……我还以为自己会死在下水道里，结果却有人救了我……”

陆清酒道：“是水倖？”

“嗯。”侯雪佳弯着眼角，“就是他。”

陆清酒已经隐约猜到了事情的真相，他抿了抿唇，道：“那你知道他是谁吗？”

“是谁？他不就是水俸吗？”侯雪佳捧着下巴，语气里是满满的幸福，“我从小运气就很差，直到遇到了水俸，他和我不一样，运气好得不得了，哈哈哈，我开始还以为，我们能这么过一辈子呢……”她说到一辈子，眸中那明亮的光暗淡了下来，笑容也略微有些牵强，她说，“只是，我好像运气真的很差。”

百万分之一的怪病却降临到了她的身上，几年前，医生说她得了不治之症，活不过一个月，水俸知道这个消息之后几乎崩溃了，直接消失了好几天，就在侯雪佳以为他不会再出现的时候，他却带来了一个布袋。

“我去找神仙求了这个袋子。”水俸捧着她的手，声音是颤抖着的，他说，“你有了这个袋子就不会死了……一定不会死。”

侯雪佳听着水俸的话，只当他是走投无路去寻求了这样的心理安慰，但她也没有把自己想的话说出来，毕竟这时候让水俸信一下这个，心里面或许会好受一点。于是侯雪佳便笑着收下了水俸的礼物，告诉他自己一定会好起来的，一定会……

一个月后，奇迹发生了，医生发现了控制侯雪佳病情的药物，虽然不能完全治疗，但也可以勉强维持住她的生命。

这是侯雪佳在患病后遇到过的最幸运的事。

第十五章

尹寻墓

陆清酒听完了两人的故事，他的目光落在了那个布袋上，他猜到了布袋里面的东西。

毫无疑问，水俸就是吉神泰逢，只有他有着无可匹敌的好运气，只有他有着一条老虎般漂亮的尾巴，只是此时那尾巴上的毛却似乎都被拔掉装进了袋子，泰逢把自己所有的好运都送给了自己心爱的人，他也从吉神泰逢变成了霉神水俸。

“那你好好休息，我先告辞了。”陆清酒站起来向侯雪佳告辞。

侯雪佳笑道：“好呀，欢迎你下次再来玩。”

“嗯。”陆清酒说，“会的。”

陆清酒转身出了病房，轻手轻脚地将房门带上，他透过玻璃看到侯雪佳似乎因为说了太多话变得有些疲惫，靠在床头昏昏沉沉地睡了过去。

水俸见到陆清酒出来，赶紧凑过去，道：“她怎么样了？”

“有点累，先睡了。”陆清酒说，“你呢？还在这里等着？”

“不了，她睡着了那我就明天过来找她。”水俸摸摸鼻子，“不然我这青一块紫一块的，总有护士来问我需不需要帮助。”

陆清酒：“……”也对，水俸这一副刚被人打了的样子，的确挺像也需要进医院的病人。

“走吧，我请你们吃晚饭！”水俸说，“医院附近有家饺子可好吃了！”

陆清酒说：“你有钱啊？”

水倖哈哈大笑："我当然有钱了，你以为我是谁……我 ×！"他话还没说完，就一脚踩空了楼梯，骨碌骨碌滚了好几层，直到滚到墙壁上才勉强停下。

陆清酒赶紧低头去看，才发现水倖脚下的瓷砖居然被他踩碎了一块——他的运气果然是难以想象的差。

但水倖已然习惯了平地摔，坚强地从地上爬了起来，伸手擦干净了自己鼻子下面的血，道："没事儿，走走走。"

陆清酒看着水倖的脸，心想：大兄弟你这真的不像是没事。

但还没等陆清酒表达自己所想，水倖就高高兴兴地继续往前走了。

就光从病房走到医院门口这段路，水倖硬是摔了三次，被鸟屎淋了一次，最夸张的是一个路灯居然直接掉落砸到了他的脑袋上，真的是把陆清酒看了个目瞪口呆。

这水倖万幸是个神明，要是普通人遇到这样的事，不死也得半残。

"你真的不要去医院看看吗？"陆清酒实在看不下去了。

"不去。"水倖整张脸都肿着，额头上还有一个血淋淋的大口子，他掏出早就准备好的帽子戴在头上，"都是小伤，没什么大事儿。"

陆清酒："……"他叹了口气，想说点什么，但看着水倖脸上灿烂的笑容，觉得自己的话语是多余的。千金难买我愿意，水倖自甘如此，旁人又何须多言？

白月狐在医院外看到了走过来的两人，他眉头一皱，对着水倖道："你来做什么？"

"我来请你们吃饭。"水倖说。

"不用了。"白月狐道，"你回去吧。"

"可是……"水倖还想坚持。

"我说了不用了，我和陆清酒马上就走。"白月狐重复了一遍，态度很坚决，"这是我帮你的最后一次，不要再来找我了。"

水倖张张嘴还想说什么。

"泰逢，你想清楚。"白月狐说，"你这么做破坏的不只是你的身体，还有你的神运，人们祭拜的是吉神泰逢。你再这么下去会怎么样，你自己很清楚。"

水倖不说话了，他只是笑了笑，冲着白月狐摆摆手："下次见。"

白月狐不理他，拉着陆清酒就走了。

两人上了小货车后，陆清酒道："晚上想吃什么？"

白月狐没说话。

陆清酒道："怎么不说话？不开心吗？"

白月狐道："为了一个人，值得那样吗？"

陆清酒想了想："你觉得呢？"

白月狐说："我觉得不值得。"

陆清酒道："或许是因为你没有遇到那个人？"

白月狐道："那我希望我永远也不要遇到。"

陆清酒道："好啦，不生气了，晚上给你做好吃的，咱们才不吃医院门口的饺子呢。"

白月狐听到这话，才微微勾了勾唇角。

回到家，陆清酒给白月狐做了只烧鸡，烧鸡的外面裹了一层蜂蜜，烤过之后皮变成金黄色，格外诱人，吃在嘴里皮是脆的，肉是嫩的，一口咬下去还有浓浓的肉汁，鸡肉独有的肉香萦绕在屋内，让人忍不住想要抽动鼻子。

白月狐还是一贯地吃鸡不吐骨头，把整只鸡都给吃完了才回到他那张摇摇椅上坐着。正巧李小鱼从隔壁过来找小花请教练习题，陆清酒便从冰箱里翻出了之前冰进去的葡萄，装在碗里递给了李小鱼。

葡萄冰过之后里面的果肉和汁水都成了沙冰的状态，酸酸甜甜的非常解暑。

李小鱼和小花都很喜欢，一人一猪趴在桌子上，继续做着陆清酒看都看不懂的练习题。

水倖那件事情之后，白月狐好几天都没怎么说话，彻底恢复成了刚来时的慵懒状态，除了吃饭和耕地，几乎和摇摇椅完全融为一体。

陆清酒怕他心情不好，便想着法地给他做好吃的逗他开心。夏天大家都喜欢吃凉菜，辣油用得特别快，家里的存货见了底，陆清酒看见太阳下山了，便打算去地里面摘点新鲜的辣椒用来做油辣子。

他们这里的油辣子都是自己家特制的，辣椒晒干之后切成粉末，然后在粉末里面加上芝麻和各种香料，再用滚油一烫，火辣辣的油辣子就做好了。这种油辣子的重点不是辣而是香，放在凉菜里面很是提味。

陆清酒背着个背篓去了地里。

天气很热，虽然太阳下山了，但从地面上蒸腾而起的热气还是炙烤着脚踝，陆清酒到了地里，看见了白月狐种的辣椒。

他家狐狸精种的辣椒和别人家的辣椒果然不一样，辣椒个个硕大饱满，陆清酒摘了一个舔了下便感觉到火辣辣的疼痛。辣椒入口后，给予口腔的其实不是味觉，而是一种痛觉，这种痛觉可以刺激脑袋里分泌出让人觉得愉快的物质，味道越辣的辣椒，质量越好。

陆清酒摘了两三斤辣椒，天就已经黑了下来。山里的夜晚和城市里的不同，因为没有光污染，只要是还算晴朗的天气，都能看见那让人着迷的满天繁星。今晚没有月亮，但星星却是很亮的，甚至只要仔细观察，便能在夜空中找到一条洁白的、被繁星布满的银河。

夜里的风不同于白日，带了些许凉意，吹拂在人的肌肤上，有种莫名的惬意。

陆清酒把在地里摘好的辣椒放进背篓，收拾好后，开始往家里走。

他往前走了两步，脚下却好像踢到了什么东西，陆清酒低头看去，竟然看见自己的脚边躺着一张百元大钞，在黑色的泥地里显得格外醒目。

“这是谁丢的钱啊？”陆清酒弯腰把钱捡了起来，村子里大家都不富裕，一百块钱不算是小数目了，如果是哪家大婶丢的，恐怕得心疼一个月呢。不过话说回来，自从泰逢给了他那个布袋之后，他的运气以肉眼可见的速度好了起来，在路边捡到钱已经是常规操作了，最夸张的是前天他图好玩随手买了张彩票，那彩票居然中了三等奖。

但最后陆清酒也没去兑奖，他总觉得这种靠运气赚来的钱不太靠谱。

陆清酒正想着明天去找钱币的失主，脚下却又踩到了什么，这东西是硬的，有些硌脚，陆清酒用手刨了刨，从地里面刨出了一枚图案很奇怪的硬币，这硬币拇指大小，表面呈现出一种暗淡的黄色，陆清酒把它拿在手里，确定这不是国家的通用货币，倒是有些像什么地方遗留下来的游戏币。他本来想仔细看看硬币上面画了什么图案，但天色实在是太暗，他又没带手机，于是只能作罢。

回家路上，陆清酒随手把硬币塞进了自己的口袋，可谁知在往里塞的时候手却莫名地抖了一下，硬币跌落在地上，“骨碌碌”朝着旁边的草丛里滚了过去。

陆清酒条件反射地想要追到硬币，也冲进了草丛，只是他一进草丛就后悔了，他穿着短裤，这草丛里的草似乎都有尖刺，刺得他的小腿火辣辣地疼了起来。

“啊……”弯下腰，陆清酒看见自己的小腿上流出了鲜红的血液，他嘴里嘶了一声，便想要转身回去，可当他把目光放回刚才自己来时的那条路上时，却愕然发现原本的道路竟然不见了——他来到了一片完全陌生的荒地。

陆清酒愣在原地，一时间竟然不知道该做出什么反应，他举目四望，看见自己的四周没有可以行走的道路，只有一望无际的荒原。荒原上，杂草丛生，这些草上面全都带着小刺，高度大概到了陆清酒腰的位置。

陆清酒勉强行走了两步，便感觉自己的小腿上多了好几条血淋淋的伤口。他不得不暂时停下脚步，观察起了周围。

很快，陆清酒就在这一片荒原中找到了一个比较特殊的东西——一棵矗立在荒原最中心的枯树。那枯树看起来离陆清酒不太远，在一望无际的草丛中显得格格不入，上面似乎还有乌鸦之类的鸟停在树干上。

陆清酒艰难地往前走着，他看着满是鲜血的腿，不由得苦笑起来，自嘲了一句："长了腿的美人鱼大概就是这样的感觉吧……"

好在越靠近树，周围的杂草就越稀疏，等到陆清酒到了树下时，便已然只剩下棕色的土地了。

树干上的乌鸦似乎被靠近的陆清酒吓到了，挥动翅膀朝着远处飞去，夜色之下，乌鸣却让整个世界显得更加安静，陆清酒甚至生出了一种被世界抛弃的感觉。

但很快，他的注意力就被一样东西吸引了过去。

那是一块立在枯树之后的石碑，因为角度，陆清酒之前一直没有注意到，直到他走到枯树的后面，才看见了这块突兀至极的石碑。

不过当陆清酒看清楚石碑的模样时，才感觉这与其说是石碑，倒不如说是一方墓碑。

一方被遗忘在这个世界、孤零零的墓碑。

天色太黑，陆清酒看不清楚上面的字，他想了想，靠近之后用手触碰到了墓碑上，然后开始细细地摩挲。

墓碑粗糙又冰凉，上面的字体不多，大概有六个，陆清酒略略数了第一遍，第二遍才开始细细辨认。

第一个是爱，用的繁体，第二个是子，很好认出。

然而，当陆清酒摸到第三个字的时候，他脸上的表情僵住了，手也开始有些颤抖。一横一画，一撇一捺，陆清酒摸了三四遍，才确定这个字的确是他脑子里想的那个字。

陆清酒的动作停了片刻，他有些脱力，靠在墓碑上喘了几口粗气，才鼓起勇气，摸向了第四个字。

躺倒的山，立着的寸，那是一个"寻"字。

陆清酒身上的鸡皮疙瘩全起来了，他张了张嘴，一时间竟然不知道该说些什么，在他反复确认后，他终于摸清了墓碑上的六个字到底是什么。

爱子尹寻之墓。

爱子……尹寻……之墓。

如同触电一般，陆清酒的手从墓碑上弹开了，他盯着墓碑，像在盯着一个恶鬼。

这里，怎么会有尹寻的墓碑？是恶作剧吗？可世界上怎么会有这样的恶作剧？好友的笑容浮现在了陆清酒的眼前，他仿佛能看见尹寻那灿烂的笑容，还有唇边那颗俏皮的虎牙。

“陆清酒，陆清酒。”微笑着的尹寻冲着他招手，“欢迎你回到水府村。”

陆清酒坐在地上，露出苦笑。

本来离开的乌鸦又回来了，它呀呀叫着，停留在了面前的墓碑上，歪了歪脑袋，看向陆清酒。在伸手不见五指的夜里，那双黑色的眼睛里竟然泛着点点星光。

陆清酒从墓碑带给他的震惊中缓了过来，他想要再次靠近墓碑，却隐约间听到有人在叫他的名字。

“陆清酒，陆清酒。”叫声十分微弱，起初陆清酒以为这是自己的错觉，但很快，呼唤的声音便大了起来，陆清酒顺着叫声看去，总算是找到了声音的来源——这声音竟是来自那只黑色的乌鸦。

那乌鸦离陆清酒有些远，此时正盘旋在空中，嘴里发出了人类的声音：“陆清酒，陆清酒——”

陆清酒试探性地朝着乌鸦所在的方向走去，发现脚下的荒草开始朝着两边退去。

如同摩西分海一般。

这大概就是正确的道路了，虽然不知道谁在指引他，但显然指引他的人并没有恶意。

乌鸦还在叫他的名字，陆清酒随着叫声一路往前，他不知道自己往前走了多久，直到耳边响起了一声硬币落地的清脆声音，才让他浑身一颤，猛然惊觉自己重新回到了原本的世界里。

没有荒草，没有枯树，也没有墓碑，取而代之的，是熟悉的土地和头顶上微弱的星光。那枚硬币就在陆清酒的脚边打着转，他弯腰把它捡了起来，这一次，硬币被他稳稳地装进了上衣的口袋，没有像之前那样滚入旁侧的草丛之中。

找到了硬币的陆清酒朝着家的方向走去，说实话，若不是他小腿上的伤口依旧存在，他恐怕会觉得自己是做了一个荒诞的梦。

陆清酒走进院子，原本闭着眼睛小憩的白月狐却忽地睁开眼，朝着他的方向看来：“你受伤了？”

陆清酒道：“嗯，下地的时候不小心被草刺划伤了。”

白月狐的目光落在陆清酒的小腿上，他道：“地里的草刺？”

陆清酒点点头。

白月狐说：“过来，我给你上药。”

陆清酒本来想拒绝，但见白月狐态度坚决，便只好同意了。他随便找了张椅子坐下，白月狐半蹲在他的旁边，先用清水洗净了他脚上已经凝固的血渍，然后再上了白月狐之前给陆清酒的那种特殊药膏。这些伤口其实都只是皮外伤，并不算太严重，涂上药膏之后清清凉凉的，感觉很快就会恢复了。

“我……我捡到了一枚硬币。”陆清酒低着头，看着一脸严肃的正在为他处理伤口的白月狐，从自己的上衣口袋里摸出了那枚硬币，“你看看有什么特别的吗？”

白月狐看了一眼便摇摇头：“没什么特别的。”

“没有诅咒什么的？”陆清酒有点奇怪。

“没有。”白月狐道，“上面没有任何力量，只是俗世里的物件。”

陆清酒“哦”了声，他用清水洗净了硬币，也看清楚了上面的图案，只是让他觉得奇怪的是，他似乎在哪里见过这样的硬币，但一时间又想不起来。

“我被这枚硬币拉到了一个奇怪的地方。”陆清酒语气里带着些许迟疑，“我看到了一个荒原，还有一尊墓碑……”

白月狐听到“墓碑”二字，抬起头来看了陆清酒一眼。

就在陆清酒以为他会说点什么的时候，他却道：“有什么想知道的，你还是当面去问他吧。”

陆清酒闻言愣住：“他？！你知道我看到了什么？”

白月狐点点头。

陆清酒说：“那这到底是什么情况？尹寻是人吗？”

白月狐摇摇头：“这个问题，还是由他自己来回答比较合适。”

陆清酒抿唇。其实他回到这里后，就隐约感觉尹寻有点不对头，但尹寻没有任何要害他的意思，他便没有去深究。但即便是察觉了尹寻的异样，陆清酒也没有想过这个和自己从小玩到大的朋友居然连人也不是了。

白月狐显然早就知道了尹寻的身份，只是他却不打算就这么告诉陆清酒，而是让陆清酒自己去问尹寻。

陆清酒摸着自己口袋里的硬币，想着既然如此，那明天就去问问尹寻吧。

因为心里面想着事儿，陆清酒这一晚上都没有睡太好，第二天不到五点就从床上爬起来做早饭了。他想着今天既然要和尹寻摊牌，那早饭就做丰盛一点吧。

于是陆清酒特意炖了一锅鸡汤，想要做几碗鲜美的鸡汤肉丝面。

但让陆清酒没想到的是，太阳都升到头顶了，尹寻还是不见踪影。

陆清酒坐在屋子里等得不耐烦了，掏出手机给尹寻打了个电话，电话那头却显示无人接听。

“月狐，你先吃着，我去尹寻家里找找他。”陆清酒对白月狐说了声。

白月狐点点头，拿起了筷子。

陆清酒出门之后就直奔尹寻家，到了尹寻家后，他敲了好一会儿门却听不见里面有人应声。陆清酒想了想，干脆去找了尹寻的邻居，那个经常给尹寻塞东西的刘婶。

“刘婶，你看见尹寻了吗？”陆清酒问道。

刘婶本来在晒被子，听到陆清酒的问话，道：“没看见呢，他昨天晚上好像就没回来。”

陆清酒说：“他平时一般几点回来啊？”

刘婶道：“十点多吧，他家门不好，每次回家我都能听见他关门的声音。怎么了，陆娃子？尹家老幺出事儿了？”

陆清酒道：“没，我就是找他有点事，刘婶你见了他就让他来找我，就说我不怪他。”

刘婶闻言有些疑惑，但也没有多问，点点头应下了。

陆清酒没找到尹寻，只能回家。

白月狐似乎早就料到了他会空跑一趟，对于尹寻失踪了这件事没有表现出太大的惊讶。

“他是不是出了什么事？”打电话不接，家里人不在，没抓到人的陆清酒愤愤地蹲在家门口嗑瓜子和白月狐抱怨，“他跑那么快做什么，该跑的不应该是我吗……他害怕我把他抓了炖了不成？”

白月狐说：“可能有点怕吧。”

“啊？”陆清酒扭头，“你说什么？”

“我说。”白月狐轻声重复了一遍，“他可能真的怕被你抓到自己会被吃掉。”

陆清酒：“……被谁吃？”

白月狐指了指自己。

陆清酒惊呆了：“你吃？难道他担心我把他煮了送到你桌子上？”

白月狐没说话，但表情已经给了陆清酒答案。

是啊，之前的尹寻是陆清酒的朋友，现在非人类的身份暴露了，被欺骗的陆清酒很生气，而白月狐作为陆清酒的后台，一定不吝于帮陆清酒出这口恶气——逻辑很完美，没什么不对。

然而捋顺了逻辑的陆清酒被气得有点想打人。

“我是那种会把朋友杀了吃肉的人吗？”陆清酒愤怒道，“他根本不了解我！”

“是啊。”白月狐说，“明明我才是。”

陆清酒：“……”

大约是陆清酒的表情太过狰狞，白月狐又说了句话，语气还有点小心翼翼：“尹寻的肉质应该不错……”

“不可以！不批准！想都不要想！”陆清酒无情地拒绝了。

白月狐叹气，满脸遗憾，看起来他对吃掉尹寻这件事一点也不反感，只要陆清酒一声令下，他就能毫不犹豫地张开大嘴，连皮带骨全给吞了。

陆清酒道：“那你现在知道尹寻在哪儿吗？”

“不知道。”对于不能吃的东西，白月狐的兴趣就没那么浓了，要是尹寻真的不再出现，其实他还挺高兴的，毕竟家里少了一张多余的嘴，所以他对找到尹寻这件事一点也不关心。

“不过你昨天捡到的那枚硬币应该有别的用处。”白月狐说，“你可以仔细想想，这硬币你在什么地方见过。”

陆清酒蹙眉，他捏着硬币回到了房间，放在桌子上仔细地观察。

无论怎么看，这都是一枚普通的硬币，虽然不是国内发行的流通硬币，但也并无特别之处。前面是一头公牛，后面是一顶皇冠，陆清酒看了一会儿，内心深处的确生出些许熟悉的感觉。

他见过这枚硬币，是在哪里呢，是在什么时候什么场景呢……这枚硬币，对于尹寻而言，又意味着什么呢？

陆清酒想不出答案。

这会儿已经到了中午，又该做饭了，陆清酒心里面有事，随便做了点东西和白月狐凑合着吃了。

白月狐盯着桌子上的菜陷入了思考，平时都是四菜一汤，今天尹寻不在，他们就凑合吃了一碗炒饭加点咸菜。虽然炒饭的味道也不错，但白月狐却已经开始有了别的想法……

陆清酒吃得食不知味，他还在想着尹寻的事，尹寻肯定是真实存在的，不然村里面的人不可能会认识他。但是显然他的身上出现了某种奇特的变化，甚至于他可能不再属于人类的范畴，而是在向着非人类的那边靠拢。

“陆哥。”隔壁的李小鱼已经放了暑假，吃完午饭后便照例过来找小花玩，在门口远远地叫了声陆清酒。

“进来吧。”陆清酒这才回神，道，“吃饭了吗？”

“吃啦。”李小鱼笑看起来挺高兴，“我过来和小花说一声，下午不学习了。”

“是准备去哪里玩？”陆清酒问。

“嗯。”李小鱼说，“我和小龙他们准备坐陈伯的车去镇子上玩。”

小龙是李小鱼的玩伴，村子里像李小鱼这个年纪的孩子还有三四个，他们偶尔会相约去镇子上玩，他们身上没什么钱，却依旧能玩得很开心，打打游戏机，吃吃清凉的冰棍，逛一逛镇上唯一的超市……

陆清酒的目光穿过李小鱼，仿佛看到了过去的尹寻和自己，他当年和尹寻也是这么一起过来的，两人相约为伴，说过许多梦想，做过许多约定。

陆清酒放下筷子，低下头，看见了自己上衣口袋里若隐若现的硬币，下一刻，伴随着李小鱼那一声带着疑惑的“陆哥”，陆清酒终于想起了这枚硬币到底是干什么用的。

这的确不是一枚普通的硬币，而是一枚游戏币，是他和尹寻努力攒钱买到的游戏币中的一枚。小时候他们没有什么钱，一个月攒下来的零用钱最多能玩上两三次，这对于幼时的陆清酒来说，已经是最好最好的事情了。

而在陆清酒即将离开水府村的时候，还是少年的尹寻哭着想要把他辛辛苦苦攒下来的硬币交到陆清酒的手里，只是那时的陆清酒已经坐上了离开的火车，只能坐在车厢里，透过厚厚的玻璃，看着幼时的玩伴随着开动的火车奔跑，最后渐渐消失在了视线的尽头。

从此两人一别两宽，再次相见时，已时隔多年。

尹寻也不再是陆清酒记忆中的清瘦少年，只是他脸上的笑容依旧，唇边的虎牙仍是如旧时那般俏皮可爱。

“我……”陆清酒捏着硬币，声音略微有些沙哑，他说，“我想起来了。”

想起来了，这枚硬币代表着什么。

陆清酒在离开水府村的时候，曾经向尹寻许下过承诺，说自己一定会回到这里，回到这里和他再次相见。他们要在春天去寻那长了刺的野果，要在夏天在溪水边戏水，要在秋天去搭厚厚的谷堆，要去镇上最心爱的游戏厅里，玩够两人都心心念念的游戏机。

只是后来去了城里的陆清酒并没有再回到水府村，虽然他还记着这位幼年时的玩伴，可遥远的距离却让他们当年的承诺难以实现。许多年后，他们都渐渐长大，陆清酒偶尔才会回到水府村看望自己的姥姥，但因为长期没有见面，他和尹寻之间不可避免地产生了一些隔阂，两人自然也没有像幼时约定的那样，捏着最最珍贵的游戏币，坐一两个小时的车，就为了玩十几分钟的游戏。

陆清酒把这件事忘了，尹寻也没再提起，他们小时候的记忆被覆盖上了一层时间幻化的沙粒，于是越发模糊不清。

再后来，水府村成了陆清酒的伤心地。他的父母回乡探亲，却在一场山体垮塌中不幸罹难，连遗体都没有找到，陆清酒匆匆赶了回来，模样憔悴得惊人。

“清酒，你回来啦。”尹寻对他说。

“我回来了。”陆清酒道。

尹寻又问：“那你还走吗？”

“走的，我想把他们的墓地安置在他们经常生活的地方。”陆清酒是这么想的，他说，“我还得上完大学……”

这话的意思就是不会留在水府村了，尹寻听完不置可否，只是伸出手，给了这个旧时的老友一个结实的拥抱，他说：“没事，你不要担心，只要在水府村，我都会帮你的。”

尹寻说到做到了。

父母突然双双离去的陆清酒精神状态非常不好，尹寻便帮他承担下了搜救的工作，那时候天还在下大雨，尹寻穿着雨衣为搜救队伍提供信息，描述山体各处的情况，以及任何存在生还的可能。

虽然最后还是没能找到陆清酒父母的遗体，但他却找到了陆清酒父母随身携带着的旅游包。

陆清酒便用这旅游包为自己的父母立了衣冠冢。

这件事发生不久后，陆清酒的姥姥也去世了，陆清酒则离开了水府村，多年不曾回来。在这个村子里，他失去了自己所有挚爱的亲人。

直到多年以后，陆清酒因为某些情况，决定住回这里，他和尹寻才再次被系在了一起。

想清楚了一切的陆清酒开着小货车去了镇上。

他找遍了整个村子，包括山顶，都未曾发现尹寻的踪迹，于是便有了新的想法，他去了镇上那个曾经和尹寻最喜欢去的游戏厅。

只是到了那个游戏厅曾经所在的位置后才发现，那里已经变成了另外一个模样，游戏厅被拆掉了，改成了一家卖服装的店铺。这也是理所当然的事，现在电子产品那么丰富，游戏厅开不下去也是正常的事，况且那时候，这个游戏厅也没有正规的执照。

他们小时候，游戏厅都是坏孩子才去的地方，平时门口就挂着一张帘子，站在帘子外面，便能听到里面传来的噼里啪啦敲打按钮和扭动摇杆的响声，其中还伴随着稚嫩的吼叫和叹息，一个币，一条命，死掉了就得重来。陆清酒打游戏的技术不如尹寻好，每次都被人打得抱头鼠窜，死得飞快。

于是尹寻每次都会多分他几个币，让他多玩一会儿。

陆清酒把手伸进自己的上衣口袋，摩挲着硬币粗糙的表面，重重地叹了口气。他掏出手机再次拨通了尹寻的电话，却发现尹寻已经关了机。

找不到尹寻的陆清酒心情低落地回了家。

他在厨房做饭的时候还在想着这事儿，要是自己一开始就和尹寻把话挑开了，告诉他自己不在意他是不是人这件事，那尹寻应该就不会跑掉了吧？虽然他早就察觉了尹寻的异样，但他一直想的却是既然尹寻不想说，那他就不问，现在看来这种想法似乎有些问题……若是他当初坚持一点，一定要得知答案……可这对于不想说出答案的尹寻来说，又是否公平呢？

想着想着，陆清酒有点走神，原本用来切菜的刀一刀剁到了自己的手指头上，从手指里溢出的鲜红的血液瞬间涌出浸透了菜板。

“嘶。”陆清酒吃痛收手，这一刀他有些用力，几乎切掉了半个指甲，他转身出了屋子，想找个创口贴简单处理一下。

坐在院子里的白月狐远远地闻到了血腥味，他起身走过来时，看见陆清酒蹙着眉头想要把受伤的指头缠起来。

白月狐没说话，直接过去按住了陆清酒的手，道："别急着包扎，先清理一下伤口。"

陆清酒无所谓道："没事儿，都是小伤。"

白月狐说："你等会儿，我去给你拿药膏。"

陆清酒点点头。

白月狐拿着药膏回来的时候，便看见陆清酒把手放在旁边，盯着门口在发呆，那伤口还在往外流着鲜血，白月狐拿起来仔细看，才发现这刀剁得特别深，已经见了骨头。手上也是有血管和神经的，这一刀切得这样深，如若不好好处理甚至可能造成残疾，好在这药膏的药性特殊，用上两天应该就能好了。

"用刀的时候在想什么呢？"白月狐边帮陆清酒清理伤口边问，"疼吗？"

"疼倒是不疼。"陆清酒说，"我就是在想尹寻这几天不回家到底住哪儿，他还是人类吗？需不需要吃东西？会不会饿啊？"

白月狐抬眸看了陆清酒一眼。

陆清酒叹气："唉……当时就不该放他走。"

白月狐道："别做晚饭了。"

陆清酒看了眼自己的手指，经过白月狐的包扎，伤口已经看不到了，血也止住了，他没感觉有多疼，活动了一下便打算继续去做菜。

白月狐还想说什么，却见陆清酒已经固执地再次进了厨房，他脸色阴郁地在门口站了一会儿，转身出去了，这次他没有躺回摇摇椅上，而是直接推开门出了院子。

陆清酒好歹是把晚饭给做完了，只是做完之后却发现白月狐也不见了踪影，等了一会儿后决定自己先吃饭算了。

可是说是先吃，陆清酒其实也没什么胃口，不仅因为天气热，还因为心里有事，陆清酒随便吃了两口，就放下了手里的筷子，慢慢地走到院子里坐在了白月狐专属的摇摇椅上。

摇啊摇，摇啊摇，摇到外婆桥，外婆说你是好宝宝……陆清酒摇着摇着，又想起了一些幼年时的记忆。他九岁之前都生活在水府村，了解村子里的一花一树、一草一木，但后来离得久了，这些记忆也开始变得模糊起来。

天气热得厉害，陆清酒吃不下东西，心里又念着事儿，便离开了院子，顺着村子里的小道一路往前走。

几十年来，水府村的变化不大，还是那些低矮又破旧的老房子，路边能种的地方都被种上了农作物，有时还能看见几只嬉戏的农家土狗。

不知不觉间，陆清酒走到了村子的尾部，村子的尾部有一方沉重的磨盘，磨盘上面还搭着一些谷物。

陆清酒的脚步停在了磨盘旁边。

这磨盘他记得再清楚不过了，刚回到村里时，尹寻就曾经带他来过这里。小时候，陆清酒和尹寻都特别喜欢爬到磨盘上玩，但只要被姥姥发现，就会被揪下来揍屁股。

姥姥说："这磨盘是用来做吃的的，不能爬到上面去。"

可小孩子都有逆反心理，姥姥越不准，陆清酒就越想往上爬，而他和尹寻都是小豆芽，想要爬上去，还真得费一番功夫。

陆清酒弯起眼角，仿佛看到了两个小孩子想方设法地往磨盘上爬去的模样，先是尹寻蹲下来，让陆清酒踩在他的肩膀上，然后是陆清酒用力把尹寻拉上去。两个小皮猴就这样成功地爬到了磨盘上面，有时候会被路过的大人发现，揪下来之后送到家长面前挨批。

陆清酒想着想着，便笑了起来，他伸手在磨盘的洞口上摸了摸，却感觉这洞口的尺寸有点熟悉。

陆清酒忽地想到了什么，他从自己的上衣口袋里掏出那枚游戏币，然后轻轻地将游戏币放到了磨盘的洞口处。

"吧嗒"一声，游戏币十分完美地切合了洞口的大小，落入了磨盘之中，下一刻，陆清酒听到了一声轰隆隆的雷鸣，他抬头望天，发现原本阳光灿烂的天空被厚厚的阴云笼罩住了。

没有下雨，风却大得吓人，陆清酒被风吹得迷了眼睛，他不得不用手捂住眼，用力眨着眼睛，想要用眼泪将眼眶里的沙土冲刷出来。

然而当陆清酒再次睁开眼的时候，他的面前却出现了一张微笑着的脸，那张脸弯着眼角，咧开的嘴唇旁露出一颗可爱的小虎牙。

"尹寻！！！"陆清酒叫出了他的名字，他直接朝着眼前人扑了过去，一把抓住了尹寻的衣袖，"你到底去哪里了，我找了你好久！"

尹寻道："啊……我只是有点事出去了。"他挠挠头，做出一个不好意思的表情。

"什么事？"陆清酒一点也不相信他的说辞，他抓着尹寻的手腕，拉着他往家里走，

“我知道你不是人了，你也不用担心我会介意这事儿，我告诉你，白月狐也不是人，咱们家里就我一个正常人……”

尹寻闻言，表情变幻莫测。

陆清酒还怕尹寻不相信，解释道：“白月狐是只狐狸精，我见过他的尾巴了，又白又大，手感特别好。”

尹寻脸上扭曲了一下：“你说什么？”

“我说他是狐狸精……怎么了？”陆清酒问。

“没事。”尹寻道，“我……我就随便问问。”

陆清酒道：“你到底去哪里了？算了，我也不问你了，你想说就说，不想说就算了，这两天你都没吃东西，饿了吧？我做了晚饭……你快点跟我过去吃一点。”他嘴里碎碎念着，简直像是个终于找到了离家出走的孩子的啰唆母亲。

尹寻一路上都没怎么说话，直到到了院子门口，他才低声道了句：“你真的不在乎吗？”

“在乎什么？”陆清酒问。

“在乎我不是人。”尹寻说。

“这有什么好在乎的，你又不害我。”陆清酒很坦然地说，“哦，对了，忘了告诉你，家里的小货车……”

“那是什么？”尹寻惊了。

“是蛞蝓。”陆清酒告诉了尹寻这个残酷的事实，“我记得你好像对蛞蝓有点过敏……”

尹寻听到“蛞蝓”两个字整张脸都扭曲了，他说：“蛞蝓？蛞蝓？是我知道的那个蛞蝓吗？”

陆清酒：“对啊，就是那个。”

尹寻：“我 ×，那玩意儿还能当车用的？我就说我怎么老是屁股痒……”他想到了蛞蝓的样子，身上颤抖了一下，然后用带着哭腔的声音说，“我以后再也不要坐你家的货车了。”

听着尹寻对自家可爱的小货车的嫌弃，陆清酒却出奇的有些愤怒：“你疯了吧？不坐货车你难道走到镇上去？都是死了这么多年的人了，能不能成熟一点？”

尹寻：“……”他居然无法反驳。

第十六章

老故事

两人吵吵闹闹地回到了家里，这会儿白月狐还没回来，陆清酒怕尹寻饿了就先招呼他吃饭。

尹寻的确是饿了好几天了，他做出来的东西根本不能吃，一吃就会让人拉肚子。不过好在他也不是必须要吃东西，不然这些年恐怕不知道要怎么熬过来。

陆清酒用慈父般的眼神看着尹寻吃饭，看得尹寻毛骨悚然，他弱弱地叫道："清酒……"

陆清酒说："傻孩子，你多吃点，这些年来你受苦了。"

尹寻："……"

"来，吃个鸡腿。"陆清酒说，"傻看着做什么呢，吃啊。"

尹寻吞了口口水，已经有点后悔无故失踪几天这件事了，其实他也是没想好要怎么给陆清酒解释，害怕陆清酒不接受他，所以才想着先躲几天看看情况。可谁知还没躲上两天，白月狐就沉着脸找到了他，让他滚回家里，不然当场杀了他吃肉。

对于白月狐，尹寻可是一点也不敢挑战他的耐心，赶紧滚回来了。

这鸡腿平时都是白月狐的专属食物，如今落到了他的碗里，尹寻想着，这难道就是大难不死必有后福吗……

然而他的筷子刚把鸡腿夹起来，就感觉到了一束阴冷的目光投射到了自己的身上，尹寻没承受住，手一抖，鸡腿重新落回了碗里。

“月狐，你回来啦？”陆清酒笑眯眯地看向不知何时出现在门口的同居室友，“快来，我找到尹寻了。”

白月狐没说话，走到尹寻的对面坐下，目光落到了尹寻碗里那个大鸡腿上面。

鸡腿是卤过的，油汪汪肥嘟嘟，看得人很有食欲，很有食欲……白月狐勉强控制住自己的力度，才没捏断自己手里的筷子，他看了眼笑得很开心的陆清酒，又看了眼眼神里带着惊恐的尹寻，从嘴里挤出两个字：“吃吧。”

尹寻：“……”他吃的到底是鸡腿还是这辈子的最后一顿饭啊。

“吃啊。”陆清酒在旁边温柔地催促。

于是，在两人不同目光的注视下，尹寻只能含着泪咬了一口鸡腿，这一口下去，白月狐差点没在他身上瞪出个洞来，尹寻觉得他啃的不是鸡腿，是自己的腿……

“月狐，这还有一个，你也吃。”好在这时候，陆清酒分走了白月狐的注意力，他道，“快吃吧，你们两个肯定都饿了。”

白月狐这才收回了盯在尹寻身上的目光，啃自己的鸡腿去了。

这是尹寻自陆清酒回来之后，吃得最为战战兢兢的一顿饭，吃完后连衣服都湿了，陆清酒还惊讶地表示原来死人也会流汗啊。

“我其实也不算是正规的死人。”尹寻放下筷子后，跟陆清酒解释，“在地府那边还没挂号呢。”

“那你是什么死人？”陆清酒说。

尹寻说：“说来话长……当年盘古开天地……”

陆清酒：“……”

白月狐冷冷道：“说人话。”

尹寻马上抓住了重点：“对不起，我是十岁那年被淹死的。”

陆清酒：“……”

白月狐：“……”

“算了，你不想说也不用勉强。”此时陆清酒对这个命途多舛的幼时玩伴已然在心中生出了如山般伟岸的父爱，“我知道你心里苦，我都懂，我来给你重新介绍一下，这是白月狐是狐狸精，也不是人，那是小花和小黑，据说是叫当康的神兽。这是苏息，也是狐狸精……”

尹寻：“……”

陆清酒道：“所以你放轻松，你作为一个死人其实在这里也很普通，没什么关系的。”

是啊，明明这间屋子里与众不同的那个其实是屋主陆清酒……

尹寻想到这里，流出了感动的泪水，和陆清酒拥抱在了一起，陆清酒摸着尹寻的头，颤声道：“寻儿啊，你受苦了，爸爸……不对，我以后会好好对你的。”

白月狐在旁边被这两个人恶心得不轻，连筷子都放下了。

被陆清酒抱在怀里当成儿子呵护的尹寻却突然恶向胆边生，道：“那个……我想问，白先生……真的是狐狸啊？”

陆清酒松手，看向白月狐：“不然呢？”

白月狐冷冷地看着尹寻，说：“对啊，不然呢？”

他话音刚落下，身后“唰”地就出现了九条漂亮的白色大尾巴，看得尹寻目瞪口呆。

陆清酒不要脸地凑到白月狐的身后，摸了两把尾巴：“你看，我就说了，月狐是狐狸精，这尾巴的手感可好了。”他说完后看见白月狐的眼神柔和了些许，便也跟着弯起了眼角。

尹寻站在旁边看着，白月狐身后那尾巴冒出来的时候他眼睛都瞪圆了，手指也跟着动了动，当然，他没有陆清酒那么大的胆子，敢伸出手去撸白月狐的尾巴……虽然这尾巴到底是不是白月狐的也有待商榷。

陆清酒撸毛撸得很开心，白月狐也眯起眼睛，一时间画面十分和谐，只有尹寻不动声色地朝着门口跨了一步。

摸完了尾巴，明确了自家狐狸精的身份，陆清酒便又把目光放到了尹寻身上，他温声道：“你这几天也没有好好休息吧？天也晚了，你早点回家，明天记得过来吃早饭。”

尹寻抿唇，他显然是在犹豫，最后似乎终于鼓起了勇气，开口道：“你想听关于我的事吗？”

陆清酒点点头，他自然是想的，只是如果尹寻不说，他也不会去勉强。每个人都有不想回忆的过去，他没有必要为了满足自己的好奇心而去挖开他人已经愈合的伤口。

“如果我说了，你不要嫌弃我。”尹寻声音低低的，听起来有些低落，“好不好？”

陆清酒道：“我不会嫌弃你的。”他停顿片刻，怕尹寻多想，便举了个例子，“你看我家的小货车，我知道它是蛞蝓，不也挺喜欢它的吗？”

听到“蛞蝓”二字时，尹寻不由自主地打了个寒战：“……咱能别提它了吗？”他真的很害怕这些软体动物，就算是在死了之后，对这种动物的恐惧也丝毫不见减少。

陆清酒摊手，做出一副无辜的表情。

“你们聊吧。”白月狐淡淡道，“我也正好出去一趟。”他说完起身离开，将屋子留给了陆清酒和尹寻。

“我们去院子里吧。”陆清酒说，“我酿的葡萄酒也差不多了，你要是想喝，可以喝一点。”

“不了。”尹寻闻言却笑了起来，陆清酒如他记忆里一样温柔，让他紧张的心情舒缓了下来，最后无论陆清酒是否接受这个已经死去的他，他都不会后悔曾经和陆清酒做过朋友。

两人走到了院中，在月光下席地而坐，尹寻沉默片刻，缓缓地开了口，他说：“你还记得我之前说过，水府村在山里，曾经淹死过一个小孩儿吗？”

“记得。”陆清酒对尹寻说的这件事印象很深，因为那次和朱淼淼上山后，他们也遇到了同样的事。

“那个小孩儿不是别人。”尹寻缓声说出了让人震惊的事实，“那个小孩儿，就是我。”

陆清酒的脸上显出惊诧的表情，他道：“可是……你不是还在我的面前吗？”而且村里的人都知道你的存在。

尹寻的神情奇怪起来，他低声说：“是啊，我之所以还能和人类交流，生活在俗世里，是因为这件事发生后，出现了一些变故。”

在陆清酒离开水府村后，有很长一段时间，尹寻都是一个人玩。

他一个人上山，一个人下水，一个人爬到曾经两人都最喜欢的磨盘上，眺望着远方。

远方有一条蜿蜒在山间的小路，每当水府村有新人来，抑或是旧人归，都一定会通过这条路。

尹寻看着路的时候，手心里牢牢地捏着几枚硬币，这几枚硬币是游戏币，是他花光了自己的零用钱从镇上买的，本想送给自己的好友陆清酒作为分别时的礼物，可惜最后也没能将这礼物交到好友的手上。

尹寻不甘心，他记得陆清酒离开时对他的承诺，陆清酒说过，他还会再回来的。尹寻便想着，等到陆清酒回来的时候，他一定要把这几枚硬币放到自己好友的手心里。

尹寻的家庭状况和陆清酒差不多，都是父母外出打工，家中留下了老人和孩子。只是陆清酒的父母更负责任一些，早早地便把陆清酒接出了水府村，送到城市里上学。尹寻便没有那么幸运了，他父母的经济情况一般，所以他还得在偏僻的水府村里待上好几年。

尹寻从小便和陆清酒在一起玩，现在陆清酒一走，他便成了孤单一人。

期待着朋友回来的尹寻一天天的这么等着，等着，等着，直到……某个盛夏的夜晚。

尹寻至今都记得那天的天气，晴朗，炎热，空中看不见一丝云。皎洁的月亮挂在黑色的夜幕中，灿烂的星群点亮了整个夜空。耳边是蝉聒噪的鸣叫，在靠近路边的地方，还能看见点点萤火在茂密的草丛中闪烁。

这是一个普通得不能更普通的夜，对于长期生活在水府村的尹寻来说，他并没有从中感受出任何异样。那时的他还是个不到一米五的豆芽菜，穿着宽松的T恤和短裤，脚上的拖鞋开了胶，走路有些不方便，他的奶奶承诺这个夏天结束，便给他买双新鞋。

尹寻坐在村口的磨盘上，手里捧着两只“嘘嘘”叫的蛐蛐，蛐蛐是他刚从草里抓出来的，此时依旧精神抖擞，被尹寻握在手里不住地挣扎扭动。

虽然天色已晚，但尹寻依旧没有要回家的意思。

水府村的治安很好，再加上附近没有比较深的水源供孩子们玩耍，所以村子里的孩子几乎没有出现过什么事故，家长们都很放心。照看尹寻的也是年纪已经大了的爷爷奶奶，老年人年纪大了之后精力就没那么好了，而农村里的孩子通常都养得糙，因而尹寻这么晚没回家，家里人也没有找过来。

如果是陆清酒离开前，尹寻大概会和小伙伴一同回去，只是现在，陆清酒也不在了。

坐在磨盘上的尹寻玩着玩着，便迷迷糊糊地睡了过去，磨盘很硬，硌得人脸疼，睡意蒙眬中，尹寻却好像听到了水流的声音。

这声音越来越响，吵得尹寻茫然地睁开了眼，然而当他睁开眼睛看到自己周围的环境时却惊呆了，只见磨盘的下方不知何时竟然出现了一个巨大的水洼，水洼里面的水呈现旋涡状，“哗哗”的急促水声更是显得水流格外湍急。

尹寻看着自己面前的水洼，露出了惊愕的神情，这平坦的地面上……怎么会有这么一汪水？

就在尹寻盯着水洼发呆时，一双黑色的长满了毛的手突然从水洼里伸出，朝着尹寻抓了过来。那双手虽细，力气却极大，轻而易举地就抓住了尹寻的脚腕，然后便开始拉着他往湍急的水洼里面拖。

“啊！！”被这一幕吓到了的尹寻发出惊恐的惨叫，他条件反射地伸手抓住了磨盘，可力气却完全无法和水洼里的怪物抗衡，不过挣扎了两三秒，便被硬生生地拖了下去。

水迅速漫过了尹寻的口鼻，他瞪圆了眼睛，用尽全力挣扎，但这并没有让他脱离险境，相反，越来越多的氧气从他的口鼻里排出去，第一次，尹寻如此清晰地嗅到了死亡的气息。

随着氧气逐渐呼出肺部，尹寻的眼睛渐渐无力地合拢，恍惚中，他仿佛听到了一声清脆的、硬币落地的声音。

啊……我还没有等到清酒呢……在想到这个事实的那一瞬间，尹寻再次爆发了强大的力量，他竟直接挣脱了抓着他的黑手，朝着水洼上方游去。

我不想死……我不想死……尹寻想，我还没有把硬币……交给清酒呢。

怀着这样的执念，尹寻的意识却渐渐模糊，视线最终被黑暗笼罩。

家里人发现尹寻不见了，是第二天的中午。

爷爷奶奶做好了饭，却不见孙子回来，察觉不妙之后便四处寻找，找了整整一天，才终于找到了孙子的踪迹。

那是一双在磨盘底下的小拖鞋，散乱地丢在磨盘旁边，看得出主人离开它们时到底有多么慌乱。

孩子不见了自然是大事，爷爷奶奶报了警，也问遍了村子里的每个人，却依旧找不到尹寻。得到消息的尹寻父母也赶回了家，儿子失踪的消息让他们伤痛欲绝。

村子里疯疯癫癫的人说，孩子被水猴子带走啦，其他人都当他胡言乱语，这水府村明明没有水，只有一条到小腿的小溪，且小溪里从来没有死过人，怎么会有水猴子？

警方得出的结论则是小孩儿可能是被路过村口的人拐卖了，但就在这时，却有人找到了尹寻家里。

尹寻没有见过这个人，通过爷爷奶奶的描述，他知道那是个年轻的男人，用布遮着脸，只能看见一双黑色的眼睛，那双眼睛看起来十分恐怖——只有瞳孔，没有眼白。

男人进了尹寻家里，告诉尹寻的父母，尹寻已经罹难。

尹寻的父母伤心之余怀疑是这个男人杀死了尹寻，家人正欲将男人绑起来带去警局，却眼睁睁地看着男人化为了一摊水，就这样消失在了他们的面前。若不是他那双湿漉漉的双手还摆在眼前，恐怕他们会更愿意相信自己刚才是做了一个怪诞的梦。

第二天，化成水的男人又来了。

这次尹寻的父母没敢对他动手，而是规规矩矩地听男人说话。

“你们的儿子回不来了。”男人说，“他死了。”

尹寻奶奶闻言直接晕厥了过去，母亲和父亲号啕大哭，整个屋子里充满了悲痛的气氛。

“但是，我有法子救回他。”男人道，“但救回来后他一辈子都不能离开水府村，他得守在这里，直到最后。”

“最后？”唯一还算理智的爷爷问，“什么叫最后？”

男人笑着摇头：“不用我解释，他自己会知道的。”

虽然男人的来历成谜，很是可疑，可没有办法的家里人只能选择了妥协，他们依照男人说的方法，为尹寻立了墓碑，且举办了一次葬礼，葬礼很隆重，全村的人都来参加了。按理说小孩子夭折，不应该大办，但尹寻家却办了足足七天七夜。

盛大葬礼结束几天后，浑身湿漉漉的尹寻出现在了家门口。他光着脚，神情有些疑惑，像是不明白自己为什么会在这儿。

见到尹寻的父母在看到自己的儿子后喜出望外，母亲又哭又笑地将他抱进了家门。

因为之前没有找到尹寻的尸体，突然出现的孩子倒是很快被村子里的人接受了。既然尹寻回来了，便证明那个男人没有说谎，尹寻的家人按照男人所言，在水府村的山上供奉了一尊神龛，上书尹寻之名，以香烛、瓜果奉之，据男人所说，这神龛的灯火不可灭，瓜果不可断。

尹寻家人一一照做，只是尹寻母亲的心中却生出了别的念头，她想要把儿子带出水府村。

“你不能带他走，那个男人说了，尹寻不能离开水府村。”爷爷想要阻止母亲。

但已经失去过孩子一次的母亲却格外决绝，她说：“这个地方有问题，这里的人也有问题，我不能把孩子留在这里，我要带着他离开这儿！”好似离开了这里，她便能离开这疯狂的一切，忘记那个男人那双可怖的黑眸。

父亲沉默不语，爷爷奶奶阻拦无果，于是第二天，母亲抱着小小的尹寻走上了离开水府村的路。

父亲早早地叫来了汽车在村口等待，一家三口朝着汽车的方向走去。

可当母亲踏出了水府村的那一刻，她却发现怀中一直没有说话的尹寻开始融化，他的身上流下了水，身体逐渐变得透明。

“啊啊啊啊！”看到这一幕的母亲崩溃了，她尖叫着将尹寻扔到了地上，连滚带爬地冲出了村子，“这不是我的孩子，这不是我的孩子，这是个怪物——怪物——”

尹寻呆呆地看着母亲，他只记得自己被拉入了水洼，其余的事根本没有任何记忆，他以为家中奇怪的气氛是因为自己贪玩导致的，却没有想到这里有更深的缘由。

母亲走了，没有带上尹寻，和父亲坐上了离开水府村的车，再也没有回来。

尹寻被抛弃在了这个小小的村落里。

好在除了不能离开水府村外，尹寻和其他小孩儿相比并没有什么特别之处。

尹寻就这样慢慢地长大了，他也渐渐发现了自己身上的不同之处，爷爷奶奶起初并不打算把这件事告诉他，直到某天，他在山上发现奶奶上山去供奉的神龛上……写着他的名字。

尹寻看到神龛的时候，隐约感觉到了什么，在很久之后，他才明白那种感觉到底是什么。

那是使命，永远守着水府村的使命。

有人救下了本该死去的尹寻，并以传承为代价，赋予了尹寻新的生命。

爷爷奶奶告诉了尹寻当年发生的事，关于那个奇怪的男人，关于母亲，关于为何不能离开水府村。

虽然没有尝试过，但尹寻知道爷爷说的都是真的，冥冥之中，他甚至隐约知道了自己为什么会变成这副模样。但这些事，都是不能说出口的，言可成咒，有些东西，只要说了出来，就会对现实做出改变。

再后来，爷爷奶奶去世了，尹寻也渐渐长大。

成年后的尹寻能活动的范围大了一些，他可以离开水府村，去附近的镇子和村落。至于到底可不可以走得更远一些，尹寻倒是没有去尝试，因为在他生出这个念头的时候，大山之中便会传出低语，仿佛在告诉他：不能走，如果走了，就会死。

水府村是他的命，是他离不开的根。

故事到这里，本该就这样画上一个句号，但陆清酒的到来，却为故事增添了新的章节。

“所以你到底是什么呢？”听完了这个漫长的故事，陆清酒发起了询问，他戳了戳尹寻的手臂，那上面有人类的温度和触感，和死人完全不同。

尹寻道：“我想了想，我觉得我可能传承了类似山神之类的角色……”

“山神？”陆清酒问。

“是的。”尹寻道，“山上发生的事我都知道，但是其实也只是知道而已，做不了太多事，我倒是觉得自己更像个普通人。”

陆清酒道："山上的事你都知道？那那次我们和朱淼淼上山遇到的那个鬼打墙是怎么回事？"

尹寻说："唉，我当时真的以为有小孩儿被那个水洼怪物逮住了，那水洼怪物麻烦得很，我也赶不走它，只能和它干瞪眼。"

陆清酒道："噢……"

尹寻说得有点累了，端起面前的茶水喝了一口，他道："清酒，这就是我的经历，都和你说了，你不要怕我，我不会伤害你的。"

陆清酒点点头，但却没说话，像是在思考什么事。

尹寻以为陆清酒还放不下他的身份，便用真诚的目光看着陆清酒，想告诉他自己真的是个好人。

陆清酒忽地开口，他说："山上的事你都知道？"

尹寻说："对，一草一木，一花一树，我都知道。"

陆清酒说："多了点什么东西你也知道？"

尹寻点点头。

陆清酒道："那……"他突然发问，"那当年我父母遇到泥石流的时候，你知道他们的尸体到底在什么位置吗？"

尹寻哑然，他看着陆清酒严肃的眼神，瞬间明白过来这个问题非常重要。

也是，死者都讲究个入土为安，想到自己的父母连个棺材都没有，作为子女很难安心。

"我不知道。"尹寻说，"我找了，可是没有你父母的尸体。"他情绪有点低落，"抱歉，我当时只发现了你父母的背包，但是却没有看到他们的人。"

陆清酒叹气，他没有说话，而是给了尹寻一个拥抱，他道："没事，这和你没关系，你已经足够尽力了，不要自责，不是你的错。"

其实这件事发生后，陆清酒也没有指望能找到父母的遗体，毕竟他也看到了现场，知道那座山几乎塌了一半。人在自然的力量下，简直如蝼蚁一般，能找到父母的背包遗物，陆清酒已经觉得足够了。他之所以问尹寻这个问题，也不是想责怪他，只是想知道自己父母被埋葬的大概位置，虽然可能因为埋得太深无法挖出，但至少可以去祭拜。

然而尹寻却说，他没有见到陆清酒父母的遗体，这倒是让陆清酒在惊讶之余，略微有些失望。

如果尹寻真的是水府村的山神，那么他无法找到陆清酒父母的遗体，便意味着他们的遗体或许已经随着山体垮塌下来的泥石流被冲出了水府村，这范围就太广了，陆清酒只能放弃。

“不然我再去试试吧？”尹寻还是有点难过。

“不用了。”陆清酒摇摇头，“不必强求。”他知道尹寻的性格，肯定是在反复确认后才给了他这么个答案。他脸上挂起笑容，“我爸妈也是豁达的人，不会拘泥于这种事的，他们只要知道我过得好就行了。”

尹寻这才露出轻松的表情。

谈心谈了一晚上，陆清酒总算是把尹寻心里的结给解开了，他们还约着下次去山上看尹寻爷爷奶奶立下的神龛，之后两人在院中告别，陆清酒看着尹寻带着笑容消失在视线里，才转身准备进屋。

这一转身，陆清酒却发现白月狐不知何时立在了他的身后，两人眼神沉默相对，陆清酒先没绷住，苦笑了一声。

“这家伙，还有事瞒着我。”陆清酒说，“我进的那个地方，对尹寻来说意味着什么呢？”

白月狐说：“灵魂。”

一棵枯树，一座孤坟，望不到头的野草，和草上能让人鲜血淋漓的刺，这便是尹寻的灵魂。

陆清酒想起了尹寻灿烂的笑容，和他唇边那颗洁白的虎牙。

尹寻笑着的时候在想什么呢？流泪的时候又在想什么呢？是否在被母亲扔到地上彻底抛弃时，便生出了那一片望不到头的野草？

还有那只站在枯树上、叫着陆清酒名字的乌鸦……

陆清酒沉沉地叹息，他说：“那里面有只乌鸦在叫我的名字。”

白月狐静静地看着陆清酒。

“我之前以为乌鸦是为了带我离开才叫的我的名字。”陆清酒说，“后来我仔细想想。”他语调带着些苦涩，“你说，会不会我不在的时候，乌鸦也在叫我的名字？”

关于陆清酒的提问，白月狐是知道答案的，但他没想到陆清酒会如此轻松地猜出来。白月狐向来喜欢聪明人，于是他发现自己更喜欢眼前名叫陆清酒的青年了。他眼神柔和地看着陆清酒，想着把眼前人吞进肚子里应该会是件让他快活的事，就像他对待所有喜爱之物那样。可如果就这么吞下去，青年小麦色的光滑皮肤，会不会被利齿划伤呢？那他会觉得有些可惜……

“月狐？”陆清酒被白月狐的目光盯得有些悚然，不知为何，他的手臂上起了一层鸡皮疙瘩，就好像虽然脑子没有意识到，但身体的本能却在告诉他眼前的人非常危险。

白月狐笑了起来，他的笑容很漂亮，狭长的凤眸勾起惑人的弧度，他说：“但是你回来了。”

陆清酒看着他的笑，突然就明白了为什么《聊斋志异》里有那么多被狐狸精迷惑的书生，好在他还是稳住了心神，低声道：“是啊，好在我回来了。”

“睡吧。”下一刻，白月狐敛去了脸上的笑意，恢复成了平日里慵懒的模样，“不早了。”

“是啊，不早了。”陆清酒抬头看了看天空，又是一个晴朗的夜晚，和所有的夜一样，“晚安。”

“晚安。”白月狐说。

陆清酒转身回房，白月狐却站在院中许久未动，陷入了某种沉思。

清晨，炎热把人从睡梦中唤醒，陆清酒起床做早饭，在院中看到了正在和小花掐架的尹寻。

小花当康的身份已经暴露，于是也不再顾忌，对着尹寻就是一通骂，其用词之犀利，连站在旁边的陆清酒都听得目瞪口呆。

然而尹寻脸皮显然比小花厚很多，抱着小花不肯撒手，颇有种“他强由他强，清风拂山岗”的气势。

小花说：“尹寻，你要不要脸，你别抱着我了，我好热啊！”

尹寻：“酒儿啊，咱门中午吃凉粉中不中啊？”

小花：“你——”

尹寻：“哎，小孩子不可以说脏话哦。”

小花：“……”

陆清酒在旁边听得直乐。处理完尹寻的身份后，家里又恢复了往日的和谐。

白月狐回到自己的摇摇椅上，懒得像个八十多岁的老头子，尹寻抱着小花在前院里喂鸡，只是喂着喂着就惊叫起来：“哎，小花，小花，你怎么了，你醒醒啊！”

刚才还在骂街的小花瘫在他的怀里一动不动，被尹寻拎起来后依旧紧闭着眼睛，呼吸也十分微弱，一副随时可能要断气了的模样。

尹寻见状不妙，赶紧抱着小花冲到了屋子里，问陆清酒小花这是怎么了，陆清酒看了下情况："我也不知道，你去问问白月狐？他应该比较懂！"

尹寻心虚道："还是你去吧，我昨天吃了白月狐的鸡腿，今天哪里敢和他说话。"

陆清酒想了想，抱着小花就过去了。

听完了陆清酒的话，闭着眼睛的白月狐抬了抬眼皮，瞅了小花一眼，嘴里冒出三个字："中暑了。"

陆清酒闻言惊道："中暑了？当康还能中暑？那怎么办？"

白月狐说："我看是没救了。"

陆清酒："……"

果不其然，他说出了下一句："红烧了吧。"

陆清酒："……"你为什么那么熟练啊，你到底偷偷摸摸地在心里模拟了多少次吃法了？

面对白月狐的虎视眈眈，本来已经昏厥过去的小花挣扎着从陆清酒手里醒来，艰难道："我觉得……我还可以抢救一下……"

陆清酒："……"

白月狐见陆清酒没有要放弃这只小黑猪的意思，略微有些失望地轻轻"啧"了一声，道："它和普通的猪差不多，喂点水就好。"

陆清酒闻言，这才把小花拎回了屋子，尹寻从冰箱里取了冰水，又给小花弄了一块湿毛巾，总算是救回了小花这条命。看着从白月狐手中幸存下来的小花，尹寻几乎是喜极而泣，抱着小花说："我以后一定要好好对你。"

小花被他抱得差点又昏厥过去，说："你想对我好点……就别抱我了……"

尹寻说："清酒，小花说它喜欢我！"

小花："……"它活到现在，从未见过如此无耻之人。

陆清酒由着他们闹，转身去厨房做饭了，小狐狸屁颠屁颠地跟在陆清酒身后，跟只小狗狗似的。

陆清酒做饭时，偶尔会丢几块肉给小狐狸解解馋，有时候还会让小狐狸帮忙提垃圾，小狐狸在打下手方面倒是很有灵性。

因为尹寻之前说过想吃凉粉，陆清酒便用豌豆淀粉做了一份，这凉粉做出来是米白色的，Q 弹软滑，切成条状之后浇上专门兑好的蘸料，口味香辣，非常开胃。陆清酒又蒸了几笼自己做的包子，包子是猪肉粉丝馅的，做得挺成功，味道鲜香，一口咬下去全是肉汁。

陆清酒做好了饭，招呼着他们过来吃。

三人坐在桌子上，气氛非常热闹，旁边的小狐狸和小黑、小花也拥有了自己的小桌子，桌子上摆着肉糜和小黑、小花的特制食物，一时间屋子里只能听到咀嚼的声音。

几人正吃着饭，外面却响起了轰隆隆的雷声，陆清酒朝外看了一眼，见天空中挂上了厚厚的阴云，风也呼啦啦地刮着，看起来似乎马上就要下大雨了。

“哎呀，我家里窗户还没关呢。”尹寻说，“这天儿真是说变就变。”他嘴上担心，却还是舍不得放下自己手里的包子。

“你不是山神吗？”陆清酒说，“就没点什么特别的技能？”

尹寻：“……什么技能？”

陆清酒：“千里之外……关窗户？”

尹寻瞪眼：“谁说山神就要会千里关窗啊，我们哪会那么难的事……”

他话还没说完，就听见家里的窗户噼里啪啦地全给关上了，白月狐不咸不淡地看了尹寻一眼，来了句：“你家的也关上了，不用谢。”

尹寻：“……”

陆清酒叹息：“我怎么生了你这么个没用的儿子……”

尹寻号啕大哭。

夏天的暴雨和冬天的雨完全没有可比性，虽然时间短，但破坏力惊人，要是不关上窗户，估计屋子里的东西全都得被吹得乱七八糟。水府村全年的降雨量不多，今年夏天就下过几场雨，不过很快就停了，倒也没有造成什么影响。

“这雨来势汹汹啊。”尹寻把最后一口包子塞进了嘴里，“估计得下好久呢。”

陆清酒说：“要不然你就在我家凑合一晚上？”

尹寻道：“也行啊。”

陆清酒家里客房很多，只需要提前打扫一下。

陆清酒吃得差不多了，便拿着拖把和抹布帮尹寻清理了一个房间出来，还为他备下了干净的被褥。

他正在弄着，外面就响起了“滴滴答答”雨滴落地的声音，豆大的雨滴跳出云层，坠落在炎热的土地上弹起又落下。灰尘和雨水结合，空气中弥漫着一股下雨时特有的味道，这味道倒是让人有些安心。

从几滴雨水落下，到哗啦啦的雨幕笼罩整个世界，也不过花了几分钟而已，大雨冲刷掉了院子里的泥土，在地面上积出了一个个小小的水洼。

陆清酒把白月狐的摇摇椅搬到了门口，他本以为白月狐会坐在上面和他们一样边嗑瓜子边看着外面下雨，但白月狐却站了起来，抬头看着外面，神情中带着几分严肃。

陆清酒看出了异样，他道：“月狐，怎么了？”

白月狐道：“陪我出去一趟吧。”

陆清酒：“……出去？去哪里？”他略微有些诧异，这么大的雨，雨伞肯定是没用的，出去了便意味着衣服会被淋湿。

白月狐道：“之前去过的地方。”

陆清酒疑惑道：“这会儿过去做什么？”

白月狐却说了句莫名其妙的话：“这雨一时半会儿停不了了。”他说完这话，便去旁边的杂物房拿了伞，对着陆清酒微微扬了扬下巴，示意他跟过来。

陆清酒接过伞，看了尹寻一眼道：“那尹寻你呢？”

“我？”尹寻挠挠下巴，“我也……一起吧。”

白月狐没说什么，三人便举着伞走到了大雨里，这雨实在是太大了，几乎可以用瓢泼来形容，砸在雨伞上的力度，很快便让人觉得手有些发麻。

陆清酒什么都看不见，只能跟着白月狐往前走，他们似乎上了山，道路变得曲折起来。陆清酒不知道白月狐要带他到哪里去，不过从路线上来看，似乎是在往山上走……

大约走了十分钟，周围的雨势渐渐小了起来，陆清酒看清了周围的环境，他们果然上了山，只是这山不是水府村的山，而是之前白月狐带他钓鱼的地方。

此时山中依旧是傍晚，霞光四溢，云海翻滚，空中既没有乌云也没有雨水，陆清酒很喜欢这地方，收了伞后，脸上带了些许笑意。

“你们在这里待着，我有些事。”白月狐随手把伞扔到了旁边，“等我回来。”

陆清酒还没说话，便看见他一个转身，消失在了自己的眼前。

陆清酒扭头，和尹寻四目相对。

尹寻挠挠自己的后脑勺：“既然没事儿，咱们去山上逛逛？”

陆清酒说："你知道白月狐是要去做什么吗？"

尹寻道："不知道啊。"他说得很坦然，倒不太像是在撒谎。

陆清酒却有些不信，他看了看尹寻，最终还是没说什么，点了点头，和尹寻一同朝着山头上去了。

上次来的时候，被白月狐牵着一路往上走，陆清酒没有太多时间观察路边的景色，这次反正也没有目的地，陆清酒便一边看一边往前走。

这里的植物全是陆清酒没怎么见过的种类，有的长得普通，有的却长得稀奇古怪。陆清酒被一株草吸引住了目光，那株草只有一根光秃秃的茎秆，茎秆顶端长着一朵白色的小花，当然，这不是重点，重点是白色的小花里面有一只指甲盖大小的、毛茸茸的小动物，正趴在上面睡觉。这动物乍看有些像猫，但仔细观察后却会发现和猫又有些不同，耳朵如同兔子一样垂在两侧，身上的绒毛也是白的，总而言之，看上去摸一下会非常舒服。

尹寻见陆清酒停下脚步，也凑了过来，道："这是什么啊？"

陆清酒说："我不知道啊。"他已经读了很多遍《山海经》了，确定《山海经》里的确没有这样的生物。

尹寻说："能摸吗？"

陆清酒研究了一会儿，摇摇头："还是别摸了吧。"他觉得这里的东西还是不碰为妙。

可尹寻还没等陆清酒把话说完，就直接把手伸了过去，想要摸一把小动物身上那看起来格外柔软的绒毛，可谁知手刚伸过去，原本一动不动的植物花瓣突然裂开，变成了一张长着密密麻麻牙齿的巨口，朝着尹寻的手便咬了过来。

尹寻一时不察，惨叫一声，手掌被咬掉了大半。

陆清酒看得心脏都快跳出来了，他道："尹寻！你没事吧！"

尹寻哭道："我这像没事吗？"他手都没了。

陆清酒："……可是你没流血耶。"那手掌上干干净净的，一点血迹都没有，他看了看边缘，发现边缘附着一层呈现出透明颜色的物质，就好像尹寻身体里没有了鲜血全是水一样。

尹寻道："对啊，我都是流水的。"

陆清酒："……"

尹寻道："算了算了，别碰了，我一会儿就好了，咱们还是继续往上走吧。"

陆清酒无奈地点头。

第十七章

新警察

两人便继续朝着山上走，不敢再去碰路边的野花野草。反正陆清酒是发现了，他和尹寻在这里基本上是食物链最底端的生物品种……

很快，陆清酒便看到了之前曾经看到过的石碑，那石碑上写着“水府村”三个血红的大字，石碑很高，不知道是什么人立在这里的。

“这里是白月狐的灵魂吗？”陆清酒问尹寻。

“唔……怎么说呢。”尹寻道，“这里应该是会受白月狐的影响，但并不是他的灵魂。”

陆清酒听得懵懂，尹寻和白月狐的世界，他知晓得实在是太少了。他们顺着小路，走到了之前白月狐带陆清酒来过的平台，这平台和之前没有什么大的区别，下面依旧是翻腾的云海，还有在云海中穿梭的文鳐鱼。

陆清酒和尹寻走得有点累了，便在平台边上坐着休息了一会儿。休息的时候，陆清酒却注意到平台旁边还有一条小路，似乎是通往这座山的更深处的。

陆清酒说：“你说，为什么白月狐要把我们带到这儿来啊？”

尹寻正埋头和路边的一根杂草较劲，他想要把草拔起来，但用尽力气，那草却一动也不动，他听见陆清酒的问话，头也不回地答道：“不知道，可能是要办什么不能让咱们知道的事。”

陆清酒：“比如？”

尹寻：“……偷偷吃掉小黑和小花？”

陆清酒表情扭曲了一下，说实话，他真的有点怕回去之后白月狐告诉他小黑、小花加上小狐狸三只全都走丢了。

“你在这儿玩吧，我想去山顶上看看。”陆清酒休息得差不多了，站起来拍拍屁股。

尹寻终于放弃了和那根可怜的小草较劲，说：“哎，你等等我啊，我们一起去。”

平台之后的道路变得狭窄了一些，路两旁也没有了之前看到的茂盛植物，而是变成了一些低矮蕨类。

后面的道路被隐藏在浓郁的雾气之中，好在这里只有一条路，也不怕走丢。

陆清酒继续往山上爬，尹寻跟在他的后面却显得有些不安，他道：“清酒啊，咱们还要上去吗？”

“怎么了？”陆清酒问。

“我……只是有点不舒服。”尹寻说，“这里的雾太浓了。”

陆清酒说：“应该不会有事吧。”

尹寻吸了吸鼻子，没吭声。

陆清酒继续往前走，他平日里并不是个好奇心特别重的人，但不知为何，今天他却格外想要上去看一看，看看雾气的尽头到底有什么。

尹寻见陆清酒态度坚决，便也没有再劝说，只是抱着双臂，静静地跟在陆清酒的身后。

大约走了十分钟，雾气淡了下来。

陆清酒又隐隐约约看到了周围的景物。和平台之下绮丽的景色不同，此时他们周围的环境只能用荒凉来形容。地面上原来的泥土被黑色的岩石替代，岩石上面空无一物，只有细细的沙土。

一座高大的山峰出现在了陆清酒的眼前，这座山高耸入云，看不到顶端，山体是黑色的，上面没有任何植物的踪迹，山峰之上也全是黑色的、光滑的岩石，如同镜子表面，让人想不出到底要用怎样的方法才能爬上这座山峰。

半山腰上有浓郁的云雾环绕，陆清酒的目光落在了云雾之上，他看得有些出神，直到尹寻轻轻地道了句：“你在看什么？”

“云里好像有什么东西。”陆清酒说，“你看到了吗？”

“没有。”尹寻看了一会儿，摇头，“什么也没有啊。”

陆清酒道：“是我看错了吗……”

尹寻不说话了。

这边的天气和平台那边略有不同，天空是阴的，偶尔还有电光闪烁雷声轰鸣。那一座高高矗立的山峰，如同一座孤岛，被云海和陆地隔离开来。

尹寻坐在了地上，朝着深不见底的云海望去，他有些手痒，便随便找了块石头顺手扔进了云海之中。石头沉入云海，隔了好久，远远地听到深处传来了“扑通”一声——云海下面居然有水。

“底下是水哎。”尹寻道，“居然有水。”

陆清酒道：“有水很奇怪吗？”

尹寻说：“不奇怪啊。”他笑了起来，露出可爱的虎牙，“水府村有水，怎么会奇怪呢？”

陆清酒闻言，看了尹寻一眼。

被白月狐莫名其妙地送进这里，陆清酒也搞不明白白月狐到底在想什么，他猜测外面那场大雨或许意味着什么，只是他暂时没有想明白。

又是一声低沉的雷鸣，陆清酒这次终于看清楚了远处黑色山峰之上盘旋的东西，那居然是一条长长的龙！

虽然没有看得太清楚，但陆清酒确定不是自己看花了眼，那条龙首尾相接，围绕着黑色的山峰盘旋，它的身体极长，在云端中徘徊游动，身姿优美，如同画卷般美妙。但下一刻，它便再次消失在了浓郁的云层里，陆清酒几乎看呆了。

这次尹寻也看到了，他的反应和陆清酒差不多，惊讶之余又带着些愕然。

“这里怎么会有龙？”尹寻说，“龙不是应该已经灭绝了吗？”

陆清酒道：“灭绝？山神都有，为什么龙会灭绝了？”

尹寻道：“我当上山神后，也传承了它们的一部分记忆。”他回答，“龙族和其他种族不一样，它们是有存在的意义的，通常都是为了守护某种东西，自从步入现代社会之后，信仰越来越薄弱，据说最后一条龙早在一千多年前就已经灭绝……”

陆清酒：“这和现代社会还有关系啊？”

尹寻委屈了：“那可不，你说现在你要是在路边捡到十块钱，你是觉得是自己运气好呢，还是感谢神明的庇护呢？”

陆清酒说：“……”这么想想好像还真有点道理。

尹寻说：“信仰没了，神明自然不能存活，所以这些东西也越来越少。”

鬼神之事，向来便是信则有，不信则无。

陆清酒点点头，算是同意了尹寻的说法。

那龙陆清酒只看了一眼，之后便再也没有见到它的身影。这个世界并没有天黑天亮，日月也不曾更替。

不知不觉中，陆清酒和尹寻已经在这里待了八个多小时了，就在陆清酒想着什么时候能回去的时候，他们身后的浓雾里出现了一个熟悉的身影。

白月狐回来了。

他的模样有了巨大的变化，原本利落的短发变成了及腰的长发，身上穿着一件黑色打底的长袍，那长袍上面用金线勾勒出了一条腾飞的巨龙，用红色的宝石镶嵌出了眼睛，活灵活现的样子，仿佛下一刻就会从袍子里飞出来。袍子的底部有些破损，看起来像是被什么东西烧坏了，白月狐见他们看过来，也没有说话，只是抬臂对他们轻轻地招了招手。

尹寻站在原地没动，陆清酒却平静地笑了笑，走上前道：“月狐，这么快就回来了？”

“嗯。”白月狐说，“走吧，回家。”

离得近了，陆清酒才注意到，白月狐侧脸上多了三条十分明显的伤痕，这伤痕像是被什么东西抓出来的，在白月狐白皙的脸颊上格外醒目。那伤痕非常深，虽然血止住了，但也是一片血肉模糊，看起来很容易留疤的样子。

“你受伤啦。”陆清酒见到伤口后惊呼。

白月狐侧了侧脸，抬手在自己的脸颊上摸了一下，他看见手背上的鲜血挑了挑眉，似乎之前并没有察觉到自己脸颊上的伤口，他道：“小伤，不碍事。”

陆清酒说：“你去和谁打架了吗？”

白月狐：“嗯。”他眼神落在了自己手背的血迹上。

陆清酒奇迹般地看懂了他的意思，他失笑，接着便从口袋里拿出了一条干净的手绢，抓住白月狐的手，认真地帮他把血迹擦拭干净了。

白月狐这才露出满意之色，眼神也柔和了一些。

“那打赢了吗？”陆清酒又问。

白月狐看着陆清酒：“赢？”

陆清酒想了想，换了个说法：“味道好吗？”

白月狐闻言却露出厌恶之色：“难吃得要命，一股子水腥味，恶心。”

陆清酒忍不住笑了起来，他注意到白月狐身上是湿的，还透着一股子浓郁的血腥气，起初他以为这是白月狐不小心淋了雨，后来跟着白月狐往前走了两步，才发现白月狐袍子上滴落下来的根本不是水渍，而是鲜血。

白月狐的黑袍被鲜血浸透了，从他的状态和言行来看，这些鲜血显然来自别的生物。

三人开始朝着山下走，陆清酒和白月狐有一搭没一搭地说着话，问他头发是怎么回事，白月狐撩了撩，说下山之后剪短就行，算是一点后遗症。

陆清酒开着玩笑说他“长发的样子其实挺好看的”。

“麻烦。”白月狐如此表示，“吃东西的时候还得束起来。”

陆清酒哈哈大笑。

只是不知道为什么，尹寻从看见白月狐的模样开始脸色就不太妙，平时话很多的他一路上一句话都没说，安静得像只被吓着了的鹌鹑。陆清酒若有所思地看了尹寻一眼，倒是没有开口问他怎么了。

他们顺着小道离开了水府村的山顶，外面的雨已经停了，天边挂着白色的云朵，雨后清新的空气让人觉得格外神清气爽。

陆清酒本来以为白月狐会直接变回原来的模样，可谁知他就用这个样子走到了家里，去洗了个澡，换了身平时穿的衣服，然后陆清酒就看见他拿着把剪刀走到院子里，几剪子下来就把自己那一头漂亮的黑色长发给铰了，铰得干净利落。

陆清酒：“……你自己给自己剪头发啊？”

白月狐说：“是啊。”

陆清酒：“就不怕给剪坏了？”

白月狐道：“坏了就再长。”

陆清酒：“……为什么不用法术变呢？”

白月狐：“因为麻烦。”

陆清酒咽了咽口水：“那……为什么不去理发店剪？”

白月狐听到这个问题，剪发的动作顿了顿，从嘴里吐出两个字：“没钱。”

陆清酒脑袋一阵眩晕，想到了第一次见到白月狐时，他站在小笼包店门口认真盯着自己的情景——当时他很想问白月狐为什么要来蹭他的包子吃，现在终于明白了这个让人心酸的原因。

他家的狐狸精是只穷狐狸，穷到连小笼包都吃不起的那种……

在陆清酒的想象里，白月狐应该是只仙风道骨的狐狸精，不屑于吃世间的俗物，不屑参与俗世的纷争。

后来和白月狐生活了一段时间，陆清酒才发现，白月狐不想参与事情多数是因为懒，而现在，原因又增加了一条——穷。

因为懒得去赚人类用的钱币，所以白月狐身无长物，因为身无长物，所以连小笼包都吃不起，只能每天委委屈屈地吃点什么大壁虎啊，文鳐鱼啊，过着吃不到热饭的悲惨生活。

这……这该说白月狐惨吗？陆清酒想通之后，心情登时复杂了起来，文鳐鱼这种只存在于神话中的、常人一辈子都尝不到的珍馐，在白月狐那里却变成了被嫌弃的对象。也对，无论什么好吃的，吃个几百上千年，恐怕也会觉得索然无味。

看着已经剪成了短发、坐在摇摇椅上又开始摇啊摇的白月狐，陆清酒想起了朱淼淼经常开玩笑说的一句话——我本来可以活得很快乐，都是没钱害了我。

想着想着，陆清酒没忍住低低地笑了起来，白月狐听见笑声，扭头看向陆清酒："你笑什么？"

陆清酒掩饰住自己的笑意："没事，我就想问你晚上吃什么。"

白月狐道："都可以啊。"

陆清酒想到了他们的相遇，说："想吃小笼包吗？想吃我就去镇上给你买。"

对于好吃的，白月狐向来都很随便，于是他道："都可以。"

陆清酒说："好，我先熬一锅粥，你帮我看着点火，尹寻，你和我一起去吧。"

从回来之后一直很安静的尹寻点点头同意了。

两人出门找到小货车，尹寻上了车却有些坐立不安，陆清酒说："你到底怎么了？"

尹寻指着自己屁股底下的座位道："这是蛞蝓耶，我们坐的是它的什么部位啊？"

陆清酒闻言哭笑不得，只能安抚了尹寻两句，说蛞蝓又没有手脚，每个部位不都差不多嘛。不过陆清酒也注意到在山上见到白月狐之后，尹寻的状态就有些不对劲，陆清酒问他到底怎么了他也不肯说，只是随便敷衍了两句，陆清酒只能无奈地随他去了。

尹寻这人神经粗，估计过两天就好了。

镇上的包子铺从早上开到晚上八点多才关门，这家店其他东西都不卖，就只卖小笼包，因为味道特别好，所以甚至还有人慕名从市里过来就是为了吃他家的包子。

不过陆清酒就只吃过一次，还是那次请白月狐吃的那顿。

“怎么突然想到过来给他买包子？”尹寻在小货车里扭来扭去。

“这不是看你在家里不自在嘛。”陆清酒握着方向盘，看着前面，“问你什么事儿你又不肯说。”

尹寻挠挠头，有点不好意思：“其实也不是不想说，只是我形容不出来那种感觉，就好像……是我身体最本能的反应。”他在见到穿着黑袍的白月狐时，内心深处便生出了一种莫名的恐惧，这种恐惧来得突然，连他自己都找不到源头，更不知道如何和陆清酒解释。

陆清酒也没有强求，耸耸肩，干脆把这个让尹寻不舒服的话题带了过去。

两人开车到了镇上后直奔包子铺，那老板听见陆清酒说要两百个包子，笑弯了眼睛，让陆清酒过一个小时再过来拿。

陆清酒付了钱，便和尹寻去旁边随便找了个茶馆，点了两碗茶坐着休息唠嗑。

“唉，其实啊，这家里最有钱的就是你了。”尹寻和陆清酒说，“实不相瞒，我和白月狐差不多，也是穷得要命……”

陆清酒道：“你也穷？你不是山神吗？”

尹寻说：“别说了，你没来之前我连热饭都吃不起。”

陆清酒：“……”你们这到底怎么过的日子？

两人正在说着话，路边却有个人直直地朝着他们走了过来，走到他们这里后，毫不客气地坐在了陆清酒的对面。

这人看起来十分年轻，大概二十岁的样子，模样倒是十分英俊，只是身上那股子冷傲的气质给人一种不舒服的感觉。

陆清酒和尹寻看见这人后停下了交谈，互相对视一眼，都在对方眼神里看到了讶异之色，显然这人他们都不认识。

“你叫什么名字？”青年看向尹寻，语气有些生硬，眼神也很是不善。

尹寻被这气势汹汹的质问弄得一愣：“你哪位啊？我不认识你吧？”

“警察。”青年从怀中掏出了证件，在两人面前晃了晃。

证件上的确显示这青年是个警察，名叫庞子琪，只是这么莫名其妙地跑到他们面前来，态度还如此恶劣，连陆清酒也很难对他生出善意，他语气冷了下来：“庞警官，我们没有做什么吧？不知道庞警官您这态度是什么意思？”

庞子琪看了陆清酒一眼，没有理会他的话，伸手在尹寻面前的桌子上点了点：“我问你呢，你叫什么名字？”

“我？”莫名其妙被警察针对，尹寻也有点不高兴了，他说，“我叫尹寻，请问你有什么事吗？”

“你住在哪里？”庞子琪又问。

尹寻被他无礼的询问弄火了，他一拍桌子：“你这语气什么意思？审问犯人呢？”

庞子琪被尹寻一吼却笑了起来，他道：“既然你什么都没做，为什么害怕告诉我你住在哪里？”

尹寻：“就算是警察审问人也得给个理由吧？你这么突然上来就问，是不是不太有礼貌？”

庞子琪说：“我只对人有礼貌。”

他这话乍听起来像是在骂人，但仔细一想，却好像又有别的含义，陆清酒和尹寻表情都凝滞了片刻，接着尹寻眼睛一瞪，怒道：“庞警官，你怎么说话的？骂我不是人？”

庞子琪正欲开口，身后却伸出一双手按在了他的肩膀上，接着一个无奈的声音响了起来，正是陆清酒的老熟人警察胡恕：“抱歉抱歉，打扰到你们了。”

胡恕穿着便装，苦笑着站在庞子琪身后：“这位是我们警局新来的同事……”

“他说我不是人哎。”尹寻把心虚压在了心底，故意做出生气的模样。

“哎，抱歉抱歉，小朋友初来乍到。”胡恕说，“你们别和他计较。”

庞子琪闻言不高兴地甩掉了胡恕的手，站起来道：“你说谁是小朋友？”

胡恕说：“你啊。”

庞子琪道：“你也没比我大几岁吧？”

胡恕摊手：“大一岁也是大。”

庞子琪似乎有些不高兴，他指了指陆清酒：“这是你熟人？”

“对。”胡恕点点头，“之前那个案子就是托他的福办下来的。”

庞子琪听到这话，用打量的目光上下扫视了陆清酒一番，他说：“你和他住在一起？”他自然是指尹寻。

“我们是一个村子的。”陆清酒回答。

“你如果也懂那些事情的话，应该知道自己身上的气息很不妙吧。”庞子琪语出惊人。

“不妙？怎么说？”陆清酒问。

“浓烈的凶兽气息。”庞子琪说到凶兽的时候，看了尹寻一眼，“野兽就是野兽，虽然把自己装成了人类，但一旦受到刺激就会凶性毕露，到时候再后悔，晚了。”

陆清酒说：“你很有经验啊。”

庞子琪冷笑：“经验都是靠着前人的命堆起来的。”他还想说什么，却见陆清酒做了个停的手势。

陆清酒语气是温和的，但谁都能听出他话语里的坚决：“庞警官，谢谢你的忠告，但我自己的事，我自己很清楚，不需要其他人来帮我做决定。”

庞子琪盯了陆清酒片刻，冷冷道：“希望如此。”

陆清酒不想和他多说，叫上尹寻就走了，庞子琪也没有挽留他们，只是那不善的目光一直没有移开，也不知道他在想什么。

尹寻听了庞子琪的话挺不高兴的，嘟囔说：“庞子琪这人会不会说话，什么凶兽不凶兽的，我只是一个可怜弱小还很穷的山神而已……”

陆清酒无奈道：“你就没想过，庞子琪说的凶兽不是你吗？”

尹寻反应了过来：“那是……等等，他说的是白月狐？”

陆清酒：“有可能。”白月狐可比尹寻更适合“凶兽”这个词。

尹寻叹气：“反正不管怎么样，我都挺讨厌这种人的。”

陆清酒没说话，他们两人从茶馆走到了包子铺门口，让老板把他们买的包子打包起来，顺便朝着茶馆的方向看了几眼。

他们走后，庞子琪和胡恕坐在了他们刚才坐的位置，两人似乎在激烈地争论什么。虽然隔得有些远，但陆清酒还是看见胡恕情绪激动地拍着桌子，而庞子琪正与他针锋相对。

陆清酒看了一会儿，觉得似乎有哪里不对劲。

尹寻到底是非人类，比他对这些东西更敏感一点，他疑惑道：“哎，好奇怪啊，庞子琪身边那个人是谁？”

“什么？”陆清酒道，“你是说胡恕？”

“不，不是胡恕啊。”尹寻说，“你看他身后站着的那个……”

陆清酒仔细一看，才发现庞子琪身后不远处真的站着个人，那是个长发女人，穿着身青绿色的裙子，手上撑着一把棕色的伞，伞很大很深，正好遮住了她的面容。

乍看上去，女人似乎和庞子琪没有什么关系，但只要仔细观察，就会发现她好像是故意立在庞子琪身后的。

“这是……什么？”陆清酒有些惊讶，这东西应该不属于人类的范畴，甚至于刚才若不是尹寻说了一句，他都不会注意到有个人一直站在庞子琪的身后。

“不知道啊。”尹寻瞅了瞅，“不像是什么好东西……”这东西身上透着股不祥的气息，让人不愿靠近。

陆清酒道：“……他没发现？”

尹寻说：“好像没有。”

大约是两人的目光太明显，庞子琪也感觉到了他们的注视，他站起来朝着包子店的方向眼神不善地看了一眼，这才起身离开，而他往前走的时候，他身后站着的那个举着伞的女人也随着他的步伐向前挪动，她似乎没有脚，走在地上，像是飘在半空中，庞子琪快，她就快，庞子琪慢，她就慢。

陆清酒看得有些毛骨悚然。

胡恕送走了庞子琪后，叹着气走了过来，对着陆清酒再次道了歉，解释了一下说庞子琪是上面派过来办事的，会在这里待一段时间，因为部门特殊，所以也格外傲气，其实人倒不是特别坏……

他说着说着，却发现陆清酒和尹寻都在走神，愣道：“你们两个在看什么呢？”

尹寻把胡恕扯过来，指了指快要走远的庞子琪：“你有看到什么东西吗？”

“什么东西？”胡恕一头雾水。

“就是……奇怪的人什么的。”尹寻问。

“奇怪的人？”胡恕道，“我觉得这镇子上没有比庞子琪更奇怪的人了。”

他既然这么说，那就肯定看不见那个跟在庞子琪身后的青衣女人了，陆清酒委婉道：“那你回去的时候和庞子琪说一下吧，我感觉他身后有什么东西在跟着他。”他没敢说得太清楚。

“行吧，不过他那个部门就是弄这个的。”胡恕摆摆手，“你们不用太担心。”

陆清酒仔细询问之后，才知道原来是因为又出了点事，上面才派了特殊部门过来，当然，因为需要保密，胡恕也没和他们具体说到底是什么事。

三人聊了一会儿，包子也打包好了，胡恕帮着他们把包子提到了车上面，他还奇怪他们买这么多包子做什么，就算是个三口之家，也得吃几个星期了。

陆清酒笑了笑没说话，天知道这包子也就是白月狐一顿的量。

回家之后，陆清酒把包子重新热了一下，又切了咸菜，盛了粥，三人便吃上了。这小笼包的味道一点没变，依旧是皮薄馅大，一口下去全是浓郁的肉汁，紧致的肉馅还带着弹性，就连陆清酒也能一口一个。

一边吃东西，陆清酒一边把今天镇上发生的事说了一下，他略过了一些细节，主要说到庞子琪身后跟着的那个女人，他和尹寻都有点好奇，那到底是什么东西。

白月狐听完后说了句“人类真是胆子大”。

“什么意思？胆子大？”陆清酒没听明白。

白月狐道：“嗯，他碰了不该碰的。”

“不该碰的是什么啊？”尹寻说，“是诅咒？”

白月狐道：“这我就不知道了，不过他自己肯定很清楚。”显然他对庞子琪的死活兴趣缺缺。

看着白月狐这反应，陆清酒倒是知道了一个重点……那东西肯定不好吃，不然白月狐的态度不会如此冷淡。

“被这么个东西跟着可真吓人。”尹寻心有余悸，“而且他自己好像还看不见……”

陆清酒道：“是啊。”

这个事情他们虽然好奇，但并未放在心上，就这么过去了。

今年的雨水量比较少，加上日照充足，果子都长得不错，对山上了如指掌的尹寻说山里面有一片野生的杨梅林，这段时间杨梅都熟得差不多了，尹寻便招呼着陆清酒和他一起上山摘点下来吃。

杨梅的果期很短，只有十几天的时间，再加上果肉没有外皮保护，很容易被虫子和鸟类啄食，所以野生杨梅更是少见。这一片杨梅还是尹寻特意保护下来的。

陆清酒背着个篮子和尹寻上了山，走过茂密的丛林后，便看见了尹寻口中的杨梅林。

杨梅树不是很高，翠绿的枝头上挂着火红的杨梅，有的熟透了，就变成了漂亮的紫红色，陆清酒摘了一颗放进嘴里嚼了嚼后赞叹道：“好甜啊。”

“是啊，可甜了。”尹寻说，“这些树可是我每年精心呵护的成果……”

陆清酒道：“这么多你吃得完？”

尹寻道：“吃不完就带下山卖钱，卖了钱可以买点肉……”

陆清酒：“……”为什么听起来那么惨啊。

两人一边吃一边摘，摘满一篮后也差不多吃饱了，杨梅和其他的水果不太一样，吃着是甜的，可吃多了却会觉得牙酸，陆清酒还好，尹寻吃了个肚饱后牙齿软得连晚饭都没吃下。

陆清酒看着觉得实在是好笑。

白月狐也挺喜欢杨梅的，陆清酒把洗过的杨梅装进一个大盆里，放在他面前由着他吃。尹寻在旁边幽怨地看着，他还没吃够，可是牙已经快不行了。面对尹寻的目光，白月狐吃得十分坦然，连个多余的眼神都没给尹寻。

最后，摘下来的几十斤杨梅大部分都进了白月狐的肚子里，陆清酒还给隔壁李小鱼家送了点，剩下的就全做了杨梅酱。

杨梅很适合做酱，做法和樱桃差不多，因为其自带的水分和甜度，做出来的果酱便被去除了酸味，只留下甘甜，夏天用来泡水，再往里面加点冰块，比酸梅汤还好喝。这夏天也过了大半了，眼见着马上就要入秋，陆清酒便打算再去镇上买点秋天要用的种子。

本来种田很讲究季节性，不少农作物都需要提前入种，不过因为白月狐揽下了种田这事儿，陆清酒就省了不少心，只要给白月狐提供种子，过段时间就能得到相应的农作物。有时候陆清酒路过村口，遇到大妈大婶聊上几句，还能听到大妈赞扬白月狐是个种田的好手，还说这小伙子虽然长得秀气，但做起事来非常利索，还问白月狐是不是种了很多年了，不然为什么耕田的动作那么熟练，别人家都是用牛，他自己拖着犁耙就把田给耕完了……

陆清酒听完大婶的话后五味杂陈，心想：别人家的狐狸精都是艳遇，他家的狐狸精不一样，所有的力气都放在了田里面。于是回家之后心生怜惜，晚上又炖了好大一锅牛肉。

尹寻还茫然地问家里是不是有什么好事了，却见陆清酒用慈爱的眼神看着他和白月狐，然后给他们一人夹了一筷子牛肉，让他们多吃点。

尹寻：“……”到底发生了什么？

陆清酒吃完饭，让尹寻去把碗洗了，说自己要去镇上一趟，买点种子顺便买点香料，他晚上准备卤点鸡爪子和牛肉当零食，家里的卤料不太够了。

“去吧去吧。”尹寻道，“早点回来。”

陆清酒点头应好。他背着背包走到了小货车旁边，打开小货车的引擎盖往里面塞了一把果汁软糖，然后拍拍小货车的脑袋道了句：“辛苦啦，又要去镇上。”

小货车高兴地“叭叭”两声，这次下山的时候跑得快了点。

陆清酒是中午出发的，他打算买了种子和香料就直接回去，最好早一点，这样晚上就能吃到卤鸡爪了。

陆清酒停好了车，便去了种子店，想买点秋天需要的种子。正在他选好种子在门口和老板结账的时候，眼角的余光却注意到街道上走过来一个熟悉的身影。

陆清酒扭头一看，是之前那个对他们态度不太好的庞子琪，当他看清楚庞子琪的模样后，眼睛瞬间瞪大了，瞳孔里流露出惊恐的神情。

“怎么了？”种子店老板见陆清酒的神情不对，有些疑惑地发问。

“……没……没事。”陆清酒摇摇头。

“你认识这个新警察啊？”种子店老板还以为陆清酒和庞子琪有过节儿，他说，“他脾气是不太好啊，不过做事还行，听说是上面调下来的，在这里待不久……”

陆清酒道：“噢……”他含糊地应着，眼神里的惊恐却没有减少。

庞子琪虽然还是前段时间见过的那个模样，可他身后的女人却有了变化，那个打着伞的女人已经站在了庞子琪的身后，她的头搭在庞子琪的肩膀上，手里的伞也遮在了两人的头顶。这次，陆清酒看清楚了女人的脸，那根本不能算是人类的脸，眼睛没有瞳孔只有眼白，左耳朵和右耳朵上挂着两条吐着信子的小蛇，小蛇一红一绿，长着黑色的眼睛，正用恶毒的眼神盯着庞子琪。

陆清酒看得头皮发麻，正欲收回目光时，却发现那女人不知何时注意到了自己，头朝着这边偏了一下，眼睛也看了过来。

陆清酒被她那双只有眼白的眼睛一盯，后背马上凉了一下，他假装没有看到女人，不经意地收回了目光，然而那恶毒的注视却一直没有消失，直到在街上巡视的庞子琪消失在了街角，这注视才结束。

那到底是个什么东西？庞子琪惹到了什么？陆清酒心有余悸，那玩意儿看起来很不好惹的样子，如果白月狐说得没错，庞子琪恐怕是要倒霉了……

带着香料和种子回了家，陆清酒把这事儿当作谈资和尹寻随口说了，尹寻听后也有点不舒服，说：“你这描述得也太吓人了，这才过几天啊，那女人就把下巴搭在了庞子琪的肩膀上，要是再过些日子……她岂不是要和庞子琪融为一体了？”

陆清酒道：“这我哪儿知道呢。”他把牛肉和其他材料放进卤料里，开火之后细细地炖煮，鸡和鸭的内脏都很适合做卤味，特别是鸡胗之类的，吃起来口感香脆，很是下酒，陆清酒继续道，“不过那东西看起来是挺让人觉得不舒服的。”

尹寻对庞子琪的事情兴趣也不大，倒是对锅里的牛肉更感兴趣，两人聊了一会儿就没有再继续这个话题，而是将重点转移到了今天的晚饭上。

陆清酒让尹寻去地里摘点新鲜的葱，待会儿卤牛肉好了切成片，再撒上陆清酒特制的辣椒蘸料，味道会更好一些。

吃过晚饭后，陆清酒把卤好的牛肉端到了院中，还倒了几杯自己之前做的葡萄酒。这自酿的葡萄酒度数不高，味道倒是挺不错的，用来当作消遣的饮料再好不过。

卤牛肉也很入味，肉质结实弹牙，越嚼越香，蘸点特制的辣椒面之后牛肉就带上了辣味，不过这辣椒面不仅仅是辣，里面还放了炒得焦香的花生碎和芝麻，蘸一点之后，辣中带着香，让人欲罢不能。

三人喝着小酒，吃得十分尽兴，白月狐把最后一块牛肉解决掉后，差不多已经到了晚上十一点多，尹寻打着哈欠说要回家睡觉，陆清酒让他回家的时候注意安全，目送他消失在了村中的小道上后才转身回屋清洗了一下身体，把空调打开，躺上床睡了过去。

第二天早晨，陆清酒神清气爽地起床，做饭前先打开电视机给小花、小黑和小狐狸看着。自从之前出过事故之后，陆清酒就有了看本地新闻的习惯，特别是每天早晨七点左右的地方早间新闻最有意思。

这种小地方的频道和大台不一样，多数讲的都是些家长里短的琐事，什么李家大婶偷偷把程家大婶家的鸡蛋给偷了，什么住在上层的住户喜欢往楼下扔垃圾和楼下产生了矛盾，什么刘女士花了很多钱整容结果却整毁了一定要找美容院讨个说法……陆清酒把声音开大，一边听一边做早饭。

今天吃的是自己家做的米粉，米是从邻居那儿买来的新米，炒香之后拿到镇上打成粉末，然后加上土豆淀粉进行揉搓，揉成团状之后再压平切成一条一条的，这米粉就算是做好了。自己做的米粉比外面买来的好吃很多，没有加食用胶，更不会出现那种咬不断的情况，唯一美中不足的就是粗细可能没有那么均匀，不过只要能入味，都没所谓。

米粉煮了几大碗，陆清酒往各个碗里面舀了一勺之前特意留下的炖牛肉，再撒上翠绿的葱花，一碗美味的牛肉米粉就算做好了。

他把碗从厨房里端出来的时候，正好看到电视上在播送一条本地新闻，说是今天凌晨市里的大桥上出了一场严重的车祸，虽然没有波及路人，但司机受伤严重，已经被送往医院急救了。

尹寻走过来帮陆清酒接住了手里的碗，看见这新闻来了句：“咦，这出事的是警车啊。”

“警车？”陆清酒一愣，马上想起了什么，“难道是……”

他和尹寻对视一眼，都在对方眼里看到了同样的猜测。

“我打个电话问问。”陆清酒立马掏出手机，拨通了胡恕的电话。

电话接通后，胡恕道：“清酒，什么事儿啊？”

陆清酒道：“胡恕，是你们警察局的警车出事了吗？”

胡恕道：“对啊……”他似乎想起了什么，“清酒，你是不是知道什么？”他记得之前陆清酒和他说话的时候，就提过有什么奇怪的东西在跟着庞子琪，当时他没当回事儿，和庞子琪说了之后庞子琪也没在意，现在想来陆清酒可能真的看到了什么东西。

陆清酒稍作犹豫，还是把这事仔仔细细地和胡恕说了，虽然庞子琪这人性格不好，但到底是个警察，应该也没做过什么坏事：“没错，那天我看见他身后有个穿青色衣服的女人一直跟着他。”

胡恕呆滞道：“女人？”

“嗯，一个打着伞的女人。”陆清酒说，“我问了我朋友，他说那女人是个很不妙的东西，但是具体是什么我也不清楚。”

胡恕陷入了沉默，似乎是在思考什么。

陆清酒道：“怎么样？你想起了什么吗？”

胡恕道：“唔……其实我也说不好，他本来工作就特殊嘛，我也不知道他到底怎么惹上的，不过听说他来这里之前好像去过一趟什么古墓，我也就随便听的啊，不知道是真的假的。”

陆清酒也就听着，他对这些东西其实也不是很了解，和胡恕说这些也不过是出于善意提醒一下而已。

挂断电话后，陆清酒和尹寻继续吃粉。

“那个庞子琪会死吗？”尹寻把最后一口汤喝光后问了句。

“我哪儿知道。”陆清酒无奈道，“你是山神，按理说这种问题应该是我问你吧？”

尹寻摇着头：“不知道不知道，那东西凶得很，我也不想沾染，毕竟我是水做的。”

陆清酒：“……”他想起了尹寻之前被啃掉此时已经恢复如初的手掌，发现尹寻还真是水做的……

吃完饭，白月狐又去了田里面，陆清酒则和尹寻想把院子收拾一下。

小鸡已经完全长大了，整个院子都是它们的领地，除了对熟识的人态度比较好之外，对其他入侵的生物都充满了敌意，之前还差点把邻居家的狗给啄了。还好陆清酒及时拦下，不然估计那狗可能会被他家的战斗鸡打得性命堪忧。

陆清酒打扫完后，正打算去厨房里做饭，尹寻却一把拉住了他的手臂，眼神中带着点惊恐，他叫道："酒……酒啊。"

陆清酒茫然地回头："嗯？"

尹寻说："你背上是什么东西……"

陆清酒莫名其妙："背上？"他伸手在自己的背上摸了摸，却什么都没有摸到，"你什么意思？"

尹寻赶紧把陆清酒拉到了厕所里有镜子的地方，让他看自己的后背。

陆清酒一看瞬间惊到了，只见他的后背上出现了一片黑色的阴影，这阴影看起来是个打着伞的女人的形状，虽然模糊不清，但看见这片阴影的时候，陆清酒马上想起了把下巴搭在庞子琪肩膀上的那个东西，还有那东西看向自己那怨毒的眼神……

"我 ×。"陆清酒忍不住骂了句脏话。

"为什么这东西会在你背上啊？"尹寻也惊呆了，他尝试性地伸手触摸了一下那黑色的阴影，但却直接从里面穿了过去，"酒儿，你干啥了？"

陆清酒："……我只是在人群中多看了她一眼。"

尹寻唱了出来："她再也没有忘掉你容颜？"

陆清酒："……"

第十八章

雨师妾

陆清酒和庞子琪就见过两面，他也不知道自己为什么会被那东西盯上，难道是那东西发现了他是这个家庭的支柱？没了他家里两个孩子都得再次过上连小笼包都吃不上的贫困生活？

不，作为父亲存在的陆清酒绝对不会允许这样的事情发生！

“酒儿，你想什么呢？”尹寻看陆清酒表情变幻莫测，疑惑地问了句。

“我想……”陆清酒回了神，“我们还是去医院看看庞子琪吧。”

尹寻：“……为啥？”

陆清酒摸了摸自己的后背：“我有种感觉，要是他没了，估计下一个就是我了……”他也没想到这东西居然还能传染。

尹寻：“……”

去医院看庞子琪也不是不可以，只是去之前陆清酒还是咨询了一下他家狐狸精的意见。

毕竟和这个不太靠谱的山神好友比起来，白月狐显然知道得更多。

白月狐穿着靴子、戴着帽子、提着水桶回来的时候，看见家里两个人坐在院子里眼巴巴地看着他，他动作一顿，问道：“怎么了？”

陆清酒站起来，转身露出了自己的后背：“月狐，我后背上好像多了点东西……”

白月狐看了眼陆清酒的后背，也看到了那片黑色的阴影。

“这东西到底是什么啊？”陆清酒把庞子琪出车祸的事情一起说了，“还会传染啊？”

白月狐走到陆清酒的身边，微微低头用鼻子嗅了嗅：“有点麻烦。”

麻烦？陆清酒一听这话就紧张了起来，白月狐的实力他可是见过的，连他都说麻烦，那这事情肯定不一般，他道：“有什么办法可以弄掉吗？”

白月狐说：“有倒是有。”

陆清酒说：“怎么弄？”

白月狐道：“上一个被附身的人碰了什么不该碰的东西吧，让他把那东西处理一下应该就没事了。”

说到不该碰的东西，陆清酒立马想起了胡恕告诉他庞子琪下过墓的事情，也不知道和这女人的出现有没有关系。

“如果找不到那东西呢？”陆清酒还是没忘记给自己找个后路。

“找不到？”白月狐道，“实在找不到就算了吧，我来解决，总之不会让你死的。”他说这话的时候，轻声叹了口气，陆清酒看得心头一紧，知道这事情或许真的有些麻烦。可他遇到这事也实在是无妄之灾，只是多看了那东西一眼而已，就这么被缠上了。

“那我明天去医院看看他吧。”陆清酒做了决定，“看看他知不知道那到底是什么东西。”

尹寻说：“我和你一起吧。”

陆清酒道：“算了，你别一起了，万一你也被染上了，岂不是更麻烦。”

白月狐坐在他们旁边，脸上倒是没有紧张的神色，他道：“去吧，若是处理不好就回来，我帮你解决。”

陆清酒点点头，心中升起了对自家狐狸精浓浓的感激之情，虽然白月狐说很麻烦，但也没有退缩，可真是只人美心善的好狐狸。

因为事情紧急，陆清酒也不知道庞子琪什么时候会出事，所以第二天就赶紧去了市里的医院。

尹寻坚持要和陆清酒一起来，陆清酒本想拒绝他，他却表示自己好歹是个山神，要是真的出了事……

陆清酒道：“要是真的出了事？”

尹寻道：“我至少能帮你给白月狐打个电话。”

陆清酒：“……”真是谢谢你了我的废材朋友。

说是打电话，可实际上在家里住了这么久的白月狐从来不用手机，陆清酒想着这事情结束之后还是给白月狐买个手机吧，免得真有个什么事连他人都联系不到，毕竟他又不会千里传音。以前他以为白月狐不用手机是看不上这种世俗的玩意儿，现在仔细想想，他不用手机可能单纯是因为买不起……

有了目标的两人开着货车到了市医院，联系上在医院守着的胡恕之后在病房里见到了刚从昏迷中醒来的庞子琪。

说实话，陆清酒在来之前就做好了心理准备，但是当他看到庞子琪的时候，心脏还是抽了抽。只见庞子琪躺在床上，那女人就趴在他的身上，伞盖在二人的头顶，那张可怕的脸扭过来，眼神阴郁地盯着前来探望的陆清酒和尹寻。

陆清酒和尹寻只能当作看不见，庞子琪这会儿已经醒了，意识也已经恢复，虽然躺在床上不能动，但是能说话了。

“你看到了什么？”庞子琪艰难地开口，“你……你和胡恕说了，你看到了什么？”

陆清酒道：“我看到了一个女人，一直跟在你的身后。”

“什么样的女人？”庞子琪继续发问。

“穿着青色的裙子，拿着一把伞，耳朵上挂着红色和绿色的蛇。”当着人家的面，陆清酒也不好意思说得太过分，“她眼睛没有瞳孔，不过除去这个，长得还是挺漂亮的。”

众人：“……”陆清酒你求生欲很强啊。

陆清酒看了女人一眼，补充道：“我没有说你不好的意思啊。”

女人：“……”

庞子琪听了陆清酒的描述，脸色变得非常难看，他道：“我知道了，谢谢你。”

陆清酒道：“那个，我听我朋友说，这东西不处理掉，你很快就会被她害死的，你不快点的话就真的没命了。”

庞子琪哑声道：“这个我恐怕快不了。”

陆清酒惊了：“怎么说？”

庞子琪道：“你知道雨师妾吗？”

“雨师妾？”陆清酒说，“那不是《山海经》里的怪物吗？”他忽地想起了《山海经》里关于雨师妾的描写：其为人黑，两手各操一蛇，左耳有青蛇，右耳有赤蛇，和眼前趴在庞子琪身上的女人的确有相似之处。

雨师妾之所以叫这个名字，据说是因为她是雨师屏翳的侍妾，只是和雨师不同的是，她掌管的，却是太阳的力量。

“对。”庞子琪说，“三个月前，山东那边发现了一个墓地。”

陆清酒道：“山东？难道你们找到了汤谷？”

庞子琪苦笑：“或许吧。”

汤谷就是传说中太阳升起的地方，据说也是上古羲和族人祭拜太阳神的地方，羲和便是日神，神话中是她生出了十个太阳。

这故事越牵扯越多，陆清酒干脆找了个凳子坐在了庞子琪旁边：“你快说说到底怎么回事儿。”

“那墓地一开就出事了。”庞子琪道，“死了三四个人吧，之后就开始下大雨，连着下了一周，上面发现不对劲，就把我们派到那边去了。”

陆清酒没搭话，仔细地听着。

“起初上面以为那只是一个历史比较久远的古墓，但是考察之后发现古墓的年岁对不上，而且怪事频发。”庞子琪道，“我们调查后，在墓葬里找到了一些壁画，一些陪葬品，和一口巨大的棺材。”

陆清酒道：“你们不会开棺了吧？”他有种不好的预感。

庞子琪说：“我当时不想开，结果我上司说，来都来了……”

陆清酒：“……”兄弟，你以为是去旅游的吗？还来都来了。

接下来的事庞子琪不说陆清酒都能猜到。庞子琪他们打开了棺材，看到了棺椁之中被保存得非常好的尸体，只是棺椁一开，便启动了机关，棺材里的尸体直接被水给淹没了，并且整个墓室出现了巨大的改变，好在他们及时逃了出来。离开墓地后，庞子琪以为这事情就这么结束了，却没有想到，这只是个开始。

庞子琪说的时候脸色阴沉，尹寻和陆清酒在旁边听得津津有味。

“哇，你们是不是经常下墓啊。”尹寻说，“真刺激。”

庞子琪：“……”

陆清酒道：“你这种因为被诅咒了受的伤算工伤吗？医疗费用能报销多少啊？”

庞子琪：“……”

胡恕无奈道：“你们是不是偏题了？”

陆清酒干咳一声，察觉自己好像想偏了，把话题拉了回来：“那你有没有触碰什么奇怪的东西？你要活下去，就得先把那个东西找到啊。”

庞子琪说："奇怪的东西我实在是碰了不少，但是如果要说最奇怪的……"他叹了口气，"就要数雨师妾的尸体了。"

陆清酒道："你碰了？"

庞子琪点点头："棺材进水之后我们想把尸体捞出来，却发现那尸体特别沉，我们根本捞不动。"

陆清酒道："所以现在尸体也不见了？"

庞子琪无奈道："就算还在也不可能让我毁掉的，这么珍贵的研究材料，我要是把尸体给毁了，恐怕那些做研究的人能把我活活给撕了。"

陆清酒觉得这话倒是没错。

"那就只有等死了？"尹寻在旁边插嘴问。

"呼，死倒应该不至于。"庞子琪说，"我已经给我们部门发了消息，他们马上就会派人过来，我只要再坚持几天……"他话语落下，原本好好的窗户突然发出一声脆响，玻璃竟像是被什么东西砸碎了一样噼里啪啦地落了一地。

胡恕见状赶紧到窗边看了看，却什么东西都没有找到，只有陆清酒注意到，窗户碎的时候，趴在庞子琪身上的女人伸出手搂住了庞子琪的颈项——像是要和他的身体融合在一起似的。

"下雨了。"胡恕被窗户外灌进来的风吹得打了个哆嗦。

原本是三十六七摄氏度的温度，可病房里的气氛却冷得吓人，窗外的雨不知是从什么时候开始下的，伴着风灌进了屋子里。

听到声音的护士进来查看情况，发现玻璃碎掉后皱着眉头问他们到底出了什么事，胡恕只能说是风把窗户给吹碎了。

护士虽然不太信，但看在胡恕是警察的分上也没有深究，转身去给庞子琪另外安排了一个房间。

庞子琪苦笑道："也不知道我能不能撑到上面来人的时候。"

陆清酒道："你这事很严重啊，碰了尸体的不止你一个吧？"

庞子琪点点头："但是他们都比我厉害，所以先出问题的是我。"

陆清酒道："那……你知道你这东西会传染吗？"

庞子琪："传染？"

陆清酒转过身，让庞子琪看向他的身后："你能看到吗？"

庞子琪皱着眉盯了一会儿，摇摇头："看不到，你说的是什么？"

陆清酒无奈地叹了口气，把自己和女人对视后身后也有了黑影的事和庞子琪说了，也是，如果庞子琪能看到黑影，那他肯定也能看到那个女人，不至于出了事之后才发现事情不对。

"会传染？"庞子琪紧张了起来，"难道说我死了之后就轮到你了？"

"大概是这么个意思吧。"陆清酒说，"而且有可能我死了之后，就换到了其他人身上，所以如果这个事情不解决掉，是不会结束的，你明白吗？"

庞子琪面色瞬间凝重了起来，如果只是他自己死了，那他也是活该，毕竟是自己碰了不该碰的东西，可如果他的死亡不是结束而仅仅是个开始，那这件事就没那么简单了。

陆清酒他们完全是无辜的，若是因为自己的情况出了事，庞子琪完全无法接受。他深吸一口气，似乎做出了某个决定，看向陆清酒的眼神里多了点什么，他道："我知道了，这件事我会尽快处理掉的。"

陆清酒说："希望如此吧，对了……"他犹豫片刻，小声道，"你想知道那女人现在在哪儿吗？"

庞子琪："……她还在我身边啊？"

陆清酒同情地点点头："她正在你身上趴着呢，你一侧脸就能亲到她了，你要不要和她打个招呼？"

庞子琪听到这话表情瞬间扭曲了，他憋了半天，从牙缝里硬生生憋出了一个字："啊。"

知道自己身上趴着个妖怪，庞子琪的脸色实在是不太妙，不过现在的重点并不在他这里，而是在雨师妾这里。得知了情况的陆清酒一时间也不知道该如何是好，他总不能跑到山东去把雨师妾的坟给刨了吧？况且等他过去，庞子琪说不定都已经凉了。

庞子琪提到的上面的人倒是来得很快，下午六点钟左右就到了医院，正好和准备离开的陆清酒和尹寻撞上了。

那人穿着道士的衣服，手里还拿着拂尘，留着个山羊胡，一副仙风道骨的模样。

只是庞子琪看见他之后显然心情更不好了，他说："怎么是你啊？"

"哎呀，小友，你这话是什么意思？"那道士说话文绉绉的，"在下千里迢迢过来看望你，你怎么这种态度？"

"万玉泉，我都要死了，你能不能好好说话？"庞子琪同事说话的方式瞬间让他暴躁了。

万玉泉摇头不语，一副庞子琪不可救药的样子，站在旁边的陆清酒强烈怀疑要不是庞子琪的腿受了伤，恐怕就要站起来和这个叫万玉泉的道士动手了。

“那你们慢慢聊，我先走了。”见势不妙，陆清酒抓着尹寻转身就溜。

他们果然溜得很及时，因为他们几乎前脚刚跨出病房门，后脚屋子里就爆发了激烈的争吵，并且伴随着丢东西的声音。

陆清酒和尹寻坐上小货车慢慢悠悠地晃荡回了家。

他们到家之后，把医院这边的情况和白月狐描述了一遍，白月狐听后不置可否，只是幽幽地来了句：“汤谷那边的东西还挺好吃的。”

陆清酒：“……你是说山东特产吗？”

白月狐眨眨眼睛：“是吧？”

陆清酒：“……”好吧，他们说的肯定不是同一种东西。

“也不知道他们能不能处理掉雨师妾的尸体。”尹寻对庞子琪那边的情况表现出了十分担忧，“要是处理不掉，那庞子琪人估计就没了。”

陆清酒闻言没说话，而是伸手摸了摸自己的后背，他可不想被那女人跟着，要是看不见还好，问题是他看得一清二楚，而且跟得这么近，他洗澡的时候岂不是要和女人大眼瞪小眼？多尴尬啊。

白月狐看了看天空，开口：“明天那边可能要下雨，我后天过去一趟吧。”

陆清酒没想到白月狐居然愿意出手，他惊喜之余又有些担忧：“你不是说很麻烦吗？”

白月狐：“……是挺麻烦的。”他思考了一下，“你和我一起去好了。”

陆清酒道：“去哪儿？”

白月狐：“墓里。”

陆清酒还没说话，旁边的尹寻就激动地拍起了大腿，说他以为陆清酒的生活可以写成一本种田文，结果没想到其中暗藏玄机，经过此役，陆清酒定然会在道上闯出名头，过上以盗墓为生的那种惊险又刺激的生活。

陆清酒看了尹寻一眼，科普道：“盗掘具有历史、艺术、科学价值的古文化遗址、古墓葬的，处三年以上十年以下有期徒刑。”

尹寻：“……”

陆清酒：“朋友你清醒一点，现在是法治社会。”

尹寻终于哭了出来，说他不听他不听，这和他写的剧本不一样。听得陆清酒简直想给他脑袋上来几下——无理取闹的尹寻真是越来越像熊孩子了。

闹完之后，各回各家，陆清酒上床睡觉，一觉睡到了大天亮。

虽然昨天白月狐说今天山东那边会下雨，不过他们这里倒是个大晴天。陆清酒把前几天买回来的种子用盐水泡了一下，给了白月狐让他准备一下种进地里。

九月初的天气已经开始渐渐转凉，院子里种着的桂花树也生出了细小的花苞，稍微走近一点，便能闻到一股子桂花清雅的香气。

陆清酒准备等到桂花成熟的时候摘一些下来做桂花糕，他姥姥做的桂花糕特别好吃，香糯甜软，既不甜腻，又带着桂花独有的香气，是陆清酒记忆中最喜欢的零食之一。

好巧不巧，许久没有联系的朱淼淼给陆清酒打了个电话，说再过几天就开湖了，她弄到了一批很好的阳澄湖大闸蟹，问陆清酒要不要。

陆清酒正在院子里除杂草，用肩膀夹着电话道："行啊，我给你个地址，你寄到这边来吧。"

朱淼淼说那找个时间给他寄过来，还让他早点吃，不然螃蟹死了就太浪费了。

陆清酒点头称"好"。

挂断电话，陆清酒问尹寻和白月狐："喜不喜欢吃螃蟹？喜欢清蒸的还是香辣的？"

"螃蟹？"尹寻挠挠头，"我没吃过啊。"这水府村没什么水，离湖又远，水产什么的几乎没有，当然，这不是吃不到螃蟹最主要的原因，还是因为没钱——贫穷，让尹寻无欲无求。

白月狐则回答道："见过，没吃过，看起来不好吃。"

陆清酒闻言瞬间对两人生出了无比怜爱之心，螃蟹可是个好东西，清蒸就不用说了，如果嫌弃清蒸的味道太淡，用来做香辣蟹也是非常好的，陆清酒每年都要买上几十只给自己打牙祭，今年事情有点多，倒是给忘记了。

陆清酒正在盘算着螃蟹要怎么吃，旁边的尹寻有点不乐意了，说："酒儿啊，你明天就要下墓了，今天不做点什么吗？"

陆清酒："……这一般下墓之前要做什么？"

尹寻："准备装备吧，洛阳铲什么的？"

陆清酒狐疑地看着尹寻："你从哪里知道的？不会是看小说看的吧？"

尹寻讪讪地笑了。

“我觉得应该不用准备什么吧。”陆清酒说，“反正我就是个凑热闹的。”最主要的还是得看白月狐。

尹寻一副怒其不争的表情，不过他也没敢当着白月狐的面说。白月狐倒是没有反对陆清酒的说法，基本上默认了陆清酒就是去打个酱油。

虽说是决定明天去把这事给解决了，但庞子琪那边的情况却不太乐观，胡恕打来电话说昨天晚上他又出事了，输液的管子里莫名其妙进了空气，要不是护士及时发现，恐怕他人已经没了。

而且最惨的是上面虽然知道了这个情况，也派了人过去，可要真的处理好，恐怕还得花个十几天，以庞子琪随时可能挂掉的状态肯定熬不到那时候。

陆清酒想了想，还是没把白月狐也要去一趟的事告诉胡恕，毕竟这是他的私下行为，仔细算起来也是犯法的，胡恕还是个警察……

就这样平静地度过了一天，到了第三天早晨。

白月狐提前和陆清酒约定了时间，说吃完早饭后他们就出发。陆清酒问他们怎么过去，要不要他提前订好机票。白月狐摇摇头，告诉陆清酒不用担心这个，跟着他走就行了。

于是吃完早饭，陆清酒就在尹寻期待和羡慕的眼神中和白月狐一起出了门。

“早去早回啊。”尹寻在院子里冲着他们恋恋不舍地招手，“注意安全。”

“嗯。”陆清酒说，“看着点锅里煮的饭，别煳了，我们很快就回来。”

尹寻说：“放心吧，我会乖乖看家的，我又不是三岁小孩儿了。”他说完这话后，总觉得气氛怪怪的，反应了一会儿总算是发现了哪里不对劲，“陆清酒，你口气怎么那么像我爷爷？”

陆清酒：“傻尹寻，我不是你爷爷。”

尹寻：“……”

陆清酒：“我是你爸。”

尹寻抄起院子旁边的扫帚就要对陆清酒进行攻击，陆清酒见势不妙赶紧开溜。

关于到底要怎么去山东，陆清酒还是挺好奇的。不过白月狐也没有要解释的意思，一直领着陆清酒往山上走，等走到荒无人烟的山顶，见山路陡峭不好走，白月狐细一琢磨，对陆清酒伸出手臂，示意他牵住自己。

随后，周围腾起了一阵黑色的浓雾，这浓雾将他们的身体包裹了起来，接着陆清酒眼前一黑，有两三秒钟的时间失去了知觉，等到他反应过来的时候，周围的黑雾渐渐散去……他们到达了一个完全陌生的地方。

这地方是个荒郊野外，到处都丛生着杂草，看不见人烟。

“墓在哪里？”陆清酒紧张地问了句。

白月狐指了指他们的脚下。

他们脚下是一片结实的泥土，陆清酒看了一眼，随后转头眼巴巴地看着白月狐：“那我们要怎么进去呢？”

白月狐想了想：“我们还是礼貌一点吧。”

陆清酒：“嗯？”

白月狐：“敲门进去吧。”

陆清酒；“……”

虽然听着像是在开玩笑，但白月狐显然是认真的，只见他抬了抬脚，对着地上一跺。“轰隆”一声巨响后，他们的面前出现了一个巨大的坑洞，然而最引人注目的是坑洞之后那扇黑色的石门。

陆清酒看得眼睛都瞪直了，但让他惊讶的事情还在后头，只见白月狐抬步走到了那扇石门面前，抬手敲了敲。

气氛凝固住了，陆清酒屏住呼吸注视着白月狐的举动。

过了两三秒，闭得紧紧的石门竟然发出一声沉重的响声，像是被什么人从里面推开了，露出一条仅供一人通过的缝隙。

墓中陈旧的空气顺着打开的石门涌出，让陆清酒不由得咳嗽了几声。

白月狐道了声“走吧”，就直接进入了石门里。陆清酒紧随其后，也走了进去。

石门后面是一条长长的隧道，地面上铺着坚硬的青石板，时间并没有将墓葬摧毁，相反，里面除了有些灰尘之外，其他的东西都保存得非常好，陆清酒借着微弱的光源，甚至还看到了画在墙壁上的彩色壁画，这些壁画全都栩栩如生，似乎是在描述古代祭祀的场面。白月狐在黑暗中可以视物，陆清酒却不行，好在尹寻之前的提醒起了点作用，陆清酒从自己的背包里掏出了一个小小的手电筒，打开之后终于能看清楚脚下走的路了。

白月狐本该是第一次来，却好像对这墓室很熟悉似的，一路朝前走着，绕过了无数岔路。

陆清酒虽然没有吃过猪肉，可也是见过猪跑的，他紧紧地跟在白月狐身后不敢乱走，小声地问："旁边的房间是用来做什么的啊？"

"有的是陪葬品，有的是机关。"白月狐说，"跟着我，不然容易迷路。"

陆清酒"哦"了声，跟得更紧了。

墓室里所有的门似乎都被打开了，白月狐根本不费什么力气，便到达了墓地的中心地带。陆清酒跟在他身后，四处张望，感觉自己似乎到了一个和其他房间不太相同的地方。

这个房间特别大，也非常空旷，中间摆放着一个长方形的水池，角落里立着几尊模样奇怪的人形雕像，而最与众不同的，却是这个房间里地板上凌乱的脚印——显然是有人来过这里，将地板上原本堆积得十分均匀的灰尘踩了个乱七八糟。

陆清酒马上想起庞子琪说过，他们也曾经下到了墓室，见到了棺材，只是触碰尸体之后，那尸体就沉入了水中，他们没能把尸体捞出来。

而眼前这个房间，再加上地板上那些奇怪的脚印，完全符合庞子琪的描述。显然，这里就是雨师妾尸体所在之处了。

白月狐的脚步也停住了，将目光放到了房间中心的水上。他走到水池旁边，微微俯身，似乎在观察水中的东西。

陆清酒也跟了过去，看到了水池里面的情形。按理说陵墓埋在地下这么多年，就算是有水也该干涸了，但眼前的水池之中，却有一汪清澈的池水。陆清酒用手电筒照了照，发现池水深不见底，泛出的波光微微颤动，仿佛水中有什么活物。

"这里通向的是地下水？"陆清酒问。

白月狐摇摇头："水池是封闭的。"

陆清酒："可这么多年了，这水没干？"

白月狐说："只要雨师妾的尸体还在，这水就不会干。"

陆清酒哦了声："那她的尸体应该就在里面了，我们要捞出来吗？"

白月狐蹙了蹙眉："试试吧，不行我再下水。"他显然很嫌弃这水。

陆清酒从背包里掏出了一根带着铁钩的绳索——在这里不得不再次夸奖尹寻一句，要不是他一直在陆清酒的耳边碎碎念，陆清酒是不可能带上这些东西的，没想到现在真的派上了用场。

陆清酒掏出绳子，把铁钩扔到了水池里，果然如白月狐说的，这个水池是封闭的，大约有两米深，绳子下去很快到了底，陆清酒开始努力地摇动绳子，想要钩住沉在最底下的尸体。

绳子在水中摇晃，很快，陆清酒便感到绳索一紧，似乎是钩到了什么重的东西，他开始试图用力将那东西拉起来，使劲之后却发现那东西一动不动。

“我好像钩到了什么东西。”陆清酒蹙着眉头说，“太重了，我拉不起来——别是钩到墙壁了吧？”

白月狐伸手抓住了绳子，开始和陆清酒一起用力。两人的差别在此时凸显了出来，陆清酒怎么也拉不动的绳索，在白月狐的手里却变得非常轻松，甚至白月狐连用力的动作都没有，便轻轻松松地将绳索钩住的东西给拉起来了。

陆清酒见自己帮不上什么忙，便干脆松开了手站在旁边看着。随着白月狐的动作，一个黑色的东西被绳索钩了上来，陆清酒打着手电筒朝水里看，确定自己看见的东西，便是沉在水池深处的尸体。

那尸体穿着一身青色的裙子，她虽然闭着眼，但陆清酒还是认出，她和跟着庞子琪的那个女鬼一模一样。

经过这么多年，尸体保存完好，肌肤白皙柔软，根本不像个死人，倒像是只是睡着了。

陆清酒盯着尸体出了神，这女人不是特别漂亮，可却有一种难以描述的魔力，让人不由自主地想盯着她看一眼，再看一眼……就在陆清酒有些控制不住自己目光的时候，白月狐忽地叫了他的名字：“陆清酒。”

陆清酒恍然：“啊？”

白月狐说：“她那么好看？”

陆清酒这才发现自己的状态有些不对劲，他收回目光看了眼白月狐：“什么？”

白月狐倒是很有耐心地把话重复了一遍：“我说，她那么好看？比我——还好看？”

陆清酒失笑，他道：“当然没有你好看了。”他怕自己这么说了白月狐不信，又补充了一句，“你是世界上最好看的狐狸精。”

白月狐这才满意地点点头。

尸体被白月狐用绳索从池子里硬生生捞了出来，他没有一点怜香惜玉的意思，像扔垃圾一样把尸体扔到了池子边上。那尸体看起来柔软，实际上硬邦邦的，“砰”的一声落在地上，发出金石相接的声音。

按照白月狐的说法，只要把这具尸体给毁掉庞子琪就能活下来了，自己也不用担心会被她跟上，只是到底要用什么方法毁掉，却让陆清酒有些头疼起来。他看了眼白月狐，白月狐也明白了他眼神的含义，沉默片刻后道："用刀试试？"

陆清酒："……"你这也说得太不肯定了吧？不过试试也没什么关系，陆清酒深吸一口气，从包里掏出了一把匕首。

"就这么砍下去？"陆清酒问。

白月狐点点头。

虽然眼前这女人是具尸体，可是她也长得太像活人了，陆清酒要动手的时候还真有点心理障碍，但是总归活人比死人重要，想到医院里躺着的半死不活的庞子琪，陆清酒牢牢地握住了刀柄。

"得罪了。"对着尸体道了句歉，陆清酒便狠下心，一刀砍向了尸体，然而让他没想到的是，当匕首和尸体接触的瞬间，陆清酒感到自己好像砍到了什么极为坚硬的东西，手臂一震，匕首便弹飞了出去。

"啊！"陆清酒手臂被震得发麻，不由得叫出了声。

"砍不动？"白月狐问道。

"嗯。"陆清酒沉了脸色，"太硬了，砍不动……"

"麻烦了。"白月狐吐出三个字。

听到白月狐居然都说麻烦了，陆清酒一下子便紧张了起来，他道："怎么麻烦了？月狐，我们是不是闯祸了？"

白月狐眼神略微有些阴沉："闯祸倒不至于。"

"那这尸体怎么办？"陆清酒揉着自己麻掉的手臂，蹙着眉头说，"难道庞子琪只有等死了？"

白月狐长叹："还是我来吧。"

他的叹息声太过悲伤，让陆清酒心中的担忧更甚，他正欲询问到底是怎么回事，便看见白月狐的身下腾起了一阵黑雾，这黑雾很快便笼罩了整个房间，掩盖住了本来就昏暗的光线。陆清酒虽然不知道到底发生了什么，但也清楚白月狐不会害自己，于是干脆退到了一旁。

黑雾腾起不久，陆清酒便听到水池附近传来了女人的尖叫声，这叫声里带着怨恨和憎恶，让人头皮发麻，就在叫声越来越大的时候，又响起了一声野兽低沉的咆哮，这咆哮声让陆清酒直接僵住了身体，一动也不敢动。

陆清酒不难猜到发生了什么事情……白月狐化作原形，把那具不好处理的尸体给吃掉了。

隔着浓郁的黑雾，陆清酒隐约看见了一双巨大的橙黄色眼睛，那眼睛也注意到了他的目光，朝他投来注视。

两人目光相接，陆清酒勉强扯出一个僵硬的笑容："好……好吃吗？"

白月狐的声音传来："难吃得要命。"

陆清酒道："你这样吃下去不会有什么后遗症吧？"那东西那么硬，而且放了不知道多少年，保质期肯定过了。

白月狐没吭声，等黑雾逐渐散去，陆清酒就看见他坐在水池边上一脸不高兴的样子。

陆清酒走过去小声地叫了声："月狐？"

白月狐道："嗯？"

陆清酒说："你吃完啦？"

白月狐："嗯。"

陆清酒道："什么……味道的啊？"

白月狐想了想，说："你吃过泥巴吗？"

陆清酒："……没有。"

白月狐道："那你想象一下，一块放了一千多年的泥巴的味道。"

陆清酒："……"他觉得自己还是不要去想象了，那个雨师妾的味道显然超出了他的想象，不然白月狐也不会吃完之后一脸委屈，像是真的被迫啃了一嘴的泥巴。

听着白月狐的话，陆清酒真不敢去想以前的日子他家的狐狸精是怎么熬过来的，而且现在好不容易过上了可以吃上热饭的生活，却又要为了救他的命把这味道微妙的尸体给吃了。

陆清酒越想越觉得心疼，赶紧安慰白月狐，说回去之后就给他做好吃的，香辣蟹、清蒸蟹，一样来一锅，吃饱了为止。白月狐听了陆清酒的话这才感觉好了一点，从地上站起来说："走，咱们回家吧。"

陆清酒一边走一边说："你就这么把她吃了，她会不会很生气啊？还有……既然我们要吃她为什么要先敲门？"重点是敲完门之后她还真的把他们两个放进来了，这么想想搞得他还觉得有点对不起雨师妾。

白月狐道："给我们开门的不是她。"

陆清酒说："那是谁？"

白月狐道："自然是建造陵墓的人。"他简单地解释了一遍，陆清酒这才明白了雨师妾的墓地到底是怎么回事。

雨师妾和她的丈夫雨师不同，她是精怪，而她的丈夫雨师却是天神，如果说雨师掌管的是正面的力量，那雨师妾掌管的就是负面的力量。她精通诅咒，可以和剧毒之蛇交流，虽然代表的是太阳的力量，但行事风格却是阴毒的那一类。

后来她死后，天连晴百日，百姓颗粒无收，雨师见到此景，便知道是雨师妾的怨念作祟。为了缓解雨师妾的怨念，他修建了这座墓葬，将她置于其中，压住了怨气。

只是后来庞子琪他们闯入这里，触碰了墓中的机关，被雨师妾的怨念沾染，命悬一线。

陆清酒这下听明白了，给他们开门的并不是雨师妾，而是她的丈夫雨师。

两人到了进来时的墓口，听见外面传来哗啦啦的雨声。陆清酒早有准备，从自己的包里掏出一把伞，举在两人头顶。

他们离开石门之后，顺着土坡到达了平地，陆清酒走在后面，当他爬上来时，却被眼前的人吓了一跳。不知何时，墓地之外出现了一个穿着青衣的男人，男人的脸上戴着一副面具，遮住了上半张脸，露出形状优美的嘴唇，他的眼睛是如同湖水般漂亮的碧色，此时正静静地看着陆清酒和白月狐。

男人的手中也举着一把伞，这把伞陆清酒曾经见过——就是那个跟着庞子琪的女人举着的伞。看来他便是将雨师妾下葬的人，也就是白月狐口中的雨师。

"好久不见。"男人开口，声音清悦。

"好久不见。"白月狐说，"你来晚了。"来晚了的意思是你老婆的尸体已经没了。

陆清酒本来以为雨师听了白月狐的话至少会表现出愤怒，谁知他眨了眨眼睛，居然笑了："我当初说什么来着？"

白月狐道："什么？"

雨师道："她当年死的时候，我就问你要不要过来帮个忙，把她的尸体吃了，以绝后患，你还不肯，说什么看起来就很难吃的样子……"

白月狐冷冷地打断了他："不是很难吃，是特别难吃。"

"那你还不是吃了。"雨师笑了起来，他一笑，天上的雨就更大了，哗啦啦落在伞面上，砸出清脆的响声。

陆清酒站在旁边听着，没想到事情会是这样一个发展，他以为雨师是作为家属来寻仇的，谁知道人家笑得跟朵花儿一样，就差给白月狐送面锦旗了。

见白月狐面色不善，雨师也知道玩笑要适可而止，他道：“你既然千里迢迢来汤谷，我自然也要尽地主之谊……”

白月狐挑眉。

“这边请吧。”雨师做了个“请”的手势。

三人走向的地方，雨幕越来越大，甚至有些看不清楚周围的景象，但让陆清酒觉得惊讶的是，这些雨水却没有打湿他的身体，而是在将要触碰到他衣物的时候，就像是被什么东西拦住了一样，朝着另外一个方向滑落。

雨水遮住了陆清酒的视线，他只能跟随着白月狐的步伐，直到跨过了某个界限，原本大如瓢泼的雨，一下子停住了。

陆清酒放下雨伞，看见了另外一个世界。

这个世界的天空中飘着一条巨大的河，河水清澈，如同雨师的双眸。河水中游动的小鱼也清晰可见，这些鱼色彩缤纷，在河流中畅游的模样构成了一条艳丽的彩虹，河流之中还有顺水漂流的水草和圆润的鹅卵石，美丽得仿佛梦境一般。

陆清酒简直看呆了，直到白月狐轻轻地扯了扯他的手，他才回过神。

这似乎是雨师的世界，整个世界都被水包裹着。

地面也是水做的，还在随着微风轻轻荡起波澜，只是这水被什么东西隔开了，陆清酒可以踩在上面行走，他在水里看到了几条巨大的、黑色的鱼，这些鱼至少有五米长，展开身体游动的模样，让人莫名生出几分畏惧。

“请吧。”来到一个石台旁，坐在石凳上的雨师对两人做出了“请”的姿势。

陆清酒和白月狐则坐在了雨师的对面。

雨师把手在面前一抚，石桌上面便出现了几个精美的瓷盘，瓷盘中装着洁白的鱼肉，看起来十分美味。除了鱼肉外，还有一些陆清酒不认识的东西，看起来有点像果冻，如水般透明。

陆清酒看了眼白月狐，白月狐点头示意可以吃，然后伸手拿起筷子，夹了块鱼肉。

陆清酒其实对那果冻更感兴趣，不过他还是先尝了块鱼肉，鱼肉入口之后味道让人非常惊讶，肉质细腻肥美，带着一丝甘甜，完全没有鱼类的腥味，全是鲜美。

陆清酒赞道：“好吃！”

雨师弯起眉眼道：“喜欢就多吃些，自从月狐去了水府，已经好久没到这里吃东西了。”

陆清酒说："以前他经常来？"

雨师道："哪儿有吃的他就去哪儿，把东西吃完了就走，就因为这个还和好多人打过架。"

白月狐道："要不是你被我揍怕了会让我进来？"

雨师摊手："这不是让你进来了吗？"

白月狐："还不是因为你那个难吃的老婆。"

雨师："……"

陆清酒听两人说话有些想笑，看来雨师和白月狐关系不错，以前就是朋友，他把鱼肉吞下去，又夹了一块那透明的果冻，放进了自己的嘴里。看这东西的模样，陆清酒以为味道会和果冻差不多，结果入口之后却有些愕然，这东西咬上去居然有肉类的口感，嚼在嘴里十分筋道，味道也很鲜美，吃着有点像鱼肉，但又没有鱼肉的腥。

"好好吃。"陆清酒再次发出赞美。

"好吃吧。"雨师笑道，"这东西叫作太岁，人类吃了可以延寿的。"

"这是太岁？可是太岁不是脂肪状的吗？"陆清酒讶异地问道。

"那是人间被污染后的太岁。"雨师说，"才生出来的太岁，就是透明的。"

陆清酒点了点头。他是知道太岁的，这种东西在民间又被叫作肉灵芝，是一种看起来和肉差不多的东西，据说是真菌生成的，但是实际上它和真菌又有很大的不同，因为经过微观分析，会发现里面是动物才有的蛋白质，而且把太岁放在某种潮湿的环境里，它还会继续长大，仿佛活着一样。民间关于太岁的传言有很多，陆清酒曾经还听到过一种说法是当年徐福东渡，就是为秦始皇寻找太岁去了。

陆清酒又吃了一块，不由得被这味道折服，赞叹连连，白月狐倒是兴趣不大的样子，雨师笑着问他怎么不吃，他很不给面子地说了一句："吃腻了。"

雨师闻言倒也不在意，只是劝陆清酒多吃一点，说这东西吃了对人的身体很好。

陆清酒点头对他道谢，只是他吃着吃着，觉得这东西好像有点眼熟，停顿了一下，想了一会儿，终于想起自己在哪里见过，他的筷子一顿，带着不可思议的表情看向白月狐："月狐……"

白月狐道："嗯？"

陆清酒说："我记得，你之前好像夸赞过尹寻的肉质不错……"

白月狐眨眨眼睛，满脸无辜："我没吃他。"

陆清酒说："我不是说你吃他，我是说……尹寻不会身上都是……"

白月狐道："就是这个啊。"

陆清酒下一刻就颤抖着放下了筷子，他就说尹寻明明是水做的为什么白月狐还会对他感兴趣，他现在终于明白了，原来那根本不是水，是肉啊，而且"肉质不错"这句话还很有道理。

"这……这肉灵芝怎么来的啊？"陆清酒弱弱地发问，"会变成人吗？"他总有种吃掉了自己那个废材好友的恐怖错觉。

"怎么？"雨师看着陆清酒的反应不太明白，"难道你有朋友是肉灵芝？"

"对。"陆清酒点头。

"哦，这个倒是不用担心。"雨师无所谓道，"肉灵芝只是一种食材，不过因为材质特殊，可以用它来重新构筑身体，所以如果我没有猜错的话，你那朋友曾经死过一次吧？"

这倒是没错，按照尹寻的说法，当年他掉进水坑的时候命就没了，还是那个奇怪的男人给了他第二次生命，看来那个男人就是用肉灵芝重新构筑了尹寻的身体，才让尹寻活了下来。

想通这件事，陆清酒才放了心。

第十九章

生发水

两人把面前的东西吃完后，白月狐起身告辞。雨师也没有要挽留的意思，目送两人离开。

白月狐领着陆清酒从雨幕中离开了雨师的世界，回到现实中后，又将陆清酒带回了老宅。

“尹寻，我们回来了。”陆清酒在院子门口叫道。他们出去了一天，也不知道尹寻有没有好好看着锅里的肉。

尹寻听见声音从屋子里屁颠屁颠地冲了出来：“你们回来啦？”

陆清酒说：“火关了吗？”

“关了关了。”尹寻道，“我还尝了点肉，真好吃。”

陆清酒笑道：“晚上就吃炖肉好了。”

毕竟辛苦白月狐啃了一嘴的泥巴，陆清酒也想要好好犒劳一下自家的狐狸精。

朱淼淼给陆清酒发的隔日达快递，第二天陆清酒就去镇子上把快递领了回来。快递里是用绳索绑好的大闸蟹，公的母的都有，光看个子就知道肯定很肥美。

尹寻没吃过螃蟹，站在旁边眼巴巴地看着，说：“这螃蟹真的好吃吗？看起来全是骨头的样子啊。”

“当然好吃了。”陆清酒笑道，“咱们中午就吃螃蟹吧，我蒸一半，剩下的做香辣蟹。”

“好好好。”尹寻开心极了。

白月狐好像对螃蟹兴趣不大的样子，没什么反应。

死掉的螃蟹就不能吃了，所以陆清酒收到之后直接放进锅里蒸了一锅，剩下的全都砍成两半用来做香辣蟹，他在香辣蟹里面加了不少土豆、洋葱之类的辅料，到时候螃蟹吃腻了还能换种口味。

陆清酒做螃蟹的时候顺便还给朱淼淼打了个电话过去感谢她的礼物。

朱淼淼在电话里笑着说想吃了就说，她再去给陆清酒弄两斤，陆清酒也没和她客气，笑着说“好”。

螃蟹在锅里变成了金灿灿的黄色，陆清酒又调了螃蟹专用的作料。作料里放上葱姜，再用少量热油一滚，加上吃螃蟹用的醋，这样做出来的作料特别鲜美，和螃蟹简直是绝配。

香辣蟹就更不用说了，还没掀开锅盖就散发出了浓浓的香气，引得尹寻一直在旁边探头探脑。

陆清酒去镇上拿快递的时候还专门去店里买了点当地人酿的黄酒，螃蟹性寒，吃多了对胃不好，姜茶和黄酒是搭配螃蟹的极好饮品，他们对茶不是很感兴趣，陆清酒便打了黄酒过来。

陆清酒让尹寻把桌子搬到了院子里，一边赏月一边吃螃蟹。

尹寻已经有些迫不及待了，乖乖摆好了桌椅，三人便在桌边坐下。

九月的螃蟹已经很肥了，扒开壳子，就能看到丰腴的蟹黄，还有油油的汁水顺着壳子往下流，陆清酒抿了抿自己的手指，教尹寻怎么剥螃蟹。蟹黄可以直接蘸酱汁吃，蟹肉则用钳子一点点剥下来，放在剥下的空壳子里，等积累得多了，再一口闷掉。

吃着鲜美的蟹黄蟹肉，喝上一口温过的黄酒，微风里还带着桂花淡雅的香气，陆清酒再次感激自己做出的选择。

还好他回来了，回到了这个名为水府的村子。

白月狐盯着螃蟹没动手，眉头微微蹙起来，似乎在考量到底要不要连带着骨头一起吃了。陆清酒到底还是心疼他啃了那一嘴的泥巴，干脆帮白月狐处理起了螃蟹，把剥好的蟹黄、蟹肉蘸好蘸料直接送到白月狐的嘴边。

“吃吧。”陆清酒笑着道。

白月狐接过来，一口吞了，皱着的眉头瞬间舒展开来，他微微张口，道了句：“好吃。”

“好吃吧？”陆清酒说，“你先吃香辣蟹，我给你继续剥。”

白月狐点头。

如果说清蒸蟹吃的是螃蟹本身的鲜味，那香辣蟹就要重口一点，里面的蟹肉沾染了香料，味道从清淡变成麻辣鲜香，白月狐抓着一只，有些不太熟练地开始啃，他似乎也发现了骨头会影响螃蟹的味道，虽然吃也没关系，但还是乖乖地把骨头吐了出来。

尹寻很快就掌握了吃螃蟹的诀窍，吃得飞快，不过他可没白月狐那么大的胃口，六七只下肚，就差不多饱了，但他显然还没吃够，眼巴巴看着陆清酒，说："我还想吃。"

"吃啊，这不还有这么多吗？"陆清酒可是把螃蟹全给煮了。

"可是我吃不下了。"尹寻道，"这螃蟹明明没什么肉啊，可为什么这么胀肚子？"

陆清酒笑了起来："喜欢的话我让我朋友过两天再给寄一些，别傻吃，吃得撑得不得了，你又不是白月狐。"

常人五六只螃蟹就饱了，但对于白月狐来说，五六只螃蟹的肉还不够他塞牙缝呢，不过他倒也没有让陆清酒继续给他剥，而是示意陆清酒自己吃。之前白月狐不想动手，纯粹是因为懒，真动起手来，剥的螃蟹个个干净得不得了，他力气大，连钳子里面的肉都能直接捏碎了掰出来。

陆清酒也没忘记给自己的小狐狸和小黑猪分点出来，小狐狸吃螃蟹就不用剥壳了，尖锐的牙齿嘎吱嘎吱便把壳子咬了个稀巴烂，连骨头带肉全给吞了，倒真是和偷懒的白月狐有那么几分相似。

秋天是赏月的季节，天气不冷不热，半圆的月亮挂在空中。再过几天就是中秋，是该吃月饼的时候了。

月饼可以在镇上买，不过陆清酒还是决定自己做，他还没亲自做过月饼呢。他计划着做点莲蓉蛋黄，再做些鲜肉月饼，家里还缺个小型的烤箱，等他明天去市里买一个，再顺带看看医院里的庞子琪。

这里的生活比他之前过的有趣多了，陆清酒喝了暖暖的黄酒，脸颊上浮起了一层红晕，他有些微醺。

尹寻吃饱后便回家去了，院子里就只剩下了他和白月狐。

白月狐低着头慢慢地剥着蟹肉，修长的手指灵巧无比，将白花花的蟹肉一点点剥到了螃蟹壳中。

他剥好之后看了眼坐在旁边淡淡笑着的陆清酒，抬起手便将蟹肉喂到了陆清酒嘴边。

陆清酒见状愣了一下："不用了……"他吃饱了。

白月狐却没有动，手臂微抬，示意陆清酒吃。

陆清酒失笑，到底还是接受了白月狐的好意，只是他接过螃蟹的时候忽地想到了什么，扭头看向白月狐，如果他没有记错的话，这是白月狐第一次和他分享食物。陆清酒也知道，野生动物吃东西的时候是最警觉的，再加上白月狐护食的性格，只要是进了他碗里的东西，都不可能分给别人，这次白月狐的动作太过自然，陆清酒险些没有意识到这和平日里的差别。

陆清酒吃了口蟹肉，大约是因为这是白月狐亲手剥的螃蟹，味道格外好，陆清酒笑了起来。

白月狐道："你笑什么？"

陆清酒说："我笑我没想到，我这个当饲养员的还有熬出头的一天。"

白月狐挑眉："熬出头？"

陆清酒笑而不语。

白月狐到底也没搞明白陆清酒的笑是什么意思，他并没有察觉自己的行为出现了什么偏差，也没觉得自己同陆清酒分享食物这件事有什么不对。

"睡觉吧。"吃完最后一只螃蟹，陆清酒也有些困了，此时夜色已深，风也有些凉了。

"好，你先去。"白月狐道，"我把桌子收拾一下。"

陆清酒点点头，起身伸了个懒腰，便进屋子洗漱睡觉了，他躺在床上的时候，透过窗户看见白月狐正在院子里低着头收拾碗筷。脑子里却不由得想起了庞子琪对他说过的话："野兽就是野兽，虽然把自己装成了人类，但一旦受到刺激就会凶性毕露。"——那又如何呢？兔子被逼急了都会咬人，况且白月狐并不是没有自我意识的野兽，他知道自己是谁，知道自己在做什么，甚至从某种程度上来说，自制力已经强过了很多人类。

陆清酒想着想着便打了个哈欠，浓浓的睡意涌上了心头，他闭上眼睛，不过片刻便陷入了酣甜的梦乡。

第二天早晨，天高气爽，晴空万里。

陆清酒做完早饭之后就打算去市中心的医院看望一下庞子琪。

尹寻像个熊孩子似的哭着闹着要和陆清酒一起去，陆清酒无奈之下只能答应了。

于是两人坐上了小货车，朝着市里去了，几个小时后，到达了市中心的医院，走到病房外面，还没进去，就听到庞子琪又在愤怒地咆哮："我都要死了，你能别骚扰我了吗？

求求你做个人吧——”

陆清酒：“看来他精神不错啊。”

尹寻点点头：“比几天前的精神头好多了……”

陆清酒道：“那雨师妾应该没跟着他了吧。”他说完这话，便推门而入，然而，在他看清楚了病房里的庞子琪后，表情却凝固了几秒钟。

只见庞子琪坐在病床上和人生龙活虎地吵架，原本在他身上趴着的雨师妾的确不见了踪影，可是却多了一个拇指大小的小人一脸不高兴地坐在了他的肩膀上，那小人……分明就是缩小版的雨师妾。

见到此景，陆清酒和尹寻对视一眼，在对方眼里看到了同样愕然的神色。

不论什么东西变小了之后都会变得可爱起来，本来很恐怖的雨师妾缩小比例后一脸不高兴地坐在庞子琪肩膀上的样子，看起来居然有点可爱……当然，只是一点点。

见陆清酒进了屋子，庞子琪停下争吵和他们打了个招呼。

“你现在感觉怎么样？”陆清酒随便找了个位置坐下，询问他。

“我？我现在感觉挺好的。”庞子琪说，“要不是上面还没动作，我都要怀疑她的尸体已经被处理掉了。”他也是有灵感的人，虽然看不见雨师妾但也能感觉到点什么。从昨天晚上开始他就觉得自己的身体轻松了不少，似乎那股一直附着在他身体上的重量减弱了。

当时庞子琪还以为是自己的错觉，直到今天早晨他才确定这种感觉的确是真的。

陆清酒“哦”了一声，并没有提尸体的事，只是坦白地告诉庞子琪身边已经看不见雨师妾了。

“看不见了？不会吧？”庞子琪道，“他们正准备重新下墓呢。”

“让他们别去了吧。”陆清酒说，“我已经感觉不到诅咒了。”虽然雨师妾的尸体已经被白月狐吃掉了，但他真有点怕那群人进到墓里面又触动别的东西，惹出新的祸事来。

庞子琪狐疑道：“你真的看不到她了？”

“看不到啦。”陆清酒坦然地回答。

庞子琪说：“那好吧，我给他们发个消息，要是我真的没事儿了，就让他们别去了。”

陆清酒点点头。

他们两人在病房里坐了一会儿，便打算起身告辞，只是走之前陆清酒找了个借口，伸手在庞子琪的肩膀上拍了一下，顺手就把那个坐在他肩膀上瞪着眼睛一脸不高兴的小版雨师妾给捏在了手里，然后若无其事地和尹寻走了。陆清酒的动作自然是被尹寻看到了，他看到陆清酒捏住雨师妾的时候眼珠子都要掉下来了，好不容易忍住了才没叫出声，待两人一出病房，就惊恐道："清酒，你把这东西带出来做什么？"

陆清酒张开手掌，一个小小的雨师妾出现在了他的掌心，雨师妾叽里呱啦地说了一堆陆清酒听不懂的话，不过从表情上来看应该是在骂人。对此陆清酒十分淡定，他道："这东西留在庞子琪的身边不安全，谁知道她还会不会长大，还是带回去给白月狐吧。"

尹寻道："带回去给白月狐吃啊？"

陆清酒说："不一定要吃掉嘛，说不定还有别的处理方法呢。"

尹寻想了想，觉得陆清酒说得好像也有点道理，于是便大着胆子伸出指尖戳了戳站在陆清酒手心里的雨师妾，雨师妾被尹寻一戳便跌坐在了陆清酒的手里，她用难以置信的眼神看着尹寻，那双没有瞳孔的眼睛里瞬间盈满了泪水，竟是直接抽泣了起来。

陆清酒："……"他默默地看了尹寻一眼。

尹寻："……我 ×，我不是故意的，她怎么还哭上了？我真没用力啊。"

陆清酒道："你惹哭的，你来吧。"说着他把雨师妾递到了尹寻的手上。

尹寻手忙脚乱地接了过来，一脸无措："我 ×，我 ×，我真的不是故意的，这咋办啊？"

陆清酒想了想，从兜里掏出了小货车最爱吃的果冻软糖，拿了颗苹果味的放到了雨师妾的嘴边。雨师妾开始还不乐意吃，直到塞了一点进她嘴里，她才停下啜泣，伸手抱住了软糖，吸着鼻子啃了起来。

尹寻手一直僵着，颤声道："这，这我要是用力，会不会不小心把她捏死啊？"

陆清酒道："不会的，她没那么娇贵，你放上衣口袋里也行。"

尹寻还是觉得有点不妥，他怕自己把雨师妾放进口袋里一个不小心就把她给挤死了。这时候尹寻倒是忘记了，就在几天前他们还巴不得雨师妾早点没了……人啊，真是善变的动物。

来看望庞子琪后，陆清酒去市里买了一台电烤炉，又顺带买了不少锡箔纸和模具，还有做月饼需要的材料，打算回去之后明天就开始做月饼。

和尹寻一起逛超市的时候，陆清酒总感觉自己像是带着个孩子，只是尹寻这个孩子特别乖，想吃什么都不敢说，就眼巴巴地看着，陆清酒注意到他的目光就会去把东西拿下来放进购物车里，尹寻见到则会露出高兴的神情，露出唇边那颗洁白的虎牙，当真是个容易哄的小孩子。

尹寻从小生活在村子里，自幼不能离开，虽然后来成年了，可是依旧被贫穷限制了想象，在陆清酒没来之前他几乎不会来市里，更不用说在市里买东西了。

陆清酒现在经济状况很好，张楚阳之前给他的二十万他才花了一小部分，而且朱淼淼最近和他说她有个帮陆清酒创收的新想法，具体怎么操作等她中秋放假的时候过来再和陆清酒细说。

买了一大袋子的零食和各种原料，陆清酒和尹寻心满意足地回到了小货车上。

上车后，尹寻看了看自己的上衣口袋，见雨师妾已经在里面睡着了，那颗果冻软糖也只吃了一半，不过虽然没有吃完，她还是紧紧地抱着，一副害怕别人抢走了的模样。

尹寻说："她真可爱啊。"

陆清酒道："可爱吗？"

尹寻说："可爱啊。"

陆清酒道："你想象一下她恢复成正常人大小的样子。"

尹寻："……"他打了个寒战，默默地合上了自己的上衣口袋，还是别去想了，一想到她把下巴搭在庞子琪肩膀上的模样，他就得起一身鸡皮疙瘩。

回家之后，陆清酒做的第一件事就是拎着小版的雨师妾给白月狐看。谁知那雨师妾一看到白月狐就开始耸着肩膀哭，还不敢哭出声，一副怕得浑身发抖的样子。

白月狐大约是想起了雨师妾的味道，看见她眉头就皱了起来。

"她怎么变这么小了？"陆清酒说，"还会继续传染诅咒吗？"

"尸体没了她就没力量了。"白月狐说，"应该不会再影响人类。"

陆清酒说："那有必要把她吃掉吗？"

白月狐沉默片刻："没有吧。"看来他是真的不想再尝雨师妾的味道了，他停顿片刻，又补充道，"要是你不喜欢，我也可以吃了。"

看着白月狐为难的样子，陆清酒忍不住笑了起来，他道："好了，不用勉强，她看着也挺可爱的，既然没有什么危害就放在家里养着吧，给后院的女鬼小姐做个伴也行嘛。"

白月狐点点头，算是同意了陆清酒的说法。

小小的雨师妾倒是受到了家里动物们的强烈欢迎，特别是小狐狸似乎很喜欢她，见到她就开始一个劲地舔，雨师妾被舔得浑身湿漉漉的，她本来想要躲开，可那小短腿根本跑不过小狐狸，最后只能被按在狐狸爪子下一通乱舔，最后委屈地哭了起来。

陆清酒虽然觉得挺好笑的，但还是阻止了小狐狸的举动，告诉它不要欺负雨师妾，小狐狸“叽叽”地叫着，瞪着那双漂亮的蓝眼睛无辜地看着陆清酒，似乎在告诉陆清酒它只是喜欢她。

陆清酒道：“那也不要舔过头了，舔过头把她弄哭了，她就不喜欢你了。”

小狐狸点点头，算是应下了。

陆清酒把雨师妾身上的口水擦干净，放到了小狐狸的脖子上，雨师妾也喜欢毛茸茸暖乎乎的东西，于是躲在小狐狸漂亮的围脖里不见了踪影。

在家安顿好雨师妾后，陆清酒拿着筛子去院子里摘了一些开得繁茂的桂花，打算做桂花糕。

陆清酒打了桂花下来，又把里面的渣子细细地过滤了一遍，然后将桂花和藕粉搅拌在一起，再加入面粉后进行发酵，上蒸笼里面蒸三十分钟就能出锅了。刚蒸出来的桂花糕还冒着热气，散发着桂花的浓郁香味。

陆清酒把桂花糕晾好，又沏了壶茶，打算当作下午茶吃。

天高云淡的秋季是最悠闲的季节，三人坐在院子里吃桂花糕的时候，陆清酒说他想找个天气好的下午去山上采风和野餐。

“还可以放风筝。”嘴里含着桂花糕的尹寻含糊地说，“我好久没有放风筝了。”

“放风筝不是春天吗？”陆清酒道。

“秋天也可以啊。”尹寻表示，“秋天风也很大的。”

陆清酒耸耸肩，由着尹寻去了。

刚做好的桂花糕味道很好，口感软糯，因为桂花也是新鲜的，所以香味非常浓郁，放在一旁都能嗅到淡淡的清香。茶虽然是普通的茶，但也足以清理掉口腔里甜腻的味道，增添几分清爽。

陆清酒让尹寻别吃太多，晚上还要吃晚饭呢。

尹寻嘴上说着好，手里的动作却不停，直到打了饱嗝，才惊觉自己好像吃得太多了。

秋天是吃炖品养生的季节，陆清酒晚上做了海带炖猪脚，猪脚是村子里的猪肉，海带是今天买的，他们这里吃猪脚的方法和其他地方不太一样，一般都是搭配一个火辣辣的作料碟子。肥厚的猪脚被炖得软烂之后，在酸辣的作料里裹上一圈，便全然没了那油腻的口感，非常下饭。猪脚汤也格外鲜美，陆清酒喝了几碗才觉得满足。

下午吃得太饱的尹寻终于尝到了恶果，他想吃，可是肚子已经盛不下了，最后只能眼睁睁地看着白月狐一个人把一锅汤都干掉了，哭都没地方哭去。

陆清酒只能安慰他说过几天再炖，让他不用太伤心。

晚上九点多钟，陆清酒接到朱淼淼的电话，说她中秋提前过来，问陆清酒有没有什么想带的东西。

陆清酒没和她客气，让她再寄点螃蟹过来，顺便帮他买这里买不到的果冻软糖，朱淼淼一口应下，拍着胸脯说没什么问题。

中秋本该是家人团聚的日子，只可惜陆清酒在这个世上已是孤身一人。但好在在这个不大的院子里，有白月狐和尹寻陪着他。

朱淼淼准备来的当天，陆清酒开始着手做月饼了，他第一次做这玩意儿，不太熟练，不过好在制作工艺也不算太难，就是馅料的味道有些考究。陆清酒把买来的咸蛋黄包进了莲蓉里面，心里计算着今年自己也腌点鸭蛋好了。

尹寻在旁边给陆清酒帮忙，把做好的月饼压进模具再取出来。

陆清酒还做了点鲜肉月饼，鲜肉月饼和甜口的不太一样，一般都是酥皮的，而且是刚出炉的最好吃。

就在他打算把月饼送进烤箱的时候，朱淼淼的电话打了过来，说她还有半个多小时到站。

陆清酒便把看月饼的火候的活儿交给了尹寻，让他盯着点，然后自己开着小货车去镇上把朱淼淼接了回来。

朱淼淼从市里面过来，提着大包小包，陆清酒问她怎么带这么多行李，她一拍自己的箱子笑道："哪里是行李，全是吃的，这不是怕你在镇上有些东西买不到吗，我就都给你买过来了。"

陆清酒闻言笑了起来，道："辛苦了。"

"辛苦啥呀。"朱淼淼说，"我还得感谢你，你上次回去之后是不是和吴嚣说了什么啊，他脾气突然变得好了好多，搞得我们都怀疑他是不是变了个人……"

提起吴嚣，陆清酒有点心虚，不过自从那次之后，吴嚣就没怎么联系他了，看样子应该是和老树相处得还不错。陆清酒也不知道和树族结婚到底会产生什么样的影响，但目前看来，这影响似乎是正面的。

两人到家的时候月饼正好出炉，上面还冒着热气儿。朱淼淼坐了这么久的火车也有点饿了，抓了个莲蓉蛋黄的就吃了起来，边吃边夸赞陆清酒的手艺。自家做的月饼，自然舍得放料，陆清酒每个月饼里面都塞了两个蛋黄，蛋黄被薄薄的莲蓉包裹住，咬下去口感很是绵软，蛋黄在嘴里抿开，咸甜的味道充斥着口腔。

“好吃！”朱淼淼大赞。

陆清酒笑道：“好吃你就多吃点。”他把月饼拿了一些给坐在院子里的白月狐，又留下了一部分打算送给村子里关系不错的邻居。

鲜肉月饼味道也很好，有点像馅饼，但是皮比馅饼要酥一些，很适合白月狐这样的肉食动物。

朱淼淼一边吃着月饼，一边和陆清酒说起了她这次回来的意图。

“酒儿啊，你有没有想过用其他的法子赚钱啊。”朱淼淼含糊不清地说，“我看你这种地也不赚钱，家里还有两张嘴等着吃饭……”

陆清酒：“……”他听着朱淼淼这话觉得有点想笑，于是故作忧愁地说，“是啊，半大小子，吃穷老子。”

朱淼淼：“对啊对啊，那个帅哥真是能吃，我在你家里就没见过剩饭。”

她说到这里，和陆清酒对视一眼，两人忍不住都笑了起来。

“好了，开玩笑的。”朱淼淼道，“我之前的提议你考虑得怎么样了？”

陆清酒道：“唔，想法倒是不错，不过我不知道井水到底有没有作用。”

朱淼淼道：“试试不就知道了，我们公司那么多人等着呢。”

陆清酒道：“那就试试吧。”

之前朱淼淼在电话里提过这事，说是让陆清酒把他家后院那口井开发出来，为脱发事业做点贡献。如果后院的井水有效果的话，朱淼淼可以帮陆清酒开个网店，在网店里面销售生发水。

陆清酒当然没有忘记去咨询白月狐井水会不会有什么后遗症，白月狐表示不会有的，那口井里能让人生发的是女人的执念，执念对于人体并没有什么坏处，从某种程度上来说甚至还对人体有益。当然，前提是，井水真的对生发有效果。

从陆清酒辞职回家后，朱淼淼就一直担心自己这个朋友在村里过得不好，她和陆清酒不一样，是从小生活在城里的，哪里见过这种去趟超市都要两个小时的偏僻小村，所以总是会脑补出各种陆清酒在农村里的艰难生活，什么千里迢迢地挑水浇地啊，什么顶着大太阳为菜除草之类的。殊不知家里的重活儿基本上都被她口中的那个大食量帅哥给包了，陆清酒做的最重的活儿也就是清理一下院子里的杂草，给家里的两只小猪做点猪食。

“对了，清酒啊，你这边有没有什么多余的农产品，都可以在网上卖啊。”朱淼淼晚饭时间还在给陆清酒想主意，“之前家里不是有好多吃不完的葡萄吗？”

陆清酒道：“都被人收走了。”朝千羽可是天天盯着他家的地呢，只要有吃不完的菜，他保准在成熟的前一个月就打电话来提前预约。

“收走了？”朱淼淼惊讶道，“谁收的啊？”

陆清酒道：“一个开饭店的。”

朱淼淼道：“他们出的价格怎么样啊？”

陆清酒说：“还行吧，和市价差不多，我也想过在网上卖，不过水府村太偏了，运输困难，菜和水果的保鲜期都挺短的，运过去不好保证质量。”

这话说得倒也有道理，朱淼淼摸摸下巴：“那你可以考虑一下发展别的副业啊，比如……这个月饼就很好吃。”她觉得陆清酒做食物的手艺一定会大受欢迎。

陆清酒笑道：“再说吧。”这些东西到底是自家做的，制作食物还需要执照、检疫之类的程序，真想做还是比想象中的麻烦。

两人聊了一会儿，最终敲定朱淼淼先试验一下井水离开水府村之后到底能不能生发，如果可以的话再考虑网店的事。

再过两天就是中秋了，陆清酒计划中秋那天做一顿大餐，大家好好吃一顿。因为朱淼淼过来了，陆清酒便想着让她也尝尝文鳐鱼的味道，询问白月狐可不可以再抓两条鱼回来，中秋那天正好做鱼吃。

白月狐一口应下，第二天就给陆清酒带来了新鲜的文鳐鱼，还有一只被剥掉皮、割掉多余部位、处理好的羊羔。

当然，虽然白月狐说这是羊羔，但陆清酒总觉得这东西有点不太对劲，这羊羔身上一点肉类该有的腥味都没有，反而透着一股子淡淡的清香，肉质也非常好，陆清酒从上面切了块肉下来，看见上面肉的纹理呈现出漂亮的雪花状，看着十分诱人。

这肉陆清酒一部分用来炖了汤，一部分用来做了炒肉，炒出来的肉味道非常棒，肥瘦相间，既不油腻也不柴瘦，让人停不下筷子。

朱淼淼之所以这么喜欢往水府村跑，还有一个重要原因就是这里的伙食实在是太好了，她觉得在这里吃的东西无论是什么都比外面的好吃，她是喜欢吃鱼的，当尝到陆清酒用文鳐鱼做的酸菜鱼时，觉得这味道好得能让她把舌头都吞进肚子里。

“呜呜呜，好好吃啊。”朱淼淼的筷子就没停下过，吃得肚子圆鼓鼓的还硬撑着喝了口汤。

陆清酒说：“你别吃得太撑了，小心胃。”

朱淼淼摇头道：“我这辈子都没吃过这么好吃的鱼，这是什么鱼啊？”

陆清酒糊弄道：“就是普通的草鱼。”

“我退休了一定要来这里生活。”朱淼淼发誓道，“一定——”

陆清酒笑了起来：“这里可收不到快递。”快递都得去镇子上的代收点拿，交通可以说是十分不便了。

朱淼淼摇头晃脑：“能天天吃这样的鱼，不收快递也值了。”她吃得实在是太撑，想站起来走一会儿，却感觉自己的胃好像不能支持这个动作，于是尝试之后又无奈地坐下了。

“哎？那是什么啊？”坐着休息的朱淼淼忽地目光一转，注意到了躲在门口的一团白色小绒球，“清酒，你养狗啦？”

陆清酒说：“没有啊，是狐狸。”小狐狸胆子小，有点认生，朱淼淼一来它就去卧室里躲了起来，这会儿估计是饿了，大着胆子小心翼翼地探出一双眼睛瞅着朱淼淼，似乎在评估这姑娘是否安全。陆清酒见到它这可爱的模样，冲着它招了招手，它才慢慢走到了陆清酒的身边，伸出舌头舔了舔陆清酒的手掌心。

“狐狸？”朱淼淼看着自己面前狐狸这可疑的造型，很是疑惑，“那这小狐狸的毛怎么剪得跟贵宾犬似的？”

听到朱淼淼发问，干了坏事的陆清酒心虚地移开了眼神，僵硬地咳嗽一声把锅甩了出去：“哦，尹寻剪的，第一次嘛，没啥经验。”

朱淼淼若有所思：“哦，这样啊，你不说我还以为是你干的呢。”

陆清酒干笑：“哈哈哈哈，怎么会嘛。”

在厨房里洗碗的尹寻突然打了个喷嚏，他揉揉鼻子，嘟囔道：“谁在说我坏话……”

朱淼淼向来是个行动派，说要去做马上就动起了手，把陆清酒井里的水打出来灌进瓶子里给自己的同事发快递寄了回去，告诉那同事先用这水洗头，如果效果不明显的话再饮用。同事应声说好。

陆清酒问朱淼淼什么时候回去，朱淼淼回答说不着急，等同事那边给了消息她再回公司也不迟。

大概过了两天，收到快递的同事给朱淼淼来了电话。

当时朱淼淼正在帮陆清酒喂猪，不得不说，连陆清酒家里的猪都比好多人吃得健康，全是新鲜的蔬菜，还有肉一起炖出来的饲料，朱淼淼嗅着这味儿，要不是自己已经吃饱了还真想尝两口。

那同事来电话，朱淼淼便直接按下了免提，她还没说话呢，就听到电话那头的人激动地吼了起来："淼淼，淼淼，你简直是我的再生父母啊！"

朱淼淼道："啥？"

同事说："我长头发啦，我长头发了！！！"他大吼起来，那颤抖的声线即便是隔着遥远的电话也能听出他激动的情绪。

陆清酒本来在给小花他们喂食，听见这声音动作也顿住了。

"你冷静点，慢慢说。"朱淼淼被他吼得脑门儿疼。

那同事道："你要看看现在的我吗？"

朱淼淼道："视频？行啊。"

然后同事就发过来一个视频邀请，朱淼淼接了下来，她一接就愣住了，只见原本地中海发型的同事此时顶着个马尾辫，一脸兴奋地扑在手机摄像头面前，骄傲地展现着自己的秀发："我美不美，好不好看？"

陆清酒："……"一个挺着啤酒肚的男人问出这个问题还真有点刺激人。

朱淼淼反应和陆清酒差不多，表情扭曲了一刹那，不过她和这个同事关系好，所以干脆利落地骂了出来："美个屁，你怎么留这么个发型，就不能先去理发店剪一下吗？"

同事怒道："开玩笑，我好不容易长出来的头发你让我剪了？你是要我的命啊。"

朱淼淼："……"她居然无法反驳。

同事在视频面前走了一圈，又详细地描述了一下他长头发的具体过程。其实也挺简单的，大约就是收到了朱淼淼寄给他的那瓶水，然后按照朱淼淼说的，沐浴更衣之后，将那瓶水抹在了自己的头上，抹上之后当时没什么效果，但是当他睡了一觉醒来时，却发现自己的头上竟然多了一头乌黑亮丽的秀发。

朱淼淼听着同事的描述，若有所思："那你把剩下的水给其他人也试试吧，我想看看在其他人身上有没有效果。”

“好啊。”那同事道，“我明天就拿给小黄试试，哎，你现在在哪儿呢？”

朱淼淼说：“我在外面玩呢，过两天再回去。”

同事点点头，朱淼淼又让他记得把其他同事用了水之后的效果给她一个反馈，然后才挂断了电话。

“太好了，没想到井水的效果这么好。”朱淼淼惊喜无比，在陆清酒面前摩拳擦掌，“我已经看到一条赚钱之路在朝着你招手了。”

陆清酒笑道：“不如这样吧，你帮我弄网店，我给你分成。”

朱淼淼懂陆清酒的意思，无非就是想带着她一起赚钱，不过她还是拒绝了，毕竟这事起初她想出来就是为了让陆清酒的日子过得宽裕点，陆清酒家里那么多张嘴等着吃饭呢，她说：“不了，还是你自己弄吧，这水和其他东西不一样，不需要什么运输条件，你找个快递公司合作就行，不过，一定要把水给包装一下啊。”

陆清酒道：“包装成什么样？”

朱淼淼道：“越高档越好，而且每瓶水不能放多了，最好只能一个人使用，我想想啊，干脆我给你设计个包装瓶好了。”

陆清酒笑道：“那我可得给你发工资。”

朱淼淼哈哈大笑。

在公司里，两人干的不是同一块，陆清酒负责的是运营，朱淼淼做的是设计，虽然工作内容不同，但都是一样地掉头发，原因在于无休止地加班，只要对接方不满意，那他们就得返工重做，加班加到十一二点已是常态。

说干就干，朱淼淼拿出了自己的 iPad，开始设计图纸，还计划明天就和陆清酒去市里面的玻璃厂谈制作瓶子的事。

陆清酒为了犒劳朱淼淼做了一顿大餐，他让白月狐宰了一只院子里的战斗鸡，又将冰箱里的牛肉拿出来解了冻。

战斗鸡里面一只公鸡九只母鸡，母鸡每天下一个蛋，蛋比平时陆清酒见到的鸡蛋大了许多，而且最重要的是，几乎都是双黄蛋。这蛋黄的颜色特别正，是漂亮的鲜黄色，用这种蛋做的炒蛋或者番茄鸡蛋汤十分鲜美，是普通鸡蛋完全不能比的。

当然，蛋的味道好，鸡的味道肯定也差不到哪里去。

陆清酒把之前上山摘下来晒干的蘑菇和鸡放在一起炖了起来，还没熟，就能闻到满屋子散发着的鸡汤那浓郁诱人的香气。

狐狸都是最喜欢吃鸡的，小狐狸被香味勾得流着口水蹲在厨房门口眼巴巴地看着灶台，陆清酒看着觉得好笑，但是最好笑的却是狐狸颈项上骑着的雨师妾，她现在已经把狐狸的毛当作自己的窝了，缩在里面往外探头探脑，陆清酒知道她这样子肯定是饿了，于是拿了颗糖塞到了她的怀里，她接过来之后小心翼翼地抱着又消失在了小狐狸的绒毛里。

给小狐狸喂了块鸡肉解馋，陆清酒又做了牛肉炖土豆和泡椒牛肉丝，心里还盘算着明天去镇上的时候记得买两个泡菜坛子，这天凉快了，正是适合做泡菜的季节，天太热，坛子容易生花。

鸡汤果然如陆清酒想象中的那般好吃，只是这次炖得有点少了，大家都没吃过瘾。陆清酒打算拿出几个鸡蛋来让它们孵小鸡，等长大后再宰两只吃掉。

“太残忍了。”朱淼淼听完之后表示，“到时候宰完能给我寄一只过来吗？”

陆清酒：“……”你可真是善变。

晚上的时候，白月狐出去了一趟，回来的时候问陆清酒想不想喝牛奶。

陆清酒听得莫名其妙：“怎么突然提到牛奶？”不过白月狐这一说倒是给陆清酒提了个醒，他们家里的确可以买头母牛回来挤牛奶，虽然镇上也能买到盒装的牛奶，但哪有刚挤出来的新鲜呢?

“我朋友送了我一头牛。”白月狐语出惊人，“你要的话我就领回来。”

陆清酒闻言狐疑地看着白月狐：“真的是牛，不是其他的动物啊？”

白月狐沉默片刻：“反正奶和牛奶差不多，凑合一下还行。”

陆清酒被白月狐这话给逗乐了，他点点头说：“行啊，家里正好缺头奶牛，养着也没事，就是那东西和奶牛一样也吃草？”

白月狐说：“给它吃草就行。”这话的意思显然是那东西吃草也能凑合着过，让陆清酒不用太费心。

第二十章

文字锁

第二天，白月狐就如他所说从门外领了头模样很奇怪的牛回来了，那牛通体黑色，脸上却只有一只巨大的眼睛，睫毛长长的，样子看起来倒是有几分可爱。

朱淼淼正巧也在屋子里，看见这牛愣了："这牛怎么只有一只眼睛啊？"

白月狐在旁边说："它残疾。"

牛："……"

朱淼淼："残疾？还有这种残疾？"

白月狐："我说它残疾，它就残疾。"

面对白月狐不善的眼神，朱淼淼的求生欲让她放弃了追根究底，道："好吧。"

陆清酒在旁边笑道："你管它长什么样，奶好喝就行了嘛。"

朱淼淼道："也对……"

把牛领回家后，陆清酒叮嘱尹寻给它喂点吃的，然后自己和朱淼淼去了市里的玻璃厂，准备去订一批玻璃瓶回来。

订玻璃瓶的过程还算顺利，把图纸给老板之后又说了一些自己的需求，下了订金后被告知下个月就能来领货。

订好玻璃瓶，朱淼淼又让陆清酒记得在网上选几款比较高档的包装盒，最好是找厂家定制。初期准备做好后，两人讨论了一下定价，陆清酒还是比较亲民的，说三百一瓶怎么样，谁知朱淼淼一把拍在了他的肩膀上，道："咱们要做就做精品，三百一瓶利润太低了，这种独一无二的东西就该拥有它该有的价格。”她用手指比了个五。

“五百？”陆清酒问。

“五千！”朱淼淼说，“你在卖的时候说清楚，不长头发全额退款！而且每个月就卖一百瓶，每个账号限购一瓶。”

陆清酒道：“五千也太黑了吧。”

朱淼淼摇摇头：“哪里黑了，你去问问植发手术要多少钱，而且这植发手术还不保证百分之百成功，五千给秃顶的人一头茂密的头发，大家抢都来不及。”

朱淼淼说得的确也有道理，而且陆清酒并不想花太多的精力在网店上，他回到水府村就是想让自己的生活节奏慢一点，如果搞得特别忙就得不偿失了。所以最后陆清酒还是同意了朱淼淼的提议，决定将价格定成 4999，差一块钱到五千。

在朱淼淼的协助下，陆清酒的网店就这样顺利开张了。

而朱淼淼的假期也已结束，得回公司继续上班，陆清酒问她国庆有什么安排没有，朱淼淼苦笑着说她国庆肯定得加班，下次再来估计得是元旦了。

陆清酒把她送上火车后才回了家，回家后却看见尹寻坐在院子里生闷气。他不像白月狐，有什么心情从来都是摆在脸上的，听见陆清酒回家的声音，委委屈屈地叫着：“酒儿啊，我怕是伺候不动那头牛了。”

陆清酒说：“怎么啦？”

尹寻道：“我喂它什么它都不吃。”

陆清酒道：“不吃？”白月狐似乎是说过那东西喂草就行，“月狐呢？”

“不知道。”尹寻揉揉鼻子，“他刚才好像被什么人叫出去了。”

陆清酒道：“既然它不吃草，那喂点别的？”

尹寻说：“喂什么？”

陆清酒想了想：“我记得牛什么的都挺喜欢吃水果的，家里不是有买来的苹果嘛，拿去试试？”

尹寻道：“喂它苹果，这么奢侈的啊？”

陆清酒道：“那苹果那么酸，你不是不乐意吃吗。”苹果是前几天从镇子上买来的，和自己家里种的不一样，这苹果看着红彤彤的，吃在嘴里却寡淡无味，不光是尹寻，连向来不挑嘴的白月狐都没什么兴趣，本来陆清酒打算用来喂小黑、小花的，现在给牛牛吃也没什么关系。

尹寻和陆清酒拿着苹果到了牛棚里，牛棚就在猪圈旁边，还好这会儿小黑、小花都睡着了，不然看见陆清酒用它们的苹果去喂牛肯定要闹小情绪。

陆清酒把苹果喂到了牛牛的嘴边，牛牛瞅了眼苹果，果然张嘴咬住了苹果，咔嚓咔嚓两口就把苹果给嚼碎吞了，吃完之后咂咂嘴，脸上那只水汪汪的大眼睛又盯上了陆清酒手里其他的苹果，显然是还想吃。

陆清酒干脆全都给它放到了面前的地上，看着它开心地啃了起来，脸上唯一的大眼睛弯起一个弯弯的弧度，再配上那长长的睫毛，看着还真挺可爱的。

尹寻站在旁边看着牛牛啃苹果，沧桑地感叹："这人真不能单身太久，单身久了看头牛都眉清目秀的。"

陆清酒："……"还是头奶牛。

小牛牛吃饱了，打了个嗝儿，便趴在了牛棚里，看起来是累了想要休息了。

陆清酒便也扭头对着尹寻道："走吧，咱们也回去休息吧。"

尹寻点点头。

白月狐不知道做什么去了，一晚上都没有回来，第二天早晨陆清酒六点多才看见他从院子外面推门而入。

陆清酒手里正在包今天早晨要吃的饺子，和他打了个招呼："回来啦。"

"嗯。"白月狐说，"有吃的吗？"

"有啊。"陆清酒说，"你先拿水果垫垫肚子，饺子还要等一会儿。"

白月狐说好。

陆清酒把饺子煮好之后，又提着盆去了牛棚，准备挤点奶喝，这牛牛倒是挺乖的，站在原地让陆清酒挤奶。现在市面上的奶看起来都比较稀，是因为经过了打碎和消毒处理，不过自家的奶就不存在这种问题了。陆清酒记得小时候喝的牛奶都是最新鲜的那种，这种牛奶煮沸之后有一层厚厚的奶皮子，吃在嘴里全是奶味，香得很。

到城里去之后，陆清酒再也没有喝过这种牛奶，现在再次见到，倒是有些怀念起来。

只是在挤牛奶的时候，陆清酒却觉得这牛奶有股不同于普通牛奶的芳香，他仔细闻了闻，发现这牛奶居然带有苹果清淡的香气。起初陆清酒还以为是自己闻错了，等到拿着牛奶回到屋子里时，刚来的尹寻来了句："这牛奶好香啊，怎么有股苹果味？"

"真的有啊？我还以为是我闻错了呢。"陆清酒也有点惊讶。

白月狐倒是没什么反应，问了句："你们昨天喂它吃苹果了？"

“是啊。”尹寻道，“它不肯吃草，我们就喂它吃了点苹果。”

白月狐道：“那就是正常的。”

陆清酒听到这话也回过味儿来了，敢情这牛牛还真是与众不同啊，吃什么就下什么味道的奶，尹寻这货也明白了，摩拳擦掌地想喂牛牛吃点巧克力，被陆清酒无情地拦住。

毕竟巧克力对于很多动物来说都是有毒的，就这么去喂，万一出事了怎么办？陆清酒决定先查一查奶牛的习性，再决定喝什么味的奶。

牛奶煮过之后，一点腥味都没了，全是浓郁的奶香。有的人喝不惯牛奶就是不习惯牛奶那股子奶腥味，但从牛牛身上挤下来的奶却味道醇厚又不腻，反而带着一股苹果的芬芳，好喝得不得了。

于是今天家里所有人的生活都得到了改善，虽然不多，但每人和每只动物都获得了一杯苹果味的牛奶。

陆清酒趁着空隙查看了一下养奶牛要注意的地方，只是越查越觉得奇怪，他抬头询问尹寻：“等……等一下，咱们家的奶牛到底是公的还是母的啊？”

尹寻回答：“公的啊。”

陆清酒：“……真是公的？”

尹寻对牛奶的滋味念念不忘，倒是没注意到陆清酒脸上的异样：“当然是公的，我还看见它的那啥了，贼长。”

陆清酒：“……”你一天到晚在看什么，不怕长针眼吗？

尹寻虽然也见过牛，但村子里的牛全是耕地用的，几乎很少有专门用来产奶的，他也没怎么见过，见陆清酒一脸不忍直视的表情，茫然地发问：“怎么啦，酒儿？”

陆清酒说：“……”他盯着手机里搜出来的资料半天没说话。

尹寻不明白怎么回事儿，凑过来一看，越看嘴巴张得越大，最后一副下巴都要掉下来的样子：“我 ×，我 ×，这什么玩意儿啊。”

只见资料上十分详细地解释了根本不存在公奶牛这种东西，能产奶的都是在哺乳期的母奶牛，所以只要是公牛就不可能是奶牛——那么现在问题来了，他们家那头牛牛到底是公的还是母的？它要是公的为什么可以产奶？要是母的，胯下的某个器官又是怎么回事？

陆清酒和尹寻对视一眼，都觉得自己嘴巴里牛奶的滋味变得微妙了起来。陆清酒没有再纠结，而是默默地走到了院子，在正在休憩的白月狐身边坐下，道：“月狐啊。”

白月狐睁眼看着陆清酒：“嗯？”

陆清酒道：“那个……就是那个……咱们家的牛，到底是公的还是母的啊？”

白月狐：“公的啊。”他语气坦然，仿佛没有任何不对的地方。

陆清酒艰涩道：“那公的，还能产奶啊？”

白月狐眨眨眼睛，仿佛不明白陆清酒的话是什么意思。

陆清酒只能道：“那产奶不都是母牛干的事儿吗？”

白月狐说：“不一定啊。”

陆清酒：“……”

白月狐道：“谁说产奶都要母的干了？你要是愿意，我也能让你产奶。”

陆清酒闻言表情扭曲了一下，赶紧摆手说：“不用不用，我就随便问问。”

白月狐道：“那牛是公的，但是它们一族都能产奶，奶质还很好，挺受欢迎的，怎么，你不喜欢吗？”

陆清酒还在自己也能产奶的打击里没缓过来。

白月狐似乎有些误解了陆清酒的意思，眨眨眼睛道：“你要是不喜欢，咱们就杀了吃肉嘛，虽然肉质比较普通，但也不用放在家里占地方。”

陆清酒道：“不不不，它产的牛奶挺好喝的，我和尹寻也挺喜欢，不用杀了吃肉。”

白月狐道：“行吧，你喜欢就好。”他显然是对陆清酒的震惊不是很理解，对于他而言，雄性产奶是再正常不过的事，所以从头到尾他都没能明白陆清酒在震惊什么。

陆清酒失魂落魄地去了牛棚，看见尹寻这货撅着屁股一脸开心地在喂牛牛吃巧克力，牛牛也吃得津津有味，短短的尾巴还像狗狗那样欢快地摇晃。

尹寻听见陆清酒的脚步声，开心道：“酒儿，我们可以喝巧克力奶了！”

陆清酒：“……”

尹寻道：“怎么，问清楚了吗？它到底是公牛还是母牛？”

陆清酒道：“公牛。”

尹寻说：“哦。”

陆清酒以为他还会说点什么，但尹寻“哦”了声之后便又把注意力放回了他心爱的牛牛身上，陆清酒终于没忍住，道：“你就不想问问为什么公牛也能产奶吗？”

尹寻道：“不是很想啊。”

陆清酒好奇了：“为什么不想？”

尹寻道："因为自从我死而复生之后，就发现有些事情没法用科学的逻辑去解释，而且和我这身体比起来，能产奶的公牛好像也没啥特别的吧……"

被尹寻这么一说，陆清酒哑然失笑，发现自己是有些反应过度了，他道："也对。"

尹寻说："而且管他公牛母牛，能产奶的就是好牛。"

陆清酒撸起袖子："行吧，让我挤点奶，咱们下午茶就吃脆皮鲜奶好了。"

尹寻闻言高兴地露出了他那颗可爱的虎牙，道："你去做饭吧，我来挤奶，而且这巧克力刚吃下去，估计还要等一会儿才下奶呢。"

陆清酒道："好啊，不过你记得轻点，太用力了牛会疼的。"

尹寻："放心，我一定轻轻的。"

陆清酒听着尹寻这话，莫名觉得他们的对话内容似乎有点……微妙。

算了，还是去做饭吧，陆清酒在自己产生更奇怪的想法前赶紧转身走了。

脆皮鲜奶是陆清酒挺喜欢的一种甜点，具体做法是将牛奶生粉和鸡蛋混合在一起，冷冻成凝固的果冻状之后再切成条，裹上面粉进热油炸。这样炸出来的脆皮鲜奶外面是脆的，里面的奶浆却已经融化了，一口咬下去温热的奶浆便会从中爆出汁液来，味道香甜软糯，带着股浓浓的奶味。

做好之后，陆清酒端去给尹寻和白月狐尝了尝，两人都表示很喜欢，陆清酒则说现在有了牛奶，以后可以尝试更多奶制品了，而且他发现自家牛牛的产奶量挺足的，基本上是只要给它喂了食物，就能挤出奶来。而牛奶的味道也是根据牛牛吃的东西产出来的，如果给它喂草，那牛牛产出的牛奶就是原味牛奶，如果喂巧克力，那就是巧克力牛奶。

尹寻对此表示十分开心，他那两块巧克力果然没白喂。

再说陆清酒的赚钱大计，他的网店开张之后一直没什么生意，一是因为价格太贵，二是因为店铺没有人气。不过他也不急，反正目前从张楚阳那里赚来的钱还算够用。

不过就在今天早晨，一个叫赫小洋的买家给陆清酒网店后台留了言，询问了一下这个生发水的问题。

赫小洋今年二十七岁，模样倒是长得挺清秀的，但一直没有女朋友，原因就是他那一头年纪轻轻就掉得差不多的头发。无论面容再怎么英俊，只要配上地中海就是被嫌弃的对象，赫小洋也很无奈，只能整天戴着帽子，只是帽子戴多了，头发发质反而变得更差，简直是个恶性循环。

赫小洋也曾经试图去植发，但从他后脑勺移植到脑门顶上的发囊却根本生不出发来，花了几万块钱一点效果都没有，人还受罪，赫小洋觉得这真是得不偿失。

这天他在网上偶然间看见了一个名叫“小村”的店铺，店铺似乎是新开的，里面只有一样产品，那产品上写着“生发水”三个字，怎么看怎么觉得刻意。

但鬼使神差地，赫小洋还是点了进去，点进去之后他看到了店主的简介——只要生不出发，价款全退。

这么自信？！赫小洋看见了生发水的价格，4999，对于身为程序员的他来说不算太贵，只是，这真的靠谱吗？

赫小洋想来想去，点开了店主的联系方式，问出了自己的疑虑。

“老板啊，你这生发水没有用真的退款？”

“对。”老板的回答很简洁，“全退。”

“真的？那你这生发水效果怎么样啊？”

“你用了不就知道了。”老板倒是显得很自信。

赫小洋想了想，便拍了一份，然后仔细看了生发水的使用说明，大致就是涂抹在脑袋上，据说第二天就能立竿见影。

反正也能全额退款，那就试试吧，赫小洋想，他已经试过那么多生发产品了，也不差这一个。死马当成活马医，万一有效果了呢。

怀着这样的念头，赫小洋等来了自己的快递。

对于自己的第一个客户，陆清酒也表现出了重视，他把井水放进了朱淼淼设计的玻璃瓶里，那玻璃瓶像个高档的香水瓶，里面装的生发水只够涂抹一次脑袋，玻璃瓶被装进了一个木制的包装盒里，然后再用定制的硬质纸盒装着。最后再用漂亮的黑色丝带在外面打上一个结，再用火漆封好，一份高级的生发水就这样包好了。

陆清酒去镇上发了货，特意走的是最贵的快递。

现在量还比较少，等到量多的时候，就能让快递员来水府村取件了，自己也不用跑那么远。

把货发出去后，陆清酒就把这事儿给忘到了脑后，秋天要做的事情挺多的，他还打算趁着天气凉快了做些腐乳，再腌些泡菜，而且板栗也快熟了，听尹寻说山上有很多野板栗树，他计划着找个时间去摘点板栗，做板栗糕和板栗炖鸡。

于是等到陆清酒第二次登录自己网店账号的时候，才发现后台的信息多得不得了，一百份限量的生发水全部卖掉了，还有很多人央求他补货，他仔细看了看信息，大概明白了是怎么回事。

其实也很简单，就是上一个客户发现生发水的效果特别好，简直称得上奇迹，于是向自己的朋友和同事推荐，于是所有的生发水都被拍掉了。

陆清酒想了想，干脆在店铺上挂了个公告，表示本店工艺有限，生发水每月限量一百份，卖完就没有了，想要买的请等下个月再来。

然后就关了后台的聊天界面，把订单打印出来后发货去了。

"卖完了，卖完了，赫小洋，你能不能跟老板商量一下让他再发点货啊？"被同事苦苦哀求的赫小洋却只能苦笑，他说，"你求我也没有用啊，我又不认识老板。"

"那你怎么买到的？"看着赫小洋的地中海发型变成乌黑亮丽的短发，同事羡慕得眼睛都红了，"这店这么小，居然被你发现了……"

"我也是运气好啊。"赫小洋也有点无奈，早知道自己就多买几瓶囤着了，谁知道这店里的生发水这么难买，而且他也只是随便宣传了一下而已，可那些人看了眼他头上的头发都直接去下了单，一点犹豫都没有。

"那怎么办？"同事绝望道，"没货了啊。"

"等下个月吧。"赫小洋只能说，"老板不是说，下个月就上新货了吗？"

看着怎么敲都不回复的老板，同事仰天长叹，好像也只能这么办了。

陆清酒发货的速度并不快，他每天还得做饭呢，这网店就是个副业，所以虽然单子都被拍完了，但他每天只能趁着晚上没事的时候才包装井水，第二天带去镇上发货，因此一天最多只能发二十件，全发完花了一个多星期。

为了感谢后院的女鬼小姐，陆清酒还特意在镇上买了不少香烛纸钱，给她点上了。

陆清酒发完货之后，叫着尹寻一起去了山上，背着竹筐拿着竹竿打了一背篓的板栗。

板栗表皮虽然看着是光滑的，但实际上被裹在一层厚厚的肉刺里面，打的时候要特别注意，不然掉在身上，不仅会疼，还会被扎进一身的小刺，而且捡板栗和开生板栗的时候最好也戴着手套。

好在尹寻体质特殊，完全不担心这个，于是陆清酒就拿着竹竿在旁边打，他开开心心地弯着腰在地上捡，不一会儿背篓就装满了。

两人背着两个装了满满的板栗的篓子，心满意足地下了山，陆清酒计划着晚上做个板栗炖鸡，等明天再做栗子糕。

“你吃过糖炒板栗吗？”陆清酒和尹寻闲聊。

“没有啊。”在陆清酒回来之前，尹寻吃过的东西少得可怜，这板栗他自己来做也就是放进锅里用水煮了当零食吃。

“那有时间我炒点给你当零食。”陆清酒道，“不过这山上好像没有细沙啊……”

“我去给你找。”尹寻自告奋勇。

陆清酒道：“行吧。”

板栗炖鸡挺简单的，就是在炖鸡时加上板栗就成，这样炖出来的鸡会有一种板栗独有的甘甜，板栗则多了一分鸡汤的鲜美，总之是道很讨人喜欢的菜。板栗管饱，尹寻吃了二十几个肚子就胀鼓鼓的了，鸡肉只尝了两块。

当然，白月狐就没有这个烦恼了，他一口气把剩下的鸡和板栗全给吞进了肚子，要不是陆清酒招呼着让他留点汤明天早上下鸡汤面，恐怕锅底都能让他收拾干净。

“啊，好羡慕白月狐啊。”吃得撑得只能瘫坐在椅子上的尹寻羡慕地表示，“为什么我明明都不是人了，胃口还这么小……”

陆清酒道：“我也在想同样的问题。”

尹寻：“……”

吃完饭，三人坐在院子里消食，尹寻对陆清酒之前说的糖炒栗子很感兴趣，表示自己明天就去找细沙。

“你去哪儿找啊？”陆清酒问他，这水府村就一条小溪，小溪里最多的是石头，可没有细细的沙子。

“总能找到的。”尹寻却信心满满。

白月狐也接了一句：“他找不到我也能找到。”

陆清酒闻言失笑，看来他是低估了吃货们的决心。

晚上要睡觉的时候陆清酒打开了自己的网店，打算把自己发货的订单号录入一下，这是最后一批货了，发出去后这个月的生发水就算卖完了。目前还没有任何买家反馈需要退款，看来大家用完之后都觉得效果很好。

可当陆清酒打开后，后台不停地发出的“叮咚”声却让他的电脑足足卡了几分钟才缓过来。

看着如此多的信息，陆清酒的头皮都炸了，他小心翼翼地点开了几个，发现几乎全是求购洗发水的。

怎么突然这么多人？陆清酒有点茫然，这第一批洗发水才卖出去几天吧，虽然已经起了效果，可求购的人数未免太多了一点，让他都忍不住怀疑是不是哪里出错了。

陆清酒想不明白，也就懒得想了，回了几个信息之后，便干脆关掉电脑睡觉去了。直到第二天，朱淼淼给他来了个电话。

“喂，淼淼啊，怎么啦这么早？”陆清酒接到电话时正在刷牙，他把嘴里的水吐掉后看了看时间，现在才早晨六点二十，虽然对于他来说已经是起床时间了，但朱淼淼通常不会起这么早的。

“陆清酒，你火啦！”朱淼淼叫了起来。

“我火了？”陆清酒茫然，“什么火了？”

“当然是你的店火了。”朱淼淼道，“我刚才看到你的店铺名字上了热搜。”

陆清酒：“啊？”

他打开了手机，翻阅了一下交友平台，果真看见自己的店铺名字“小村”在热搜上面，点进去一看，发现这个热搜下面全是用户们的激情安利，还有头发的前后对比图。

“我头发都要掉光了，还好用了这个生发水，这生发水的效果好到不可思议，我都怀疑是不是用了什么玄学的力量。”一个 PO 主发帖道，“不过生发水每月限购一百，你们能不能买到，就看缘分了。”

见到对比图后底下的评论都十分激动：“玄学？别说玄学了，要是能让我长头发我可以十年不吃肉。”被顶到最上面的评论如此说道，“都是这头头发耽误了我，不然我孩子都三岁了。”

当然，有些评论也在怀疑发这个微博的是不是在做营销，毕竟 4999 元一瓶的生发水着实不便宜，不过 PO 主表示：你们完全不必有这样的担忧，因为人家店主承诺，如果无效全额退款，有这样的底气，怎么可能是在骗人。

陆清酒粗略地扫了一遍，便把软件关了，他道：“大家反应怎么那么大啊？”

他不明白，不就是长个头发嘛，至于一副获得了新生的样子？

朱淼淼怒道：“那是你头发好，你要是秃顶个两三年，就知道那是什么滋味了。”

陆清酒道：“……”那他还是别试了。

总而言之，陆清酒的小店算是火了，朱淼淼同时也给他提议，说除了生发水之外可以在小店里卖点其他价格比较高的东西，可是陆清酒觉得太麻烦，说自己搞点生发水能凑合着过就行了。

朱淼淼怒其不争，又拿陆清酒没啥办法，也是啊，要是陆清酒真的那么在意钱财，他根本不会回到水府村种田去。

生发水打开市场之后，陆清酒却发现自家后院的井发生了一点奇妙的变化，井口上方出现了一个白色的光圈，起初他以为是自己看错了，但询问过尹寻后，发现尹寻居然也能看到。

“这是什么东西啊？”陆清酒朝着光圈伸出了手，手却从光圈上面直接穿了过去。

“嗞。”尹寻摸着下巴咂摸着，这东西有点不对劲，“你觉不觉得这光圈……有点圣洁啊？”

陆清酒：“……”

尹寻道：“像天使脑袋顶上的那个东西？”

陆清酒：“……”

他决定放弃和尹寻扯淡，找百科全书白月狐去了。

白月狐坐在椅子上吃新鲜的水煮栗子，本来他吃栗子也是懒得剥皮的，最后还是陆清酒看不下去，全给白月狐剥好了。

“月狐。”陆清酒道，“我怎么看到后院那井上面有个白色的光圈啊？”

白月狐道：“什么时候的事？”

陆清酒说：“就上个月开始的。”

白月狐道：“那女鬼要成神了。”

陆清酒：“……哈？”他以为白月狐是在开玩笑，瞪着眼睛又问了一遍，“你说什么？女鬼要成神了？？”

白月狐说：“对啊。”

陆清酒：“……”

大约是陆清酒的表情太过震惊，白月狐倒是很耐心地开始解释起来：“你卖了很多井里的水吧？”

陆清酒点点头。

“井里的水，是她执念的载体。”白月狐说，“她生前最不甘心的未完之事。”

陆清酒被白月狐的话弄得神情恍惚，想起了朱淼淼说起自己头发时那悲愤的语气，天啊，后院那姑娘死了之后最大的执念居然不是找到凶手，而是生出一头乌黑亮丽的头发，难道她就是因为和男友因为发量问题争吵，最后撕破脸皮惨遭杀害?

“现在接受了她执念恩惠的人越来越多，感激之力也越来越多。”白月狐说，“神是可以被创造的。”

陆清酒：“……所以她要成发神了？”

白月狐说：“对啊，不过现在感激的力量还有些薄弱，等到积累一段时间之后，她应该就能真正成神。”

陆清酒颤声道：“神这么好成的啊，神不都挺厉害的吗？”

白月狐瞅了眼陆清酒：“尹寻厉害吗？”

陆清酒：“……”他竟然一时有些无法反驳，噢，他亲爱的废材朋友。

白月狐说：“不是成为神就会很厉害，神也要分等级的，像尹寻那种山神。”

陆清酒道：“怎样？”

白月狐说：“我一口能吃十个。”

陆清酒：“……”

去喂完猪正打算回到院子里的尹寻刚好听到白月狐的话，瞬间便躲在了门后面瑟瑟发抖，表情凄苦，心想：自己是哪里没做好白月狐就要吃了自己?难道是因为自己吃得太多被嫌弃了……

陆清酒倒是知道自家狐狸精在吃这方面从来不开玩笑，摆摆手道：“别了，尹寻看起来就不太好吃。”

白月狐哼了声，对此不置可否。

陆清酒岔开了话题，殊不知尹寻已经为陆清酒的话语落下了悲伤的泪水……呜呜呜，他就知道陆清酒是他最好的朋友。

不过说到除了生发水之外的副业，陆清酒倒是有点想法，他找了个时间问尹寻：“这水府村有人养蜜蜂吗？”

“蜜蜂?没有啊。”尹寻说，“不过你真要养好像也可以，山上的花儿多着呢。”

陆清酒虽然有这个想法，但也知道养蜂这事情不是一日就能做成的，便决定先咨询一下专业人士再自己试验，而且他现在要为即将到来的冬天做准备了。

水府村的冬天特别冷，每年都会下几场大雪，运气不好大雪把山路给封住了，水府村和外面的联系就断了。这时候要是不多囤点粮食，恐怕这个冬天会过得特别辛苦。

陆清酒倒是不讨厌冬天，冬天有冬天的好处，在他的记忆里，每年入冬的时候他姥姥都会炖一锅香喷喷的羊肉汤，在羊肉汤里烫点豌豆苗是再好不过的了，农家种的豌豆苗非常新鲜，在汤锅里面汆熟，吃在嘴里味道是甜滋滋的。记忆中的味道，总是格外诱人，陆清酒想着这些东西，甚至有些期盼冬天了。

当然，入冬之前他得多准备点东西，免得到时候家里不够吃。

于是陆清酒便开着货车一趟趟地来往镇里，先是买了不少猪、牛、羊肉，然后又买了几十斤大白菜。

猪、牛、羊肉大部分都用来做酱肉或者腊肉，到时候挂在厨房里，想吃的时候切一块就行。大白菜一部分放进地窖里面，一部分用来做辣白菜。家里的地窖倒是很久没有用了，位置大概在后院靠近井口的地方，这地方一般不到冬天也用不着，而且黑漆漆的，对于幼年的陆清酒来说简直就是恐怖故事里的场所。

不过现在陆清酒大了，也没有那么怕这些东西了，况且井里不就有阿飘小姐吗，也没那么可怕。

他找了个天气晴朗的下午，让尹寻和他一起把地窖给打扫一下。

地窖的钥匙已经找不到了，陆清酒干脆摸了把钳子把锁给拧断了，他一推开门，门口便腾起了一阵灰尘，这灰尘在空气中打着旋扑面而来，让他不由得捂住了口鼻。

已经十几年没有使用的地窖重见了天日，陆清酒小心翼翼地顺着梯子爬了下去，他带了个手电筒，勉强看清了地窖里面的情况。

因为长期不用，地窖里到处都是灰尘，陆清酒看到里面大约有一个卧室那么大，摆放着一张桌子，桌子上还有一些陈旧的物件，除此之外就没有别的东西了。

“清酒，里面有什么？”尹寻支着脑袋问。

“你自己下来看吧。”陆清酒回答。他走到了桌子旁边，近距离看到了桌子上的东西，桌上大部分的东西看起来都是没用的垃圾，但是却有一个黑色的木盒吸引了陆清酒的注意力。

木盒上面也都是灰尘，陆清酒伸手将灰尘抹去，感觉到了木盒光滑的质感。他将木盒拿了起来，仔细地观摩着，木盒有些沉，感觉里面似乎装了不少东西，虽然在地窖里放了那么多年，但木盒并没有受到灰尘的腐蚀，擦干净浮灰之后表面依旧光洁如初，虽然不知道这到底是什么木头，不过陆清酒感觉这木头应该比较特殊。

“这是什么？”尹寻也下来了，站在陆清酒身后看到了他手里的东西。

“不知道。”陆清酒说，“可能是首饰或者什么其他的吧。”

"是吗。"尹寻道，"打开看看？"

陆清酒放下木盒，试图打开它，木盒上面却挂着一把小巧的文字锁，陆清酒研究了一会儿，还是没能猜出来。

"还需要密码才能打开啊。"尹寻见盒子打不开，便很快对它失去了兴趣，"这地窖多少年没用了，这么多灰尘，我先用扫把扫，你把口罩戴上吧。"

陆清酒点点头，目光却没有从木盒上移开，他似乎记得自己在哪里见过这个木盒，但一时间却又想不起来，不过也不用太着急，他早晚会想起来的。

小剧场

梦 境

陆清酒做了一个梦。

梦里，他看见一个年少的姑娘，坐在一条黑色的巨龙身上。黑龙体态威严，无论是那巨大的龙角，抑或是一身闪着暗色光芒的漂亮龙鳞，都呈现出独属于龙族的美丽。龙背上的姑娘也很好看，她扎着简单的马尾，笑容灿若桃花，她温柔地将脸贴在龙背上，轻轻地蹭着光滑的龙鳞。

他们从云端飞入深海，再由深海一跃而出，带起波澜壮阔的水花。龙在发出低低的龙吟，姑娘在大声地笑，此时天气正好，天蓝海阔，一人一龙，虽无言语，也无眼神，却默契到了极点。

几乎是同时同刻，他们发出了喜悦的笑声，姑娘爬到了巨龙脑袋附近，用手抓住了那巨大的龙角，笑道："走啦，回去了，再不回去，锅就烧干了。"

巨龙轻吟一声。

"今年你过生日，我给你准备了一个大大的惊喜。"姑娘微笑着说。

巨龙眨了眨眼睛。

虽然它没有说话，但姑娘却好似已经明白了它的意思，她道："嗯……先不告诉你惊喜是什么，等吃完晚饭再和你说。"她弯起眼角，温声道，"你一定会喜欢的。"说着，她伸手轻轻地按了按自己的腹部。

那里……便藏着她给它的最大的惊喜，她知道它一定会喜欢。

巨龙翻身而归，穿过云海，期待着今日她为自己准备的惊喜。

他们似乎并未注意到，他们身后的湛蓝的天空渐渐变换了色彩，雷云悄然密布，仿佛有一场暴雨将临。

陆清酒的梦就在这时结束了，他知道之后会发生什么，沉默着从床上坐起，走到窗边抽了根烟。

窗外晨光熹微，家中的房客白月狐已经穿戴整齐准备下地去了。他似乎注意到了陆清酒的目光，扭过头来，对他露出一个浅浅的笑容。

陆清酒心中的阴霾一扫而光，他也笑了起来。他知道自己还有很多时间，阴云已散，未来一路通途。